# 열 두 가지 이야기
Twelve Stories

## 열 두 가지 이야기
Twelve Stories

초판 1쇄 인쇄 2006년 12월 1일
초판 1쇄 발행 2006년 12월 6일

지은이 펄 S. 벅
옮긴이 이지오
발행인 이종길
펴낸곳 도서출판 길산
교 열 주영하, 김태정
표지디자인 추미선 viewmark
편집디자인 신성희
마케팅·관리 송유미

ADD 경기도 고양시 덕양구 화정동 970-2
TEL 031.973.1513 | FAX 031.978.3571
E-mail keelsan@keelsan.com | http://www.keelsan.com
ISBN 89-91291-11-2 03840

값 12,900원

***FOURTEEN STORIES***
Copyright ⓒ 1962 by Pearl S. Buck.
Copyright renewed 1989 by Edgar Walsh, Richard S. Walsh, John S. Walsh, Janice Comfort Walsh, Carol Buck, Chieko S. Dibble, Jean Walsh Lippincott and Henriette C. Walsh All rights reserved

Korean translation copyright ⓒ 2006 by Keelsan Books
Korean translation rights arranged with Harold Ober Associates Incorporated New York, NY through EYA(Eric Yang Agency), Seoul

이 한국판 저작권은 EYA(Eric Yang Agency)를 통한 Harold Ober Associates Incorporated사와의 독점계약으로 한국어 판권을 '도서출판 길산'이 소유합니다.
저작권법에 의하여 한국 내에서 보호를 받는 저작물이므로 무단전재와 복제를 금합니다.

파본은 구입처나 본사에서 교환해 드립니다.

# 열두 가지 이야기

펄 S. 벅 지음  이지오 옮김

*Twelve Stories by Pearl S. Buck*

길산

Twelve Stories

도서출판 길산

서문

### 평범한 사람들의
### 아주 특별한 선물

　사람은 누구나 가슴속에 자신만이 아는 이야기 몇 개를 가지고 있다. 문학이란 결국 그 품고 있던 이야기의 실타래를 끌어 종이 위에 옮기는 일이다. 문학은 결국 삶, 그 이상 그 이하도 아니라는 말과도 무관하지 않다.

　새로이 선보이는 펄 벅의 단편집 〈열두 가지 이야기〉는 펄 벅의 모든 작품들 중에서도 특히 빈쩍빈쩍힌 싦의 곁이 돋보이는 수작이다. 이전 작품들이 굵직한 선을 가졌다면 이 단편집은 소소하고도 아름다운 이야기들로 가득하다.

　못생긴 얼굴을 감추기 위해 사랑을 얻는 법을 일찍이 터득한 '유쾌한 루시', 시어머니의 시집살이에도 따뜻한 마음을 잃지 않고 결국 가족 모두를 감동시키는 '섬세한 셋수', 가족도 사랑도 없이 맹목적인 돌진을 추구했지만 삶의 마지막에서는 결국 어머니의 이름을 외치고 마는

'지휘관' 등, 작품 속의 주인공들은 각자의 삶을 뜨겁게 껴안고 살아가는 우리의 이웃들이다.

여기서 펄 벅은 섣불리 희망을 말하는 대신 그 희망의 과정을 자연스럽게 보여주는 데 주력한다. 환한 대로大路 대신 좁고 어두운 골목을 걷고, 부딪치고 좌충우돌하고, 그 안에서 자신의 존재와 꿈을 찾아가는 이들의 모습을 지켜보다 보면, 희망 또한 대가와 노력이 필요하다는 점을 깨닫게 된다. 희망이 하나의 잘 팔리는 상품으로 전락한 요즘 시대에, 그래서 펄 벅의 오래된 서가를 뒤져보는 이 작업은 그 자체로 의미가 크다.

가끔 우리는 생활 속에서 꿈을 발견하지 못해 좌절하거나 절망한다. 하지만 똑같아 보이는 그 일상이 결국은 우리를 지탱하는 힘이라는 것은 누구나 알고 있다.

즉 사랑하는 연인을 얻기 위해 부단히 노력하듯이, 행복한 삶을 얻고 싶다면 그 일상과 주변 또한 사랑하고 많은 노력을 기울여야 한다. 즉 생활의 마법은 어디까지나 우리들의 몫이며, 그 재능은 처음부터 우리 모두에게 똑같이 부여되어 있다.

그리고 각자의 삶에 마법을 걸고, 그 안에서 탈출구를 찾는 열두 가지 이야기의 주인공들은, 삶이란 '견디는 것'이 아니라 '만들어나가는 것'이라는 점을 한목소리로 노래한다.

불안과 의혹으로 가득한 삶은, 결국 우리를 삶에서 더 멀어지게 할 뿐이다. 가족과 사랑, 따뜻한 헌신, 그리고 외로움과 눈물 속에서 길을 찾아나가는 주인공들의 모습은 우리의 마음 속에 소리 없이 긍정의 싹을 틔운다.

펄 벅 작품이 가지는 미덕이다.

평범하지만 특별한 삶의 기록, 펄 벅이 전하는 열두 가지 사랑의 선물, 이제 즐겁게 맛보는 일만 남았다.

# 차례

|  |  |  |
|---|---|---|
|  | 서문 | 5 |
| Story 01 | **하나의 별** | 11 |
| Story 02 | **미인** | 52 |
| Story 03 | **마법** | 84 |
| Story 04 | **섬세한** 태도 | 103 |
| Story 05 | **언어를 넘어서** | 132 |
| Story 06 | **지휘관** | 169 |

| Story 07 | 삶을 시작하며 | 197 |
| Story 08 | 약혼 | 232 |
| Story 09 | 웃음 선물 | 272 |
| Story 10 | 죽음과 새벽 | 304 |
| Story 11 | 은 나비 | 324 |
| Story 12 | 프란체스카 | 340 |

# 하나의 별

TWELVE STORIES 01

크리스마스 아침, 오늘 그는 동이 트기도 전에 잠에서 깼다. 그리고 잠시 동안 자신이 어디에 있는지를 잊어버렸다. 하지만 곧이어 따뜻한 유년 시절의 추억이 몽롱한 머릿속으로 스며들었다. 그는 지금 어릴 적 살던 옛 농장에 와 있었다. 머리 위 낡은 침실 천장의 부실한 서까래들이 눈에 들어왔다. 바로 어제였다. 그가 이 고향집에 가자고 고집을 부려 가족들의 차분하지만 상한 반말을 섞고 여기까지 오게 된 것은 말이다.

"너무해요, 아빠."

딸아이 앤이 우는 소리를 했다.

"지금 농장을 가자고요? 크리스마스 이브인데요? 전 오늘밤에 약속 있단 말이에요……."

딸이 불꽃 튀듯 성을 내며 반대하자 그도 딸 못지않게 목소리를 높였다.

"그동안 이 아빠가 너한테 뭘 부탁한 적 있었니?"

그러자 아들, 할도 말했다.

"저도 데이트 있어요, 아빠."

"취소해."

그가 단호하게 답했다. 곧이어 그는, 입은 다물었지만 여전히 잔뜩 골이 난 두 아이로부터 고개를 돌려 아내 헬렌을 바라보았다.

"이 집에는 더이상 크리스마스가 없군."

그의 말에 아내는 참을성 있게 미소를 지어 보였다.

"나는 이제 당신의 중대 발표에 너무 익숙해졌어요, 여보. 전쟁이 끝나고 나니 세상이 이렇게 됐지. 모든 게 변해버렸고, 그건 피할 수 없는 일이야."

"그래도 기초는 변하지 않아."

그가 단언했다.

"우린 다시 가족으로 돌아가야 해. 한 시간 내로 차를 대기시킬 테니까 다들 준비해."

문득 그는 자신의 투가 명령조라는 것을 깨달았다. 전쟁이 벌어지는 동안 그는 명령을 내리는 것에 익숙해졌고, 그 후 오랜 세월 원자력 연구에 종사하면서도 마찬가지였다. 그는 내로라하는 연구실 과학자들의 순순한 복종에 익숙해진 탓에, 집안에서도 항의의 목소리가 들리는 걸 견디지 못했다.

나머지 가족들은 시간에 특별히 엄격한 그의 성격을 잘 알았기 때문에, 정말 한 시간 내에 준비를 끝냈다. 그리고 입을 꽉 다문 채 제법 먼 거리에 있는 농장까지 자동차 여행 길에 나섰다.

가족들은 적어도 이 순간 그에게 복종하고 있었다. 밤늦게까지 춤추는 것도 포기하고, 술도 안 퍼마시고, 시간만 축내는 하찮은 일도 하지 않고…… 아무튼 그가 질색하는 행동들을 모두 접어두고 이곳에 함께 와 있는 것이다. 오늘은 다름 아닌 크리스마스다. 그는 가족들에게 점수를 따서 다시금 인기 있는 아빠로 돌아가고 싶었다. 지난 세월 내내 일만 하느라 가족들과 무척이나 소원해지지 않았는가.

세계에서 세 손가락 안에 드는 핵 물리학자, 아놀드 윌리엄스.

그의 이름과 명성은 가족들을 압도했고, 어느 정도는 그 자신마저 압도하고 있었다. 각국의 과학자들이 그에게 조언을 구하고, 그를 찾아와 학술 논쟁을 벌였으며, 더불어 그는 빠르게 늘어나는 핵 관련 지식들을 분주히 흡수하면서 연구에 모든 힘을 쏟아 부었다.

그에게 연구는, 전쟁 동안 모든 실험이 정부에 귀속되어 있을 때는 하나의 의무였다. 하지만 전쟁이 끝나자 그 의무감과 성공적인 작업 뒤에 느끼는 개인적인 쾌감 사이의 경계선이 모호해지기 시작했다.

그가 이처럼 홀로 자기 길을 가는 동안, 아이들은 자랐고 아내 헬렌도 어느새 부쩍 늙어 있었다. 예전에 느꼈던 가족 사이의 즐거움도 사라졌다. 그리고 바로 어제, 그는 연구실이 있는 대학 근처 자신의 집에 있다가 문득 한 가지 사실을 깨달았다. 가족들에게 줄 선물을 부랴부랴 사고, 신식으로 만들어진 인조 크리스마스 트리를 장식하며 아무리 성탄 기분을 내보려 해도, 이건 제대로 된 크리스마스가 아니라는 생각이었다…….

늘 예쁘고 기운찼던 딸아이 앤도 요새 들어 늘 시무룩했다. 그는 앤이 수화기를 들고 실망스러운 표정을 짓곤 하던 것을 떠올렸다. 목소리도 예전 같지 않았다. 그녀는 과연 전화기 너머 누구의 목소리를 듣고 있었던 걸까? 아, 사랑스러운 앤!

그가 오늘 가족끼리 오붓한 시간을 마련하려 노력했던 것도 누구보다 앤을 위해서였다.

참, 별은?

어린 시절, 크리스마스 아침에 이렇게 침대에서 일어나면 헛간 위로 별이 하나 떠 있곤 했다. 그러면 그는 평소보다 일찍 일어나 그 별을 바라보았고, 가족들이 각자 방에서 크리스마스 트리가 놓인 거실로 나오기 전에 미리 우유를 짜놓기까지 했다.

크리스마스의 별!

그는 이불을 걷고 침대에서 껑충 뛰어내렸다. 혹시나 그 별이 사라지지는 않았을까 말도 안 되는 상상을 잠시 하면서 말이다.

그는 옷장을 열어 오래된 옷들을 주섬주섬 꺼내면서 자신의 인생이 이렇게 흘러간 데는 그 별에게도 어느 정도 책임이 있다고 생각했다. 다름 아닌 그 별이 그를 하늘로 이끌었던 것이다.

"크리스마스 선물로 뭘 받고 싶니?"

그가 열네 살이 되던 해에 아버지가 물었다.

그는 답했다.

"망원경이요."

덥수룩하게 수염을 기른 아버지는 날카로우면서도 호기심 가득한 파란 눈동자로 아들을 빤히 쳐다보았다.

"뭐에 쓰려고?"

"별을 보려고요."

그의 아버지는 툴툴거릴 뿐 전혀 공감하는 것처럼 보이지 않았지만, 어쨌든 크리스마스 아침 트리 아래에는 우편 주문한 망원경이 놓여 있었다. 그것은 정말로 그가 받고 싶어 했던 유일한 선물이었고, 그는 초조하게 밤을 고대하며 날이 저물기를 기다렸다. 그리고 어둠이 내리자 망원경을 들고 별들을 자세하게 들여다보았다. 그러나 그 실망감이란! 좀 더 크게 보이고, 좀 더 밝아지긴 했지만, 별들은 여전히 멀리 있었다.

다음날은 그저 실험 삼아 그 망원경으로 태양을 바라보았는데, 놀랍게도 태양 표면에 떠 있는 작은 점들까지 볼 수 있었다. 이것을 계기로 그는 천문학 개론서를 한 권 샀고, 우주 선線에도 서서히 관심을 가지기 시작했다.

그는 스키 바지에 양피 코트를 걸치고 모피 장화까지 신고 방을 나서면서 문을 쾅 닫는 순간 잠시 주춤했다. 헬렌이 아직 자고 있었기 때문이다. 깨지 않았기만을 바랄 뿐이었다. 설령 그가 깨운다 해도 물론 아내는 화를 내거나 하지는 않을 것이다. 그는 가끔씩 한밤중에 어슬렁거리며 배회하는 습관이 있었다. 꽤 오래된 버릇인데, 그만의 그 특출난 직감이 낮은 물론 밤에까지 찾아들었기 때문이다. 때문에 그는 아내와 떨어져 홀로 잠을 청하곤 했지만, 아내는 그것을 너그러이 이해했다. 그는 어떤 이론에 사로잡히면 그에 대한 집중이 방해받는 걸 참지 못했고, 연구에 착수하기 전까지는 마음이 영 안정되지 않았다.

"나랑 결혼하면,"

약혼식 날 그는 헬렌에게 말했다.

"당신은 남자가 아니라 일종의 괴물하고 결혼을 하게 되는 거야."

그녀는 그저 웃기만 했다. 그리고 얼마 후 전쟁이 터지고 나서 로스알라모스의 한 막사에 함께 머물렀던 어느 날, 헬렌은 깊은 생각에 잠긴 눈빛으로 그를 바라보았다.

"도대체 그 눈빛은 무슨 의미지?"

그가 물었다.

"어쩌면 당신은 정말 괴물인지도 모르겠어."

그녀가 말했다. 그때는 그저 웃어 넘겼지만, 이렇게 주방 문을 열고 어두운 바깥으로 나가려는 순간 새삼스레 아내의 그 한마디가 떠올랐다.

공기는 너무 차가워 살을 에는 듯했다. 따뜻한 집 안에서 나오는 터라 더 춥게 느껴졌다. 그는 수년 전 아이들이 아직 어렸을 무렵 이 농장 집에 기름 아궁이를 들여놓았다. 하지만 그가 소년이었을 때는 주방의 커다란 나무 레인지 하나가 전부였다. 그리고 그것은 옛 추억을 떠올리게 만들며 아직도 주방에 놓여 있다.

헛간 쪽으로 걸어가는 내내 장화 밑으로 눈이 뽀드득댔다. 하늘은 맑았고, 별들도 얼음 같은 대기를 뚫고 반짝이는 빛을 발했다. 그는 고개를 들어 하늘을 살폈다. 아, 그는 한눈에 자기 별을 알아 볼 수 있었다! 녀석은 헛간의 마룻대 위쪽에 걸려 있었는데, 생각했던 것처럼 크지는 않았지만 옛날과 똑같아 다른 별들과 혼동될 여지는 없었다.

지난 세월 속에서 그는 그 별을 실제보다 크고 훨씬 더 금빛이라고 생각해왔다. 아마도 그의 가슴 속에 남아있던 소년의 상상력이 그 별을 그렇게 보았으리라. 하지만 여전히 별은 그의 기억처럼 꾸준하고 성실하게 빛을 발하고 있었다.

그는 눈 덮인 길을 익숙하게 더듬어 앞으로 나아갔다. 바람 한 점 없는 하늘 앞에 서자 예전에 느꼈던 경이로움이 다시금 밀려들었다. 그는 이 우주의 경이를 저 별 하나를 통해 만날 수 있었다. 그러나 젊은 시절의 흥분과 분주함, 또 대규모로 산업화된 과학계의 한 연구실에서 생계를 위해 일하면서, 결국 그는 그 경이를 잃고 말았다. 밤에는 자신의 작은 실험실에서 태양의 폭발적인 광선들을 연구하고, 며칠 되지도 않는 휴가를 이용해 독일로 날아가 아인슈타인을 만나고, 영국으로 날아가 러더포드를 만났다. 이처럼 그는 때때로 수많은 의문을 가슴에 품고 용감하게 이 보잘것없는 곳으로부터 멀리 떠나곤 했다. 그리고 이제 다시 이곳으로 돌아와 크리스마스 아침에 별 하나를 바라보고 있다.

그는 사막의 한 은폐된 장소에서 원자핵을 대하고 공포와 모멸감을 느끼기 전까지만 해도, 자부심으로 똘똘 뭉친 논쟁을 즐기던 과학자였다. 너무도 작은 형태에 담겨 있어 도무지 눈으로는 볼 수조차 없었던 그 무한한 에너지!

그렇다, 지금 그가 바라보고 있는 저 별이 그의 삶을 이끌어왔다. 그렇다면 이 다음은 어떤 삶일까? 이 성탄절 아침 이후의 길은 어디로 향하게 될까?

그는 불현듯 추위에 몸이 떨려오는 것을 느끼고서야 자신이 종아리 부근까지 차 오르는 눈 속에 서 있음을 깨달았다. 밤새 내린 눈송이들이 나뭇가지 위에 쌓여 있고, 호숫가에서는 얼음처럼 차가운 바람이 불어왔다. 그는 내키지 않는 몸짓으로 돌아섰다. 그리고 걸어온 길을 다시 되짚어 집으로 향했고 곧 주방으로 들어섰다.

문을 열어보니 주방에는 불이 켜져 있고, 붉은색 플란넬 목욕 가운을 걸친 헬렌이 가스 스토브 앞에서 커피를 만들고 있었다.

"메리 크리스마스."

그는 아내의 **뺨**에 입을 맞추었다.

"나 때문에 깬 거야?"

"눈사람처럼 차가워, 당신."

헬렌이 양손으로 자신의 **뺨**을 비비며 말했다. 그리고는 덧붙였다.

"당신이 깨운 거 아니야. 잠이 안 와서."

"크리스마스라서 설레는 건가?"

헬렌은 고개를 저으며 말했다.

"요즘은 제대로 잠을 못 자겠어."

그녀는 식탁 위에 컵 두 개를 올려놓고 커피를 따랐다.

"아침 지금 먹을래요?"

헬렌이 물었다.

"아니, 커피면 돼."

두 사람은 자리에 앉았다. 헬렌은 천천히 한 모금 마신 반면, 그는 따뜻한 커피를 단번에 쭉 들이켰다.

"아, 좋다. 온몸이 아주 얼어붙는 것 같았거든."

"이 시간에 밖에 나가서 뭘 한 거야?"

"별 보러 나갔다고 하면 이상하게 들리겠지?"

"당신이 별에 관심 가졌던 것도 참 오래전 일이 됐어."

그는 헬렌을 넌지시 바라보았다. 가냘픈 아내는 무척 피곤해 보였다.

"농장에 오지 말았어야 했나? 당신한테는 너무 무리였던 것 같아. 몸이 안 좋은 거야?"

"괜찮아."

그녀가 말했다.

"…… 이제 늙어서 그래."

"말도 안 되는 소리! 당신, 무슨 걱정이 있는 것 같은데."

그녀는 커피를 좀 더 끓이기 위해 자리에서 일어났다.

"어젯밤에 앤이 울고있는 소리를 들었어."

그는 깜짝 놀라며 아내를 빤히 쳐다보았다.

"뭐 때문에?"

"걔들은 말을 안 해."

헬렌이 말했다.

"요즘 애들은 도통 얘기를 안 해. 그러니 무슨 일이 있는지 알 수가 있어야지."

그녀는 낯설고 슬픈 표정을 지었지만, 그는 그 표정이 무엇을 의미하는지 알기가 힘들었다.

"앤은 어제 여기 올 때만 해도 그렇게 못마땅해 하지 않았잖아."

그가 아내에게 상기시킨 뒤 덧붙였다.

"할이 훨씬 더 부루퉁했지. 그 녀석 원래 어디 춤추러 가기로 했다지?"

"둘 다 파티가 있었어."

그녀는 생각에 잠긴 표정으로 커피를 저었다.

"어쨌든 앤은 뭔가를 쉽게 포기할 아이가 아니야. 걔는 원하는 게 있으면 쉽게 놓지 않잖아."

"그건 그렇지."

정말로 앤은 뭔가 원하는 게 생기면 그것을 쉽게 포기하지 않았다. 따라서 어제는 질실히 원하는 것이 없었던 셈이다.

"앤이 크리스마스 선물 팔찌를 마음에 들어 하면 좋겠는데."

그가 살짝 투덜대며 말했다.

"가격이 만만치 않았거든."

"난 걔네들이 뭘 원하는지 더이상 모르겠어요. 어떻든 간에 모두들 변해버렸어."

그녀는 한숨을 내쉬었고, 마치 손이 시린 듯 양손으로 컵을 감싸들고 다시 커피를 조금씩 마시기 시작했다.

그는 비록 창백하지만 여전히 아름다움을 잃지 않은 아내의 얼굴을 살펴보았다. 화장을 하기 전 아침 시간에 이렇게 그녀를 대하는 것도 참 오랜만이었다. 그는 일찍 일어나 일을 시작하는 습관이 있고, 아내는 아침 잠을 충분히 자는 습관이 있었다.

"괜찮은 거야?"

그가 다시 물었다.

"그냥 좀 피곤해."

그녀가 말했다.

"이 나이 때가 다 그런 거잖아."

"여자들이 의기소침해지는 시기지."

그가 선언하듯이 말했다. 그러고는 자리에서 일어나 아내의 뺨에 입을 맞추었다.

"같이 우주 선線을 측량하겠다고 몽블랑 산 올랐던 거 기억해? 그거 그렇게 오래전 일 아니야."

그녀는 희미하게 미소를 지었지만 대꾸를 하지는 않았다. 남편이 장난스럽게 머리를 살짝 흐트러뜨리자, 그녀는 그 손을 잡고 부드럽게 찰싹 때렸다.

"백 퍼센트 확신하는데, 당신 크리스마스 선물 포장 안 했을 거야."

"틀렸어! 티파니에서 포장을 했지."

그녀는 놀란 표정을 지으며 말했다.

"선물 다 거기서 산 거야?"

"전부 다."

그가 말했다.

"내가 포장을 해달라고 하니까 점원이 뻣뻣하게 그러는 거야, 그냥 티파니 포장이 선물 포장이라고."

그는 아내가 그 말을 듣고 웃음을 터뜨리자 뭔가 해낸 듯한 성취감을 느꼈다.

"자, 이제 난 다락방에 가서 선물을 가져와야겠어."

"아니, 다락방이라니?"

아내가 놀라 물었다.

"쟤들이 찾아낼까 봐 감춰둔 거야? 아직도 애들인 줄 아나 봐."

"그냥 습관이야. 어젯밤에 어느새 다락방에 가 있더라고. 예전에 앤한테 줄 인형하고 할의 자전거를 숨겨두었던 그 구석에다가 이번엔 작지만 비싼 선물들을 놓아뒀지……. 여기서 마지막으로 크리스마스를 보낸 게 언제였더라?"

"당신이 원자핵하고 사랑에 빠지고 난 이후론 안 왔어."

그녀가 말했다. 그녀의 파란 눈에 언뜻 옛날의 장난기가 비쳤다.

"원자핵한테 어떤 매력이 있는지 정말 알고 싶어."

"아, 대단한 매력이지!"

그는 응수하고는 다락으로 올라가 어젯밤에 선물들을 넣어둔 갈색 종이봉투를 집어 들었다. 계단을 따라 이층으로 내려오는데 복도에서 앤의 목소리가 들려왔다. 누군가, 아마도 남자와 통화를 하는 것 같았다.

"오늘밤에 내가 시내로 간다 해도 무슨 소용이야? …… 그래, 동생하고 같이 갈 수는 있어. 걔도 데이트가 있거든. 하지만 무슨 소용이냐고? 당신이 집에서 빠져나와도 이미 자정이 넘어있을 테고, 그러면 십오 분 정도밖에 시간이 없잖아, 그래 뭐, 삼십 분이라고 해. 게다가 당신은 늘 불안해 하잖아. 그러니 내가 가서 뭐해?"

걱정과 고통으로 가득한 앤의 목소리를 듣고 있자니 마음이 아파왔다. 저만치 전화를 하고 있는 앤의 모습이 보였다. 핑크색 플란넬 잠옷 차림을 한 황금빛 곱슬머리의 앤은, 이제 어엿한 스무 살이지만 그에게는 여전히 아이로 보였다. 누구도 내 소중한 딸에게 상처를 줄 권리는 없었다! 그는 앤에게 녀석의 이름을 캐물어 누군지 알아낸 뒤, 그 녀석으로부터 앤을 지켜 주고 싶었다.

"앤."

그가 이름을 부르자 앤은 즉시 전화를 끊었다. 그리고는 그를 향해 몸을 돌렸고, 깜짝 놀라 휘둥그레진 커다랗고 파란 눈으로 아버지를 바라보았다.

"크리스마스 아침인데 일찍 일어났구나!"

그가 물었다.

"잠을 잘 수가 없었어요."

앤이 말했다.

"호숫가라 그런지 너무 추워서요."

"그래, 그럴 땐 그냥 일어나는 게 낫지."

그가 말했다.

"할하고 난 크리스마스트리로 쓸 나무를 베어 와서 손질할 생각이다. 그리고 난 뒤 옛날처럼 함께 저녁을 먹자꾸나. 네가 집 안을 장식할 수 있게 나뭇가지도 좀 가져다주마. 비늘석송(석송 속屬의 식물. 크리스마스 장식용 - 역주)도 좀 있으면 좋겠지?"

그는 갈색 종이봉투를 계단 위에 내려놓고 앤을 향해 다가갔다.

"이곳에 오니까 감상적이 되신 거죠, 산타클로스 할아버지?"

앤은 복도를 걸어오더니 까치발을 세워 그의 뺨에 입을 맞췄다.

"아빠도 은근히 귀여운 구석이 있으세요."

"고맙구나."

그가 말했다.

"너한테서 그런 말 듣는 것도 참 오랜만이구나."

"어떤 말이든, 사실 이렇게 말하는 것 자체가 오랜만이죠."

그녀가 동의했다.

"지난 십 년 동안 다른 곳에 가 계신 것과 다름없으셨잖아요, 아니에요?"

앤은 섬세한 집게손가락으로 아버지의 눈썹 윤곽을 더듬었다.

"내가 아니라 네가 그랬지."

그는 앤의 집게손가락을 부드럽게 잡으며 말했다.

"넌 나한테 허락도 받지 않고 이렇게 자라버렸어. 내 딸이라는 흔적 같은 건 그저 살짝 남았을 뿐이구나."

그러면서 그는 이렇게 생각했다. 이곳으로 오자고 고집을 부리지 않았더라면 딸과 이런 대화조차 나누지 못했으리라는……. 아마 그 집에 그대로 머물렀더라면 앤은 밤새 춤을 추고 수다를 떠느라 지쳐서 지금쯤 여전히 침대 위에 잠들어 있었을 것이다. 그때 앤이 예상치 못하게 그의 가슴에 머리를 기대왔다.

"다시 쪼끄매졌으면 좋겠어요."

그녀가 속삭였다.

"안 컸더라면 더 좋았을 텐데!"

그는 딸의 부드러운 머리칼을 감싸며 말했다.

"왜 그러니, 앤? 무슨 일 있니?"

"저 바보 같죠?"

그녀는 머리를 들고 눈물을 닦아낸 뒤, 애써 과장된 미소를 지어보였다. 그러고는 방으로 달려들어가 문을 꼭 닫았다.

"메리 크리스마스."

그가 소리를 높여 말했지만, 앤은 대답하지 않았다.

그는 이어서 할의 방으로 건너가 문을 열었다. 침대 위로 그의 사랑스런 외아들 할이 팔다리를 쭉 뻗고 누워 있었다. 열여덟 살, 백팔십 센티미터가 넘는 키에 잘생기고 똑똑한 아들, 하지만 동시에 할은 이제는 완전히 낯선 친구이기도 했다.

그는 까치발로 다가가 잠들어 있는 '어린 아들'을 내려다보았다. 남자이자 '어린 아들'. '어린 아들'이자 남자인 이 아이……. 큰 키에 마른 몸, 건장한 골격에 깨끗한 피부, 그리고 길고 짙은 머리칼을 가진 그의 아들은 이제 남자라는 새로운 틀 안에 어린 시절의 수많은 추억들을 간직하고 있었다.

할은 여름만 되면 수영도 하고, 물고기도 잡고, 배도 탈 수 있는 호수에 가고 싶어 안달을 내곤 했다. 그러다가 두 번이나 물에 빠져 죽을 뻔했는데, 한번은 너무 깊은 곳까지 헤엄을 쳐서 들어갔고, 다른 한 번은 다이빙을 하다 바위에 머리를 부딪쳤다. 그리고 할은 두 번 다 아버지 손에 구조되었다.

결국 아들 녀석은 세 번이나 태어난 셈이었다. 최초의 탄생은 물론 엄마 뱃속에서였고 말이다. 그리고 이제 할은 한밤중 난폭 운전을 하고, 듣도 보도 못한 녀석들과 미친 듯이 춤을 춰대고, 때로 술에 취해 돌아와 부모 마음을 아프게 하는 '낯선 친구'가 되어 있었다.

어떻게 하면 이 녀석을 구제할 수 있을까? 그 당당한 골격 안에는 충분히 구제할 만한 가치가 있는 두뇌가 자리 잡고 있었다. 하버드 대학에서 할을 가르쳤던 한 노교수가 어느 날 그에게 편지를 보내왔다.

"할은, 젠 체하는 젊음의 치기와 이 비트 열풍Beat Generation(1950년대 물질문명에 반항한 미국의 젊은 세대를 일컬음-역주)만 잘 극복해내면 성숙하고 듬직한 남자로 성장할 수 있을 겁니다. 아버님께서도 관심을 가져 주시기 바랍니다."

갑자기 할이 눈을 뜨고 그를 바라보았다.

"아빠?"

"메리 크리스마스."

할은 하품을 했다

"지금 일어나야 돼요?"

"아침 먹고 나무 베러 가자꾸나."

할은 몸을 틀며 베게 속으로 파고들었다.

"네, 네. 알았어요."

그는 갑작스럽게 불붙는 조바심을 누르며 그대로 아들의 침대 곁에 잠시 서 있었다. 지금 크리스마스 아침에 잠을 자고 싶어 하다니!

그는 할이 새벽부터 방에 들어와 소리를 쳐 자신을 깨웠던 과거의 아침들을 떠올렸다. 그때 그는 아들을 기쁘게 해주려고 달콤한 늦잠을 단념하고 침대에서 내려오곤 했다.

그는 불쑥 몸을 돌려 방을 나섰고, 쾅 소리가 날 정도는 아니지만 세차게 문을 닫았다. 참자! 그는 참고 인내하느라 지쳐버렸다. 할은 자기 수양이 부족한 아이다. 사람들은 왜 자식 같은 걸 낳는 걸까?

그는 자신의 방으로 건너가 창가에 섰다. 잿빛 구름이 드리워진 하늘에서 다시금 눈이 내려 바람에 휘날리고 있었다. 별은 자취를 감추었다.

아침을 먹고, 아버지와 아들이 함께 눈을 밟으며 걷고 있을 무렵, 날이 다시 개었다. 그의 기분은 한층 좋아져 있었다. 원기를 북돋아 주는 음식을 먹고 화사하게 발그레해진 아내의 두 뺨을 보았기 때문이다. 물론 아내의 그 홍조는 그저 나무 레인지의 열기 때문이었는지도 모른다. 그는 크리스마스를 기념하는 차원에서 꼭 해야 한다며 레인지에 불을 지폈다. 뿐만 아니라 앤이 때때로 보여준 상냥함에 마음이 누그러진 그는, 이 키 크고 말없는 젊은 친구, 아들 할에게 새로이 다가서 보기로 마음을 먹었다.

"아빠가 어렸을 땐,"

그가 운을 뗐다.

"항상 화이트 크리스마스였단다. 우린 그걸 당연하다고 여겼지. 너하고 네 누이도 이곳에 와서 크리스마스 휴일을 지내면서부터는 눈이 오는 걸 늘 당연하게 여겼고 말이다. 하긴 도시 사람들은 눈을 그다지 중요하게 생각하지 않지."

등 뒤에서 발자국 소리는 들려오는데, 아들은 아무 대답이 없었다. 아버지는 차가운 입김을 내뿜으며, 무표정한 할의 얼굴을 바라보았다. 아들은 딴 생각을 하는 중인 것 같았다. 이윽고 아들은 아버지가 쏘아보고 있는 것을 깨닫고 말했다.

"저한테 말씀 하셨어요?"

"중요한 얘기는 아니다."

그가 짧게 답했다. 두 사람은 터벅터벅 걸었다. 듣지도 않는 녀석에게 얘기를 해서 뭐하겠는가? 하지만 그는 아들에게 하고 싶은 얘기가 산더미 같았다. 정말 산더미만큼이었다.

그는 자신이 살아온 삶의 일부를 아들과 나누고 싶었다. 과학자가 갑자기 세상에서 가장 중요한 신분처럼 여겨지는 이 원자 시대에, 과학자로서 살아가는 흥미진진한 삶을 아들과 공유하고 싶었다.

옛날 과학자들은 연구실에 고립되어 홀로 작업을 하며 주먹구구식으로 실험을 하고 대개의 경우 결실을 거두지 못했기 때문에 인간이라기보다는 마술사, 또는 괴짜나 기인 정도로 여겨졌다. 하지만 이제 우주의 핵심, 그 무한히 작은 핵심에 자리한 에너지 지식으로 무장한 그들은 경외의 대상이 되었다……. 할은 그런 걸 꿈꿔본 적이나 있을까? 아버지와 아들 사이에 소통이 없으니 알 도리가 없었다.

그는 걸음을 멈추고 주위의 전나무 숲을 살펴보았다. 나무들은 높다랗게 자라 있었다. 어린 나무들을 찾으려면 좀 더 안쪽으로 들어가야 할 것 같았다.

"어디까지 가실 거예요?"

할이 물었다.

"적당한 크기의 나무를 찾아야지. 숲 언저리까지 가보자."

"아무 나무나 잘라내서 위쪽만 쓰면 되잖아요."

그는 고개를 저었다.

"아빤 그런 엉터리 나무꾼이 아니란다. 그런 짓을 했다간 네 할아버지의 혼령이 벌떡 깨어나실 게다. 윗부분만 쓰겠다고 나무 전체를 **죽이**다니 말도 안 되지."

"시간이 많이 지났어요."

할이 재촉했다.

"서두를 게 뭐 있니?"

할이 눈 위에 멈춰 섰다.

"아빠, 저는 오늘밤 여덟 시까지 시내로 돌아가려고요."

그는 몸을 돌려 아들을 마주보고 섰다.

"이번 크리스마스에 내가 가족들에게 부탁할 수 있는 딱 한 가지, 내가 정말 원하는 딱 한 가지 선물은, 모두들 여기서 하루를 함께 보내는 거다. 그 하루엔 저녁도 포함되어 있지. 저녁 식사만 해도 여섯 시 넘어 끝날 테고, 그 다음엔 크리스마스트리에 함께 둘러 앉아서 시간을 보낼 거야."

할의 눈빛이 예사롭지 않았다. 무언의 반항이 담긴 눈빛이었다. 그렇다면, 이 아이는 왜 노여움을 밖으로 쏟아내지 않는 걸까? 그가 열여덟 살 때는 아버지와 처음에는 말다툼으로 시작해 결국 주먹다짐을 벌인 적도 있었다. 그때도 하루를 어떻게 보낼 것인가가 시비의 원인이 되었다. 어느 여름날, 그는 주州에서 개최하는 한 박람회에 가고 싶어 했고, 아버지는 반대를 했던 것이다.

"풀을 쳐내야 해."

그때 아버지는 투박하게 말했다.

"빠져나갈 생각 하지 마."

"전 갈 거예요."

"갈 수 있으면 가 봐!"

아버지가 고함을 쳤다. 두 사람은 서로를 노려보았다. 불현듯 아버지가 목청을 높이며 말했다.

"네 지금 기분이 얼굴에 드러난 그대로라면 이 애비와 한판 결투를 벌여 보자꾸나. 누가 더 강한 사내인지 한번 보자고."

아버지와 아들은 젊은 황소와 나이 든 황소가 씨름을 하듯 서로 붙들고 힘을 겨뤘고, 결국 그가 아버지를 먼저 바닥에 주저앉혔다. 그러나 아버지가 다시 몸을 일으키는 모습을 보니 자랑스럽기도 하고 부끄럽기도 하고, 마음이 두 갈래로 찢어지는 것 같았다.

"그래."

그의 아버지가 무뚝뚝하게 말했다.

"풀은 나 혼자서도 베도록 하지."

"저 안 가요."

그는 그렇게 말했고, 결국 두 사람은 무더운 여름날 나란히 서서 해질 무렵까지 일을 했다……. 그랬다, 그는 바로 과거의 자신인 그 소년의 행동이 충분히 이해가 갔다. 그런데 할은 왜 그에게 도전이나 반항을 하지 않는 걸까?

"아버지는 우두머리시죠."

할이 말했다.

"이제부턴 늘 우두머리 자리를 지키시겠죠."

그는 아들의 씁쓸한 얼굴을 빤히 쳐다보았다.

"대체 무슨 소리냐, 그게?"

"제가 말한 대로죠. 아버지가 우두머리시라고요. 전쟁이 끝난 이후로 쭉 최고 우두머리셨잖아요, 안 그래요? 원자 킬러!"

그는 분노에 찬 눈빛으로 자신을 바라보는 커다란 체구의 젊은 청년을 쏘아보았다. 이윽고 불길 같은 분노가 온몸을 휘감았고, 놀랍게도 그의 오른 주먹이 날아가 아들의 턱에 명중했다. 순간 그는 자신이 그 일격에 자부심을 느끼고 있음을 깨달았고, 그 저급한 자부심이 또다시 그를 경악케 했다. 그의 손이 축 늘어졌다.

"할! 나도 모르게 그만……."

그가 더듬거리며 말했다.

"내가 왜 그랬는지 모르겠구나. 네가 심한 소리를 한 건 사실이지만,

그래도 이렇게까지 할 생각은 아니었는데······."

할은 호주머니에서 손수건을 꺼내 얼굴을 닦았다.

"나, 피 나요?"

그가 물었다.

"그래, 조금. 상처가 꽤······ 그런데 왜 니 애비를 그런 식으로 부르는 거냐?"

"사실이잖아요. 아니에요? 일종의 대장 킬러······."

"그렇지 않아!"

할은 피 묻은 손수건을 살펴보더니 둘둘 말아 호주머니에 다시 집어넣었다.

"됐어요······. 이제 크리스마스트리를 베러 가자고요."

"할, 나는 이대로 얼렁뚱땅 넘길 생각이 없다."

"됐다니까요. 정말 됐어요."

"그래, 그럼!"

다시 화가 치솟은 그는 무거운 걸음걸이로 아들보다 오십 보 정도 앞서 가다가 어느 근사한 어린 전나무 앞에 멈춰 섰다.

"이제 찾았다!"

그가 말했다.

"제가 베어 볼게요."

아들은 나무 밑동을 향해 세 차례 도끼를 휘둘렀지만, 각각 다른 곳에 자국을 남겼다. 그러고는 도끼를 내려놓았다.

"좀 어지러워요, 아빠."

"얼굴을 한번 보자."

그는 아들의 턱을 양손으로 받쳐 들고 점점 검게 변해가는 상처를 살펴보았다.

"크리스마스에 이런 짓을 하다니, 아빠를 용서해라."

그가 불쑥 말했다.

"아니에요. 제가 심한 말을 했잖아요."

"물론 그건 사실과는 다른 얘기였지."

그가 재차 강조했다.

"아무튼 넌 좀 쉬어라. 나무는 내가 벨 테니까."

그가 딱 네 차례 도끼를 휘두르자, 나무가 긴 신음소리를 흘리며 고꾸라졌다. 잠시 후 나무 밑동은 그가, 머리 부분은 할이 들었다. 두 사람은 말없이 풀밭을 가로질러 왔던 길을 되밟아 집 현관까지 나무를 옮겼다.

"눈은 제가 털게요."

할이 말했다.

"먼저 안에 들어가서 몸부터 녹이자."

두 사람은 집 안으로 들어가 주방으로 향했다. 주방은 따뜻했고, 세이지(샐비어의 잎. 약용, 향신료로 쓰임-역주)와 칠면조 굽는 냄새로 가득했다.

"어서들 오세요."

헬렌이 활기차게 두 사람을 맞이했다. 그녀는 오븐 안에 놓인 칠면조에 육즙을 바르고 있었는데, 장밋빛 얼굴과 대소뇌는 곱슬곱슬한 은빛 머리칼이 도드라져 보였다.

"세상에 이렇게 멋진 오븐은 없죠."

헬렌이 말했다.

"나무 레인지를 왜들 더이상 안 쓰는지 이해가 안 돼."

"원자력 오븐이 나오면 생각이 달라질 걸?"

그가 응수했다.

"단 몇 분 만에 칠면조 요리가 완성되지. 식탁에 앉아서 버튼만 누르면 돼. 앉아서 잡담이나 나누다 보면 요리가 척 하고 끝나는 거야."

그 말에 아무도 반응을 보이지 않았지만, 장화를 벗고 있던 그는 그 침묵을 눈치채지 못했다. 앤은 식탁에 앉아 오래된 은 식기를 문질러 광택을 내고 있었다.

"전화 온 데 없었어?"

할이 물었다.

"아니."

앤은 대답을 한 뒤 고개를 들었고, 곧바로 소리쳤다.

"너 얼굴이 왜 그래?"

그러자 헬렌도 오븐을 닫으며 말했다.

"상처가 심하잖니!"

"내가 때렸다."

아버지가 쓸쓸하게 말했다. 그리고는 자리에서 일어나 컵에 물을 따라 마셨다.

"제가 아빠한테 심한 말을 했어요."

할이 말했다.

헬렌은 주방의 보조 의자에 앉았다.

"세상에⋯⋯ 이게 무슨 일이야?"

"크리스마스 선물이네!"

앤은 엉뚱한 한마디를 던지고는 깔깔대고 웃으며 얼굴을 두 손에 파묻었다.

"앤!"

아버지가 소리쳤다.

"그만해! 그만 웃거라! 그만두라니까……."

그가 앤의 어깨를 쥐고 세차게 흔들었다. 잠시 후 고개를 든 앤의 얼굴은 눈물 범벅에다 잔뜩 일그러져 있었다. 그 눈물이 웃음 때문이지 울음 때문이지, 그로서는 알 수가 없었다.

"저도 때리실 거예요, 아빠? 아빤 이제 그런 사람이 다 되신 거예요?"

그가 뒤로 물러서며 다그쳐 물었다.

"무슨 소리냐?"

그는 가족들의 얼굴을 하나씩 번갈아 바라보았다.

"다들 왜 그런 표정이야?"

가장 먼저 대답을 한 건 앤이었다. 앤은 어릴 때부터 당찬 구석이 많았다. 일곱 살 꼬마 때는 아버지에게 달려들어 깨문 전력까지 있었다. 당시 앤은 용서받을 수 없는 말썽을 피워 엉덩이에 매를 맞고 있었다. 아버지가 방정식 등을 적어놓은 종이 위에 온통 양과 데이지 그림을 그려놓은 것이다.

지금 그의 엄지손가락에는 아직도 작은 이빨 자국이 남아 있었다.

"우린 아빠를 몰라요."

앤이 분명하게 말했다.

"아빠는 변했어요. 우리에게는 이제 낯선 사람이 되있다고요."

그는 자신이 사랑하는 이 세 사람을 가만히 바라보았다. 순간적으로 무력감이 덮쳐왔고 여기서 도망치고 싶다는 충동을 느꼈다. 그들로부터 벗어나 비행기를 타고 어디론가 날아가 버리고 싶었다.

왜 그렇게 편안한 실험실을 스스로 떠나왔던 걸까? 하지만 어디에 있든 그는 저 세 사람으로부터 벗어날 수 없었다. 그는 가족을 사랑했다. 각기 다른 모양새의 사랑이었지만, 그 넉넉한 마음만큼은 한결같았다.

그는 이 세 사람을 사랑했고, 때문에 어디를 가든지 이들을 가슴에 품고 다녔다. 이제 그는 이들과 직면하고 있다. 과학자의 삶을 살면서 그 소름끼치는 결정의 순간들과 직면해왔던 것처럼.

원자핵 속에 갇힌 에너지를 찾던 그때처럼, 이 상황도 끝까지 파고들어 결론을 내려야 하는 걸까? 그는 때때로 이 궁극의 지식으로부터 도망치고 싶었지만, 늘 자신에게 엄격함으로써 그 유혹을 이겨냈다. 과학자에게 도망이란 용납될 수 없었다. 비록 그 비밀의 에너지가 세계를 파멸로 이끌 수도 있음을 잘 알면서도, 그는 하나의 의무처럼 연구에 매진했다. 이 에너지는 제대로만 쓰인다면 죽음 대신 삶을 가져다 줄 수도 있었다.

기묘하게도 사랑도 이와 비슷했다. 사랑의 힘은 악을 위해 쓰일 수 있고, 선을 위해서 쓰일 수도 있었다. 모든 건 그 주체인 인간에게 달려 있었다. …… 그런데 대체 무슨 연유로, 그가 사랑하는 이 세 사람이 이처럼 낯설게 다가오는 것일까? 이 크리스마스 아침, 그는 오직 사랑만으로 가득했다. 어떻게 얘기해야 이들을 이해시킬 수 있을까?

그는 식탁에 앉아 한 사람 한 사람의 얼굴을 차례대로 바라보았다. 그들 역시 그를 바라보았고, 이윽고 그는 부드러운 표정을 지어 보였다.

"앤."

세 사람 가운데 앤의 얼굴을 선택하며, 마침내 그가 입을 열었다.

"넌 크리스마스의 별만큼 정직했단다. 고맙구나. 넌 내가 낯설게 느껴진다고 했지. 가족 모두가……. 그런데 난 도리어 네가 낯설게 느껴졌단다, 할도 마찬가지고, 또 당신 헬렌도. 이곳에 온 뒤로 정말이지 어찌할 바를 모르겠구나. 사실 저쪽 집에서도 오래전부터 느껴왔던 기분이지만."

앤은 당황스러워하는 것 같았다. 그것을 눈치챈 그는 후회했다. 좀 더 천천히 얘기를 진전시켰어야 했다. 앤이 말했다.

"아빠는 너무 바빴어요."

"그래, 바빴지."

그가 동의했다.

"가족들 모두에게서 너무 멀리 떨어져 있었지. 내 의무라고 생각한 일을 하느라 너무 바쁘게 살았어. 하지만 어찌됐든 난 이 세 사람, 내 가족 없이는 살 수 없어."

그는 가족들이 자신을 이해해 주기를 바랐지만, 그들은 여전히 경계의 눈빛을 거두지 않고 있었다. …… 그들은 지금의 그를 잘 몰랐다. 그들의 머릿속에는 다른 기억들이 가득했다. 그는 그들이 무슨 생각을 하는지 헤아려 볼 수 있었다. …… 아빠는 지금 가족들을 향해 애정을 드러내며 우리의 신뢰를 되찾으려 한다. 그리고 여전히 명랑하고 상냥한 아빠, 정열적인 연인이자 남편이라는 사실을 증명해 보이려고 하는 거다…….

그는 항변을 포기하고, 다시 앤에게 말을 건넸다.

"솔직히 얘기하렴. …… 왜 아빠가 낯설게 느껴지는 거니?"

앤의 사랑스러운 작은 얼굴은 그를 향해 굳게 닫혀 있는 것처럼 느껴졌다.

"사람들이 묻곤 해요. 원자 폭탄을 만든 아빠를 둔 기분이 어떠냐고요. 그리고 요즘은 뭐 만드시냐고 묻죠. 그럼 난 모른다고 해요. 정말 모르니까요. 아빠는 아무 얘기도 해주시 않잖아요."

이때 할이 끼어들었다.

"폭탄에 대해서는 아빠를 비난하지 마. 아빠가 뭘 하셨든지, 내 생각엔 아빠도 어쩔 수 없었던 거야. 게다가 다 지난 일이잖아, 오래전에."

널찍하고 따뜻한 주방은 소나무 장작과 그 위에서 익고 있는 칠면조의 향긋한 냄새로 가득했다. 바깥 날씨는 어느새 변해 있었다. 하늘은 다시 어두워졌고, 바람 잠잠한 대기 위로 부드러운 눈송이들이 촘촘하게 내리고 있었다. 겉으로만 보면, 오븐 안에서 칠면조가 익어가고 집 앞 현관에는 전나무가 기다리고 있는, 더할 나위 없이 전통적인 크리스마스의 모습이었다.

아놀드의 어린 시절 크리스마스의 기억도 이와 비슷했다. 하지만 지금 이 농장 집에는, 예전에는 없었던 무언가가 자리잡고 있었다. 그것은 바로 두려움, 미래에 대한 인간의 두려움이었다. 섬뜩하지만 지당한 그 공포감은 바로 그와 그의 동료 과학자들 사이에서 시작된 것이었다.

그러나 혹시 지금 그 두려움이 여기뿐만 아니라 다른 모든 집들과 사람들에게도 발설되지 않은 비밀, 설명되지 않은 그림자로서 존재하고 있는 건 아닐까? 그는 스스로 하나의 기적을 발견했음에도 사랑하는 이들과 그것을 공유하지 못했다. 그들이 알고 있는 건 오직 두려움뿐이었다.

그가 고개를 들었다.

"내가 설명을 하겠다. 아빠는 왜 네가 나를 두려워하는지 알고 있어."

앤이 참지 못하고 입을 열었다.

"사실, 정확히 말하면 두려워하는 게 아니에요. 아무도 더이상 이 세상을 안전하다고 생각지 않아요. 그래서 사람들은 정신없이 서두르죠. 그런 것에 대해서는 생각을 하고 싶지 않은 거예요. 누구도 생각을 하지 않죠. …… 그래서 계속 분주하게 서두르는 거예요, 생각은 없이 말이죠."

아내도 그를 동정했다.

"당신도 어쩔 수 없었다는 거 알아……."

"나 역시 두려워."

마침내 그가 말했다.

"여기 있는 사람들이 느끼는 그 두려움을, 나도 느끼고 있어."

가족들은 그야말로 귀를 쫑긋 세우고 그의 말에 귀를 기울였다. 지금 그는 좀처럼 하지 않던 얘기를 하고 있었다.

"아빠 스스로가 두려우신 거예요?"

앤이 물었다.

"아니."

그가 힘있게 답했다.

"난 내 자신을 잘 알아. 그래, 아빤 변했어. 하지만 네가 생각하는 것처럼은 아니야. 이 세상에, 아빠가 찾아낸 그것들을 발견한 뒤에도 변하지 않을 수 있는 사람은 없단다. 아빠는 지금 과거 그 어느 때보다도 겸손해. 난 신을 믿는다……."

그는 자신이 하고 있는 말의 중요성을 인식하며 주저없이 말을 이어갔다. 그는 지금까지 단 한 번도 신을 언급한 적이 없었다. 그는 불가지론적이고 회의적인 사람이었으므로 스스로 하나님을 믿지 않는 것을 자랑스럽게 여겼다.

"내가 말한 신은 말이다. 우리가 말하는 그 하나님 아버지는 아니란다."

그는 감상에 빠지지 않도록 주의하며 명료하게 얘기했다.

"그래, 하지만 난 이 하늘과 땅을 만드신 영원한 '창조자'만큼은 굳게 믿고 있다. 어떻게 내가 그 존재를 믿지 않을 수 있겠니? 아빠는 원자의 중심에서 창조 행위와 맞닥뜨린 사람이다. 눈에는 보이지 않지만 목적으로 가득한, 측량할 수 없는 힘과 에너지…… 눈으로는 볼 수 없지만 그것의 존재는 믿는 거지."

이제 나머지 세 사람은 너무 꼼짝도 않는 바람에 아예 숨조차 쉬지 않는 것처럼 보였다. 그리고 문득 그는, 자신이 지금까지 가족들에게 이런 진지한 생각들을 한 번도 얘기해 본 적이 없다는 것을 깨달았다. 서로 함께 했던 나날들이 사실은 그저 삶의 껍데기만 스치고 지나가 버린 것이다. 어쩌면 그는 이런 숨은 사실들을 드러내는 것에 너무 조심스러웠는지 모른다. 한편, 가족들은 그것에 갈증을 느꼈을 것이다.

가족들은 이제 좀 더 편안한 자세로 그의 이야기를 듣고 있었다. 앤은 양손을 깍지 끼고 무릎을 껴안은 채 마루 위에 앉아 있었고, 할은 바지 주머니에 손을 찔러 넣은 채 문가에 기대어 서 있었으며, 헬렌은 머리를 옆으로 살짝 기울이고 식탁에 앉은 모습이었다. 그녀는 분명 남편의 이야기를 귀를 기울이고 있었지만 다소 의심을 거두지 못한 것처럼 보였다. 아니, 아직도 모두들 약간은 의심을 하고 있는지도 몰랐다.

그는 머뭇거리며 말을 멈췄다. 그리고 애써 웃음을 지어 보이며 말했다.

"너무 거창하게 들리지? 내가 쓸데없이 괜한 소리를 하는 거나 아닌지……."

말소리가 차츰 잦아들었다.

"칠면조에 육즙을 발라 줘야지."

갑자기 헬렌이 말했다. 그는 지나치게 예민해진 그녀의 얼굴에서, 아내가 그 불편한 상황을 견디기 힘들어한다는 것을 느꼈다. 그녀가 오븐의 문을 여는 동안, 나머지 가족들은 묵묵히 기다렸다. 그리고 그녀가 흘러내린 육즙을 커다란 숟가락으로 떠서 통통한 칠면조 위에 끼얹는 것을 지켜보았다. 그는 바로 저런 모습이, 오늘날 그들의 삶 속에 섞여 있는 광대한 것과 자그마한 것의 한 단면일지 모른다고 생각했다. 크리스마스의 별, 그리고 원자에 대한 두려움.

헬렌은 차가운 물을 한 잔 마신 뒤, 다시 식탁에 와 앉았다.

"계속하세요, 아빠."

앤이 말했다.

"이젠 무슨 얘길 해야 할지 모르겠구나."

그가 무뚝뚝하게 말했다.

"내가 오랫동안 멀어져 있었던 건 사실이야. 비록 집에서 자고 먹고 하면서 많은 시간을 보냈지만, 정작 마음은 다른 곳에 가 있었지. 어쩌면 난 다시 돌아올 수 없을지도 몰라. 어쩌면 여기 있는 세 사람과 다시는 만나지 못할 수도 있어……. 과학자로서 산다는 건 꽤 고독한 일이란다. 그래, 정말 고독한 삶이지. 우리의 교류라는 건 그저 우리만의 세계에서 벌어지는 일이야. 과학자들이 그렇게 자주 세미나를 열고 모임을 갖는 것도 그 때문이지. 난 그렇게 생각해. 자신들의 언어를 쓰는 사람들, 방정식을 통해 소통을 할 수 있는 사람들을 찾고 만나고 싶은 거지. 그러니…… 세 사람도 나와 중간쯤 되는 곳에서 나를 만나야 하는 거다!"

"아무래도 힘들 것 같아요."

앤이 낮은 목소리로 말했다.

"그렇다면 나 혼자 내 길을 가야겠지."

그가 침울하게 말했다. 헬렌은 다시 자리에서 일어나 창가로 다가갔고, 그곳에 멈춰 서서 흩날리는 눈을 바라보았다.

"우린 이제 모두 원자 시대에 살고 있어."

그녀가 말했다.

"당신은 그저 그곳에 먼저 갔을 뿐이지."

"아주 좋은 얘기군."

그가 고마움을 담아 말했다. 그때 전화벨이 울렸다. 할이 복도로 나갔고, 나머지 가족들은 기다렸다.

"갈 수 있을지 모르겠어."

할이 목소리가 들렸다.

"아직 몰라……. 가게 돼도 늦을 거야."

할이 다시 주방으로 돌아왔다. 그러고는 오븐 근처에 놓여 있던 보풀이 수북하게 인 깔개 위에 털썩 주저앉더니, 머리 뒤로 두 손을 깍지 끼고 천장을 응시했다.

"계속하세요, 아빠."

"더이상은 아니다."

그가 아들에게 말했다.

"다들 나를 신뢰해야만 해. 내가 무슨 일을 하던 나를 믿어야 한다. 그렇지 않으면 신뢰도 없어. 내가 말할 수 있는 건, 그저 내가 비전을 봤다는 거야. 별을 따라갔던 그 옛날 동방박사들처럼 확고하게 말이다. 그들은 새로 태어나게 될 한 갓난아이가 새로운 시대, 보다 나은 시대를 가져다줄 거라고 믿었지…… 나도 마찬가지란다."

"그 당시에도 많은 사람들이 그 새로운 시대를 두려워했어."

헬렌이 말했다.

"그랬지."

그는 다시 한 번 아내의 적절한 대꾸에 고마워하며 말했다.

창밖을 물끄러미 바라보고 있던 헬렌은 빵을 담아 놓는 상자 쪽으로 다가가더니 빵 껍질 하나를 손에 집어 들고 잘게 부수었다. 그러고는 창문을 열고 그 부스러기를 바깥쪽 창문턱에 놓아두었다.

"아직도 가지 않고 남아있는 티티새가 있어서."

"헤롯왕은 그 아이를 죽이려 했죠, 기억하세요?"

앤이 옛날이야기를 기억해내며 말했다. 아버지는 앤을 향해 몸을 돌렸다.

"그래, 그는 새 시대를 막으려 했지. 하지만 누구도 그렇게 할 수는 없어, 누구도. 우리는 결코 과거의 모습으로 돌아갈 수 없는 거야. 결국 헤롯왕은 아이를 죽이지 못했지……. 그리고 우리도 이 창조적인 원자의 핵을 파괴할 수 없어. 그건 영원한 거야. 늘 거기에 있는 거라고. 이제 우리는 그걸 어떻게 사용해야 할지를 배워야 해. 선을 위해, 오직 선을 위해 써야 하지."

그는 불안한 몸짓으로 자리에서 일어나 창가에서 남쪽으로, 다시 창가로, 그리고 이번엔 북쪽으로 방안을 왔다 갔다 했고, 그 사이 하얀 눈발은 줄곧 창유리를 때려댔다. 널찍한 주방은 견고하게 지어진 이 주택의 폭 전체를 길게 차지하고 있었다. 이윽고 그가 사려 깊게 말을 꺼냈다…….

"이 연구가 다른 의미로 시작되었다면 좋았을 텐데. 전쟁 대신 평화를 위해서 말이야. 내 손으로 도시를 밝혀 주고, 집들을 따뜻하게 덥혀 주고, 아직 발명되지 않은 멋진 기계들에 적합한 연료를 미리 개발하고 말이야. …… 하지만 애초부터 그런 방식으로는 시작될 수 없었지. 일단 우리는 인간 이하의 인간들이 세계를 파괴하려 드는 것부터 막아야 했으니까."

그는 말을 멈추고 가족들을 바라보았다.

"무슨 말인지 알겠어? 히틀러는 우리를 파멸시킬 수도 있었어. 그 역시 폭탄을 만들려 했다고. 우리는 그저 몇 달 정도 앞섰을 뿐이지."

"하지만 독일은 항복했잖아요."

앤이 말했다.

"일본은 아니었지."

그가 말을 받았다.

"그리고 그 인간 이하의 인간들은 싸움을 계속 하려 들었어. 우린 그 종족들을 주시해야 해."

그는 다시 주방 안을 오가기 시작했다.

"내가 살면서 유일하게 두려워하는 건, 바로 그 인간 이하의 사람들이야. 난 원자 속에 잠재된 에너지를 굳게 믿고 있다. 우린 그 에너지를 확인할 수 있고, 사용하는 법도 터득할 수 있지. 예측가능하다고. 그리고 난 신을 믿듯이 선한 이들을 신뢰해. 하지만 인간 이하의 그들은······ 그들은 아니야! 그들은 우리의 유일한 적이지. 그들은 바다 건너뿐만 아니라 바로 우리 옆집에 살고 있을 수도 있어. 또 우리 내부에서 살고 있을 수도 있어. 심지어 내 안에도!"

그는 앤의 앞에 걸음을 멈춰 긴 집게손가락으로 그녀를 가리키며 말했다.

"네가 아빠를 두려워하는 것도 그 때문이지!"

그는 손을 내렸.

"그래, 네가 날 두려워하는 것도 당연할지 몰라. 오늘 아침에는 나조차도 내가 두려웠으니까."

그는 할에게 시선을 돌렸다.

"할, 내가 왜 널 때렸는지 알겠니?"

"잊어버리세요."

할이 작은 목소리로 말했다.

"저도 화를 낸 건 마찬가지니까요."

"그걸 어떻게 잊을 수 있겠니."

아버지가 말했다.

"내 안에도 인간 이하의 성질이 있었던 거야."

그는 이 크리스마스 아침, 진심을 담은 소리로 누구도 아닌 자신에게 말을 건네고 있었다. 하지만 가족들은 그의 말을 귀담아 들어 주었다. 비록 부담스런 말들이기는 했지만 그들은 그가 무슨 말을 하고 있는지 잘 알고 있었다. 헬렌이 손을 뻗어오자 그 역시 손을 뻗어 아내의 손을 움켜쥐었다. 앤은 구부린 무릎 위에 이마를 대고 몸을 가볍게 떨었다. 울고 있는 걸까? 하지만 그는 알 수 없었다.

할이 벌떡 일어서더니 아버지의 등을 토닥였다.

"이제 충분해요! 제 생각에는 어찌됐든 서로에 대해 조금씩은 더 알게 된 것 같아요. …… 이제 나무를 준비하죠. 제가 거실로 가져올게요."

"난 트리 장식을 찾아볼게."

헬렌이 말을 꺼내다가 삼시 설음을 멈추고 남편의 뺨에 입을 맞췄다. 하지만 앤은 여전히 몸을 구부린 채 마루에 앉아 있었다. 딸을 잠시 바라보던 아놀드는 창가로 다가가 바깥을 내다보았다. 눈은 그쳤고, 잿빛 겨울 하늘 사이로 다시금 파란 빛깔들이 떠올랐다. 그는, 참 다채로운 날이라고 생각했다. 게다가 아직 절반도 지나지 않았다. 아침 일찍 일어났다는 것, 그것도 별을 보기 위해서 그랬다는 것 자체가 무언가를 암시하고 있었던 거였다. 그렇다 해도, 누가 일이 이렇게까지 심각해질 줄 알았겠는가! 하루 만에 모든 걸 되찾기에 이미 그는 너무 많은 시간들을 흘려버린 것이다.

드디어 앤이 고개를 들고 이야기를 시작했다.

"몇 주 전부터 아빠한테 하고 싶은 얘기가 있었어요…… 아빠, 저 너무 괴로워요."

그는 심장이 빠르게 뛰는 것을 느꼈다. 결국 아빠로서 완전히 실패한 건 아니었다.

"왜 그런지 말해보렴, 앤."

"저, 사랑에 빠졌어요."

그는 방석을 가지고 와 딸 앞에 손을 뻗으면 닿을 정도 거리에 앉았다.

"그래도 그건 멋진 일이지."

그가 부드럽게 말했다.

"그렇지 않아요."

그녀가 말했다.

"전 저를 사랑하지 않는 사람을 사랑하고 있어요."

"말도 안 돼."

그가 단언했다.

"지구상에 너를 사랑하지 않는 사내가 있다는 게 믿어지지가 않는구나. 눈이 멀어 네 모습을 볼 수 없을지는 몰라도, 사랑에 빠지지 않을 수는 없을 텐데."

그녀는 잠시 미소를 지어 보인 뒤 몸을 일으켰다. 그러고는 아버지에게 다가가 자신의 뺨을 그 머리 위에 가져다 댔다. 이제 그는 앤의 얼굴을 볼 수 없었다.

"그 사람은 나를 충분히 사랑하지 않아요."

그녀가 말했다.

"나를 위해 뭔가를 포기할 만큼 말이에요. 그저 키스만 해줄 뿐이죠. …… 그런 식이에요."

"그런 식이라……."

그가 앤의 말을 되풀이했다.

"그래, 그건 충분치 않지. 동의한다."

"아뇨."

그녀가 말했다.

"문제는 제가 그를 너무 사랑한다는 거예요. 모든 걸 얻거나 모든 걸 잃거나 둘 중의 하나예요. 아빠, 그 사람은 결혼을 했어요. 그러니까 전 모든 걸 잃게 될 거예요."

"암울한 일이구나."

그가 무겁게 동의했다.

"참 암울한 일이야."

아빠의 동정 가득한 말에 앤은 감정이 복받쳤다.

"아빠, 세상이 텅 빈 것 같아요!"

그가 앤을 무릎께로 끌어내렸다. 예전처럼 다시 아이가 되어버린 앤은, 지금도 여전히 아이일 뿐이었다. 그녀는 아버지의 어깨에 얼굴을 파묻고 소리 없이 흐느끼기 시작했다. 사랑의 상처를 품은 영혼은 눈물을 흘릴 도리밖에 없었다. 아니, 앤은 아이가 아니었다. 아이들은 소리를 내서 우니까…….

그는 앤을 가볍게 안아주고 기다렸다. 그저 고만고만한 위로의 말들을 해줄 수는 없었다. 즉, 넌 이제 고작 스무 살이다, 세상에는 그 녀석 말고도 젊고 잘생긴 남자들이 가득하다, 시간이 가면 잊게 될 거야, 라는 식 말이다. 대신 그는 진실을 말해주고 싶었다.

그녀는 혼란으로 가득한 얼굴을 들어 말했다.

"아빠, 과연 제가 이 상황을 완전히 떨쳐낼 수 있을까요?"

"아니."

그가 말했다.

"사람은 결코 이런 큰 일들을 떨쳐내지 못한단다. 그건 네 안에 그대로 머물게 되지. 물론 다른 일들, 다른 사랑들이 찾아오겠지만, 그래도 넌 그것들 역시 안고 살아가게 될 거다. 모든 걸 품고 말이다. 그래야만 하는 거야. 우리는 삶으로부터 도망칠 수 없단다."

앤은 다시 그의 어깨에 머리를 떨구었지만, 더이상 울지는 않았다. 그는 딸이 지금 마음은 고통스럽지만 정신만큼은 다시 제자리를 찾고 있음을, 스스로를 추스르고 있음을 느낄 수 있었다. 그녀는 일어서서 머리를 매만졌다.

"아빠가 오늘 우리를 여기로 데리고 오시지 않았더라면 어떤 일이 벌어졌을지 아세요?"

그녀가 물었다.

"어떤 일?"

"전 도망칠 계획이었어요. 그 사람하고 주말 동안 말이죠. 하지만 그럴 수 없었죠. 아침에 아빠가 일찍 밖에 나가시는 소리를 들었어요. 창가에 서서 아빠가 눈길을 뚫고 헛간 옆으로 가서 오랫동안 서 계신 걸 봤어요."

"별을 다시 보고 싶었거든."

그가 말했다.

"별이요?"

그는 옛날 이 집에서 어린 시절을 보낼 때, 그 크리스마스 별이 자신에게 어떤 의미였는지, 그리고 다시 한 번 그 별을 바라보며 마음가짐을 새롭게 하기 위해 얼마나 이곳으로 오고 싶어 했는지를 딸에게 이야기해 주었다.

더이상 어린아이가 아닌 앤이 그의 무릎에서 빠져나갔다.

"나도 마음가짐을 새롭게 할 필요가 있어요."

"균형 감각이지."

그가 말했다.

"뭐가 중요하고, 뭐가 그렇지 않은지를 아는 것."

그가 말하는 사이 앤은 창가로 다가가 눈 덮인 바깥을 내다보았다.

"이 얘기 아무한테도 하지 마세요, 아빠."

그가 놀란 듯이 말했다.

"아빠가 설마 그러겠니?"

"혹시 엄마한테 말씀하시지 않을까 해서요."

"엄마도 모르시는 모양이구나?"

"네. 엄만 이것 말고도 걱정할 일이 많으시거든요."

"…… 뭔가 내가 모르는 일이 있는 것 같군."

"지금 엄마는 가족들 중 아무도 모른다고 생각하세요. 전 의사 선생님한테 들었거든요."

그는 몸이 오싹해지는 것을 느꼈다.

"아빠는 처음부터 알고 있어야 했던 것 아니니?"

"엄만 특히 아빠한테는 꼭 숨기고 싶어 하셨어요. 크리스마스가 지날 때까지는 우리한테도 비밀로 하시려 했고요. 그래서 의사 선생님이 제게 귀띔을 해주신 거에요. 누군가는 알고 있어 있어야 한다면서요."

"특히 나한테는 숨기고 싶었다고……?"

그가 멍한 상태에서 앤의 말을 반복했다.

"하지만 의사도 엄마 말을 그렇게 곧이곧대로 들어서는 안 되는 것 아니냐."

"엄마 스스로도 검진 결과를 크리스마스 이후에 듣겠다고 하셨대요. 그래서 의사 선생님이 만일의 경우를 대비해서 저한테만 얘기를 해주신 거고요."

그는 탄식했다.

"우리 가족들은 서로 모든 문들이 닫혀 있구나!"

앤은 다시 아버지에게 다가가 손을 내밀었다. 곧이어 그도 위안을 구하며 앤의 손을 꼭 쥐었다.

"하지만 오늘 아빠가 그 문들 중에 하나를 여신 거예요. 하나만 열려도 나머지 가족들에게는 큰 도움이 되죠. 이제 우린 소통을 할 수 있게 되니까요."

"너도 그래 주겠니?"

"네, 그럴게요. 약속해요."

앤이 미소를 지어 보였다. 사려 깊으면서도 슬픈 미소였다. 다소간의 젊음의 빛이 앤의 얼굴에서 사라져 버렸다.

"괜찮아질 거야."

그가 말했다.

"단번에는 어렵더라도, 매일같이 조금씩 나아질 게다."

"네……."

가만히 있던 앤이 코를 킁킁거렸다.

"아빠, 칠면조!"

앤은 오븐으로 급히 달려갔고, 그는 미소를 지으며 주방을 나섰다. 그가 복도에 서서 소리를 높여 말했다.

"헬렌, 어디 있어?"

멀리서, 닫힌 문을 뚫고 아내의 답하는 목소리가 희미하게 들려왔다.

"엄마, 이층에 계세요."

거실에 있던 할이 말했다. 나무는 벌써 세워졌고, 할이 그 지지대에 마지막 못을 박고 있었다.

"아까 트리 장식들을 가지러 올라가셨다가 아직 안 내려오셨어요. 아마도 나무 맨 위에 붙이는 별을 찾고 계신 것 같아요. 어디에 뒀는지 기억을 못하시더라고요."

그는 할이 말을 마치기를 기다리지 않고 껑충껑충 계단을 올라 아내가 있는 방으로 향했다. 문은 잠겨 있었다. 다시 손잡이를 돌려보았다.

"문 좀 열어, 헬렌."

"잠깐만, 여보."

목소리가 문틈으로 희미하게 새어 나오더니 잠시 뒤 잠금 장치가 풀리고 문이 열렸다. 헬렌의 얼굴은 핏기라곤 없었다. 창백한 얼굴 위로 두 눈이 휑하니 커 보였다.

"어보, 무슨 일이야?"

그가 소리치면서 아내를 팔로 감싸 품에 안았고, 헬렌은 아무 말 없이 그에게 몸을 맡겼다.

"왜 혼자 여기 올라와서 문을 잠그고 있는 거야?"

그가 다그쳐 물었다.

"당신한테 얘기하고 싶지 않아."

잠시 뒤 그녀가 속삭였다.

"크리스마스를 망치고 싶지 않아."
"크리스마스는 대화를 나누는 날이야."
그가 말했다.
"믿음을 나누는 날이라고."
"몸이 안 좋아."
그녀가 더듬거리며 말했다.
"뭔가 좀 문제가 있는 것 같아."
그는 사랑스러운 아내의 얼굴을 바라보다가 가슴에 꼭 끌어안았다. 그리고 두 눈을 질끈 감았다.
"왜 나한테 얘기하지 않았어?"
"그럴 수 없었어. 당신은 너무 멀리 있었어."
"의사한테 혼자 간 거야?"
"응."
거의 한숨에 가까운 헬렌의 대답이었다.
"의사가 뭐래?"
"결과가 완전히 안 나왔어."
"내가 지금도 멀리 있는 것 같아?"
"아니."
"다시는 그러지 않을 거지?"
"응, 다시는."
"내일, 같이 의사한테 가자. 당신 곁에 있어줄게."
얼굴이 갑자기 환해지면서, 헬렌이 고개를 들었다.
"아, 아놀드, 정말 그래주겠어?"
"아마도 아무 일 없을 거야. 치료 못할 병도 아닐 테고."

"나도 이제 자신이 생겨."

그녀는 다시금 신뢰가 되살아난 눈빛으로 그를 올려다보았다. 그는 머리를 기울이고 근래 어느 때보다도 열정적으로 헬렌에게 입을 맞추었다. 그들은 다시 가까워졌다.

아래층에선 할이 통화를 하고 있었다.

"어, 난데, 나 오늘밤에 못갈 것 같아. …… 아니, 늦게도 못가. …… 오늘 못간다고. …… 크리스마스트리에다가 이것저것 할 게 많아."

탕 하고 수화기가 내려앉는 소리가 들렸고, 이어 할이 이층을 향해 소리쳤다.

"아빠, 엄마, 두 분 다 이층에 계세요? 크리스마스 장식품 갖고 내려오실 거죠? 별도 챙겨 오시는 거 잊지 마세요!"

두 사람은 서로에게서 몸을 떼며 함께 웃었다. 오늘 같은 크리스마스에 희망을 품지 않는다니, 그건 불가능한 일이었다. 사실 그 별이 암시했던 의미도 바로 이것이었다.

# 미인

TWELVE STORIES 02

오무라 부인은 주방에 있는 시계를 흘긋 바라보았다. 아직 다섯 시였지만 도쿄는 이미 겨울 어둠 속에 잠겨 있었다. 아이들이 돌아올 시간이었다. 셋수의 발이 젖지 않았어야 할 텐데. 열두 살이면 어느 정도 철이 들 만한데도 셋수는 요즘 여자아이들답게 늘 꿈 속에만 빠져 있었다. 옛날에는 신발 없이 학교를 떠난다는 것은 상상조차 할 수 없었다. 실내에 들어서려면 문 앞에서 신발을 벗고, 학교를 나설 때면 다시 게다(일본 전통 나무 신발-역주)를 찾아 신어야 했다. 하지만 이젠 학교 자체가 서구화되는 바람에 아이들도 안이건 밖이건 신발을 신고 다녔다. 어디건 마찬가지였다.

바로 그때 정원 문가에서 아들의 힘찬 목소리가 들려왔다.

"엄마! 저 왔어요, 토루!"

토루가 신발을 벗어던지고 안으로 달려 들어왔다. 최소한 그녀의 집만큼은 여전히 일본식이었다. 그녀는 집 안에서 신발 신는 걸 허락하지 않았던 것이다. 오무라 부인은 개수대로 가서 깨끗한 수건 하나를 세차게 흘러나오는 뜨거운 물에 적셨다.

"토루, 이리 오렴."

토루가 오른손에 줄로 묶은 책 꾸러미를 들고 눈앞에 서자, 오무라 부인은 따뜻한 수건으로 아들의 얼굴을 꼼꼼히 닦아주었다.

"자, 이제 손 주렴. 왜 이렇게 지저분한 거니?"

"분필 때문에 그래요. 아빠는 집에 계세요?"

토루는 매일 똑같은 질문을 던졌고, 그때마다 그 질문이 단검처럼 오무라 부인의 심장을 찌르곤 했다. 소년은 막 자라나는 중이었고 아버지가 필요했다.

"아버지가 아주 바쁘시다는 건 너도 알잖니. 너하고 놀아주려고 집에 일찍 들어오실 순 없단다."

"어디에 가시는데요?"

"얘기해 줬잖니."

"바Bar에 가시는 거 다 알아요."

"책을 방에 갖다 놓으렴. 셋수가 오는 대로 저녁을 먹자꾸나."

토루는 그 자리를 떴고, 오무라 부인은 여닫이 종이 문 너머 토루가 옆방에서 토닥거리며 책을 정리하는 소리를 들었다. 토루는 착한 아이였다. 열 살이라는 어린 나이에 비해 차분한 편이었고 생각도 깊었다. 그녀는 오늘밤 남편에게 토루가 한 얘기를 전해야겠다고 생각했다.

"엄마, 저 왔어요."

셋수였다. 훤칠하고 날씬한 소녀 셋수는 소리 없이 주방으로 건너왔다. 신발은 벗었고, 양쪽 귀 뒤로 단정하게 머리를 빗어 넘긴 모습이었다.

"왜 이렇게 늦었어?"

"길이 막혔어요. 버스가 앞으로 나가질 못하고 계속 멈춰 섰어요."

"평소 때보다 더 그랬다는 거니?"

오무라 부인은 최대한 무심한 투로 말을 건네면서도 예쁜 외동딸을 세심하게 살펴보았다. 아직 열두 살밖에 되지 않은 어린아이였지만, 셋수는 조숙했다. 모든 것이 새로워진 이 도쿄라는 도시에서 소녀들은 너무 빨리 자라났다. 그들은 자유롭게 외출을 했고, 서구의 영화를 관람했고, 미국의 젊은이들을 따라하는 데 열을 올렸다. 그나마 오무라 부인은 셋수가 로큰롤 공연장에 가는 것만큼은 막을 수 있었다. 셋수가 맨 처음 공연장에 가게 해달라고 졸라댔을 때 그녀는 직접 딸의 손을 잡고 그곳까지 동행했다.

"다른 여자애들도 모두 간단 말예요." 라고 말하며 셋수가 입을 삐죽 내밀었다.

"그럼 나도 같이 가."

오무라 부인은 그렇게 말했다.

"내가 직접 가서 봐야겠어."

거기서 본 광경은 오무라 부인을 깜짝 놀라게 만들었다. 거대한 공연장에서 그녀는 수많은 젊은이들 틈에 둘러싸여 있었다. 놀랍게도 관중 대부분은 소녀들이었다. 무대 위에선 젊은 남자 가수들이 마이크를 잡고 노래를 부르고 있었다. 그걸 정말 노래라고 부를 수 있을지는 모르겠지만, 아무튼 그들은 서양 음악과 카우보이 음악, 그리고 그녀로서는 나이가 나이인 만큼 금방 얼굴이 붉어질 법한 사랑 노래들을 울부짖듯 불러댔다.

하지만 그 요란스러운 음악도 소녀들이 지르는 고함소리와 신음소리에 비하면 아무것도 아니었다. 그 애들은 정말 일본 아이들이 맞았던 걸까? 연주가 끝나자 아이들은 처음엔 한 명, 이어서 스무 명 이상 무대로 뛰어올라 가수들의 목에 화환을 걸어주고, 심지어는 뺨에 입까지 맞추었다. 그녀는 손으로 눈을 가리고 그 자리를 부랴부랴 빠져나왔다.

"안 되겠어, 셋수."

그녀가 단호하게 말했다.

"앞으로는 절대 공연장 가는 걸 허락 못하겠구나."

이렇게 못을 박아놓긴 했지만, 셋수가 그 후로 정말 거길 가지 않았는지는 그녀도 확신할 수 없었다. 이 새로운 것으로 가득한 도쿄에서는 어떤 엄마도 자기 자식들을 확신할 수 없었다. 남편도 마찬가지였다. 그녀는 남편에 대한 그 불충성한 생각들을 한쪽으로 밀쳐냈다. 그녀의 어머니는 늘 오무라 부인에게 이렇게 가르쳤다.

"모름지기 여자란, 생각 속에서도 남편에게 불충성해선 안 된단다."

오무라 부인은 프라이팬 위에 생선을 올려 굽다가 고개를 들었다. 셋수가 손을 씻더니 곧이어 식탁 위에 밥공기와 젓가락을 올려놓았다.

"아버지 것도 놓을까요?"

그녀가 물었다.

"늦으시는 거 알면서 새삼스럽게."

모녀의 사이로 침묵이 내려앉았다. 정적을 깨뜨린 건 이번에도 셋수였다.

"전 엄마가 왜, 아빠가 매일 밤 바에 가시는 걸 허락하시는지 모르겠어요."

맑은 국에 넣을 당근을 꽃 모양으로 썰고 있던 오무라 부인은 일손을 잠시 멈추었다.

"내가 허락을 했다고? 엄마가 그렇게 만든 게 아니야. 아빠는 늘 바에 가셨어."

"전쟁 전에는 안 가셨잖아요."

"전쟁 전에는 게이샤 집에 가셨지 않니. 요즘은 바에 있는 여자들이 게이샤를 대신하는 거지. 너도 알잖아."

"엄마는 왜 그걸 참고 사세요?"

오무라 부인은 칼을 내려놓았다.

"이제 게이샤 집이 사라졌으니 남자들은 바에 갈 수 밖에. 아니면 달리 갈 데가 없잖니?"

"그냥 집에 있으면 되죠."

오무라 부인은 손으로 입을 가리고 겉치레로 살짝 웃어보였다. 자신이 오직 머릿속에만 담아뒀던 생각을 딸이 소리내서 말하는 걸 들으면서 느끼는 고통을 감추기 위해서였다.

"엄마, 난 엄마가 손으로 입을 가리고 웃지 않으셨으면 좋겠어요. 그건 너무 구식이에요."

셋수의 목소리는 낯설게 느껴질 정도로 열정적이었다. 오무라 부인의 손이 곧 아래로 내려갔다.

"아빠가 집에 계셨으면 좋겠다고? 네 아빠는 너희가 태어나자마자 집 밖으로 나가셨어. 우는 소리, 떠드는 소리를 견디지 못하셨지. 거기에다가 사업도 있으시고."

셋수가 경멸조로 말했다.

"사업이요? 바에서요? 무슨 그런 사업이 다 있어요!"

오무라 부인은 다시 칼을 쥐었다. 그러고는 다시 위엄이 깃든 목소리로 입을 열었다.

"아버지에 대해 그런 식으로 말하면 못써. 남자들은 정종 한잔 하면서 사업 얘기도 하고 그러는 거야. 네 아빠가 말하시길 모든 사업 거래는……."

이때 셋수가 끼어들었다.

"아빠는 매일 새벽 두 시가 다 돼서 들어오시면서, 그때까지도 엄마가 미소와 동정 어린 표정을 짓고 기다리고 계시길 원하시잖아요. '가엾기도 해라, 고단하시죠? 자, 여기 차 드세요. 목욕물도 따뜻하게 받아놓았어요. 아이들 학교 간 다음에 천천히 일어나세요…….'"

엄마 목소리를 흉내 내는 셋수의 목소리는 정말이지 너무 완벽해 오무라 부인조차도 깜짝 놀랄 정도였다. 모르긴 몰라도 그 시간에 자지 않고 두 사람의 이야기를 엿들었던 거다!

"그러면 못써, 버릇없이."

그녀가 엄하게 말했다. 그러자 셋수는 동동 발을 굴렀다.

"엄마 자신은 생각 안 하신다 쳐도 우리 생각은 좀 해주세요. 엄연히 우리 아버지잖아요, 그렇죠? 우린 언제 아빠를 만나죠? 일요일이나 휴일에 몇 시간? 그게 과연 토루에게 좋을까요? 저는 상관없지만요……."

그녀는 어깨를 한 번 으쓱하더니 몸을 돌렸다.

"난 아빠 얼굴도 까먹었어요. 길가에서 마주쳐도 그냥 지나쳐 버릴 거예요, 못알아보고."

말을 마친 셋수는 주방을 홱 떠났지만, 오무라 부인이 소리쳐 다시 불렀다.

"셋수, 이리 돌아오렴!"

소녀는 내키지 않는 몸짓으로 돌아와 반쯤 열려 있는 문가에 섰다.

오무라 부인은 주춤대며 딸에게 다가갔다. 소녀는 마치 다 자란 처녀처럼 보였고, 그래서 낯설게 느껴졌다.

"네가 엄마라면 어떻게 할 건데?"

"나라면 아빠하고 함께 바에 가겠어요."

셋수가 단호하게 말했다.

"뭐라고?"

오무라 부인이 기어들어가는 목소리로 말했다. 잠시 후 그녀는 한손에는 칼을, 다른 손에는 당근을 든 자기 꼴이 좀 기이해 보이리라는 사실을 알아차렸다.

"요즘 젊은 여자들은 정말로 바에 가요."

셋수가 말했다.

"남편하고 같이 가죠, 그럼 그 다음부터 남편들은 바에 가는 걸 그만두게 돼요."

"네가 그런 걸 어떻게 아니?"

"학교에서 들은 얘기예요. 결혼한 언니가 있는 애들이 얘기해 주죠."

오무라 부인이 소스라치며 놀랐다.

"학교에서 그런 얘기를 한다고?"

"네."

셋수가 대꾸했다.

"왜 어때서요? 조금만 있으면 우리도 성인이 될 텐데요. 우리는 이 다음에 엄마들처럼 그렇게, 남편이 바를 들락거리게 하지 않을 거예요."

오무라 부인은 딸의 동그스름하고 예쁜 얼굴을 바라보았다. 입매가 몰라보게 견고해지고, 짙은 두 눈동자에서 발산되는 시선도 무척 당당해졌다는 것을 새삼 느낄 수 있었다. 요즘 아이들은 달랐다, 달라도 아주 달랐다. 그녀는 한숨을 내쉬고 다시 주방 조리대로 향했다.

"옷 갈아입고 토루를 데리고 오렴. 저녁 먹은 다음에 두 사람 다 숙제를 하고. 네 분홍색 드레스는 거의 다 만들었단다."

저녁 시간은 여느 때처럼 흘러갔다. 세 사람은 침묵 속에서 저녁 식사를 했고, 오무라 부인이 상을 치웠다. 실내용 기모노를 입은 아이들이 좌식 책상에 앉아 책을 펼치자, 오무라 부인도 아이들 곁에 앉아 셋수가 입을 분홍색 드레스를 만들기 시작했다. 셋수는 눈동자와 머리칼 색이 짙어 분홍색이 잘 어울렸다. 오무라 부인으로서는 셋수가 여느 요즘 애들처럼 어느 날 갑자기 바랜 금빛으로 머리를 염색하려 들지 않기를 바랄 뿐이었다. 참 기묘한 유행이었다. 몇 년 전만 해도 '미인' 하면 일단 머리칼이 검디검어야 했다.

하긴 요즘은 모든 게 기묘했다. 예를 들어 바만 해도 그랬다. 그녀는 예전의 게이샤 집이 더 좋았다. 게이샤들은 나름대로 기품 있는 여인네들인 데다가 남편도 있었다. 하지만 이 바에서 일하는 여자들이란!

문득 셋수가 한 얘기가 생각났다. 어쩌면 아이 말이 맞는지도 몰랐다. 직접 바에 가서 무슨 일이 벌어지고 있는지 눈으로 확인하지 못할 이유가 뭐란 말인가?

당연히 그녀로서는 남편이 매일 밤, 아이들이 잠자리에 들고 난 뒤의 그 한없이 긴 밤을 무얼 하며 보내는지 알 권리가 있었다. 그녀는 갑자기 하룻밤도 더이상은, 그냥 이대로 앉아서 보낼 수 없다고 생각했다. 자정까지 몇 시간을 흘려보내고, 또 두 시간을 더 보내며 남편이 돌아오기만을 기다리는 식의 하룻밤 말이다.

그렇다, 셋수의 말은 정확한 사실이었다. 두 시 무렵, 아니 때로는 그보다 삼십 분 정도 더 늦게 남편이 마침내 돌아오면, 그녀는 억지 미소로 솔직한 마음을 감추며 상냥하게 그를 맞이하고, 집안에서 벌어지는 그녀 자신과 관련된 근심 걱정 따위는 한 마디도 입에 담지 않았다. 그에겐 모든 게 허용되고, 모든 게 용서되어야 했다. 이 시대 모든 남자들이 그렇듯이.

셋수가 던진 말들은 오랫동안 상처를 품고 있던 그녀의 마음 한구석에 무겁게 내려앉았다. 어쩌면 그녀는 정말로 구식인지도 몰랐다. 또 이렇게 바보 같은 삶을 계속 살아가야 할 하등의 이유가 없는지도 몰랐다. 결국 아이들이 잠자리에 들고 나자, 드디어 그녀는 일을 벌이기로 했다. 그녀 스스로도 자기가 결심한 일에 놀랄 정도였다.

문득 그녀는 옷들을 개켜 넣은 옷장으로 다가갔다. 미군정 시기 때 구입한 서구식 드레스를 꺼내기 위해서였다.

그때 남편은 말했다

"서구식 옷 한 벌은 있어야 하지. 그래야 미국인들이 좋아하거든."

결국 그녀는 파란색 실크로 만든 투피스 정장을 샀지만, 군정 기간이 끝나고 나자 한 번도 입지 않았다. 치마가 짧아서 입으면 살짝 휜 다리가 드러났기 때문이다.

오늘밤 오무라 부인은 이 옷을 입었고, 새로이 머리를 빗어 뒤로 땋아 올렸다. 진주 목걸이도 했다. 드디어 그녀는 립스틱까지 살짝 바르고 거울 앞에 섰다. 굳이 말하자면 오무라 부인은 예쁘지도 않고 못생기지도 않은 평범한 외모였다. 하지만 이것은 그녀가 원했던 모습이기도 했다. 추레한 옷에도 불구하고, 아이를 키우는 엄마로서 또 나름대로 우아한 여성미가 묻어났다. 기모노를 입으면 보다 근사하겠지만 바에서는 너무 도드라져 보일 터였다. 일전에 그녀가 바에서 일하는 여자들은 기모노를 입느냐고 묻자, 남편은 짧게 아니라고 대답을 했다.

그녀는 조용히 정원 출입문을 빠져나왔고, 아이들이 안에 있었으므로 자물쇠를 잠갔다. 그러고는 택시를 잡아탔다.

"바 '금월'로 가주세요."

그녀가 말했다. 금월 바는 시내에서 세 손가락 안에 드는 고급 바였다. 택시 기사는 북적거리는 밤거리를 향해 힘차게 차를 몰았다. 여느 택시 기사와 마찬가지로 그도 말을 걸어왔다.

"혼자 가시는 건가요, 아가씨?"

"제 남편을 만나러 갑니다."

그녀가 말했다. 자기가 너무 침착하게 이 말을 했다는 사실에 그녀는 무척 놀랐다. 기사가 웃음을 터뜨렸다.

"옛날 일본은 사라졌군요."

승객들로 가득한 버스와의 충돌을 피하기 위해 급히 핸들을 돌리며 기사가 말했다.

"여자들이 남자하고 바에 같이 다니면, 이제 아이들은 어떻게 되는 겁니까?"

그녀는 그 질문에 대답하지 않았다. 그건 그가 관여할 일이 아니었다.

운전 기사의 수다는 계속해서 이어졌다.

"모든 게 변했어요. 집 안은 텅 비었고, 사무실과 바는 여자들로 넘쳐나죠. 모든 여자들이 남자를 찾고 있어요. 요즘 남자들은 원하는 여자는 누구든 손에 넣을 수 있게 되었죠, 물론 옛날 여자들은 빼고요. 하긴 누가 나이 든 여자를 찾겠어요? 남자들에게는 더할 나위 없는 새로운 세상이 열린 거죠."

기사는 상스럽게 낄낄거렸고, 그녀는 더 깊은 침묵 속으로 빠져들었다. 그녀가 대화를 나눌 의향이 없다는 것을 알아챈 기사는 거슬리는 목

미인 61

소리로 노래를 부르기 시작했다. 하지만 그녀는 노래를 그만둬 달라고 요구할 만한 용기가 없었다. 정말로 그녀는 이제껏 단 한 번도 혼자 택시를 탄 적이 없었다.

몇 분 뒤, 기사는 급하게 좌회전을 해서 길게 뻗어 있는 좁은 골목길로 택시를 몰았다. 잠시 후 그녀는 한 가게의 문 앞에서 털이 보풀보풀한 빨간 드레스를 입은 젊은 여자 셋이 미소 띤 얼굴로 손을 흔들고 있는 것을 발견하고, 원하는 장소에 도착했음을 알아차렸다. 그들은 택시 주위로 모여들었지만 승객이 여자 혼자인 걸 보고는 뒤로 물러섰다.

"이 손님은 남편을 찾으러 오셨소."

기사가 설명을 했다.

"세 사람 다 조심하라고!"

여자들은 소리를 죽여 킥킥 웃어댔다. 오무라 부인은 여자들에게나 기사에게나 신경 쓸 여력이 없었다. 낯선 환경에 잔뜩 겁을 먹은 상태라 이를 악물고 버티는 게 급선무였다. 그녀는 기사에게 택시비를 지불한 뒤, 문가에 선 여자들에게 몸을 돌렸다.

"저, 말씀 좀 묻겠는데요."

그녀가 말했다.

"제가 남편을 만나러 왔거든요."

"남편 분이 누구시죠?"

제일 키 큰 여자가 물었다.

"오무라 씨라고, 사쿠라 제조 회사 부사장님이세요."

여자들이 뒤로 물러섰다.

"아, 오무라 씨, 알아요. 참 좋은 분이시죠……."

남편의 이름을 말하자 그들의 태도가 달라졌다. 그들은 존경의 눈빛으로 그녀를 바라보았고, 바의 현관 안쪽 넓은 홀로 그녀를 안내하며 이렇게 소리쳤다.

"마마, 오무라 부인이 오셨어요!"

금방 마담이라는 여인이 모습을 드러냈다. 예쁜 외모의 그녀는, 얼추 서른다섯 살쯤 되어 보였지만 여전히 날씬하고 생기가 넘쳤다. 목 부분이 깊이 파이고, 소매는 없고, 치마는 아래까지 치렁치렁 흘러 내려온 서구 스타일의 노란색 새틴 드레스를 입은 모습이었다.

그녀는 다정하게 두 손을 내밀며 말했다.

"오무라 부인."

애정이 깃든 목소리였다.

"만나 뵙게 돼서 정말 반갑습니다. 오무라 씨는 지금 바에서 한잔 하고 계세요. 위스키를 아주 좋아하시죠. 늘 드시는 게 있어서 항상 그걸 내드립니다. 오무라 씨께서 사모님을 기다리고 계시나요?"

오무라 부인은 바로 대답하지 못했다. 거짓말을 할 수도 있었지만 그런 것에는 익숙하지 않았고, 그러다가 얼굴이라도 붉어지면 난처해지지 않을까 걱정도 됐다.

"만나기로 한 건 아니고요. 저 혼자…… 그냥 왔어요."

마담은 즉각 이해를 한 듯했다.

"아, 그러세요, 우린 여성 분들도 환영이랍니다. 메인 바로 들어가시기 전에 다른 룸에서 조용히 한잔 하시겠어요?"

"예, 그러는 게 좋겠네요."

오무라 부인이 더듬거리며 말했다. 왠지 이렇게 직접 오고 나니, 남편과 만나는 것을 미루고 싶었다. 그녀는 마담을 따라 한 작은 방으로 갔는데, 그곳은 탁자 하나와 의자 두 개가 전부였다.

"앉으세요."

마담이 쾌활하게 말했다.

"마실 거는 달콤한 걸로 드릴게요. 음료를 가져오는 아이가 잠시 말동무가 되어 드릴 거예요. 부인께 딱 맞는 아이가 하나 있어요. 우리 가게에서 최고인 아이죠."

그녀는 밝게 미소를 지어 보인 뒤, 긴 치맛자락을 찰랑이며 바삐 방을 나섰다. 오무라 부인은 미동 없이 가만히 앉아서 기다렸다. 오랜 기다림은 아니었다. 오 분도 채 되지 않아 한 아름다운 여인이 방으로 들어왔다. 오무라 부인은 즉각적으로 그녀가 대단한 미인이라는 것을 알아챌 수 있었다. 또 그렇게 젊은 여자, 그러니까 나이 어린 여자는 아니라는 것도 눈치챘다. 그녀는 대략 스물여덟 살쯤 되어보였는데, 서구식 빨간 드레스를 입었지만 요즘 아이들처럼 머리를 짧게 잘라 중구난방으로 뻗치게 하는 대신, 긴 머리칼을 부드럽게 뒤로 높이 땋아올린 모습이었다. 그녀는 테이블 위에 길쭉한 잔 두 개를 담은 쟁반을 내려놓은 뒤 허리를 깊이 숙여 인사를 했다. 오무라 부인도 자리에서 일어나 몸을 조금 굽히며 인사를 건네고 함께 자리에 앉았다. 미인이 먼저 말을 건넸다.

"오무라 부인이시죠?"

"네."

"마마상께서 부인 시중을 들라고 하셨어요."

"고맙습니다."

"원하실 때, 오무라 씨를 모셔오도록 하겠습니다. 아님 지금 직접 가셔도 되고요."

"바에 다른 여자들도 있나요? 그러니까 저 같은."

미인은 미소를 지었다. 고전적인 하얀 계란형 얼굴에 작은 입의 입매가 무척 아름다웠다. 입을 열면 하얗고 고른 치아가 드러났.

"딱히 부인 같은 분들은 아니지만, 때로 젊은 부인들이 남편하고 같이 오시곤 하죠. 새로운 풍습이에요."

"그들은 왜 이곳에 오는 거죠?"

오무라 부인이 물었다. 그녀는 자신이 이 여인에게 호감을 가지고 있음을 깨닫고 사뭇 놀라지 않을 수 없었다. 이 마음 따뜻한 미인은 가만 보니 적이 아니라 의도적이긴 해도 벌써 그녀의 친구가 되어 있었다. 그녀는 바에 있는 모든 여자들이 자신의 적일 것이라고 생각하던 차였다.

미인이 부드럽게 웃었다.

"부인 자신한테 왜 오셨는지 여쭤보세요."

순간 오무라 부인은 울고 싶어졌고, 그런 자신의 모습이 놀라웠다.

"당신은…… 당신은 상상할 수 없을 거예요."

오무라 부인은 더듬거리며 말했다.

"몇 년 동안이나 매일 밤을, 새벽 두 시가 되기를 기다리며 홀로 방안에 앉아 있는 게 어떤 건지. 그런 다음 억지로 웃음을 지어 보이며 반갑게 남편을 맞이해야 하죠. 벌컥 화를 내거나 행여나 집에 다시는 돌아오지 않으면 어쩌나 하는 두려움 때문에, 아무것도 물어보지 못하는 거예요."

미인이 고개를 끄덕였다.

"알고 있어요. 다른 부인들로부터 그런 얘기를 들었죠. 그래도 부인께서는 운이 좋으신 거예요. 오무라 씨께서는 밀회를 갖지 않으세요. 그저 오셔서 술을 드시고 농담도 좀 하시고, 이따금씩 사업 파트너와 함께 오시기도 하고, 그게 전부예요."

미인은 이 대목에서 문득 부끄러워하는 기색을 보이다가 우아하게 오른손을 들어 오무라 부인에게 포도주를 한잔 들라고 권유했다. 두 사람은 함께 포도주를 마셨고, 이어서 미인이 말을 이었다.

"물론 오무라 씨도 단골 아가씨가 있으십니다. 그 아가씨가 그분 곁에 앉아 술을 따르고, 너무 과음하시지 않도록 주의를 기울이곤 하죠. 하지만 그게 전부예요. 오무라 씨는 절대 그 아가씨를 호텔에 데려가는 일이 없으세요."

"호텔이요?"

미인이 자부심이 깃든 목소리로 대답을 했다.

"이곳은 아주 점잖은 바예요, 오무라 부인. 마마상은 이곳에서 밀회를 즐기는 걸 절대 용납하지 않으세요. 그런 일은 영업 후에 어디 호텔 같은 데서 이루어지죠. 우린 항상 두 시에 문을 닫죠. 마마상은 무척 엄격하시거든요."

오무라 부인은 그녀의 아름다운 얼굴을 응시하며 귀를 기울였다.

"이건 공평하지 않아요."

오무라 부인이 마침내 말했다.

"정말 공평하지 않아요."

"뭐가 공평하지 않다는 말씀이세요?"

"당신 같은 여자들……"

"저 같은 여자들이요?"

"너무 아름다운 여자들 말이에요."

"그건 어쩔 수 없는 거잖아요. 그리고 사모님도 무척 아름다우세요."

"당신과는 비교할 수 없죠."

"오무라 부인, 제가 약속드릴 수 있는데요……"

"아뇨, 약속은 됐고요. 전 그저 한 가지만 묻고 싶네요."

"예, 그러세요."

"이제 전 어떻게 해야 하죠?"

이어서 자제하려고 들기도 전에, 오래된 습관과 유구한 전통 속에서 억압당해 온 슬픔, 상처받은 사랑, 그 모든 것들이 오무라 부인에게서 터져나왔다. 부드러운 얼굴, 짙은 빛깔의 섬세한 눈, 가냘픈 손, 맞은편 미인의 이 모든 모습들이 그 분출을 일으킨 것이다. 그녀는 울먹이며 말을 했다.

"어떻게 당신 같은 아름다운 여자를…… 당신 같은 여인들은 우리를 생각해줘야 해요. 우리는 힘들게 집안을 꾸리고, 아이들을 키우죠. 그냥 보면 우린 종 같지만, 결코 그렇지 않아요. 우리 역시 여자고, 우리들의 남편을 원해요. 하지만 당신네들이 그 남편들을 훔쳐가죠. 그의 가장 좋은 부분을 가져가요. 그의 생각, 그의 말, 그의 웃음. 그래서 남편은 입을 꾹 다문 채, 텅 빈 모습으로 집에 돌아오죠. 전 남편이 집에 돌아오면 더 깊은 외로움을 느껴요."

처음엔 놀라움으로 가득 찼던 미인의 아름다운 얼굴이 방어의 기색, 고통의 기색을 띠기 시작했다. 장밋빛 입술이 파르르 떨렸고, 길고 검은 두 눈썹에는 눈물이 맺혔다. 그녀는 기볍게 떨리고 있는 섬세한 두 손을 깍지 끼어 부드러운 턱밑에 갖다 댔다. 미인은 마치 여자가 우는 모습을 생전 처음 본다는 듯, 주의 깊게 흐느끼는 이 가정주부를 바라보았다.

"몰랐어요, 오무라 부인, 전 그런 생각은 해본 적이…… 저, 오무라 부인, 전 그분이 싫어요!"

오무라 부인은 눈물을 훔치며 울음을 삼켰다.

"어떻게 그이를 싫어할 수 있죠?"

그녀가 성을 내며 다그쳤다.

"그이는 좋은 분이에요."

"그분도 남자죠."

미인이 말했다.

"전 모든 남자가 싫어요."

오무라 부인은 그녀의 검은 두 눈을 지그시 바라보았다.

"남자를 싫어한다고요?"

미인이 고개를 끄덕였다. 그녀의 두 손은 꽃잎이 느슨하게 달린 꽃처럼 무릎 위에 올려져 있었다.

"그 많은 남자들이 다 똑같아요. 정말이지 멍청해요. 모두들 자기가 매력이 넘치는 줄 알아요."

오무라 부인은 미인에게 점점 노여움이 쌓여가기 시작했다. 그녀가 쏘아붙였다.

"바로 당신들 때문에 남자들이 그렇게 생각하는 거예요."

그랬다. 오무라 부인에게는 오무라 씨, 오직 이 한 남자밖에 없었다.

미인은 소맷자락에서 부채를 꺼내 몸의 열기를 식히기 시작했다.

"남자들은 우리가 대가를 치르는 사람에게는 누구나 똑같이 대한다는 걸 모르는 걸까요? 어떻게 오로지 자기한테만 그러는 거라고 생각할 수 있죠? 전 남자들이라면 모두에게 지쳤어요. 제가 이 바에서 얼마나 오래 일한지 아세요? 십이 년이에요! 제가 처음 이곳에 왔을 때 열여섯 살이었다는 게 믿어지세요? 하지만 사실이에요. 십이 년 동안 아첨을 떨고, 구슬리고, 가장을 하고, 바보 같은 우스갯소리를 들었죠! 부인께선 오직 한 남자만을 대하면 되시지만, 전 수백 명의 남자를 상대해왔어요. 그 남자들은 다 지푸라기 하나만큼의 차이도 없어요. 모두들 허영심으로 가득하고, 거만하고, 이기적이고, 멍청하고……."

오무라 부인이 말을 막고 끼어들었다.

"아가씨에겐 아이가 없어서 그래요."

미인은 어깨를 한번 으쓱하며 말했다.

"그 지적은 감사하게 받아들일 게요."

그녀는 부채를 접어 다시 소맷자락에 밀어 넣었다. 그러고는 탁자 위에 팔꿈치를 괴고, 얼굴을 오무라 부인 쪽으로 가까이 가져간 다음 진지하게 운을 뗐다.

"제가 부인처럼 한가하다면 전 작은 가게를 하나 내겠어요, 옷가게요. 여섯 명의 여직원을 고용해서 네 사람은 옷을 만들게 하고, 저는 디자인을 하고, 나머지 두 명은 가게를 보게 하는 거죠. 이런 남자 상대하는 일은 절대 안 할 거예요, 절대!"

"그럼 그렇게 하고 싶은 걸 하면서 살지 그래요?"

오무라 부인은 가슴뼈 아래로 분노가 치밀어 오르는 것을 느끼며 말했다.

"왜 나 같은 여자들을 이렇게 비참하게 만드는 거죠? 옷가게를 여세요. 그리고 내 남편을 내버려 두라고요! 아이들과 내겐 그이가 필요해요. 사실……."

이 대목에서 그녀는 문득 부끄러운 생각이 들었다. 그녀는 '사랑'이라는 단어를 한 번도 입 밖에 내본 적이 없었다. 일본말에는 '난 당신을 사랑합니다.'라는 말 자체가 없었다. 하지만 그녀는 미국 영화들을 많이 봤기 때문에 영어로는 그와 관련된 문장을 알고 있었다. 그 외에도 그녀는 '스위트하트Sweetheart'나 '달링Darling' 같은 단어들도 익혔는데, 역시 일본어에서는 견줄 만한 말이 없었다. 그녀의 어머니는 그녀에게,

남편을 향한 사랑이라는 건 너무 심원해서 입에 담을 수조차 없는 것이라고 가르쳤다. 그런 사랑은 오직 다정다감하고 헌신적인 행동을 통해서만 드러낼 수 있다는 것이다.

"사실."

그녀가 용감히 말을 이었다.

"우린…… 그이를 사랑해요."

미인은 한숨을 내쉬었다. 아마도 그녀는 오무라 부인의 고조된 감정을 눈치채지 못한 것 같았다.

"부인께서 말씀하신대로 그렇게 해야 하는데, 문제는 제가 무척 게으르다는 거예요. 십 년 넘게 이 생활을 하다 보니까 대낮까지 늦잠을 자는 게 습관이 되어버렸어요. 일어나서 뭘 좀 먹고 나면, 저희 집 가정부가 목욕을 시켜주고 옷을 입혀주죠. 그럼 전 거울을 한 번 보고, 이제 남자 손님들을 치켜세우기만 하면 되는 거예요. 참 손쉽게 살아가는 방법이죠. 이제 그 생활을 바꾸기에는 너무 늦었어요."

"그러니까 결국 당신의 게으름 때문에 난 매일 밤을 혼자 보내야 하고, 아이들은 아버지를 빼앗겨야 하는 거군요."

오무라 부인이 씁쓸하게 말했다. 그러자 미인은 자리에서 일어나 게으른 고양이처럼 우아하게 방안을 오가기 시작했다. 그녀는 두 뺨 위로 내려온 부드럽고 검은 머리칼을 뒤로 쓸어 넘긴 뒤 입술을 깨물고, 어깨를 으쓱하고, 미소를 지어 보이더니, 다시 한숨을 내쉬었다. 그러고는 오무라 부인의 맞은편에 앉았다.

"부인께서 옷가게를 해보시는 건 어때요? 매일 일찍 일어나시잖아요. 자녀 분들은 학교에 가고, 저녁 시간에는 혼자 계시고요."

"난 옷가게를 하고 싶지 않아요."

오무라 부인이 말했다.

"그럼 다른 거라도."

미인이 거듭 권유했다.

"남편 분이 그걸 알게 하세요. 부인께서도 나름의 삶이 있다는 걸 말이에요. 그래서 자기가 집에 들어오든 안 들어오든, 가족들에게는 그리 중요치 않다는 걸 보여주는 거죠."

"그래서 당신네들한테 지금보다 더 빠져들게 하라고요? 그런 조언은 사양하겠어요! 전 그렇게까지 멍청하진 않으니까요."

화를 내며 자리를 박차고 일어선 오무라 부인은 방을 빠져나와 바 밖으로 나섰다. 그리고 남편에게 여기 온 것을 알려야 할지 확신이 서지 않아 골목길에 서서 바 쪽을 돌아보았다.

미인이 문가에 나와, 생각에 잠긴 눈으로 그녀를 응시하고 있었다. 오무라 부인을 보자 그녀는 미소를 지으며 손을 흔들었지만, 오무라 부인은 손도 흔들지 않고, 미소도 짓지 않았다. 대신 거리로 나서 택시를 잡은 뒤 말 없이 뒷좌석에 올라탔다.

두 가지 이야기가 그녀의 마음속에 명료하게 남아 있었다. 하나는 그 미인이 모든 남자를 경멸한다는 이야기였고, 다른 하나는 그녀, 즉 오무라 부인도 자신만의 삶을 가질 수 있다는 이야기였다.

그런데 신기했다. 이후 그녀는 문득 그런 삶의 모습이 왠지 명확하게 다가오는 것 같았다. 그것이 정말 가능하다고 느껴졌다. 그래서 그녀는 남편이 두 시가 넘어 돌아왔을 때도 진심으로 얼굴에 웃음을 띠며 맞이할 수 있었다.

"방금 우려낸 차예요, 드세요."

그녀가 말했다.

"피곤해 보이시네요. 낮에도 일하시는데, 밤까지 그렇게 업무 때문에 고생을 하시니. 당신은 정말 양심에 충실하신 분이세요."

그는 가볍게 끄응 하는 소리를 내며 낮은 탁자 옆에 앉았고, 아내는 차를 따르며 계속 말을 이었다.

"전 그동안 좋은 아내가 아니었어요. 집에서 편하게만 지냈죠. 당신이 밤늦게까지 바에 계시지 않아도 되도록, 저도 일을 해서 돈을 벌었어야 했는데 말이에요."

"무슨 일을 하겠다는 거지?"

그가 별 관심이 담기지 않은 투로 물었다.

"옷가게가 어떨까 생각해봤어요."

그녀가 말했다. 그리고 탁자 너머로 무릎을 꿇고 앉았다.

"옷가게라."

그가 아내의 말을 되풀이했다.

"돈은 어디서 구하고? 말도 안 되는 소리지. 그런 건 바에서 일하는 여자들이나 나중에 모아둔 돈으로 나이 들어 하는 거라고. 당신은 모아둔 돈이 있는 것도 아니고 말이야."

"맞는 말씀이세요."

그녀가 사려 깊게 말했다.

"모아둔 돈이 없죠. 바에서 일하는 여자들만큼 운이 좋지 않은 거죠."

그가 눈꼬리를 치켜뜨며 말했다.

"그게 무슨 소리요?"

"아니에요."

그녀가 말했다.

"아무것도 아니에요."

그날 밤도 여느 때와 다르지 않았다. 그는 하품을 하며 잠자리에 들었고, 오무라 부인도 찻주전자와 찻잔을 치우고 역시 자리에 누웠다.

아무것도 변한 건 없었는데도, 이제 그녀의 머릿속에서는 스스로의 삶을 갖는 것에 대한 생각이 계속 머물러 있었다. 이후로도 오무라 씨는 여전히 바에 출입했고, 그녀는 아이들이 잠자리에 들고 나면 밤 시간을 외로이 홀로 보냈다.

그로부터 두 달 후, 그녀는 다시 미인을 찾았다. 이번에는 그곳을 찾는 것이 조금도 낯설지 않았다. 그녀는 웃돈을 요구하는 택시 기사의 요구를 거절하기까지 했고, 바의 출입문 근처에 삼삼오오 모여 있는 여자들에게도 "좀 지나갈게요."라고 말하며 자신 있게 바 안으로 들어설 수 있었다. 이번엔 마담이 모습을 보이는 대신, 곧바로 미인이 들어왔다.

"오무라 부인."

그녀가 따뜻하게 환대하며 말했다.

"와주셔서 너무 기뻐요. 오늘 마침 잘 오셨어요. 부인께서 제게 얼마나 큰 도움이 되어주셨는지 아세요? 부인께서 떠나신 뒤로 생각을 해보았죠. 남편께서 매일 밤 이곳에서 시간을 보내시는 동안 부인께서는 홀로 남아 하인처럼 일만 하셨는데, 전 그토록 게으르게 살았다는 게 너무 부끄러웠어요. 결국, 그동안 모아둔 돈으로 옷가게 하나를 차렸죠. 작은 가게예요. 뒤쪽에는 제가 살 수 있는 작은 방도 하나 딸려 있고요. 도와줄 사람이 필요해요. 부인께서 도와주실 수 있으세요? 혼자 시작하려니까 좀 두려워서요."

오무라 부인은 깜짝 놀랐다. 그녀는 예전에도 왔던 이 방의 테이블 앞에 앉아 곰곰이 생각을 했다.

"전 집을 떠날 수 없어요."

마침내 그녀가 답하자 미인이 제안을 하나 했다.

"오무라 씨가 바에 계시는 동안만 나오시면 되잖아요."

그녀의 모습은 애처로울 정도로 무력해 보였고, 동시에 너무도 아름다웠기 때문에, 오무라 부인도 마음이 흔들리고 말았다. 이 기회를 놓칠까 싶어 미인은 작고 부드러운 손을 내밀어 오무라 부인의 손을 잡았다.

"혼자 해나가는 것에 익숙해지는 데 그리 오래 걸리진 않을 거고요. 그리고 자리를 잡아가면서 직원 여섯 명을 하나씩 구할 거예요. 계속 저 혼자 하진 않을 거예요. 그리 오래 걸리지도 않을 거고요."

"당신, 어머니는 안 계세요?"

오무라 부인이 물었다.

"누이나 친구라도."

"아무도 없어요."

미인이 슬픈 목소리로 말했다.

"다들 멀리 홋카이도에 있어요. 이젠 연락도 끊겼죠. 부모님은 농사일을 하시는데, 겨울 혹한기에 저를 팔아버리셨어요. 이젠 부모라고 할수도 없는 거죠."

두 여자는 오랫동안 서로를 바라보았다. 이윽고 오무라 부인이 입을 열었다.

"그래요, 내가 도와줄게요."

이렇게 간단하게, 그리고 신속하게, 오무라 부인의 삶은 뒤바뀌었다.

몇 주, 그리고 몇 달 동안 그녀는 매일 밤 옷가게에 나갔다. 미인은 가게 터를 아주 잘 골라 놓았다. 가게가 긴자 거리 부근에 있다 보니 많은 사람들이 오고 갔다. 또 미인은 장사 재주도 있었다. 문가에 서 있거나 창가에 서서 뭔가를 하고만 있어도 모두들 발걸음을 멈추고 그녀를 지켜보았다. 남자들은 그녀의 눈부시게 아름다운 외모에 이끌려 걸음을 멈추었고, 여자들은 남자들이 뭘 보는지 궁금해 하며 가던 길을 멈췄다. 그러고는 남자들에 대해서는 까맣게 잊어버리고 가게 안으로 들어와 옷을 샀다.

미인은 영리했고, 옷들도 독특했기 때문에, 금방 가게가 번창해 얼마 안 가 여직원 둘까지 채용할 수 있었다. 직원 한 명은 바느질을 했고, 다른 한 명은 손님을 맞았다. 그러는 사이 오무라 부인과 미인은 자매처럼 지내게 되었다.

한편 오무라 씨는 한동안 그 사실을 전혀 눈치채지 못했다. 그러던 어느 날 밤, 그가 곧장 집으로 돌아왔다. 바를 들리지 않은 것이다. 예기치 못한 상황에 깜짝 놀란 오무라 부인은 점점 초조해지기 시작했다. 그녀는 오늘밤 무척 가게에 나가 보고 싶었다. 미국에서 신간 패션 관련 서적들이 도착을 해서, 미인과 머리를 맞대고 연구를 해볼 계획이었던 것이다. 오무라 씨는 시가를 피우며 신문을 읽고 있었다.

"오늘은 바에 안 가세요?"

오무라 부인이 마침내 물었다.

"안 가."

오무라 씨가 답했다.

"무슨 문제라도 있으세요?"

다시 그녀가 물었다. 그러자 남편은 신문을 내려놓으며 말했다.

"내가 내 집에서 저녁 시간 조용히 보내는 게 이상한가?"

"물론 아니죠."

남편이 인상을 찌푸리는 걸 보고 살짝 놀라며 그녀가 말했다.

"워낙 특별한 경우라서요."

그는 아무 대꾸도 하지 않고 이어 신문으로 다시 눈을 돌렸다. 그의 코에서 두 줄기 연기가 흘러나왔다. 그녀는 시계를 흘긋 바라보았다. 이미 삼십 분이나 늦은 상황이었지만 전화도 할 수 없었다. 전화기가 오무라 씨 팔꿈치 부근에 있는 작은 탁자 위에 놓여 있었기 때문이다. 그녀는 점점 다급해졌고, 동시에 더욱 용감해졌다.

"집에 계시니까 말인데."

그녀가 말했다.

"저 외출 좀 해도 되겠어요?"

그가 신문 너머로 아내를 바라보며 말했다.

"어딜 가려고?"

"친구 좀 만나려고요."

그는 아내를 물끄러미 쳐다보았다.

"남편이 처음으로 일찍 집에 들어 온 날인데, 당신은 밖으로 나가겠다고?"

"당신이 집에 안 계시면, 늘 아이들 때문에 집에 있어야만 했어요. 그런데 오늘 이렇게 집에 계시니……."

"다녀와."

그가 짧게 말했다.

"날 혼자 두고 다녀오라고. 난 아이들이나 돌보고 있을 테니, 당신은 당신 생각이나 하라고."

오무라 부인은 그가 동정을 구하고 있다는 생각이 들자 무척 야속하게 여겨졌다. 지난 몇 년간, 그녀가 홀로 지내지 않은 밤은 과연 며칠이나 된다고?

"고마워요."

그녀는 그렇게 말하고 집을 나섰다.

가게에 도착한 오무라 부인은 미인에게 남편과 나눈 대화를 모조리 얘기했고, 미인은 크게 관심을 기울이며 경청했다. 미인의 매혹적인 얼굴을 유심히 바라보던 오무라 부인은 그때서야 남편이 왜 바에 가지 않았는가를 알 것 같았다.

"당신이 거기에 없어서예요."

문득 오무라 부인이 말했다. 그리고 그 말에 죄책감을 느꼈다. 지금 남편이 사랑하고 있을지도 모르는 여자와 유쾌한 시간을 보내고 있다는 생각 때문이다.

"그런 말씀 마세요."

미인이 말했다.

"전 다시는 남자들을 상대하고 싶지 않아요. 이젠 거짓말 안 해도 되고, 입에 침을 발라가며 '선생님 근사하세요!' 라고 안 해도……."

오무라 부인이 끼어들었다.

"우리 그이는 나름대로 근사한데."

미인이 웃음을 터뜨렸다.

"부인은 참 재밌으신 분이에요! 어쨌든 더이상 남자 얘기로 시간 낭비하지 말기로 해요. 미국에서 날아온 새로운 패션들 같이 보실래요?"

나머지 시간 동안 두 여인은 미국 여자들과 그들의 패션에 대해 무척이나 유쾌하게 의견을 나눴다. 또 이 책의 사진들로부터 영감을 얻은 미인은 미국인의 대담한 분위기와 일본인의 미묘한 분위기를 결합해 일본 여인들의 체형에 맞는 옷을 몇 벌 디자인했다.

"눈에 띄지 않게 드러내는 거죠."

미인이 말했다.

"겉으로 드러나지 않게요."

오무라 부인은 미인의 영리한 안목에 감탄하며 들었다. 그리고 미인에게 말했다.

"당신한테서 참 많은 걸 배워요."

두 여인은 자매 사이의 그것처럼 애정이 깃든 눈빛으로 서로를 바라보았고, 이어 계속해서 일에 몰두했다.

오무라 부인은 두 시가 다 되어 집에 돌아왔다. 그녀는 집이 어둠에 잠겨 있기를 바랐지만, 아직도 거실 불이 환했다. 집 안으로 들어서자 오무라 씨는 미소도 띠지 않고, 물론 뜨거운 차도 준비하지 않고, 그녀를 기다리고 있었다. 그는 방 한가운데 탁자 옆에서 양반다리를 하고 앉은 채 질책하는 눈빛으로 그녀를 바라보았다.

"당신이 밖에 나가 있는 동안,"

그가 위엄 있게 말을 내뱉었다.

"당신 아들 토루가 복통을 일으켜 거의 죽다시피 했어. 생선 먹은 게 이상하다고 하더군."

그녀는 깜짝 놀라 옆방으로 달려 들어갔다. 토루는 뺨에 손을 얹은 채 다다미방에 누워 잠들어 있었다. 그녀는 토루의 이마에 손을 짚어보았다. 열은 없었지만, 토루가 잠에서 깨 눈을 떴다.

"배 아파?"

그녀가 걱정스런 목소리로 물었다.

"아팠어요."

토루가 말했다.

"하지만 아버지가 뜨거운 인삼차를 끓여주셔서 괜찮아졌어요."

"와, 참 좋은 아버지시구나."

그녀가 중얼거리듯 말했다. 소년은 미소를 지었고, 이내 눈을 감았다. 오무라 부인은 다시 거실로 나왔다.

"인삼차도 끓여주시고, 잘 하셨어요. 그런데 차 끓이는 건 어떻게 아셨어요?"

"날 바보로 아나."

오무라 씨가 말했다. 그리고 크게 한숨을 내쉬며 몸을 일으켰다.

"당신 기다리느라 아주 지쳐버렸어."

"기다리실 필요 없었는데."

그녀가 미안해하며 말했다.

"당연히 기다릴 수밖에 없지."

그가 힘 있게 말했다.

"이 밤늦은 시간에 어떻게 걱정을 안 하나. 아직도 젊고 예쁜 여자가 밖에 나가 있는데."

그는 아내를 바라보지도 않고 이 놀라운 말을 툭 내뱉더니, 이윽고 기모노 매무새를 가다듬으며 그녀를 곁눈질로 슬쩍 바라보았다.

오무라 부인은 남편을 물끄러미 바라보았다. 무슨 말을 해야 할지 알 수 없었다. 남편은 그 오랜 결혼 생활 동안, 단 한 번도 그녀의 외모나 행실을 칭찬하는 말을 입에 담아본 적이 없는 사람이었다. 문득 그녀는 남편에게 고맙다는 말, 아니, 사랑한다는 말을 하고 싶다는 충동을 느꼈다. 하지만 역시 일본어에는 그런 말이 없었고, 만일 영어로 "I Love You."라고 하면 남편이 깜짝 놀라며 의심스런 눈초리로 자기를 바라볼 것 같았다. 이 여자가 어디서 그런 영어 말을 배웠지? 하면서 말이다.

결국 그녀는 울컥 사실을 털어놓기로 결심했다.

"제가 옷가게 얘기 했던 것 기억하세요?"

문을 닫던 그가 움직임을 멈추고 그녀를 돌아봤다.
"무슨 옷가게?"
"당신이 그러셨잖아요, 나한텐 가게 낼 자금이 없다고."
"왜 자금이 있어?"
그녀는 고개를 가로저으며 당당하게 그를 바라봤다.
"그럼 못하는 거지."
"하고 있어요."
그가 탁자 너머 그녀의 얼굴을 향해 다시 고개를 돌렸다.
"그럼 새벽 두 시까지 옷가게에 있다 왔단 말이야?"
"옷을 디자인했어요. 제 사업 파트너하고요."
"사업 파트너!"
그가 갑자기 벌컥 화를 냈다. 그러고는 아내에게 다가가 팔을 움켜쥐었다.
"뭐 하는 녀석이야?"
그녀는 몹시 놀란 표정으로 그를 쳐다봤다.
"녀석이라니요?"
"당신 사업 파트너 말이야!"
그는 동그랗게 뜬 아내의 눈을 노려보며 두 팔을 움켜잡고 흔들어댔다.
"내가 속았군! 여자는 누구든 믿을 게 못되지. 하지만, 내 아내가……새벽 두 시에 집에 들어오다니……."
그녀는 몸을 비틀어 그의 손아귀에서 빠져나왔다. 지난날의 기억들이 스쳐지나가며 그동안 쌓였던 노여움이 일순간 몰아닥쳤다. 복수의 순간이 찾아온 것이다. 그렇다! 지금이야말로 남편을 향해 신랄하게 모든 걸 다 퍼부을 수 있는 기회였다.

······ 숱한 세월 동안 새벽 두 시에 집에 들어온 건 바로 내가 아닌 당신이고, 결혼하자마자 게이샤 집에 간 것도, 그 이후론 바에 드나들기 시작한 것도 당신이라고요! 당신은 언제나 바에 들러서 다른 여자들에게 당신의 시간, 당신의 생각들을 나눠줬죠······.

하고픈 말들은 쌓여 있었지만, 그녀는 한 마디도 입 밖에 내지 않았다. 그녀는 생각했다. 자신이 아니면 누가 이 남자를 사랑해 주겠는가. 누구도 자신을 사랑해 주지 않는 그 바에서 셀 수 없이 많은 밤들을 낭비한 이 불쌍한 남자를!

"여보."

그녀는 깊은 연민의 정이 담긴 부드러운 목소리로 말했다.

"여보, 제 사업 파트너는 여자예요. 자금은 그 여자가 냈고요."

"어떻게 여자가 자금이 있을 수 있어?"

오무라 씨가 다그쳐 물었다.

"그 여자는 바에서 일을 했어요."

오무라 부인이 간단히 대답했다. 이윽고 남편과 아내는 서로를 바라보았다. 아내는 연민을 담은 눈빛으로, 남편은 서서히 사태를 파악해가는 눈빛으로.

"두 사람, 어떻게 만났지?"

그가 다그치며 물었다.

"전 밤마다 너무 외로워요. 당신이 그립죠. 그러다 어느 날 밤 당신을······ 찾으러 갔어요."

"바에 갔다고?"

오무라 씨가 믿기지 않는다는 듯 물었다.

"네."

"난 당신을 본 적이 없는데."

"그러실 거예요. 그 대신 한 아름다운 여인이 저를 상대해 주었죠."

"그 여자가 무슨 얘길 했지?"

"옷가게를 하나 차리고 싶다고 했어요."

"왜?"

"세상 모든 남자들이 다 싫대요."

오무라 씨는 갑자기 쓰러지기라도 할 듯 비틀대더니, 탁자 위에 걸터앉아 두 손에 얼굴을 파묻었다.

"그래서 바를 떠난 거였군."

"네."

"물론 난 알고 있었지. 그 여자가 누구도, 손님들 중에 누구도 좋아하지 않았다는 걸."

"왜 그렇게 계속 그곳에 다니신 거예요?"

"유쾌하거든……."

그가 중얼거렸다.

"아주 유쾌하지. 예쁜 여자들에 둘러싸여서 유쾌한 얘기만 들으니 유쾌해질 수밖에. 남자들은 자기가 그렇게 근사하지 않다는 걸 잘 알면서도, 꼭 그런 것처럼 믿게 되지."

오무라 부인은 남편이 너무 많은 걸 얘기했다고 느꼈다. 아내는 남편이 자기 앞에서 스스로를 욕되게 하는 것을 막아야 했다. 그녀는 남편의 옆에 무릎을 꿇고 앉았다.

"전 그 여자가 당신을 사랑하지 않은 게 더 이해가 안 가요. 매일 밤 당신 곁에 있으면서도 당신과 사랑에 빠지지 않을 수 있는 여자가 있다는 게 저로선 믿기지 않는걸요."

그는 얼굴을 감싸고 있던 손을 내렸다.

"그렇게 생각해?"

"믿기지 않는 일이에요."

그녀가 되풀이해 말했다. 그는 기침을 하며 몸을 일으켰고, 탁자 주위를 이리저리 배회하다가 멈춰 서서 아내를 내려다보았다. 오무라 부인은 계속 무릎을 꿇고 앉아 있었다. 모름지기 아내는 남편 앞에서 무릎을 꿇고 앉아야 한다고 배운 대로였다.

남편이 한동안 말이 없자, 비로소 오무라 부인은 고개를 들어 남편을 바라보았다. 갑자기 두 사람은 동시에 미소를 지었다. 잠시 동안 부부는 말없이 서로를 바라보았다. 잠시 뒤 남편이 입을 열었다.

"이제부터 내 앞에서 무릎 꿇지 말아. 요즘 세상에서는 더이상 그렇게 안 해도 돼."

그러고는 손을 내밀어 그녀의 손을 잡아 일으켜 주었다.

# 마법

TWELVE STORIES 03

　열차는 사람들로 가득했다. 열차 시간은 한참이나 늦어 있었다. 처음 대충 둘러봤을 때는 빈자리가 없는 것 같더니, 중간쯤에 한 여자가 혼자 앉아 있는 모습이 눈에 들어왔다. 그는 순간 주저했다. 낯선 여자 옆에 앉는다는 게 본능적으로 꺼려졌기 때문이다. 하지만 그는 지금 몹시 분주한 하루를 보낸지라 한 시간 동안 서서 갈 만한 기분이 아니었다.

　열차는 무언가가 잡아당기기라도 한 것처럼 한 차례 덜컹이더니 앞으로 나아갔다. 그는 마지막으로 올라탄 승객이었고, 빈자리는 하나뿐이었다. 그는 이미 세 칸의 열차를 지나왔다. 몸이 조금 휘청거렸고, 손에 든 서류가방은 무거웠다.

　그는 회사 건물을 빠져나오면 그저 에어컨이 켜진 조용한 자동차 안으로 직행하기만 하면 되던 안락했던 시절을 떠올렸다. 가엾은 딕슨……. 그는 아마 지금쯤 정글 어딘가에 숨을 거둔 채 누워 있을 터였다. 그는 평온한 품성을 지닌 진지하고 조용한 젊은이로 솜씨 좋은 운전기사이기도 했다.

그는 계속 서서 가기에는 너무 피곤한 상태였기 때문에 통로 쪽으로 발걸음을 옮겼다.

"자리 비었습니까?"

그가 여자를 바라보지 않고 물었다.

"예."

여자가 맑은 목소리로 답했다. 그는 서류가방을 들어 올린 뒤, 선반을 둘러보며 놓을 만한 곳이 있나 찾아보았다. 하지만 선반은 짐들로 가득했고 안전할지도 의문이었다. 그가 여자 쪽으로 몸을 기울이며 아래를 내려다보았을 때, 마침 그녀가 위를 올려다보았다. 그렇게 두 사람은 눈이 마주쳤다. 그는 깜짝 놀랐다. 그녀는 정말로 아름다웠!

"안전하지 않을 것 같군요."

그가 더듬거리며 말했다.

"맞아요."

여자가 자신있게 말했다. 결국 그는 선반에서 가방을 내리고 자리에 앉은 뒤, 그 가방을 무릎 사이에 놓았다.

그는 그녀와 이야기를 나누고 싶은 생각이 없었다. 피곤했고, 그저 루스가 기다리고 있는 집으로 어서 돌아가고 싶은 마음뿐이었다. 전쟁에 시달리고 있는 요즘 같은 시기에, 집은 그에게 피난처와 같았다. 그는 뒤로 몸을 기대고 눈을 감은 채 집과 루스를 생각했다. 루스와 집, 이 둘은 그의 삶의 배경, 아니 뿌리를 담고 있는 기반이었다. 그가 이렇게 복잡하고 분주한 하루하루를 견뎌낼 수 있는 것도, 도시를 벗어나 가로수가 촘촘히 심어진 린튼 지역 안쪽에, 아무도 침범할 수 없는 아름답고 믿음직스런 자기 집이 있기 때문이었다.

그와 루스는 아직도 젊었다. 두 사람은 일찍 결혼했고, 거의 터울 없이 두 아들을 낳았다. 지금 그 아들들은 지금 모두 해외에 나가 있는데, 하나는 유럽에 또 하나는 태평양이었다. 그의 서류가방 안에는 늘 석간신문이 들어 있곤 했지만, 그는 그 신문을 그 전에 읽는 대신 저녁을 먹고 난 뒤에야 루스와 함께 시간을 보내며 펼쳐들곤 했다. 늘 힘이 되어주는 그녀가 옆에 있어야만 나쁜 뉴스조차도 편하게 대할 수 있었기 때문이다.

그렇게 아내와 집을 떠올리던 그는 문득 강한 빛이 얼굴에 비치는 듯한 어떤 느낌에 눈을 떴다. 여자가 그를 바라보고 있었다. 정말이지 그녀는 기가 막히게 아름다웠다. 그는 오랜 세월 동안 루스와 행복한 나날들을 보내면서 다른 여자들의 외모 같은 것에는 전혀 관심을 두지 않았다. 하지만 지금 그는, 별다른 감정은 없었지만 여자의 부드러운 타원형 얼굴과 기다란 속눈썹 아래 짙은 색으로 빛나는 커다란 두 눈을 바라보고 있었다. 여자는 머리칼이 얼굴 주위에 부드럽게 흩어져 있고, 챙이 넓은 검은 모자를 쓴 모습도 자연스러웠다. 또 팔을 소매에 넣지 않은 상태로 검은 코트를 어깨에 걸치고 있었다.

"좀 도와주시겠어요?"

그녀가 속삭이듯 물어왔다. 그는 놀라서 허리를 펴고 앉았다. 그는 전쟁이 시작된 후 매일 이 열차를 타고 린튼과 회사 사이를 오갔지만, 우연히 아는 사람을 마주칠 때를 빼고는 누구와도 이야기를 나눠 본 적이 없었다. 만일 자기 눈을 바라보는 그녀의 눈빛이 그토록 진솔하지만 않았어도, 아마 그는 이 여자를 의심스럽게 생각했을 것이다.

"어디서 내리세요?"

그에게 몸을 기울이며 그녀가 다급하게 물었다. 고개를 숙여 말했기 때문에 다른 사람들은 모자에 가린 그녀의 얼굴을 볼 수 없었다. 그는 대답하기가 조심스러웠다. 어쩌면 이 여자는 그가 로저 켄트웰이라는 사실, 즉 가공 금속 제조 회사인 '켄트웰, 베이츠' 사社의 대표라는 사실을 알고 있을지도 몰랐다.

"뭘 도와드릴 수 있을까요?"

그가 질문을 회피하며 물었다.

"어디서 내리시든, 거기서 제가 선생님과 함께 걸을 수 있게 해주세요."

그녀가 부드럽게 말했다.

"역만 벗어나면 저 혼자 갈 수 있어요. 열차에서 내릴 때만 도와주시면 돼요."

그는 웬만하면 남의 일에 끼어들고 싶어 하지 않는 성격이었다. 머리칼이 살짝 곤두서는 것이 느껴졌다.

"좀 더 설명을 해주시는 게 어떨지요."

그녀가 바로 말을 받았다.

"하긴 전혀 모르는 사람이니 그럴 만도 하시죠. 말을 걸지 않았다면 제가 옆에 있는지조차 모르셨을 텐데요."

그가 미소를 지으며 말했다.

"글쎄요, 마지막 말씀은 누구도 동의하기 힘들 것 같습니다."

그는 대답을 한 뒤, 계속 이야기를 끌어가고 있는 스스로를 질책했다. 이제 그녀의 얼굴 위로 부드럽고 따뜻한 기운이 솟아나고 있었다.

"그렇게 말씀해 주시니 고맙습니다."

그녀가 말했다.

"선생님은 친절하신 분 같군요."

그는 다시금 침묵 속으로 돌아가고 싶었지만, 이미 엎질러진 물이었다. 그는 여자의 다정한 언사를 끊으며 무뚝뚝하게 말했다.

"도움이 된다면 그렇게 하도록 하세요. 저는 아내가 차를 갖고 역 앞으로 마중을 나옵니다. 거기까진 함께 가셔도 좋습니다."

"고맙습니다."

그녀는 그렇게 말한 뒤 침묵 속으로 가라앉았다. 그 후로 로저는 본의 아니게 그녀를 한두 번 흘긋 바라보았다. 그녀는 움직임이 없었는데, 사랑스런 옆모습은 검은 모자를 배경으로 아름다운 선을 드러내고 있었고, 크림빛 두 손은 역시 검은 코트 위에 포갠 채였다. 그는 슬금슬금 일어나는 호기심을 참을 수가 없었다. 그는 시선을 거두었지만 이내 다시 그녀를 바라보지 않을 수 없었다. 왜냐하면 그가 마음속으로 고백했듯이, 이제껏 이토록 아름다운 여인은 본 일이 없었기 때문이다. 미인들에게 관심이 없었던 건 아니지만, 그는 아내에게만 모든 애정을 쏟았다. 그는 남녀 사이의 행복에 미모가 필수는 아니라는 생각을 누구보다도 신봉하는 사람이었다. 사실 루스는 아름다운 외모의 소유자는 아니었다.

그는 눈을 감고 반쯤 미소를 머금은 채 루스를 떠올렸다. 그녀는 무척 솔직담백한 성격인데 그 자신에 대해서도 마찬가지였다. 그녀는 자신의 밋밋한 외모를 조금도 감추려 들지 않았다. 또 그것에 대해 자조하지도 않았는데, 그러니까 그저 외모 같은 것에는 신경을 쓰지 않는 것 같았다. 하지만 루스는 그 외의 다른 모든 면에서 너무나 매력적이었기 때문에, 그는 아내가 미인이 아니라는 점을 아쉬워하지 않았다.

그는 열차가 덜컹거리며 린튼에 도착하자 몸을 일으켰다. 여자가 무척 신경쓰였지만, 평소처럼 통로를 따라 신속히 몸을 움직였다. 열차가 승강장을 조금 지나쳐 서는 바람에 석탄재를 깐 보도 위로 뛰어내려야 했다. 성큼성큼 한두 걸음 걷자니 뒤에서 누가 소리쳤다.

"저, 좀 잡아주시겠어요?"

그가 돌아보자 그녀가 열차 계단에 서 있었다. 열차는 이미 움직이고 있었다. 그는 서류가방을 바닥에 내려놓고 마지못해 두 손을 내밀었다. 곧 그녀가 그 위로 몸을 던져왔다. 그러자 순간적으로 손끝에 그녀의 몸이 느껴지고, 코끝에는 향수 냄새가 스며들었다. 그녀는 재빨리 그에게서 떨어져 주위를 두리번거렸다.

"다른 사람은 아무도 안 내렸나요?"

"그렇소."

그는 짧게 대답하고는 가방을 집어 들고 승강장을 향해 빠르게 걷기 시작했지만, 그녀는 어렵지 않게 그를 따라왔다.

두 사람은 아무 말도 하지 않았다. 그녀는 고개를 들고 어깨를 곧게 편 자세로 걸었다. 늦은 오후 햇살이 비치자 여자가 비록 젊기는 하지만 그리 어리지는 않다는 것을 알 수 있었다. 대략 스물다섯이나 여섯 살쯤인 것 같았다. 아무것도 들지 않은 한쪽 손에는 뒤틀린 모양의 금반지를 끼고 있었지만 결혼반지는 아니었다. 그는 다시 한 번 그녀의 강렬한 아름다움에 도취되었다.

예쁜 여자, 그러니까 그저 예쁜 정도라면 그 여인은 그 용모를 자신의 것이라고 주장하며 뽐낼 수 있다. 하지만 이 여인 정도로 아름답다면 사람들은 그 아름다움을 그녀의 것이라 여기는 대신 따로 떼어서 생각한다. 정말이지 그녀의 아름다움은 광산에서 발견한 다이아몬드나, 유산으로 거대한 부동산을 상속받는 것만큼이나 흔치 않은 것이었다. 하지만 그럼에도 그는, 저만치 이쪽을 향해 승강장을 걸어오는 루스를 바라보자 마음이 불편해졌다. 평소라면 차 안에서 기다렸을 텐데……. 가까이 다가서는 그녀의 얼굴에 놀라는 기색이 어리는 것을 보았지만, 그는 마음에 두지 않았다. 그저 늘 하던 대로 몸을 구부리고 아내에게 다정하게 키스를 했다.

"안녕."

그가 늘 하는 인사말을 건넸다.

"차 안에서 기다리는데 너무 추웠어."

그녀가 말했다.

"그래서 몸을 좀 덥히려고 이리저리 걷고 있었지. 열차가 좀 늦은 것 같아."

"그래도 가까스로 탔어."

그는 여자에게는 관심을 기울이지 않았다. 지금 그녀는 한 발짝 뒤로 물러서 걷고 있긴 했지만, 여전히 남들 눈에는 두 사람과 일행으로 보이기에 충분한 거리였다. 문득 루스가 그녀를 바라보았다.

그들은 긴 승강장을 지나 역 구내를 가로질렀다. 두 사람과 안면이 있는 몇몇이 시내로 나가는 다음 열차를 기다리고 있었다. 그들은 부부에게 인사말을 건넨 뒤, 여자를 빤히 쳐다봤다. 하지만 왼편에는 루스, 오른편에는 그 여자를 대동한 로저는 지인들을 알아채지 못하고 마냥 걷기만 했다. 역의 문을 나서자, 드디어 여자가 그에게 고개를 돌리며 따뜻한 표정을 지어 보였다.

"고맙습니다."

그녀가 그윽한 음성으로 말했다.

"절대 잊지 못할 거예요."

그는 왠지 그녀를 그대로 떠나보내고 싶지 않았다. 묘한 기분이었다.

"정말 괜찮으십니까?"

그녀는 부드럽게 웃었다.

"예, 제가 두려워하는 남자는 여기 없고, 그 대신 다른 남자가 있어요."

"남편이신가요?"

"제가 두려워하는 남자가 바로 남편이죠."

그녀는 손을 뻗어 그의 손을 가져다 자신의 두 손으로 꼭 한 번 쥔 뒤, 대기하고 있던 차로 걸음을 옮겼다.

차가 대기하고 있었던가? 로저는 그 자리에 서서 모습을 지켜보았다. 운전석에 앉은 남자는 젊었고, 그녀의 연인 같았다. 그가 저 아름다운 여인과 사랑에 빠져 있다는 건 명백해 보였다. 그가 여인의 손바닥에 입을 맞추었다.

"누구야?"

루스가 가볍게 물었다.

"나도 처음 보는 여자야."

그가 대답했다.

"열차 안에 빈자리가 하나 남아 있길래 앉았는데 저 여자가 옆에 있었지. 그러더니 좀 있다가 나한테 부탁을 하는 거야. 내가 내릴 때 일행처럼 함께 내리게 해줄 수 있겠느냐고. 그게 전부야."

"너무 예쁘게 생겼다, 그치?"

루스가 유쾌하게 물었다. 두 사람은 차에 올라탔다. 루스는 운전석에 있었다. 그녀는 그가 피곤할 때면 자기가 핸들을 잡곤 했다.

"그런 것 같기도 하고."

그가 얼버무리며 대답했다.

"확실히 그렇지."

루스가 말했다.

"난 정말 아름다운 여자들은 놓치지 않고 알아본다고."

그녀는 솜씨 좋게 급커브를 틀더니, 철로를 넘어 큰길로 나섰다.

"아무래도 내가 못생겨서 그런가봐."

그녀는 무심한 듯 얘기했지만, 그는 아내를 너무 잘 알았다. 그 가벼운 투 아래에 깔려 있는 아픔이 느껴졌다.

"당신이 왜 못생겼어?"

그가 다정하게 말했다.

"당신은 세상에서 가장 사랑스러운 여자야. 그리고 난 당신밖에 없어."

그녀는 미소를 지었다. 그는 그녀의 평범한 옆모습과 곧게 뻗은 부드러운 회색빛 머리칼을 바라보았다. 그녀는 한 번도 펌을 한 적이 없었고, 사실상 치장이란 것도 해본 일이 없었다. 일종의 자긍심을 가지고 수수한 외모를 그대로 드러낸 것이다. 문득 그는 아내의 그 자긍심이, 사실은 아픔을 감추기 위한 것일지도 모른다는 생각이 들었다. 그녀 역시 신경을 쓰고 있었던 거다!

"그 여자를 모른다고 한 내 말, 당신 믿는 거지?"

로저가 물었다.

"물론이지."

그녀가 조용히 대답했다. 차는 부드럽게 거리를 미끄러져갔다. 그녀는 상대의 마음을 편하게 해주는 특유의 목소리로 이야기를 시작했다.

"숲속에서 파란색 용담을 우연히 발견했어. 삼 년 전에도 우리 같이 그거 봤던 것 기억해? 그 이후론 못 봤잖아. 그때는 꼭 누군가 지나가다가 녀석들을 떨어뜨리고 간 것 같았지. 아무튼 다시 돌아왔어. 좀 따다가 거실 탁자에 놓아뒀지. 이따가 봐."

"그래."

그가 중얼거리듯 말했다. 그녀 곁에 있으면 마음이 편안해졌다. 전쟁에 직접적인 영향을 미칠 수도 있는 수많은 결정들을 내렸던 오늘 또 하루, 이 순간 그녀에게서 듣는 파란 용담 이야기는 마치 음악 같았다. 그녀는 결코 골치 아픈 이야기를 꺼내는 법이 없었다. 대신 항상 즐겁고 유쾌한 이야기로 그를 맞이했다. 그녀는 그의 삶 자체를 유쾌하게 만들어 준 것이다. 이 사랑스러운 단어는 그녀에게 딱 어울렸다. '유쾌한' 루스!

두 사람이 탄 차가 집 대문을 지나 정원 길로 들어섰다. 집은 부드러운 조명 아래 밝았고, 커다란 사냥개 한 마리가 집 앞 계단을 내려와 그를 기다리고 있었다. 루스가 오래전에 남편의 서류가방을 운반하도록 훈련시켜 놓은 사냥개는 가방을 달라며 목청을 높였다.

"알았어, 트릭시."

그는 가방을 개에게 건네주었다. 트릭시는 자랑스레 현관으로 가 문을 밀고 들어가서는 가방을 나지막한 나무 의자 위에 올려놓았다. 두 사람은 함께 웃었다. 그녀의 웃음소리는 언제 들어도 좋았다. 낮은 음색의 스스럼없고 자연스러운 웃음이었다.

문을 닫고 집 안으로 들어서자, 그들 집 특유의 깨끗한 향내가 났다.

"아, 난 우리 집이 너무 좋아."

그가 말했다.

"오늘은 정말 고된 하루였어. 용담, 정말 예쁜데! 근데 저녁 메뉴는

뭐야, 냄새가 근사해."

"맛있는 소고기 구이."

그녀가 활기차게 말했다. 그러고는 남편의 외투를 건네받아 옷장에 넣었다.

"저녁 먹고 싶을 때 얘기해."

그녀가 상냥하게 말했다. 그는 팽팽한 긴장한 온몸의 근육과 신경을 느슨하게 만들면서 계단을 올랐다. 그는 루스가 있음으로 해서 자신도 밖에 나가 그 모든 일을 할 수 있다고 생각했다. 그는 느긋하게 목욕을 한 뒤 편안한 옷으로 갈아입고, 매우 흡족해 하며 아래층으로 내려갔다. 그는 항상 루스에게 의지했고, 아내가 자신에게 언제나 힘이 되어주는 여자라는 것을 잘 알았다. 만일 그가 그 아름다운 여자의 남편이라면 어땠을까? 아내는 다른 남자와 사랑에 빠지고 자신 또한 아내에게 두려움의 대상이 되었을 것이다! 잠시나마 그는 그 아름다운 여인이 측은해졌고, 반면 스스로에게는 축하의 말을 건넸다. 루스라면 다른 남자와 사랑에 빠지는 일은 절대 없을 테니까.

그는 미소를 띤 채 거실로 건너갔는데, 푹신한 카펫 위로 슬리퍼까지 신은 탓에 발소리조차 나지 않았다. 그때 저만치 거울 속에, 웃음기가 사라진 루스의 얼굴이 보였다. 그녀는 거울 앞에 서서 마치 낯선 사람 앞에서처럼 반감과 혐오가 가득한 표정을 짓고 있었다.

"루스!"

그가 날카롭게 소리쳤다. 순간 루스의 얼굴이 다시금 그가 항상 그녀만의 것이라 생각해온 그 평온한 표정으로 변했다. 그녀는 이내 미소를 지어 보였다. 하지만 그는 방금 본 장면을 지나칠 수 없었다. 그는 그 자리에 서서 무거운 눈빛으로 아내를 바라봤.

"무슨 생각하고 있었던 거야?"

두 사람은 서로에게 늘 솔직했다. 그녀가 속내를 드러냈다.

"난 정말이지, 못생긴 것 같아."

루스는 비교적 경쾌하게 말하며 그의 팔을 잡고 식당으로 이끌었다.

"뭐 특별히 새삼스러운 것도 아니지만."

식탁에 앉으며 그녀가 말했다. 식탁은 언제나처럼 완벽했고, 전쟁터로 간 집사를 대신해 고용한 가정부가 스프를 내왔다. 식탁 위를 밝히고 있던 촛불이 루스의 얼굴을 비추며 그 모두를 남김없이 드러냈다. 그는 길고 긴 세월 동안 그녀에게 한결같은 애정을 가지고 있었기 때문에 사랑의 감정을 배제하고 그녀의 얼굴을 바라본 적이 단 한 번도 없었다.

하지만 이제 그녀 스스로 자신을 추하다고 말하자 그 감정이 그녀의 얼굴에서 분리되기 시작했고, 충격적이지만 그의 눈에도 아내의 못생긴 얼굴이 보이기 시작했다. 눈빛을 통해 남편의 심경 변화를 읽은 그녀는, 고개를 숙이고 빠른 속도로 스프를 먹었다. 수저를 든 손이 떨리고 있었다.

그 어색한 상황에 난처해 하던 그가 너털웃음을 터뜨리며 말했다.

"루스, 왜 그래? 뭐가 문제야?"

"여자는 자신을 사랑해 주는 남자에게는 항상 예쁘게 보이고 싶은 거야."

그녀가 고개를 들지 않은 채 말했다.

"하지만 지금까지 우린 함께 지내왔어."

그가 힘주어 말했다.

"아주 행복했고 말이야."

그녀의 입술이 파르르 떨렸다.

"바보 같은 생각이지만, 그 모든 세월과 바꾸더라도 나는 지금 이 순간 당신이, 내가 한치 거짓없이 정말로 아름답다고 주장하는 걸 듣고 싶어."

"내가 당신 얼굴, 그 모든 이목구비를 사랑한다고 말하면 똑같은 얘기 아니야?"

그녀는 빠르게 고개를 들었다 다시 내렸다.

"꼭 그렇진 않지."

그녀가 말했다. 지난 세월 두 사람은 서로에게 워낙 솔직했기 때문에, 그로서는 지금 "당신은 정말 아름다워."라고 말하고 싶어도 쉽사리 그럴 수 없었다. 묘하게도 두 사람이 함께 만났던 그 아름다운 여인이 두 사람 사이에 일종의 미인의 기준을 만들어 놓았고, 설령 그가 거짓말을 한다손 쳐도 그녀가 속아 넘어갈 리 없었다.

그는 두 사람 사이에 난데없이 끼어든 이 곤란한 상황을 어떻게 해결할지 난감하기만 했다. 이 집의 일부처럼 느껴지던 그 견실했던 평화가 산산이 부서지면서 루스가 낯설게 느껴졌다. 그는 졸지에 낯선 여자가 되어버린 아내를 다시 한 번 바라보았다. 큰 키에 각진 체형의 중년 여자, 살짝 들어간 턱에 잿빛 머리칼 아래로 파리한 눈매를 지닌 여자가 시야에 들어왔다. 그는 더이상 그녀를 바라볼 수 없었고, 갑자기 입맛도 달아나 버렸다.

"무슨 말을 해야 할지, 뭘 해야 할지 통 모르겠어."

그가 더듬거리며 말했다.

"기분이 많이 안 좋아. 루스, 우린 한 번도 다툰 적이 없었잖아."

"우린 지금 다툴 이유가 없어."

그녀가 말했다.

"변한 건 아무것도 없어. 난 항상 이런 모습이었으니까."

"그렇지 않아."

그가 다소 어린애처럼 목소리를 높였다.

"당신, 이전하곤 달라 보여. 지금 같은 모습은 한 번도 본 적이 없어."

"어쩌면 지금 당신은 본래 내 모습을 보고 있는지도 몰라."

그녀가 조용한 목소리로 말했다. 가정부가 들어와 수프 접시를 내가더니 곧이어 구운 소고기와 샐러드, 그리고 따끈한 빵을 내놓고는 다시 식당을 빠져나갔다.

"다시 시작해 보자고."

그가 말했다.

"뭐 땜에 그런 기분이 된 거야? 단지 그 여자를 봐서?"

"그 여자가 바꿔놓은 건 내가 아니라 당신이야."

그녀가 말했다.

"난 줄곧 이런 모습이었다고."

"그러니까 당신 말은······."

그는 도저히 이 말을 뒤이어 입 밖에 낼 수 없었다.

"당신······ 외모 때문에 지금까지 줄곧 괴로워했단 얘기야?"

"그래, 줄곧."

그녀는 마치 남편이 그 말을 먼저 입에 담기라도 한 듯이 대답했다.

"나하고 살면서 행복하지 않았어?"

그가 나이프와 포크를 내려놓으며 물었다.

"당신하고는 물론이지. 하지만 나하고는, 아니야."

그녀가 마음을 다잡으려 애쓰는 것이 느껴졌다. 루스는 말을 이었다.

"스튜어트가 다섯 때 나한테 이런 말을 한 적이 있어. '엄마는 왜 다른 엄마들처럼 예쁘지 않아?'라고."

그는 아내에게 위로의 말을 건네지 않을 수 없었다.

"애들이야, 다 그런 거지 뭐."

"지나칠 정도로 정직하지."

그녀가 냉정하게 말했다. 소리 높여 부정할 수 없었던 그는 다시 식사를 시작했다.

잠시 동안 두 사람은 아무 말이 없었다. 루스는 벨을 울려 과일 아이스크림을 시켰고, 두 사람은 조용히 후식을 먹었다. 이윽고 그가 갑자기 입을 열었다.

"내 얘길 좀 들어봐, 루스. 난 도무지 뭐 때문에 이렇게 됐는지 모르겠어. 당신은 지금껏 한 번도 이렇게 행동한 적이 없었잖아. 다른 남자들이 아내 때문에 골치를 썩는다는 얘기를 들을 때마다, 난 당신이 다른 여자들하고는 다르다는 것에 얼마나 감사했는지 몰라. 하지만 그랬던 당신이 지금, 내가 이전에 한 번도 본 적이 없고 앞으로도 다시 볼 일 없는, 그리고 다시 보고 싶지도 않은 여자에게 질투를 느낀다면 말이지…… 이것 참, 난 말이지, 회사에서도 예쁜 여자들 틈바구니에서 살아. 모르겠어, 난 그 여자들을 제대로 바라본 적이 없어. 난 그저 우리 가정의 평화에 감사하며 살아왔을 뿐이라고."

그녀는 반쯤 미소를 띤 얼굴로 윗몸을 일으켜 의자 등받이에 허리를 기대며 말했다.

"나 혼자 오 분만 있을게."

"하지만 당신이 마음 아파하면……."

"딱 오 분만."

그녀가 부탁했다.

"그리고 거실에서 우리 같이 커피 마셔, 응? 그동안 벽난로에 불을 좀 붙여줘."

그녀는 이층 자신의 방으로 올라가 문을 걸어 잠갔다. 그녀는 창가로 가서 창문을 열고, 피가 혈관 속을 뜨겁게 흐를 때까지 차가운 밤공기를 들이마셨다. 그러고는 창문을 닫고 화장대에 가서 앉은 뒤, 모든 전등을 환하게 밝혀 자신의 얼굴을 비추었다.

"바보."

차분한 음성으로 그녀가 말했다.

"바보 천치! 그동안 그렇게 잘 잊고 지내왔으면서, 이제 와서!"

그녀는 두 손을 무릎 위에 포개어 놓고, 가만히 앉아 자신의 모습을 물끄러미 바라보았다. 열두 살 무렵, 그녀는 자기 자신을 있는 그대로 받아들이기로 했다. 그때 그녀는 거울 속에서, 처음으로 여자로서의 삶을 시작한 열두 살 소녀의 모습을 발견했다.

아무도 날 사랑하지 않을 거야, 아이는 생각했다. 사랑이 없을 거라는 생각이 몰고온 두려움에 아이는 소리 없이 울기 시작했다. 하지만 난 사랑받아야 했다. 누군가 나를 사랑해야만 했다!

그로부터 삼 년간 외롭고 우울하게 생활하던 그녀는, 어느 날 중년에 들어선 한 평범한 선생에게 호감을 갖게 되었다.

"난 포브 선생님이 정말 좋아."

그녀는 어느 날 마음속으로 자신에게 말했다.

"선생님은 나만큼이나 못생긴 얼굴인데 난 왜 선생님을 좋아하는 걸까? 그래, 그건 선생님이 너무 유쾌하시기 때문이야!"

'유쾌하다'는 단어는 그녀에게 하나의 등불이 되었다. 때로 유쾌함은 사랑을 불러오기도 했다. 열다섯 살 소녀에게는 얼마나 힘겨운 일이었을까! 청춘의 반항심은 억제하고, 성마른 습성은 가차 없이 억눌러야 했으며, 타고난 열성만큼은 보다 단련해야 했다. 그녀는 상대방을 반박하는 행동을 스스로 용납하지 않았다. 그녀에게 그것은 사치였다. 그녀는 상대를 위로하는 법을 익히는 데 더 많은 노력을 기울였다. 극도의 이타에 가까운 봉사였다. 사람들은 위안을 얻기 위해 그녀에게 의지했다. 또 그녀는 조용히 상대방의 이야기를 들어주는 인자한 습성을 연마했다.

그리고 그녀가 스물네 살이 되던 해, 로저가 사랑을 고백하며 그녀에게 다가왔다. 그건 갑작스럽고 열정적인 사랑이 아니라, 천천히 이루어진 절반쯤은 본의 아닌 사랑이었다. 그녀는 절묘한 수완을 발휘해 그와 연애를 했다. 결코 적극적으로 사랑을 구하는 일 없이, 자연스레 스스로를 없어서는 안 될 존재로 만들었다.

그녀는 단 한 번도 그를 책망하지 않았다. 심지어 서로 사귀기 시작하고 처음 맞이한 여름, 로저가 자신을 멀리하고 그들을 만나러 온 예쁘장한 사촌과 한동안 가까이 지냈을 때조차 군소리 한마디 하지 않았다. 샐리라는 이름의 그 사촌은 버릇없이 자라난 제멋대로인 처녀였다. 반면 그녀는 항상 그를 위해 기다리는 사람이었다. 샐리의 성마른 기질과는 참으로 대조적으로.

그는 애타게 위안을 구하며 그녀에게 돌아와 청혼을 했고, 그녀는 승낙했으며, 일사천리로 결혼까지 이르렀다. 그 이후로 그녀는 마법처럼 유쾌한 성품으로 오직 행복한 가정을 꾸리는 데만 전념해왔다.

"바보같이."

그녀는 거울에 비친 자신에게 말했다.

거울 속의 얼굴은 평범하기 이를 데 없는 거울 밖의 자신을 바라보고 있었다.

"그러다간 모든 걸 엉망으로 만들어 버릴 거야."

그녀가 엄하게 말했다.

"네가 얼마나 미운지 몰라!"

잠시 뒤 그녀는 말을 이으며 한숨을 내쉬었다.

"그래도 너와 살지 않을 수 없으니."

그랬다, 이것은 그녀의 삶에서 피할 수 없는 사실이었다. 만일 그녀가 그 마법을 잃게 되면, 남편도 그녀의 모습을 있는 그대로 보게 될 것이다. 그리고 오늘밤 그는 거의 그럴 뻔했다고, 그녀는 생각했다. 그녀는 열차에 탔던 그 여자가 조금도 부럽지 않았다. 다만 아름다운 여자를 보게 되자 잠시 방심했다고나 할까, 그저 경계가 풀린 것뿐이었다. 완벽하게 아름다운 여자가 어떤 건지 잊고 있다가 다시 그 우울했던 소녀 시절로 돌아간 거였다.

오 분이 지났다. 조만간 남편이 이층으로 올라올 것이다. 그녀는 손수건으로 입술을 살짝 매만진 뒤, 옅은 푸른색 드레스를 벗고 잔잔한 붉은 벨벳 드레스를 입었다. 이 옷은 그녀의 키와 체형에 잘 어울렸다. 또 머리도 새로 빗었다. 이미 오래전에 립스틱은 바르지 않기로 결심했다. 일부러 자기 이목구비에 관심을 집중시킬 필요는 없지 않은가?

그녀는 다부지고 부드러운 발걸음으로 조용히 아래층으로 내려가 거실로 들어섰다. 벽난로 옆에 앉아 그녀를 기다리고 있던 남편의 표정에 루스는 몹시 놀랐다. 그 마법이 정말로 거의 풀렸던 거였다!

그래서 그녀는 웃으며 말했다.

"아무래도 그 푸른색 옷이 문제였던 것 같아! 다시는 그 옷 안 입을 거야. 원래부터 좋아하던 옷이 아니었어."

안도의 표정이 위로의 손길처럼 그의 얼굴 위로 스쳐가며 두 사람 사이의 긴장감을 쓸어냈다.

"바보같이."

그가 말했다.

"어서 와서 커피나 한잔 줘!"

# 섬세한 태도

TWELVE STORIES 04

"셋수가 밸러드를 응석받이로 만들고 있어."

에일린이 단호하게 말했다. 그녀는 화장대 앞에 앉아 새로 산 검은 드레스에 금 귀걸이가 잘 어울리는지 가늠해보고 있었다. 거울에 비친 매력적인 자신의 얼굴 뒤로 남편의 모습이 보였다. 그리고 그녀는 남편도 그녀 못지않게 매력적이라는 사실을 비밀스레 인정했다. 두 사람의 결합은 눈이 부실 정도였다. 결혼식 날, 사람들은 이구동성으로 찬사를 아끼지 않았으며, 그 찬사는 그들의 외동아들 밸러드가 이제 스물다섯의 유부남이 된 지금까지도 여전히 유효했다. 아들은 일본 여자와 결혼했다.

에일린은 금 귀걸이를 내려놓고 진주 귀걸이 쪽으로 손을 뻗었다. 검은색에는 역시 흰색이 최고 궁합이었다. 더구나 그녀의 머리칼이 멋진 은빛으로 변하면서부터는 더욱 그랬다.

"스티븐, 왜 아무 말도 없죠?"

그녀가 다소 날카롭게 말했다. 그는 턱을 내밀고 검은색 타이를 매고 있었다.

"무슨 말을 해야 하나 생각하고 있었어."

그는 타이의 양쪽 끝부분을 힘 있게 잡아당긴 뒤, 그대로 서서 거울 속의 그녀를 내려다보았다.

"내 말에 동의 안 해요?"

그녀가 다그쳐 물었다.

"동의 못해."

그가 말했다.

"당신이 무슨 말을 하는지는 알지만 동의하진 않아. …… 그저 비법이 다를 뿐이야. 단지 그것뿐이야."

그녀는 파란 눈을 깜박이며 그를 올려다봤다. 언제나 그렇듯 너무나 닮은 두 사람의 모습을 다시금 확인할 수 있었다. 여전히 젊어 보이는 얼굴 위로 머리가 희끗해지기 시작하면서부터는 더 그랬다.

"비법."

그녀가 무덤덤하게 되풀이해 말했다. 그가 웃으며 말했다.

"당신 너무 순진한 거 아냐? 여자들은 누구나 다 비법을 가지고 있다고!"

"스티븐, 그건 좀 심해요!"

"결코 심하지 않아."

그가 말했다. 그리고 두 손을 그녀의 어깨 위에 올려놓았다. 여전히 눈에 띄게 아름다운 어깨였다. 그녀는 살짝 몸을 떨었다.

"당신 손은 왜 그렇게 늘 차갑지?"

"마음이 따뜻하다는 표시지."

그는 그렇게 말하며 손을 거둬들였다. 그녀는 직관적으로 말머리를 돌렸다.

"이러다 우리 늦겠어요."

아내는 자리에서 일어나 의자 위에 걸쳐두었던 모피 망토를 집어 어깨에 걸쳤.

"아름다워."

그가 말했다.

"아름답고 품위도 있어 보이고."

"고마워요."

그녀가 말했다.

"당신도 근사해요."

그는 미소를 지었고, 아내는 거울에 뺨을 비춰보았다.

"화장도 다 됐어요."

"알아."

그가 그렇게 말하며 그녀의 뺨에 입을 맞췄다.

"나한테 얘기할 필요 없다고. 당신이 생각하는 것 이상으로 난 당신을 잘 알거든."

그녀는 아무 대답도 하지 않았다. 두 사람은 정말 늦었기 때문이다.

그녀는 모피를 몸에 두르며 복도로 나섰다. 계단 머리맡에서 셋수가 예쁘게 기모노를 차려 입고 그녀를 기다리며 서 있었다. 기모노를 입었다는 건, 그녀와 밸러드가 오늘밤은 이 집에서 지낸다는 것을 의미했다. 그녀는 미소를 지어 보이며 약간 반사적으로 허리를 굽혔다. 그건 그녀 특유의 인사법이었는데, 시아버지와 시어머니를 불과 몇 분전에 봤으면서도 다시 한 번 인사를 했다.

"조심하세요."

그녀가 높고 부드러운 음성으로 말했다.

스티븐이 껄껄 웃으며 말했다.

"왜, 우리가 걱정되니?"

그가 쾌활하게 물었다.

"계단 아래로 넘어지기라도 할까봐?"

"어머님 옷자락이 길어서요."

셋수가 마음을 울리는 목소리로 걱정스럽게 말했다.

"계단도 무척 높고요."

셋수는 뒤로 물러서 두 사람이 계단을 내려올 때까지 기다려 세 걸음 뒤에서 그들을 따랐다.

"우릴 배웅할 필요 없단다, 애야."

에일린이 말했다.

"시중들 것까지는 없어."

"아니에요."

셋수가 속삭이듯 말했다.

"제가 해야 할 일인걸요."

복도에서 들려오는 소리에 밸러드가 편안해 보이는 오래된 옷과 슬리퍼를 신고 거실에서 나왔다.

"그냥 두세요, 어머니."

그가 쾌활하게 말했다.

"아무도 셋수를 못 말려요. 자기가 좋아서 하는 거예요."

그러자 셋수는 분홍색 실크 소맷자락으로 입을 가리며 웃었다.

"뭐 때문에 웃는 거야, 우리 꼬맹이?"

밸러드가 입술에서 파이프를 빼며 물었다.

"당신이요."

셋수가 말했다.

"왜?"

"당신이 날 놀렸잖아요."

"어머니, 이 사람이 이렇게 천진난만하다니까요?"

밸러드가 다정하게 말했다. 스티븐과 밸러드 부자는 함께 셋수를 바라보며 미소를 지었고, 셋수는 소맷자락 위로 내놓은 애정 어린 눈빛으로 가족들을 한 사람씩 차례로 바라보았다. 그러다 갑자기 진지한 목소리로 입을 열었다.

"아버님 코트!"

그녀가 큰 소리로 말했다.

"빨리 갖다드릴게요!"

그녀는 종종 걸음으로 옷장으로 달려가 코트를 꺼내 들었다.

"자, 이리 주렴."

스티븐이 작은 몸집의 셋수를 내려다보며 말했다.

"난 누가 시중들어주는 게 익숙하지 않아서."

"아니에요."

그녀가 말했다.

"제가 해드릴게요."

셋수는 까치발을 들고 묵묵히 시아버지에게 옷을 입혀준 다음 옷깃까지 매만져 주었다. 그녀는 그저 베푸는 데만 열심인 어린아이처럼, 마냥 즐거워하는 두 남자의 기분을 미처 눈치채지 못한 듯했다.

"난 전혀 즐겁지 않아."

에일린이 갑자기 중얼댔다.

"늦었어요."

그녀가 계단을 내려가자 스티븐이 뒤를 따랐고, 곧이어 두 사람은 차에 올라탔다.

"정말 그 아이가 밸러드를 응석받이로 만들고 있다고요."

그녀가 단언했다.

"이젠 신문도 자기 손으로 집어 들지 않아. 다 보면 그냥 마룻바닥에 던져버리고."

"그 정도면 그렇게 심각한 것도 아닌데, 뭐."

스티븐이 창밖 어둠을 응시하며 말했다. 차는 움직이기 시작했고, 이내 거리로 들어섰다.

"상징적인 거죠."

그녀가 대꾸했다. 그러자 스티븐은 킬킬 웃으며 말했다.

"다시 말하는데, 그건 그 아이의 비법 일부야."

그러자 에일린이 갑자기 활기를 띠며 물었다.

"그럼, 다 알면서 왜 당신은 그 애를 놀란 것처럼 눈을 둥그렇게 뜨고 바라보는 거예요?"

"이봐."

그가 말했다.

"당신은 셋수를 안좋게 보는 것 같은데, 그럼 사태가 심각해질 수가 있어."

"어째서?"

"난 내 아들이 두 여자 중 하나를 선택해야만 하는 상황에 처하는 걸 원치 않거든."

"그럼 그 애를 눈 동그랗게 뜨고 보지 마세요!"

그녀가 소리쳤다.

"아, 이봐, 여보."

스티븐이 조용히 말했다. 그러고는 차를 세웠다. 그녀는 순간적으로 그런 스스로의 모습이 부끄러웠다.

"어서 가요. 지금 우리 싸울 시간 없어요. 안 그럴게요."

"그러지 마."

그는 낮은 목소리로 말한 뒤, 다시 차를 몰기 시작했다.

그날 밤은 이래저래 고단했다. 오랜 친구인 보스크래프트의 집에서 벌어진 작은 파티에는 손님이라고 해봐야 고작 여섯 명이 초대되었는데, 무난하게 진행되어야 할 대화가 일반적인 범주를 벗어나고 말았다. 물론 음식은 근사했고, 헬렌 보스크래프트는 테이블을 예쁘게 꾸미고 기다란 은촛대로 조명까지 밝혀 놓았다. 또 파티의 여주인으로서 남자와 여자를 함께 어울리게 하되 사적이지 않은 대화를 나누게 하려고 노력했지만, 결국 실패했다. 대화 내용은 어쩔 수 없이 최근 도착한 셋수에게로 흘러갔다.

"일본인 며느리를 보신 소감이 어떠세요?"

마리안 털리가 과감하게 물었다.

"아주 좋겠지. 좋지 않을 리 있겠어?"

그녀의 남편이 싱긋 웃으며 말했다. 그러자 스티븐이 조심스럽게 대답했다.

"밸러드가 그 아이를 무척 좋아하는 것 같더군요."

"그렇다니까!"

테이블 끝에 있던 헨리 보스크래프트가 목소리를 높였다.

"밸러드 녀석, 이전에 보니까 꼭 새를 잡아먹은 수고양이처럼 만족스런 표정이더라고."

"헨리!"

곁에 있던 헬렌이 남편에게 주의를 주었다.

"에일린, 며느리가 집안일도 돕고 그래요?"

릴리언 쉬엘리가 물었다.

"네, 아주 잘해요."

에일린이 말했다. 그러자 스티븐이 덧붙였다.

"모든 일을 제 손으로 다 하려 들지요."

"때론 그게 도움이 안 될 때도 있어."

에일린이 무심코 말했다.

"그럴 것 같아."

헬렌이 동의했다.

"이봐, 스티븐."

탐 쉬엘 리가 물었다.

"정말 어때? 일본 여자들은 미국 여자들하고 많이 다른가?"

그는 테이블 위로 몸을 기울이며 대답을 기다렸다.

"다르지. 완전히 달라."

스티븐이 조용히 말했다. 그러자 헨리가 물었다.

"차이가 뭔데?"

"글쎄, 명확하게 짚어보질 않아서. 아무래도 확실하게 설명하기 힘들어. 무척 미묘하거든. 제대로 생각해 본 적도 없고."

거짓말쟁이, 라고 에일린은 속으로 생각했다. 스티븐은 요즘 끊임없이 셋수에 대해 생각하고 있었다. 그녀는 왜 독특한 걸까? 아니, 그녀가 정말 독특한 걸까? 그녀는 아니더라도 일본 여자들은 왜 독특한 걸까? 아니, 그들이 정말 독특한 걸까? 아니면 아내인, 에일린 메드허스트가 독특한 걸까? 또는 미국 여자들이? 아내가 우아한 자태로 조용히 집안에서 움직이는 젊고 날씬한 며느리를 지켜보는 동안, 그는 이러한 질문들을 스스로에게 던졌으리라.

"말은 많이 하나?"

헨리가 물었다.

"아니. 조용하다네. 밸러드가 하는 말을 조용히 기다리며 듣지."

세 남자가 커다랗게 웃음을 터뜨렸다.

"이제 여자들도 객실로 자리를 옮길 때가 된 것 같아요."

헬렌이 불쑥 말했다.

"남자들이 지금 뭐 때문에 웃고 있는 거지?"

마리안이 궁금해 했다. 여자들은 벽난로 곁에 앉아 커피를 마시고 있었다.

"모르겠어요?"

에일린이 쏘아붙였다.

"셋수 얘기를 하고 있잖아요."

"그렇군요."

마리안이 말했다. 그러고는 작은 두 손을 난롯불 쪽으로 내밀었다.

"에일린 당신, 참 똑똑해요! …… 그런데 내 손은 왜 이렇게 항상 차가울까요?"

"혹시 비타민 드세요?"

헬렌이 물었다.

"먹었었죠."

마리안이 말했다.

"근데, 그것 때문에 머리칼이 다시 짙어져서 새로 산 은색 밍크하고 너무 안 어울리더라고요. 그래서 요즘 다시 안 먹고 있어요."

여자들이 부드럽게 웃었다. 바깥쪽에서 남자들의 웅성대는 소리가 들려왔다.

"셋수가 아이를 가지면,"

마리안이 갑자기 운을 뗐다.

"엄마를 닮을까요?"

"셋수는 예쁘잖아요."

헬렌이 말했다.

"나름대로 섬세하게."

"솔직히 예쁘진 않지요."

에일린이 말했다.

"코가 너무 밋밋해요."

"내가 보기엔 어떤 미국 여자보다도 예쁘지 않은 것 같군요."

마리안이 강한 어조로 말했다.

"그리고 나이가 들면 살이 많이 찔 거야. 얼굴이 하얗고, 달덩이 같은 타입이 그렇거든요. 일본엔 그런 여자들이 가득하죠."

물론 마리안 자신은 결코 살이 찔 타입이 아니었다. 그녀의 마른 몸은 확실히 날씬하기는 했지만, 나이를 잊게 만들 정도로 젊어 보이지는 않았다. 관에 들어가 누워도 지금 모습처럼 죽었는지 살았는지 모를 터였다.

"그 아인 자기 자신에 대해서는 생각을 하지 않는 것 같아요."
에일린이 말했다.
"그럼 누구를 생각하죠?"
마리안이 물었다. 그리고는 자기의 자그마한 손 빛깔만큼이나 엷은 색으로 칠한 은빛 손톱을 주의 깊게 바라보았다.
"그 애는 진심으로 밸러드를 생각해 주고, 또 밸러드의 부모인 우리에게까지 신경을 써주죠."
"그건 얼마 가지 않을 거야."
마리안이 냉담하게 말했다. 하지만 며칠 뒤, 이 대화를 기억하고 있던 에일린은 셋수의 배려가 아직까지도 계속되고 있다는 것을 스스로 인정하지 않을 수 없었다. 셋수는 그대로였다. 그녀는 다른 사람들은 감지할 수 없이 섬세하게 이 집에 스스로를 맞춰갔고, 결국 가족들 모두가 그녀에게 의지하는 상황이 되었다. 셋수가 의자에서 재빠르게 일어서서 이것저것 가져다주면 모두들 입가에 절로 미소가 피어올랐다.
"제가 갖다드릴게요."
"고마워, 셋수."
이것은 하나의 공식이 되었다. 최소한 그 일이 벌어지기 전까지는 말이다.

어느 날 에일린은 우연히 스티븐이 셋수를 팔로 감싸 안고 있는 것을 보았다. 셋수는 까치발을 한 채 스티븐의 코트 칼라를 정돈해 주고 있었다. 평상시에 에일린은 아래층으로 내려와 스티븐과 함께 아침을 먹는 일이 거의 없었다. 그래서 사실은 그날도 별일 없이 지나갈 수 있었을 법한 그런 아침이었다. 그런데 놀랍고 충격적이게도, 에일린은 자신의 남편 스티븐이 큰 키를 접어 셋수에게 키스하는 모습을 목격했다. 게다가 누가 봐도 성숙한 여인인, 그 자그마한 요물은 남편의 키스를 일상적인 것인 양 익숙하게 받아들이고 있었다. 밸러드는 그걸 보고 가만히 있을까?

하지만 곁에 서 있는 밸러드는 아무 얘기도 않고 그저 무심하게 입에 파이프를 물고 있었다.

"늦어도 정오까지는 병원에 갈게요."

밸러드가 말했다. 그제야 에일린은 그날이 밸러드가 병원에 가기로 한 날이라는 걸 기억했다. 밸러드는 일본에서 교통사고를 당했다. 밸러드의 말에 의하면 일본은 그야말로 세상에서 무모한 운전자들이 가장 많이 사는 곳이라고 했다.

아들이 셋수를 만난 것도 그때 병원에 입원했을 때였다. 셋수가 간호사였던 건 아니다. 의사였던 그녀의 아버지가 밸러드를 담당했다가 자신의 딸을 미국인 환자에게 소개시켜 준 것이다. 두 사람은 거의 만나자마자 사랑에 빠졌다.

계단에 조용히 서 있던 에일린은 아침 인사를 생략하고 남편을 떠나보냈다. 그리고 여전히 조용히 벽 쪽에 붙어 서서, 손에 파이프를 든 밸러드가 셋수를 안고 정열적인 키스를 퍼붓는 모습을 지켜봤다. 셋수는 반응을 할까? 저 아이가 여자로서의 면모를 보일까? 그 섬세함을 잠시 접고 몸을 내맡길까? 의문의 여지가 없었다. 셋수는 그의 팔 안에서 녹아들고 있었고, 아들의 키스에 역시 키스로 답했다.

이제 에일린은 보고 있기가 민망할 정도였다.

아, 벨러드! 이제 아들은 자신에게서 완전히 떨어져 나가선 다른 여자, 그녀에게는 낯설기만 한 다른 여자에게 전적으로 속해 있었다. 가슴이 고통으로 타들어갔다.

계단 발치에서 나눈 저 열정적인 입맞춤의 의미는 무엇일까? 밸러드가 남자로서 스티븐에게 질투를 느끼고 아내를 되찾기 위해 퍼부은 키스가 아닐까?

그녀는 조용히 방으로 돌아가 창가에 서서, 이슬 맺힌 잔디 너머를 멍하니 응시했다.

이 평화로운 집안에 도대체 무슨 일이 벌어지고 있는 걸까? 혹시 나와 밸러드가 속고 있는 건 아닐까? 아니, 스티븐이라면 그들을 속일 리 없었다. 그는 너무 좋은 사람이었고, 너무 의심의 여지가 없는 사람이었다. 이제껏 에일린은 많은 여자들이 스티븐의 외모와 그 자연스러운 매력 속에 묻어나는 타고난 친절함에 이끌리는 것을 보아왔지만, 그 때문에 마음을 다치거나 한 적이 없었다. 그녀는 그저 그것을 즐겼다. 실컷 끌려 봐라, 생각하며 마음을 편하게 가지곤 했다. 그 여자들은 남편에게 호감을 느끼며 접근하려 했지만, 이내 스티븐이 가진 완강한 선성善性의 벽에 맞닥뜨리곤 했다. 그들은 그 벽에 맞서 그저 마음만 앓게 될 뿐이었다. 스티븐은 간혹 그들의 뜻을 헤아려 줄 때도 있었으나, 그럴 때조차 구구절절한 말 필요 없이 확고하게 거절할 줄 알았다. 그들이 보낸 편지는 답장을 받지 못했고, 설혹 답장을 한다 해도 스티븐의 나이 많고 근엄한 비서가 그것을 대신했다.

"메드허스트 박사님은 심히 유감스럽게도……"

남편은 그들이 전화를 해도 절대 받지 않았다. 또 에일린이 그들을 만날 때면, 모두들 그녀 앞에서 아무 말도 못하고 몸을 움츠렸다. 심지어는 에일린이 오히려 그들을 딱하게 여길 정도였다. 하지만 셋수는 달랐다. 그녀는 이 집에서 밸러드의 아내로서 그 지위를 보호받고 있었다. …… 세 사람 모두 안전하지 않았다! 이러다가 상황이 더욱 악화되기라도 한다면…….

  그녀는 이슬 머금은 잔디로부터 눈을 떼고 **빠른 걸음으로** 아래층으로 내려가 아들을 찾았다.

"네, 어머니."

그는 아침 식사를 하고 있었다. 다행히도 혼자였다.

"앉으세요."

그가 말했다.

"셋수는 커피를 새로 만들고 있어요. …… 아침 드실래요?"

"토스트하고 커피면 될 것 같구나."

유리컵에 오렌지 주스를 따르며 그녀가 말했다.

"나도 참 게으르지. 셋수한테만 매일 아침 식사 준비를 맡기고 말이다."

"저 사람이 원해서 하는 거예요."

그가 쾌활하게 말했다. 에일린은 주스를 조금 마셨다.

"애야, 너하고 둘이 할 얘기가 있다."

그녀가 불쑥 말을 꺼냈다.

"무슨 문제라도 있으세요?"

그가 궁금한 얼굴로 물었다.

"아마도."

셋수가 커피를 들고 들어왔다. 그녀는 주전자를 식탁 위에 올려놓은 뒤 시어머니에게 깊숙이 고개를 숙여 인사를 하며 말했다.

"안녕히 주무셨어요, 어머님?"

"그래, 너도 잘 잤니?"

그녀는 목례는 생략했다. 아들이 돌아오고 삼 일 후, 그녀는 아들을 조용히 불러 셋수가 자기에게 목례를 하지 않았으면 좋겠다는 이야기를 건넸지만, 밸러드는 셋수에게 그 뜻을 전하지 않겠다고 고집을 부렸다.

"셋수는 그저 배운 대로 행동하는 것뿐이에요."

아들은 덧붙였다.

"목례를 안 하면 맘이 편치 않을 걸요. 그건 셋수가 상대방에게 애정과 존경심을 나타내는 방식이에요. 전 셋수의 마음을 아프게 하고 싶지 않아요."

"여보."

밸러드가 말했다.

"당신 시어머님이 나하고 긴히 하실 말씀이 있으시다는군. 자, 아가씨, 어서 자리를 피해 주세요!"

셋수는 왼쪽 뺨 깊게 볼우물을 만들며 웃었고, 남편에게 목례를 한 뒤 소맷자락을 휘날리며 종종걸음으로 식당을 빠져나갔다.

"뭐 하러 그런 얘기를 하니?"

에일린이 중얼거리듯 말하며 토스트에 버터를 발랐다.

"무슨 말이든 다 할 수 있다는 게 저 사람 장점 중에 하나예요. 아주 순수하죠."

밸러드가 말했다.

"어리석은 아이는 아니야."

에일린이 말했다.

"물론이죠. 게다가 교육도 아주 잘 받았고요."

"그래야지."

문득 아들이 눈썹을 치켜뜨며 말했다.

"근데 심기가 좀 불편해 보이시네요."

그녀는 주저했다.

"눈치만 주지 마시고 말씀하세요."

"못해."

그녀가 딱딱하게 말했다.

"절대 못해. 그건 그렇고, 네 아버지 말이다……. 아침마다 셋수한테 키스를 하시니?"

두 사람은 식탁을 사이에 두고 서로를 응시했다.

"그건 왜 물으세요?"

"오늘 아침에 봤거든."

그가 포크를 내려놓았다.

"그래요, 어머니. 안 그래도 말씀을 드리려고 했어요. 셋수도 걱정이 되나 봐요. 그래도 제 아버지니까 싫은 기색을 보이고 싶지 않아 해요. 그냥 따로 나가 살고 싶은가 봐요."

그녀는 얼굴을 두 손에 묻었다.

"그럴 줄 알았어."

"전 아버지가 잘못했다고 생각하지 않아요."

에일린은 고개를 들었다.

"어째서? 그렇다고 셋수를 질책하지도 않을 거 아니니?"

그러자 밸러드는 무뚝뚝하게 답했다.

"셋수는 어머니가 염려하시는 그런 행동을 할 리가 없어요."

"네 아버지는 아직도 젊어. 이제 갓 오십이야! 얼마나 많은 여자들이……."

"셋수는 아니에요."

"그럼 왜……."

"처음에 아버지는 그 모닝 키스를 그저 장난 비슷하게 시작하셨어요. 그러다가 그 장난기가 언제쯤 사라졌는지, 전 잘 모르겠어요. 하지만 셋수는 알았죠."

"그 애는 전혀 반응을 하지 않았다면서? 그럼 그걸 어떻게 알지?"

"셋수는 여자 중의 여자예요."

"그게 무슨 뜻이니?"

"셋수는 남자 스스로 자기가 무슨 생각을 하고 있는지를 깨닫기도 전에 그걸 알아차려요."

밸러드가 말했다. 그리고 어머니가 의심이 가득한 눈길을 보내자 목소리를 높이며 말했다.

"알아요. 바보처럼 들릴 수도 있어요. 하지만 사실이에요. 제가 직접 경험했어요. 일전에 그런 일이 있었는데, 그때 저는 제 기분을 드러내지 않았죠. 아니 어쩌면, 그저 약간 우울하다 정도였고 확실히 제 기분이 어떤지 저 스스로도 몰랐죠. 그런데 셋수가 몇 마디 말, 몇 번의 따뜻한 손길로 그걸 확실히 짚어 주었어요. 그녀는 뭔가를 알고 있었던 게 분명해요."

"셋수는 두 사람을 다 응석받이로 만들고 있어."

그녀의 목소리가 갑자기 딱딱해졌다. 그녀는 바보같이 눈물을 글썽이기라도 할까 싶어 얼른 커피를 입가로 가져갔다.

"묘하게도, 그게 그렇지를 않아요."

밸러드가 놀라움이 가득한 투로 말했다.

"예, 우린 작은 서비스들을 받고 있죠, 인정해요. 슬리퍼도 갖다주고 뭐 이런저런. 하지만 그건 아니에요. ……셋수는…… 저 사람은 우리를 이용하지 않아요. 무슨 다른 목적이 있어서 그러는 게 아니라고요."

"대체 그건 또 무슨 소리니?"

그는 어머니의 재촉하는 눈길을 피했다. 그러고는 포크를 집어 스크램블드에그를 쫓기는 사람처럼 입 안 가득 퍼 넣으며 먹기 시작했다.

"나한테 말할 생각이 없구나, 너!"

그러자 밸러드는 몹시 화난 얼굴로 어머니를 바라보았다. 그러고는 크게 소리쳤다.

"셋수!"

나무 슬리퍼를 신은 셋수가 윤기 흐르는 마루 위를 또닥이며 즉시 들어왔다.

"앉아 봐."

그가 명령조로 말했다. 셋수는 에일린을 향해 살짝 고개를 숙인 뒤, 자리에 앉아 무릎 위에 손을 포갰다.

"어머님께 우리가 따로 나가 살고 싶어 한다고 말씀드리는 중이야."

그는 나무딸기 잼을 토스트 위에 두껍게 발랐다. 에일린이 말했다.

"너 조심 좀 해야겠구나. 그렇게 먹다간 올챙이배가 된다고. 벌써 세 개째야."

밸러드는 토스트를 내려놓았다.

"그거예요. …… 그게 제가 말하고 있던 바예요. 셋수는 절대 저한테 그런 말을 하지 않아요."

그녀는 어깨를 으쓱했다.

"난 그저 너를 생각해서 하는 얘기야. 내 허리 말고."

셋수가 끼어들었다.

"저도 그렇게 생각해요, 어머니. 당신, 마흔 살 되면 어머니가 하신 말씀 꼭 기억하세요."

밸러드가 씩 웃으며 말했다.

"그렇게."

그러고는 잼을 바른 토스트를 크게 베어 물었다.

"자, 이제 내 말을 들어봐, 셋수."

그가 운을 뗐다.

"어머니는 당신이 아버지께서 하시는 아침 인사를 달가워하지 않는다고 생각하셔. 이제 당신 생각을 얘기해 봐. 내가 보기엔, 당신이랑 어머니가 생각보다 서로 동의하는 부분이 많을 것 같은데."

그는 셋수의 말을 기다렸다. 하지만 놀랍게도 셋수의 얼굴이 짙은 분홍빛으로 물들더니 이내 커다란 검은 눈에도 눈물이 가득 차올랐다. 그녀는 평상시와 달리 단호하게 자리에서 몸을 일으켰다.

"실례하겠습니다."

그녀가 말했다.

"아버님에 대해서 안좋은 얘기를 하고 싶지 않아요. 그저 당신이 하자는 대로 할게요."

그녀는 긴 소맷자락 끝으로 눈물을 닦아내고는 밖으로 나섰다. 밸러드가 의자에서 벌떡 일어나 문으로 다가서는 그녀를 막아섰다.

"잠깐만. 내가 나갈게. 어머니를 두려워할 것 없어. 솔직하신 분이니까."

밸러드는 아내에게 키스를 했고 그 바람에 마루 위에 냅킨을 떨어뜨렸다. 밸러드가 식당을 빠져나가자 셋수는 바닥에 떨어진 냅킨을 집어 깔끔하게 접은 뒤 그가 앉았던 식탁 위에 올려놓았다. 그리고 조금 주춤대며 의자에 앉아 에일린이 입을 열기를 기다렸다.

이렇게 마주앉아 있는데 과연 에일린이 무슨 얘길 할 수 있겠는가?

동그랗고 예쁘장한 셋수의 얼굴은 마치 어린아이 같았다. 누가 이런 그녀를 책망할 수 있단 말인가? 하지만 오늘 아침은, 오로지 솔직해지는 것만이 유일한 해결책인 것 같았다.

"어떻게 두 사람에게 마술을 걸었는지 얘기해보렴."

에일린이 말을 시작했다.

"그 방법을 좀 얘기해 줘."

하지만 셋수는 아이가 아니었다.

"제가 건 게 아니에요. 두 분이 언제든 마술에 걸려들 준비가 되어 있던 거죠. 두 분에겐 슬픈 일이죠……. 어머님께도요."

두 사람의 눈이 마주쳤다. 그들 사이에는 아무 장애물도 없었다.

"내게도 슬픈 일이라고?"

"네, 어머님께도 슬픈 일이에요."

셋수는 되풀이해 말한 뒤 두 손을 식탁 언저리에 포개 놓고 물끄러미 에일린을 바라보았다.

"너무 슬퍼요."

에일린은 한숨을 돌리기 위해 담배에 불을 붙인 다음, 담배 연기를 깊이 들이마셨다.

"난 말이지, 슬리퍼를 가져다주거나, 바닥에 떨어진 테이블 냅킨을 대신 주워주거나 하는 일 같은 건 할 수 없어. 그게 옳은 것인 양, 자연스런 일인 양, 행동할 수가 없다는 거야. 왜냐하면 난 그게 옳다고 생각하지 않기 때문이야. 난 상대가 남자라는 이유로 그들의 손과 발이 되어주는 건 바람직하다고 생각하지 않아."

"아, 물론 아니죠."

셋수가 깜짝 놀라며 동의했다.

"저도 같은 생각이에요. 이건 그저 자잘한 일들이죠. 꼭 필요한 건 아닌 것들이니까요. 다만 제가 그런 일들을 하고 있는 건, 자라면서 그렇게 하라고 배웠기 때문이에요. 하지만 어머님은 미국인이시니 그렇게 배우지 않으셨겠죠. 만일 그렇게 하신다 해도 그저 흉내를 내는 것에 불과할 거예요. 하지만 전 겉만 그러는 게 아니에요. 물론 그게 중요한 건 아니겠지만요."

"그럼 뭐가 중요한 건지 좀 얘기해 주겠니? 네 비법이 뭐니, 셋수?"

"비법 같은 건 없어요."

"아니, 있어! 셋수, 오늘 아침에 네가 시아버지를 배웅하는 걸 봤단다……."

셋수가 다시 얼굴을 붉히더니 오른손을 들어 올리며 말했다.

"어머니, 그건 저도 원치 않는 일이에요!"

"그럼 왜……."

"전 다른 사람의 마음에 상처를 주고 싶지 않아요. 상처를 주는 건 전혀 도움이 되지 않으니까요."

"그럼 어떻게 했으면 좋겠니?"

"떠나는 거죠. 그냥 여기에 있지 않으면 돼요. 밸러드에게 이미 얘기했고, 합의도 봤어요. 그이는 제 마음을 이해하고 있어요."

"질투하지는 않던?"

"아뇨. 그이는 저를 믿어요. 저를 이해해요. 아주 멋진 남편이죠!"

에일린은 담배를 재떨이에 눌러 끄며 말했다.

"넌 역시 멋지고, 참 똑똑한 아이구나. 고맙다, 애야. 그래, 얘기가 다 된 것 같구나."

그녀는 자리에서 일어났고, 며느리의 뺨에 키스해 주고 싶은 충동을 억누르며 미소 띤 얼굴로 테라스로 나가 뒤를 돌아보았다. 주방에 남아 있던 셋수는 마치 아무 일도 없었던 것처럼 조용히 접시들을 모아 개수대로 가져갔다. 아침 햇살이 내려쬐는 가운데, 에일린은 테라스 끝 부근에서 막 봉우리를 피워 올리고 있는 수선화들을 바라보았다. 오늘밤 스티븐이 돌아오면 얘기를 꺼낼 생각이었다.

"그럴 필요가 뭐 있어?"
스티븐이 거칠게 말했다.
"이렇게 큰 집이 텅텅 비어 있는데. 우리 둘밖에 없고 말이야."
"우리 두 사람으로 충분치 않아요?"
그녀는 이 한마디를 던지는 자신의 목소리에 비통함이 묻어나는 것을 느꼈다. 그리고 곧 후회했다. 얘기를 꺼내려면 저녁 식사를 하고 난 다음이 옳았다. 하지만 기다릴 수 없었다. 그녀는 남편을 따라 이층으로 올라와 창가에 앉아 이야기를 꺼냈다.
"셋수가 따로 나가 살고 싶어 해요."
그녀가 말했다. 그것이 부당하다는 것을 그녀는 알았다. 문제 하나만 해결되면 셋수는 이 집에서 더할 나위 없이 즐겁게 살 수 있었다.
"도무지 이해가 안 되는군."
그가 큰 소리로 말했다.
"당신 마음이 드러났군요."
그녀가 차분하게 말했다.
"당신은 셋수가 나가는 걸 원치 않죠."
두 사람은 서로를 바라보았다.
"아침에 당신 출근하는 걸 봤어요."

"밸러드도 함께 있었소."

그가 즉시 스스로를 방어했다.

"다 그렇게 시작하는 거야."

그녀가 말했다.

"그러다가 밸러드가 없어도 그치지 않을 테고."

그가 갑자기 침대 모서리에 걸타앉았다.

"내가 어떻게 했으면 좋겠소?"

"아무것도……. 당신은 아무것도 할 게 없어요."

"그럼 왜 얘기를 꺼낸 거야?"

"제발 너무 늦은 게 아니길 바랄 뿐이에요. …… 스티븐, 대체 셋수하곤 어떻게 된 거죠? 제발 솔직하게 얘기해 줘요."

"나도 모르겠어."

"당신은 그런 남자가 아니잖아."

"물론 그런 건 아니야."

"단지 젊음 때문에?"

"아니야."

"걔가 워낙 살갑게 대해서?"

"부분적으로는, 아마도…… 아니야, 그것도 아니야."

"그럼 대체 뭐 때문에……."

"셋수는 내가 나 스스로를 신뢰하게 만들어 줘."

"스티븐! 당신은 지금, 스스로를 늘 신뢰하지 못해왔던 것처럼 말하고 있어! 누구보다 자신감에 넘치고 성공한 사람이 말이죠! 당신은 당신 회사의 사장이고, 여러 중요한 위원회의 의장이에요. 게다가 많은 사람들로부터 존경을 받는……."

그러자 스티븐은 가슴을 두드리며 말했다.

"여기."

"거기가 뭐?"

"남자는 언제나 자신에 대해 확신이 없는 법이야."

"하지만 셋수가 어떻게……."

"모르겠어. 하지만 셋수는 그럴 수 있는 힘이 있어."

"당신, 셋수를 사랑하고 있는 건 아니겠지?"

그가 곰곰이 생각을 한 뒤 말했다.

"그런 것 같지는 않아. 솔직히. 하지만 셋수는 나를 이해해 줘. 본능적으로."

"그럼 당신은 셋수를 사랑하고 있는 거야."

"아니야……."

그가 얼굴을 붉혔다.

"다시 말하면, 난 밸러드가 없는 곳에서는 셋수에게 키스를 하고 싶지 않아."

"당신은 하게 될 거야!"

"정말 그러고 싶지 않아."

"나도 그러길 바래요. …… 아, 스티븐, 내가 뭐가 모자랐던 거지?"

"모자란 것 없어. 당신은 훌륭한 아내야. 항상 그래왔고. 하지만……."

"하지만 뭐?"

그가 무력한 모습으로 그녀를 바라보았다.

"나도 모르겠어."

"나한테 말하고 싶지 않은 거겠죠!"

"나도 말할 수 있었으면 좋겠어."

대화는 거기에서 벽에 부딪혔다. 그녀는 더이상 남편이 해줄 수 있는 이야기가 없다는 걸 느꼈다. 그토록 지적이면서도 매력적이었던 남편이, 이제는 그녀에게 그 자신에 대해서조차 얘기할 수 없게 된 것이다. 그의 당황스러운 표정, 거의 두려움에 가득한 표정을 본 에일린은 갑자기 미안한 기분이 들었다. 그녀는 남편에게 다가가 키스를 했다.

　"미안해요, 내가 괜한 잔소리를 했어."

　"아니야."

　그가 겸손하게 말했다.

　"고마워, 그렇게 말해 줘서."

　"당신은 좋은 사람이야……. 정말 좋은 사람이야. 날 용서해 줘."

　"무엇을? 당신은 나한테 잘못한 게 없어."

　"혹시."

　그녀가 생각에 잠긴 채 말했다.

　"혹시…… 아니야, 아무것도."

　그녀는 남편의 뺨에 살짝 손바닥을 갖다 댄 뒤 자리를 떴다.

　그날 밤 저녁 식사 시간은 유쾌하게 흘러갔다. 에일린은 셋수가 이 식사 시간을 얼마나 유쾌하게 만들 줄 아는지를 새삼 깨달았다. 여느 때와 다름없이 셋수는 거의 입을 열지 않았다. 그녀가 하는 이야기들은 사실 그렇게 근사하지도 않았고, 심지어 재치 있지도 않았다. 그저 셋수는 미소를 머금은 풍부한 표정과 함께, 사려 깊이 상대방의 이야기에 귀를 기울였다. 또한 상대에 대한 세심한 이해 속에서 한 마디 한 마디를 했다.

　"셋수."

　에일린이 갑자기 그녀를 불렀다.

　"남자들이 애플파이랑 커피 먹는 동안 우린 객실에 잠깐 갈까?"

자리에서 일어난 에일린이 셋수의 손을 잡았다.

"무슨 일이야?"

스티븐이 물었다.

"그냥 여자들끼리 할 얘기가 있어서."

그녀가 직답을 피하며 말했다. 여전히 셋수의 손을 잡고 있던 에일린이 그녀를 객실로 이끌며 말했다.

"네 손은 늘 따뜻하구나."

"대신 많이 거칠잖아요."

셋수가 한숨을 내쉬며 말했다.

"그렇지 않아. 아주 고운 손이야, 거기다 따뜻하기까지 하고."

객실에 들어서자 셋수는 에일린이 먼저 앉기를 기다렸다.

"이곳은 마음을 드러내는 곳이지."

에일린이 쾌활하게 말했다.

"저녁을 먹고 나서 여자들이 서로의 비밀 이야기를 나누는 곳. 그건 그렇고 난 네 비밀이 뭔지 추측해 봤단다."

"제 비밀이요? …… 뭐예요? 말씀해 주세요."

"너 솔직히 모르겠니? 한번 얘기해 보렴. 네가 내 아들한테 가장 원하는 게 뭔지."

"그이의 행복이에요."

셋수가 지체 없이 대답했다.

"그게 다야?"

"뭐가 더 필요하겠어요?"

"그럼 어떻게 하면 그 애가 행복해질 수 있지?"

"그저 자기 자신이 되면 되죠."

"다른 야심은 없는 거니?"

"어떤 거요?"

"예를 들어서, 남편 사업이 크게 성공한다거나 하는 거."

"본인이 자신 안에서 행복하다면 성공이 따라오겠죠."

"아님 부자가 된다거나."

"원한다면,"

셋수가 덧붙였다.

"부자가 될 수도 있을 거예요."

"너를 위해서는 원하는 게 없니?"

"아, 물론 있죠."

셋수가 말했다.

"저 역시 제 자신 안에서 행복해지고 싶어요."

"자신 안에서 행복하다는 게 뭐지?"

장밋빛 기모노를 입고 있던 셋수는 고개를 기울이며 잠시 생각에 잠겼다. 방은 아주 조용했다. 마침내 그녀가 입을 열었다.

"그건, 다른 뭔가를 위해 이용되지 않는 거라고 생각해요."

"다른 뭔가를 위해 이용되지 않는다……."

에일린이 그녀의 말을 되풀이했다. 이 단순한 말이 담고 있는 의미는 뭘까?

셋수는 고개를 들어 시어머니의 두 눈을 바라보았다.

"다시 말하면, 전 밸러드를, 또는 그의 아버지를, 아니면 다른 누군가를, 무언가를 얻기 위해 이용하지 않는다는 거예요. 즉, 제가 부자가 되고 싶다고 해서, 사실은 그렇지 않지만요, 부자가 되기 위해 밸러드를 이용해서는 안 되는 거죠. 유명해지거나 좋은 옷을 입고 싶다거나 하는 식의 욕심을 채우려고 그를 이용하면 안 되죠. 그는 그 자신의 것이지, 제 소유가 아니니까요."

더듬거리는 셋수의 영어 낱말들이 에일린의 가슴을 순수한 빛으로 밝혀 주었다.

"세상에,"

그녀가 중얼거리듯 말했다.

"난 한 번도 그런 생각을 못해 봤단다."

그녀는 지금까지 얼마나 스티븐을 이용해왔던 걸까? 무의식적으로 말이다. 아, 결코 의식적으로 그런 건 아니었다! 하지만 그녀는 지금껏 어떤 삶을 추구해왔으며, 또 그 과정에서 어떤 식으로 남편을 자신의 도구로 만들어왔던 걸까? 지난 세월 동안 오로지 한 방향으로만 나아가며, 사실 그녀는 여러 작은 측면들에서 남편을 이용해왔다. 예를 들어 이 집만 해도, 과연 그는 정말 이 집을 원했던 걸까? 그의 꿈은 무엇이었을까? 만일 자유로운 상황이었다면 과연 그는 어떤 삶을 살아왔을까?

그녀는 그것에 대해 알지 못했다. 사실 남편에 대해 아는 게 없었다.

"넌 정말 사랑스러운 아이구나."

그녀가 셋수에게 말했다.

"네가 하는 말에는 지혜가 담겨 있어."

"제 어머니가 가르쳐 주신 거예요."

셋수가 겸손하게 말했다.

"어머니도 할머니께 배우신 거고요."

에일린이 답을 하기도 전에 두 남자가 들어왔다.

"밸러드하고 얘기를 했는데."

스티븐이 불쑥 말을 꺼냈다.

"의견 일치를 봤어. 따로 나가 살 필요가 있겠더라고. 들어보니, 꽤 괜찮은 생각이야."

"나도 동감이야. 아무튼 그동안 너무 즐거웠어. 고맙구나, 셋수."

"제가 한 건 아무것도 없어요."

셋수는 그렇게 말한 뒤, 에일린과 스티븐에게 가볍게 목례를 했다.

"정말 아무것도 한 게 없어요."

그녀가 되풀이해 말했다. 그러고는 예의 그 섬세한 태도로 한마디를 덧붙였다.

"그냥 늘 하던 대로 했을 뿐인데……."

# 언어를 넘어서

TWELVE STORIES 05

"나와 미국으로 떠날 준비를 해. 엿새 후에 배를 타고 출발한다."

우 리앙은 대장이 말을 마치자 깍듯이 경례를 올렸고, 최대한 자제력을 발휘해 한치 흐트러짐 없는 표정을 근엄하게 유지한 채, 발꿈치를 홱 돌려 딸각 소리를 낸 뒤 방을 성큼성큼 걸어나갔다. 독일군 교관이 가르쳐 준 행동 그대로였다. 하지만 그는 일단 문밖으로 나서자마자 기쁨을 감추지 못해 복도를 내달렸고 막사로 돌아와서는 동료들을 향해 소리쳤다.

"나, 미국 간다! 대장이 미국에 날 부관으로 데리고 가신다고 했어!"

장병들은 즉시 그의 주위에 모여들어 등을 두드려 주며 환호했고, 부러움의 탄성을 내질렀다. 미국에 간다니!

대장이 미국으로 향한다는 소문이 돌기 시작하면서, 그 동안 부관으로 누가 뽑힐지가 부대원들 사이에서 초미의 관심사였다. 사실 가장 유력한 후보들조차도 자기가 가게 되리라고 확신하지 못했는데, 그것은 이 여행이 사실상 대장 주도하에서 진행되는 것이 아니었기 때문이다. 말하자면 이번 여행은 정부에서 내리는 포상 휴가에 가까웠고, 물론 또 다른 전투를 계획하기 전 잠시 숨을 돌리라는 아량이기도 했다. 또 달리 이야기하면, 대장 스스로 선호하는 구실, 즉 미국의 사회적, 경제적 조건을 연구하라는 정부의 임무를 받든다는 명분도 있었다. 보잘것없는 집안 출신에 변변한 교육도 받지 못한 성질 급한 대장은, 근래 중국에서 추진하고 있는 현대적 정부의 개념을 절대 이해하지 못하고 있었다.

"나는 전쟁을 할 만한 곳이다 싶으면, 바로 저질러 버리지."

그는 단호하게 말했다. 실제로 그는 언제나 혈혈단신으로 조용히 팔을 걷어붙이고 전쟁을 일으켰는데, 일본이라고 예외는 아니었다. 비록 전쟁에 패배하면서 정부로 하여금 대외적 사죄와 배상금을 물게 하는 등 큰 문제를 일으켰지만, 대중적 인기가 상당했기 때문에 체포되어 참수형에 처하는 일 같은 건 역시나 벌어지지 않았다.

대신 대통령은 그에게 다음과 같이 말했다.

"휴가를 다녀오게, 아니, 미국에 임무를 수행하기 위해 가는 거지. 정부에서 모든 경비를 댈 테니, 일 년 동안은 돌아올 생각 말게."

일이 이렇게 되면서 우 리앙과 그의 동료들은 몇 주 동안 흥분 상태에 놓여 있었다. 생각뿐이기는 했지만, 사실 리앙은 자신이 가게 되리라고 거의 확신 가까운 믿음을 가졌다. 왜냐하면 그는 대장의 영어를 담당하는 분신이었기 때문이다. 교육이라고는 거의 받아보지 못하다시피 한 대장은, 심지어 자기 이름을 서명하는 일조차 꺼렸고, 꽤 많은 수의 부관들을 휘하에 거느리면서 자신이 모르는 언어를 대신 말하게 했는데, 중국어의 경우에도 늙은 학자 한 사람이 그의 입 역할을 했다.

예를 들어 누군가 "불어를 할 줄 아십니까?"라고 물으면 그는 위엄을 갖추고 "물론 할 수 있습니다."라고 말하며, 그 즉시 파리의 최고 학교들에서 교육을 받고, 가장 섬세하고, 세련되고, 콧대 높은 파리 사람들 특유의 불어를 구사하는 리 추렌을 부르곤 했다. 그가 조용히 대장의 곁에 다가가면, 대장은 의기양양하게 그의 방문자에게 이렇게 말하곤 했다.

"불어로 말씀하십시오."

이렇듯 모든 것의 중심은 바로 언어였다. 고로 대장은, 미국으로 휴가를 떠나게 됐다는 이야기를 처음 듣자 곧바로 "미국인들은 어떤 말을 쓰는가?"라고 물었다. 그리고 그들이 영어를 사용한다는 말을 전해들은 대장은 차분하게 대답했다.

"좋아, 그럼 가도록 하지. 난 영어를 할 수 있으니까."

그리고는 영어를 유창하게 하는 우 리앙을 불렀다. 리앙은 아버지의 권유로 수년간 미션 스쿨을 다녔고, 그곳에서 뉴잉글랜드 출신의 나이 지긋한 두 미혼 여성들에게 체계적으로 영어를 배웠다.

하지만 리앙이 미국에 가게 되었다는 사실을 집에 알렸을 때, 정작 가족들의 반응은 신통치 않았다. 그는 외아들이었고, 결혼한 지 얼마 안 돼 자식도 없었다. 과연 아버지의 표정은 무척 심각했다. 아버지는 물담뱃대의 재를 털며 입을 열었다.

"내가 이래서 오래전부터 그렇게 말렸던 거야. 이렇게 안좋은 일이 일어날 줄 알았어. 이제 결혼한 지 두 달밖에 안 됐으면서 닷새 뒤에 미국으로 가서 일 년이나 있다 온다고!"

아버지는 어머니에게 다소 오냐오냐 하는 측면이 있었는데, 그건 어머니가 젊었을 때 대단한 미인이었기 때문이다. 아버지는 어머니가 그저 아들을 덩그러니 하나만 낳았는데도 불평 한마디 없었다. 그랬던 어머니가 아들의 이야기를 듣자 크게 소리내서 울기 시작했다. 그녀는 리앙의 손을 꼭 쥐고 우는 얼굴로 남편을 바라보았다.

"당신이 어떻게 해볼 수 있겠죠?"

그녀는 뺨 위로 눈물이 주룩 흐르게 놔두고 소리 높여 말했다. 지금까지 그녀는 매번 그 눈물어린 아름다운 얼굴로 남편을 향해 이 비슷한 대사를 줄곧 해왔고, 그러면 남편은 즉각 이렇게 답하곤 했다.

"그럼, 그럼. 어서 울음을 그쳐요. 그 예쁜 아몬드 눈이 못나 보이잖아."

하지만 이 순간 아버지는 단지 어머니를 넌지시 바라보다가, 물 담뱃대의 놋쇠로 된 관 부분 쪽으로 시선을 떨구었다.

"뭔가 문제가 있어."

그가 투덜거렸다. 사실 몇 년 전부터 아내의 우는 모습은 예전만큼 아름다워 보이지 않았다. 또 그녀의 눈을 바라봐도 더이상은 그리 마음이 동하지 않았다. 하지만 그는 좋은 남편이었기 때문에 한편으로는 습관상, 한편으로는 그녀를 진정시키기 위해, 다음과 같이 말했다.

"그래, 여보, 한번 알아봐야지. 하지만 대장들을 상대하는 건 무척 힘든 일이오. 그들은 여자들하고 똑같아. 자신들의 방식에 익숙해져 있지."

이 말에 아내는 새로이 다시 울음을 터뜨릴 준비를 하고 있었다.

"해보겠소."

그가 평온하게 말했다.

"그러니 이제 그만 해요. 할 수 있는 데까지 해볼 테니."

티엔트신 지역의 이름난 은행가로 장군들 사이에서 꽤 영향력 있는 리앙의 아버지는, 드디어 와인 빛깔의 공단 옷을 차려 입고 새로 구입한 개중 가장 멋진 승용차를 타고, 아들을 붙잡아 두려면 대장에게 얼마나 돈을 써야 할지를 알아보기 위해 길을 나섰다. 그리고 세 시간 뒤에 집으로 돌아온 그는 다소 당황스러운 표정으로 고개를 저었다. 대가를 언급하지 않는 장군이라고는 난생 처음 보았기 때문이다.

"장군이 그러더군."

그가 아내에게 말했다.

"자기는 영어라고는 못하고 또 알아듣지도 못하기 때문에 리앙을 데려가지 않을 수 없다고 말이오."

하지만 리앙의 아버지는, 아들이 서둘러 인력거를 타고 좁은 골목길을 세차게 내달려 대장에게 미리 도착해, 아버지가 찾아와서 무슨 부탁을 하더라도 절대 마음을 바꾸지 말아 달라고 거듭 간청했다는 것을 모르고 있었다.

리앙은 대장에게 "전 지금껏 살아오면서 늘 미국에 가고 싶었습니다."라고 아주 솔직하게 말하는 대신, "전 장군님을 따라가 보필을 하고 싶습니다. 동료들 중에 저만큼 미국 언어를 잘 구사할 수 있는 사람은 아마 없을 겁니다. 저를 놓아두고 가신다면 장군님께서는 몹시 불편해지시는 거죠. 미국인들은 아주 영악해서 타지에서 온 장군님을 철저히 이용하려 들 겁니다. 심지어 우리들도 그렇지 않나요? 그들이라고 다를 건 없겠죠. 게다가 미국인들이 다른 나라 사람들보다 특히 더 멍청할 리는 없지 않겠습니까?"라고 일사천리로 말했다.

그래서 장군은 리앙의 아버지가 간곡히 설득하는 세 시간 내내, 지치지도 않고 고개를 가로저었다. 금을 내놓겠다는 제안은 물론 솔깃했지만, 그 젊은 부관의 말로는 미국인들이 그렇게 영악하다고 하지 않았는

가. 그래서는 안 되지, 그는 반드시 미국 언어를 이해할 수 있어야만 했다. 그래서 그는 결코 뜻을 굽히지 않았다.

그러나 리앙은 자신의 젊은 아내와 처음으로 이에 대한 이야기를 나눌 기회를 갖게 된 어느 날 밤, 자신이 옳은 결정을 내렸는지 새삼 의문스러워졌다. 그는 아내에 대해 거의 아는 것이 없었다. 두 사람의 결혼은 그가 어렸을 때 양친의 주도하에 이미 예정되어 있던 것이었다. 게다가 결혼 뒤에도 낮에는 좀처럼 아내와 얘기를 나누게 되지 않았고, 그녀 자체도 대화 나누기가 쉽지 않은 여자였다. 아내는 대대로 내려온 가풍 있는 시골 집안 사람이었는데, 그녀의 가문은 훌륭하기는 했지만 너무 구식이어서 그녀를 보고 있노라면 마치 천 년 전 사람처럼 느껴질 정도였다.

그녀는 구식 여자들이 받들어 모시던 규율들을 철저하게 준수했다. 예를 들어 그가 아버지와 어머니가 계시는 방에 들어가면, 아내는 방에서 물러났다. 또 두 사람만 있을 때가 아니면 절대 입을 열지 않았기 때문에, 그는 곧잘 그녀의 존재를 잊어버리곤 했다. 실제로 그는 그녀가 집안에 함께 살고 있는지, 정말 자기 아내인지조차 제대로 느껴본 적이 없었다. 그가 아내의 존재를 알아채는 건, 그저 주변의 모든 것들이 깔끔하게 정돈되어 있고, 배가 출출할 때 바로 상이 차려지고, 주전자에 항상 따뜻한 차가 준비되어 있고, 제복이 나무랄 데 없이 깨끗이 세탁되어 있고, 각반이 믿어지지 않을 정도로 반짝일 때, 그 외에 여러 자잘한 것들이 꼼꼼히 처리되었을 때뿐이었다. 어떤 하인을 고용해도 이 정도로 완벽하게 해낼 수는 없을 것 같았다.

심지어 밤중에 두 사람만 있을 때도 그녀는 결코 먼저 입을 여는 법이 없었다. 반드시 그가 뭔가를 물어봐야만 했는데, 그럴 때면 그는 무슨 말을 건네야 할지 막막하기만 했고 그래서 이 비슷한 말을 생각해내야만 했다.

"좋은 하루 보냈소?" 또는 "뭐 갖고 싶은 것 없소?" 정도.

또 이렇게 물으면 아내는 그를 바라보며 작고 부드러운 목소리로 "어머님과 좋은 하루를 보냈어요."라고 대답하거나, 또 변함없이 "고맙습니다만, 더이상 필요한 건 없어요. 이렇게 훌륭한 집에, 또 좋은 것들은 이미 다 주셨잖아요."라고 말했다.

그래서 이후로는 그도 더이상 물어볼 게 없었고, 그녀도 입을 열 일이 없었다.

그러나 오늘밤 놀랍게도 그녀는 남편이 방에 들어서자 먼저 말을 꺼냈다. 그는 늦은 시간에 귀가를 했고, 다소 취해 있었다. 동료들이 그를 축하하기 위해 회식 자리를 마련하는 바람에 그들과 함께 꽤 마셔댄 것이다.

돌아와 보니 아내는 옷을 갖춰 입고 침대 발치에 앉아 그를 기다리고 있었다. 그는 매우 놀라워하며 아내를 바라보았다. 희미한 촛불 아래 아내의 모습은 조금 흐릿해 얼굴이 잘 보이지 않았다. 하지만 그녀의 목소리는 집요함을 담은 채 무척 명확했다.

"당신은 늘 제게 물으시죠. 또 같은 질문을 계속 반복하시죠. 뭔가 갖고 싶은 게 있냐고요."

그러자 그가 놀라워하며 답했다.

"그래서 내가 그렇게 물으면?"

"전 늘 그러죠, 모든 걸 다 가지고 있다고요."

"음, 그럼 정말 다 가지고 있는 거로군."

그가 조금 젠체하며 말했다. 두 뺨 위로 술기운이 불그레하게 솟았고, 머릿속은 물결이 일렁이는 것 같았다. 자기 스스로에게, 그리고 모든 이들에게 점점 관대해지는 기분이었다. 결국, 그는 중요한 인물임에 틀림없었다. 대장은 자기 없이는 움직일 수 없었다.

그녀가 계속 말을 이었다.

"그래요, 하지만 당신이 떠나면 더이상은 아니에요. 당신이 떠나면 제게 이 집은 텅 빈 곳일 뿐이에요. 제겐 아무것도 남아있지 않게 되죠. 제가 부탁드리고 싶은 건 이것 하나뿐이에요. 절 떠나지 마세요."

그는 워낙 놀랐기 때문인지 짧은 순간이나마 머리가 맑아졌고, 진홍빛 침대 커튼을 뒤로 한 아내의 얼굴을 꽤 명확하게 볼 수 있었다. 간청을 하는 창백한 얼굴 중간에 부드럽고 핏기 없는 입술이 약간 벌어져 있었다. 매끄러운 검은 머리칼 아래 볼록한 이마는 여전히 아이 같았지만, 그녀는 결혼을 하면서 이마 위로 가지런히 내렸던 앞머리를 뒤로 빗어 넘겼다. 그녀는 그만큼 보수적이었다.

그를 바라보는 아내의 부드러운 검은 두 눈동자는 확고부동했다. 그는 지금껏 이만큼 확실히 그녀를 바라본 적이 없었다.

그러다 다시 아내의 모습이 희미해졌다. 그가 휘청거리며 의자를 찾는 데 애를 먹자, 아내가 재빨리 그를 부축했다.

"난 아무렇지도 않……."

그는 중얼대며 아내가 방금 물어온 내용을 머릿속에 떠올렸다.

"이것 참 묘한 일이야."

그가 의자 위에서 몸을 제대로 가누려고 노력하며 목소리에 힘을 주어 말했다.

"삶에서 내가 추구하는 게 뭔지를 막 깨닫게 되는 순간에 당신이 그런 부탁을 하다니 말이야."

"그랬군요."

아내가 낙담한 듯 주눅 든 목소리로 말했다. 하지만 그는 내뱉었던 말을 마무리 짓지 못했다. 갑자기 졸음이 밀려들었기 때문이다. 정말이지 분주했던 하루였다. 길고도 즐거운 저녁 시간이었다. 그는 자신이 무슨 말을 했는지, 무슨 말을 하려 했는지 정확히 기억할 수 없었다. 그는 머리를 가슴께로 힘없이 수그렸다. 그러자 누군가 자신을 일으켜 침대로 비틀거리며 옮겨갔다. 그러고는 이리저리 뒤틀린 팔과 다리를 가지런히 펴주고 따뜻하고 부드러운 손길로 이불을 덮어 주었다.

아침에 눈을 뜬 그는 원기를 회복했고, 분주하게 나갈 채비를 했다. 나흘 내에 준비를 끝내야 했다. 새 제복도 한 벌, 아니 적어도 두 벌은 필요했다. 미국 재단사는 당연히 중국 제복 만드는 법을 알지 못할 테니 말이다. 또 매일 만찬에 참석해야 하고, 공식, 비공식 연회도 계속 이어질 테니 대장의 새 제복도 준비해야 했다. 대장은 순금 단추를 단 제복을 여남은 벌 주문했는데, 살이 쪄서 몸이 커지는 바람에 그에 맞게 옷 만드는 작업도 만만치 않을 것이 분명했다.

어쨌든 나흘만 있으면 배를 타고 항해를 하게 된다는 게 믿기지 않았다. 그는 아내가 쟁반 위에 받치고 있던 차를 단숨에 들이켰지만, 아내를 바라보지는 않았다. 지난밤에 잠시 이야기를 나눈 건 기억했지만 내용은 생각나지 않았고, 생각해 볼 겨를도 없었.

그럭저럭 나흘이 흘러가면서 리앙과 대장은 무척이나 지쳤고 마음도 편치 않았다. 대장은 수없이 출발 날짜를 연기하겠다고 말했지만, 연기되는 날만큼 자신에게 주어지는 여행 비용이 줄어든다는 것을 알고는 지쳐 쓰러질 정도로 준비를 서둘렀다. 또 급기야 재단사가 열 벌 넘는 제복을 다 만들어내지 못하자 불쌍한 재단사의 이의 제기는 거들떠보지도 않고 함께 여행길에 오르라고 단호하게 명령했다. 그는 무척 화가 치민 나머지 순간적으로나마 재단사의 목을 날려버릴까 생각도 했지만, 그랬다가는 제복 자체가 영영 만들어지지 못할 것 같아 그만두기로 했다. 아무튼 그렇게 정해진 시간에 모두들 배에 올랐고, 배는 즉시 출항했는데, 연신 바느질에 몰두하던 자그마한 체구의 재단사는 배가 파도에 오르락내리락 하자 벌써부터 얼굴이 새파래지기 시작했다.

파도가 잠잠해지면서 겨우 리앙은 뭔가를 되짚어 볼 수 있는 여유를 찾을 수 있었다. 항해를 나서기 전, 어머니는 넋을 잃고 울고 아버지는 여러 가지 당부를 했다. 미국 음식은 먹지 말고, 독성이 있는 미국 술도 입에 대지 말고, 돈 거래는 두 번 이상 찬찬히 살펴보고 하고, 무엇보다 외국 여자들하고는 누구와도 이야기를 나누지 말라고 했다. 또 그는 작은 몸집의 아내가 헤어지면서 그의 손을 잡으며 했던 말도 상기했다.

"당신이 돌아오시기 전까지, 전 죽은 몸이에요."

하지만 이 말이 무슨 의미인지 헤아려 볼 시간은 없었다. 왜냐하면 대장이 항해를 시작하면서부터 줄곧 배 멀미를 하고, 낮이고 밤이고 늘 그를 옆에 대기시켰기 때문이다. 리앙은 왜 선장이 대장의 몸 상태가 좋아질 때까지 배를 멈추지 않는지 이해할 수 없었다. 결국 그는 정말이지 뭔가를 생각해 볼 틈이 없었다.

그렇게 거의 단번에, 또는 느낌상으로만 단번에, 그들은 미국에 도착했고 역시 정신 차릴 틈도 없이 꼬리에 꼬리를 물고 일정이 이어졌다. 대장이 반드시 거쳐야만 하는 신문 기자들과의 인터뷰 일정이 차례로 잡혀 있었기 때문에, 리앙은 낮에는 숨가쁘게 장군을 대신해 듣고 말해야 했으며, 저녁 시간에는 길게 이어지는 파티에 참석해 미소를 띠고 있는 장군 옆에 서서 그를 대신해 발언하고, 그에게 쏟아지는 모든 말들을 중국어로 통역해야만 했다. 또 그는 기차표도 여러 장 사야 했다. 대장이, 총애하는 자기 아내들과 자식들, 그리고 그들을 보필하는 하인들을 대동하고 모든 파티에 참석하기로 결정했기 때문이다. 결국 재단사와 두 명의 비서를 포함한 일행 모두가 뉴욕을 향해 미국을 횡단했다.

"뉴욕에 있는 집들은 태국의 절벽 같이 생겼다고 하던데 그걸 꼭 보고 싶네."

그렇게 모두들 대륙 반대편으로 이동을 했고, 이 비슷한 일이 계속 되풀이되었다.

그러나 뉴욕에서 리앙은, 조시 팽을 만났다. 그녀와 처음 마주친 순간, 그의 주위를 둘러싸고 거대하고 소란스럽게 정신없이 빙빙 돌던 미국이 갑자기 그 움직임을 멈추었다. 모든 것이 그녀에게 집중되고, 삶도 갑자기 다시 현실성을 띠기 시작했다. 그건 조시 팽이 무척 현실적이었기 때문이다.

사실 리앙이 그녀를 만난 곳은 거대한 호텔 안에 있는 요란스레 장식을 꾸며놓은 한 무도회장, 즉 어지간히도 비현실적인 장소였다. 뉴욕시 소재 광둥 상인 연합회에서, 적들에 맞서 선전을 펼친 장군을 위해 환영회를 열어준 것이다. 장군과 그의 여인들, 그리고 비서들은, 단번에 무도회장이 있는 이십 층으로 올라갔다. 평소 현기증을 잘 느끼던 장군은 엘리베이터 안에서 눈을 감은 채였고, 밖으로 나와서도 리앙에게 몸을 기댄 채 무도회장으로 들어갔는데, 잠시 뒤 정신을 좀 차리고서야 여전히 감고 있던 눈을 뜰 수 있었다. 그리고 장군의 굵은 팔뚝을 목에 두르고 부축하던 리앙은 재미있다는 눈빛으로 자신을 바라보는 한 젊은 여인과 마주치게 되었다. 무척 차갑고 날카로운 검은 눈이었는데, 순간 불현듯 모든 게 현실적으로 다가오기 시작했다.

저 여자는 나를 비웃고 있는 거야, 라고 생각한 리앙은 화가 치밀어, 처음으로 대장에게 짜증 섞인 모습을 내비쳤다.

"자 이제 똑바로 서세요, 장군님."

그가 무뚝뚝하게 말했다.

"도착했습니다."

그는 장군의 코트를 벗기고 옷매무새를 정돈해 준 뒤 그를 부리나케 환영 위원회로 이끌었다. 그런 뒤 자신은 그 젊은 여자에게 다가가 엄한 표정으로 그녀를 바라보았다.

"그쪽 모습이 얼마나 우스꽝스러웠는지 아세요?"

그녀가 말했다. 그러고는 갑자기 웃어댔다. 그는 그녀를 외면하고 자리를 피하고 싶었지만 그럴 수 없었다. 그녀의 웃음소리는 그가 지금껏 들어본 웃음소리 가운데 가장 직설적이고 무례했다. 부유한 은행가의 외아들로 자란 그로서는 그런 비웃음이 익숙할 리 없었다. 하지만 있는 그대로 불만을 토로할 수는 없었다. 다만 금장 달린 제복이 그를 대신해 무언가를 말해 주기만을 기대할 뿐.

하지만 의심의 여지없이 그녀는 그것이 의미하는 바를 이해하기에는 너무 무지했다.

"당신은 누구요?"

그가 거만하게 물었다.

"전 조시 팽이라고 해요."

그녀가 간결하게 대답했다.

"제 아버지는 광둥 상인 연합회 회장이시고요."

리앙은 그녀를 바라보았다. 그는 조시 팽에게 뭔가 영리하고 차가운 말 한마디, 그러니까 어쨌든 넌 그저 여자에 불과하다는 요지의 말을 해주고 싶었다. 하지만 무슨 말을 해야 적합할지 떠오르지 않았다. 그녀는 리앙의 앞에 자연스럽고 당당하게 서 있었는데, 그는 여자가 이런 태도로 서 있는 것을 한 번도 본 일이 없었다. 그녀는 산홋빛 붉은 드레스를 입었는데, 날씬한 몸매에 착 달라붙은 드레스는 아래 부분으로 갈수록 장미 꽃잎처럼 펼쳐진 모양이었다. 또 짧게 자른 검은 머리칼에는 부드럽게 윤기가 흘렀고, 얼굴은 과일처럼 하얗고 부드러웠으며, 입술에는 붉은 립스틱이, 불꽃이 튀기듯 심술궂은 두 눈 위로는 검은 눈썹이 섬세하게 그려져 있었다. 그는 무슨 말을 해야 할지 도무지 생각이 나지 않았다.

"당신…… 당신……."

그는 발끈한 상태에서 숨을 헐떡이며 말했다.

"당신은 전혀 중국 여자처럼 보이지 않는군!"

그것만으로도 충분히 심한 언사였지만, 그는 또 다른 뭔가를 생각해 내 계속 말을 이었다.

"그 얼굴만 아니었으면 미국인으로 오해했을 거요. 당신은 사실상 일본인처럼 보이는군. 붉은 미국 옷을 입은 일본인 말이오!"

보통 여자라면 크게 충격을 받고 할 말을 잃어야 마땅했다. 곧바로 자리를 떴어야 한다는 말이다. 만일 이런 말을 그의 자그마한 아내에게, 아니 하녀에게 했더라도, 그들은 고개를 숙이고 비난을 어깨에 짊어진 채 재빨리 상황을 파악하고 순순히 등을 돌렸을 것이다. 하지만 이 여자는 얼굴을 붉히며 언성을 높였다.

"그런 당신은,"

그녀의 목소리는 워낙 또렷하고 쌀쌀맞아 누구나 들을 수 있을 정도였다.

"당신이야말로 어떤 일본인보다도 무례하시군요!"

두 사람은 아연실색한 표정으로 서로를 물끄러미 바라보았고, 마치 약속이라도 한 듯이 부랴부랴 각기 자리를 피했다.

하지만 장군 일행이 가는 곳마다 조시 팽이 보였다. 저녁 식사 자리를 가보면 항상 그녀가 있었는데, 그녀는 늘 거기서 무언가를 진행하고 있었다. 이를테면 사람들은 메뉴 때문에 혼란이 생기거나, 어느 자리에 앉아야 할지 모르는 상황이 벌어질 때마다 이렇게 말하곤 했다.

"조시는 어디 있지? 조시 팽에게 물어보세요. 그녀가 다 맡아서 한 거니까."

리앙은 어디든 모습을 드러내는 조시 팽을 대하는 일에 점점 지쳐갔다.

어느 날 밤, 조시 팽은 대장의 연설 일정이 잡혀있던 차이나타운에서 베풀어진 한 성대한 만찬장에 금빛 드레스를 입고 나타났다. 옷은 부드러운 외국 옷감으로 만들어진 것이었는데, 목 부분이 중국 옷처럼 높게 올라가 있어 왠지 리앙의 마음을 끌었다. 그는 다른 남자들이 그녀를 바라볼 때 그 젊음의 생기 넘치는 부드러운 목과 가슴 부위가 드러나는 게 못마땅했다. 물론 그날 밤 그녀가 당당하게 나서 장군의 연설을 통역하지만 않았더라도, 그녀가 어떤 옷을 입었는지 따위를 세세히 살펴보지는 않았으리라. 사실 그 사건은 리앙에게는 꽤나 수치스러운 일이었다.

일은 이렇게 시작됐다. 차이나타운에 있는 중국인들은 거의 장군의 연설을 이해하지 못하는 것 같았는데, 그들은 광둥 지역 출신들인 반면, 대장은 산둥 출신이었기 때문이다. 산둥 사람들은 폭죽을 터뜨리듯 혀끝으로 말을 내뱉는 광둥 사람들과는 달리, 성대를 울리며 굵은 목소리로 발음을 한다. 그리고 이 때문에 곤란한 상황이 발생했다. 대장은 청중들에게 일본군을 상대로 어떻게 싸웠는지 얘기해 주려 하고, 사람들도 몹시 그 이야기를 듣고 싶어 했지만, 서로의 말을 전혀 알아들을 수 없었다. 대장은 화난 얼굴로 리앙을 돌아보며 소리쳤다.

"혀를 좀 굴려 봐, 안 되겠어?"

하지만 리앙은 "장군님, 저도 장군님과 마찬가지입니다. 조상님들이 대대로 산둥 지역에서 살아왔기 때문에 저도 제 혀를 어쩔 수가 없습니다."라고 답할 수밖에 없었다. 그래서 대장과 사람들은 그저 서로를 당황스러운 눈빛으로 바라보고 있는데, 이윽고 누군가 크게 소리쳤다.

"조시, 조시 팽은 어디 있지?"

그러자 그녀가 군중들 틈에서 앞으로 나섰다. 리앙은 마치 금빛을 발하는 별처럼 사람들 틈에 서 있던 그녀를 진작 알아본 터였지만, 짐짓 처음 보는 것처럼 행동했다. 그녀는 침착하게 말을 꺼냈다.

"장군님께 당신한테 말씀하시라고 하세요. 그럼 제가 당신이 말하는 영어를 듣고, 여기 사람들이 쓰는 말로 옮길게요."

결국 세 사람은 함께 사람들 앞에 함께 섰고, 이윽고 장군은 자신의 용맹스런 무용담을 늘어놓기 시작했다. 부하들을 어떻게 매복시켜 적들을 후미에서 공격했는지, 적들을 사방에서 압도했던 과정들을 흥미진진하게 쏟아냈다. 그러면 리앙이 그의 말을 영어로 옮겼고, 조시가 마치 스스로가 장군이라도 된 것처럼 열정과 기지를 동원해 그것을 신속하게 광동 말로 옮겼다. 흥분한 사람들은 환호를 하며 박수갈채를 보냈고, 장군은 시종일관 즐거운 표정으로 땀까지 흘려가며 멋지게 이야기를 풀어냈다.

이야기가 마무리되고 사람들의 축하 인사를 받고 난 뒤, 장군이 리앙에게 목 쉰 소리로 조그맣게 조시 팽의 행방을 물었다.

"그 젊은 여자는 어디 있지? 이제껏 내가 만나 본 처녀들 중에 가장 똑똑하더군. 찾아서 내게 데려오게. 나한테 아무리 여자가 많아도, 그런 여자는 없지."

리앙은 이제껏 장군이 어떤 여자들을 거느리고 있는지 따위에는 관심이 없었다. 그 여자들은 아무 상관이 없었던 것이다. 하지만 장군의 말을 듣자 왠지 심장을 한 대 맞은 것 같은 느낌이었다. 물론 장군은 그의 몸에 손끝 하나 대지 않았지만 말이다. 뭔가 달랐다. 바로 장군이 그녀에게 관심을 보이는 게 마뜩치 않았던 것이다. 장군이 말했다.

"그녀를 데려오게."

그러자 리앙은 마지못해 몸을 일으키며 투덜댔다.

"그 여자가 어디 있는지 제가 어떻게 압니까?"

장군은 놀란 눈빛으로 리앙을 바라보았는데, 이제껏 리앙이 그런 식으로 목소리를 높이는 것을 들어본 적이 없었기 때문이다.

"가서 찾아 봐."

장군은 성을 내며 말했고, 리앙이 자리를 뜰 때까지 근엄한 표정으로 그를 지켜봤다.

물론 리앙은 조시가 어디 있는지 정확히 알고 있었다. 그녀의 금빛 드레스가 반짝이며 좁은 복도를 빠져 나가는 걸 보았기 때문이다. 잠시 후 리셉션 홀의 문을 열자, 혼자 앉아 자그마한 금장 담뱃대를 들고 담배를 피우고 있는 조시의 모습이 보였다.

"안녕하세요."

그녀가 쾌활하게 말했다. 리앙은 자리에 앉았다. 바로 용건을 말해야 했다. "장군님이 부르십니다."라고 말이다. 하지만 그럴 수 없었다. 대신 그는 뚱한 목소리로 이렇게 말했다.

"어떻게 두 가지 언어를 모국어처럼 다룰 수 있는 거요?"

"둘 다 모국어예요."

그녀가 미소를 지으며 말했다.

"아버지는 중국인이고, 제가 꼬마였을 때 돌아가신 어머니는 미국 분이었죠."

"사실 중국인처럼 생기지 않았다고 생각했소."

그가 무례하게 말했다. 그는 조시가 절반은 미국인이라는 게 무척 반갑게 느껴졌다. 그녀를 그리 좋아하지 않았던 이유가 바로 그거였다. 그녀는 거리에서 쉽게 마주칠 수 있는 여느 미국 여자들처럼 자신감으로 가득했고, 일처리도 똑 소리가 났다. 그는 조시의 대답을 듣기도 전에 불쑥 자리에서 일어나 대장에게 돌아왔다.

"찾지 못했습니다."

그는 거짓말을 했다.

"음, 그렇군."

대장이 한숨을 내쉬며 말했다.

"다음 기회에 만날 수 있겠지. 나이 든 사람들은 기다릴 줄 아는 법이지."

리앙은 속으로 말했다.

'다음 기회는 없을 겁니다. 그녀에게 한동안 집에서 나오지 말라고 할 거니까요.'

하지만 이 조시 팽이란 여자는 확실히 골칫거리였다. 그녀는 리앙의 말을 들으려 하지 않았다. 다음 날 그는 한 파티장에서 그녀를 만났다. 그리고 그녀를 한쪽 구석으로 데리고 가 이런 사실을 이야기했다. 그러자 그녀는 이렇게 말했다.

"왜 집에 붙어 있어야 하죠? 전 그 풍보 장군 할아버지, 재미있던데."

사실 리앙은 간단하게 "장군은 무척 색을 밝히는 노인이랍니다."라고 말할 수 없었다. 정숙한 여성을 앞에 두고 어떻게 그런 말을 한단 말인가. 그래서 그는 제멋대로인 여동생에게 충고를 하는 오빠처럼 거만하게 입을 열었다.

"장군님은 당신을 곤란한 상항에 처하게 만들지도 모르오. 당신 아버지와 협상을 벌이려 들지도 모르지."

곧이어 터져나온 조시 팽의 웃음은 쉽사리 그치지 않았다.

"제 아버지요? 그분은 제가 원하지 않는 걸 강요하실 분이 아니에요. 아버지는 제가 오직 사랑하는 남자와만 결혼할 거란 사실을 잘 알고 계세요."

이토록 그녀는 당당했다. 지금껏 그는 여자가 '사랑'이란 단어를 입에 담는 걸 본 일이 없었는데, 지금 그녀의 입에서 그 말이 마치 평범한 단어처럼 흘러나온 것이다.

"제가 사랑하는 남자……."

왠지 그에게 그 구절은 쉽게 와 닿지 않았다. 조시에게 그런 남자가 있을 성 싶지 않았다.

"그 남자는 누구요?"

그가 다그쳐 물었다. 그녀는 미소를 띤 채 짓궂고도 당당한 표정으로 그를 바라보았는데, 이렇게 교태를 머금은 매혹적인 얼굴로 그를 바라본 여자는 정말 조시가 처음이었다. 갑자기 머릿속이 어질어질해진 리앙은, 품위 있게 몸을 돌려 성큼 성큼 뒤돌아섰다. 왼발, 오른발, 왼발, 오른발, 예전 교관이 가르쳐 준 대로 발을 힘 있게 움직였다.

장군이 짜증 섞인 목소리로 물었다.

"어젯밤에 봤던 그 젊은 여자는 대체 어디 있는 거야? 아무래도 아까 본 것 같은데, 오늘은 같은 옷을 입고 있질 않아서 확실치가 않아."

이에 리앙이 차갑게 대답했다.

"전 못 봤습니다. 이곳에 없는 것 같습니다."

그러나 그 순간, 그의 가슴 속은 불꽃처럼 뜨겁게 타오르고 있었다.

리앙이 자그마한 몸집의 구식 아내를 떠올리는 건 오직 밤에 혼자 있을 때뿐이었다. 낮 시간은 눈코 뜰 새 없이 바빴고, 조시 팽을 볼 수 없으면 어쩌나 하는 걱정, 또 대장이 그녀에게 다시 눈독을 들이면 어떡하나 하는 근심 때문에, 요즘 리앙은 세찬 바람에 휘둘리는 소나무처럼 야위어가고 있었다.

대장이 그녀를 거의 잊었을 즈음에도, 조시는 여전히 리앙을 난감하게 만들었다. 그녀의 행방이나 그녀가 무슨 일을 하고 다니는지 전혀 파악할 수 없었던 것이다. 리앙은 조시가 하는 모든 일, 모든 행동들을 두고 사사건건 그녀와 말다툼을 벌였다. 말다툼의 원인들은 대다수, 그녀가 지나치게 대담하거나 발랄하다는 것, 또는 그녀의 옷이 그의 마음에 들지 않는다거나, 아니면 너무 자유분방하게 남자의 손을 잡고 교양 없는 서구식 악수를 한다거나, 또는 자신이 손을 내밀었는데 즉각 반가워하며 손을 잡지 않았다는 것 등이었다.

그는 조시가 밉고 영 못마땅했지만 왠지 그 얼굴을 잊을 수 없었고, 결국은 자신이 그녀를 사랑하고 있다는 것을 깨달았다.

그는 하루 종일 조시만을 생각했고, 밤이 되어 아내가 떠오르면 자기 자신에게 단호하고 냉정하게 이렇게 말했다.

"결코 나 스스로 그녀를 선택한 건 아니야. 요즘 같은 시대에 부모의 뜻대로 살 필요는 없지."

그렇게 그는 구식 아내에 대한 생각을 머릿속에서 걷어냈고, 고국으로 돌아갈 날만을 손꼽아 기다렸다.

얼마나 시간이 흐른 걸까. 지금껏 기억에 남는 건, 갑자기 대장의 몸에 이상이 생겼던 일뿐이었다. 일 년은 오래전에 지나가 버렸다. 그는 미국의 냄새가 대장을 병들게 만들었다고 생각했다. 어디서든 풍겨오는 고기와 우유 냄새, 그게 아니라면 아마 대장에게는 낯설기만 한 미국의 물, 또는 중국인의 천성에 맞지 않는 토양이 이유일지도 몰랐다. 어쨌든 이 미국에서는 프라이팬 위에서 딱딱하게 구운 빵조차, 또는 마늘을 듬뿍 넣은 돼지고기 요리, 아니 어떤 먹을 만한 음식도 구할 수 없었다. 그래서 대장은 늘 배가 텅 빈 가방처럼 몸에 매달려 있다며 자신의 거대한 배를 툭툭 두드리곤 했다. 그는 더이상 보고 싶지도, 듣고 싶지도 않아 하는 것 같았다. 심지어 마술 음악 기계, 그와 그의 아내들이 첫눈에 반해 몇 시간 동안 앉아 연신 버튼을 눌러대며 거기서 흘러나오는 꺅꺅 소리를 듣던 기계에도 더이상 관심이 없었다.

"다 똑같은 소음뿐이야."

대장이 우울하게 말했다.

"나는 전사야. 돼지고기와 마늘을 먹고, 어딘가 전장으로 나가지 않으면 진정한 내가 아닌 거지. 이젠 칼을 허리에 차는 것도 힘들 정도야. 혁대가 흘러내릴 지경이니 말이야!"

결국 리앙은 모든 일행의 귀환 비행기 티켓을 사지 않을 수 없었다. 하지만 재단사만은 돌아가기를 거부했다. 이렇게 떨어져 있고 보니, 고향에 있는 마누라가 얼마나 잔소리가 심한 여자였는지 깨달았다는 것이다.

"미개한 땅에서 평생 망명자 꼴로 살아도 마누라한테 돌아가는 것보단 나을 것 같습니다."

그는 이렇게 말했다. 그리고는 차이나타운에 가게를 하나 마련해 진열창에 대장의 제복 한 벌을 걸어놓았다. 자신의 솜씨를 선보여 일감을 얻기 위해서였다.

"저 분은 제가 돌봐드릴게요. 여기서 살게 해주세요."

조시 팽이 리앙에게 말했다. 순간 그는 자기가 지금 조시 팽을 뒤에 남겨두고 떠나려 한다는 사실을 불현듯 깨달았다.

"하지만 당신은 누가 돌봐주고!"

그가 소리쳤다. 그는 지난 여러 날 동안 그녀를 꾸짖고 돌봐왔지만, 결코 사랑한다는 말은 하지 않았다. 그는 측은한 모습으로 더듬거리며 그녀에게 말했다.

"나, 나 역시 아내가 있어. 나도 결코 돌아가고 싶지 않아. 결코."

"그럼 당신이 원하는 게 뭐예요?"

조시 팽이 차분하게 물었다.

"당신을 떠나고 싶지 않아."

"어려운 일 아니네요."

조시 팽이 말했다.

"재단사는 알아서 자기 몸 돌보라고 하고, 전 당신과 함께 가겠어요."

점점 중국 해안이 가까워지면서 리앙에게 조시 팽은 더더욱 미국 사람처럼 느껴졌다. 미국에서는 중국인처럼 보였고, 사랑하는 감정을 품고부터는 더 그랬다. 아마도 뉴욕 거리의 미국 여자들과 현격히 대비가 되어서였는지도 모른다. 어쨌든 간에 그는 조시의 눈이 무척 까맣고,

비록 곱슬거리게 모양을 냈긴 해도 본래의 머리칼은 직모라는 것을 알고 있었다.

하지만 상하이에서 조시는 이상하게 눈에 띄었다. 여기서 그녀는 눈과 머리칼은 여전히 흑색이지만 피부는 불그스레하게 보였는데, 특히 창백한 중국 여자들과 함께 있으면 더 이국적으로 보였다. 게다가 지나칠 정도로 하늘하늘한 중국 여자들과 비교할 때, 그녀의 어깨는 딱딱하고 허리도 조금 두꺼웠다.

"머리를 곧게 펴면 안 되겠어?"

어느 날 그가 침울하게 말했다.

"어머니가 탐탁지 않게 여기실 거야."

조시가 그를 바라보았다. 그녀의 눈에 번뜩하고 뭔가가 스치고 지나갔지만, 그는 그것을 눈치채지 못했다. 그는 앞으로의 일을 생각하자 문득 두려워지기 시작했다. 집으로 돌아가 나이든 아버지와 어머니께, 자기는 부모님이 택해주신 자그마한 구식 아내 대신 조시를 원한다고 말씀드려야 했다. 뉴욕에 있을 때는 이런 얘기도 어렵지 않을 거라고 생각했다. 그저 당당히 집안으로 들어가 "전 이미 결정을 내렸습니다. 그건……." 이렇게 얘기를 꺼낼 작정이었다. 하지만 티엔스틴 교외에 위치한 늘 변함없는 고향집에 사흘 뒤 도착할 무렵이 되자, 왠지 그런 말 같은 건 도저히 꺼낼 수 없을 것처럼 느껴졌다.

"당신 어머니께서도, 내 머리 모양은 내가 원하는 대로 할 수 있다는 걸 인정하셔야 해요."

조시가 차분한 목소리로 말했다.

리앙은 그녀를 바라보며 참 부당한 언사라고 생각했다. 지금 그녀는 상하이에 있는 그녀의 한 삼촌 집에서, 깔끔한 현대식 의자에 등을 기대고 앉아 있었다. 상하이에는 그녀의 삼촌들이 여러 명 살고 있었는데, 모두 부유하고 친절했으며 격식을 차리지 않았다. 조시는 삼촌들에게 그를 소개할 때도 역시 격식을 생략하고 가볍게 소개했다.

"이쪽은 우 리앙 씨예요. 제가 결혼할 분이죠."

앞으로 맞닥뜨려야 할 쉽지 않은 시간들을 고려해 볼 때, 리앙의 눈에 그녀의 태도는 지독히도 가벼워 보였다. 그러나 그에게는 어찌할 수 없는 문제 하나가 있었다. 모두들 단번에 그가 조시와 특별한 관계라는 걸 알아차렸지만, 그가 이미 결혼한 사람이라는 사실은 아무도 몰랐다. 물론 결혼 같지 않은 결혼이긴 했지만 말이다. 사실 그런 옛날 식 혼사는 제대로 된 결혼이라고 하긴 어려웠고, 그래서 조시는 끊임없이 다음과 같이 말하곤 했다.

"그녀에 대해 아는 게 없었다면서 어떻게 결혼을 할 수 있었죠?"

때론 이렇게 말을 하기도 했다.

"당신이 그녀를 사랑하지 않고, 그러니까 나를 사랑한다면……."

그는 이 같은 조시의 즉흥적이고 가벼운 말들이 귀에 거슬렸고, 그럴 때면 다음과 같이 뻣뻣하게 쏘아붙이고 싶어졌다.

"내가 정리만 제대로 하면 우린 곧 결혼할 수 있어."

하지만 물론 그런 말을 내뱉을 수는 없었다. 그는 때때로 자기가 조시를 조금은 두려워하는 게 아닌가 생각하기도 했다. 그는 조시가 부드러운 곡선을 그리고 있는 머리를 검은색과 흰색의 격자무늬 천을 씌운 각진 의자 위에 기대고 편안하게 앉아 있을 때마다 항상 여러 이야기를 해주고 싶었지만, 막상 아무 말도 하지 않았다. 그리고 상황이 이렇다 보니 억누르는 것이 습관이 되어 마음이 편치 못했는데, 이것은 그에게는 정말이지 낯선 경험이었다. 고향집에서 그는 늘 하고 싶은 이야기를 맘껏 했고, 가족들은 귀를 기울여 주었다.

그는 뭔가 이야기를 하기로 결심한 듯 침울한 표정으로 조시를 내려다보았다. 그는 이렇게 말할 생각이었다.

"내 아내는 중국 여자다워야 해. 그건 내가 중국인이기 때문이지. 그리고 중국의 풍습에 따라 내 아내는 어머니의 말에 순종해야 해."

그러나 이 말을 꺼내기도 전에 조시가 웃음을 터뜨렸다.

"난 아무래도 상관없어요."

그녀가 웃으며 말했다.

"너무 심각한 표정 짓지 말아요. 나도 생각해 봤는데, 머리를 매끈하게 쭉 펴는 게 더 어울릴 것 같기도 해요. 뉴욕에 있는 친구 하나도 머리를 그렇게 했는데 괜찮았거든요."

그녀는 벌떡 몸을 일으켜 그의 팔짱을 끼었다.

"우리 영화 보러 가요!"

결국 그는 그 말을 꺼낼 필요가 없게 되었다. 요즘 조시는 이런저런 일들에 대해, 그가 화를 내기 바로 직전 그 문제를 아주 쉽게 포기하는 것처럼 굴었는데, 진짜 포기한다는 느낌은 들지 않았다. 단지 그때그때 그가 뭔가 이야기하려는 걸 막기 위한 방편쯤인 것 같았다.

하지만 리앙으로서는 그녀의 진심을 알 길이 없었으므로, 그저 조시가 자신을 달래고 비위를 맞추도록 그냥 내버려두었다. 정말 조시는 꽤 나긋나긋한 연인이었다.

리앙은 어둠 속에 앉아 함께 영화 보는 걸 좋아했다. 그럴 때면 조시는 어느 틈에 슬며시 그의 손을 잡아왔다. 조시가 그에게 처음 키스를 했던 날, 그러니까 무도회가 끝나고 아무도 없던 연회장에서의 일이었다. 리앙이 조시에게 코트를 입혀주려고 할 때, 조시는 그에게 입맞춤을 하고는 웃음을 터뜨리며 말했다.

"다음번에는, 영화를 보면서 포옹 장면을 잘 보고 배워요! 여자하고 한 번도 키스해 본 적이 없다고는 않겠죠? 중국판 클라크 게이블처럼 생긴 사람이 말예요!"

물론 창피하게 키스해 본 적이 없다고 솔직하게 말할 수는 없었다. 그래서 다음번에 그는 클라크 게이블이 어떻게 하는지 제대로 살펴보았다. 그러나 조시에게 키스를 할 때면 왠지 외국 풍습을 따라하는 듯한 기분이 들었다. 입맞춤을 할 때마다 얼굴이 붉어지고 마법에 빠져드는 듯했으며, 피가 뜨거워지고 소용돌이쳤지만, 사실 조시를 품에 안고 있는 건 그 자신이 아니었다. 그건 사실상 클라크 게이블이었다. 리앙 스스로는 그런 행동을 할 위인이 못 됐다.

그래도 그는 그녀와 극장에 갔고, 조시의 손을 잡은 채 스크린 위 연인들의 테크닉을 심각한 표정으로 지켜보았다. 그리고 그녀와 헤어져 집에 가야 할 시간이 되면, 자기가 조시를 진정 사랑하고 있음을 느꼈다. 그는 그녀와 헤어지고 싶지 않았다. 집으로 돌아가는 게 싫기도 했지만, 동시에 그녀가 자기 없는 동안 즐거운 시간을 보낸다는 게 탐탁지 않았다. 그녀의 삼촌 집에는 곱상하게 생긴 사촌들이 수두룩했고, 서구식 옷을 맵시 있게 차려입은 젊은 친구들도 수시로 드나들었다.

그는 앞뒤 없이 역 앞에서 그녀의 손을 잡아끌었다. 장군의 복장을 한 누군가가 볼 수도 있었고, 자신이 모시는 장군이 직접 자가용 창문으로 목을 내밀고 이 장면을 목격할 수도 있었다.

"안녕, 내 사랑."

그가 더듬거리며 말했다.

"이제 딱 열흘 남았어."

"딱 열흘."

조시가 쾌활하게 답했다. 그녀는 자신에게 아주 잘 어울리는 부드러운 회색 면 소재 정장 차림을 하고 있었는데, 어깨 쪽에 큼지막한 노란색 중국 국화 한 송이가 핀으로 달려 있었다. 삼촌들 가운데 가장 나이든 삼촌 한 분이 국화 전문가로 명성이 자자했던 것이다.

열차가 빠져나가는 동안 리앙은 최대한 오랫동안 그녀를 응시했고, 그녀 역시 그가 자취를 감출 때까지 밝은 표정으로 그를 바라보았다.

그는 낙담해서 장군의 차가 있는 곳을 향해 골목길을 따라 내려갔다. 그는 그녀가 지금 신나는 파티장으로 돌아가고 있다는 것을 알았다. 사촌들 중에 하나가 생일을 맞이했기 때문이다. 그는 조시가 흥겨운 파티장을 빠져나와 자신을 보러 왔다는 사실은 까맣게 잊고, 대신 맵시 있는 젊은 청년들을 떠올리며 절박한 심정으로 굳게 결심했다. 부모님에게 솔직히 털어놓으리라…….

하지만 그 일은 생각했던 것보다 훨씬 힘들었다. 어머니는 눈물 주머니를 터뜨리더니 연신 훌쩍거렸고, 아버지와 아들은 자못 심각하게 문제를 직시했다. 그는 한 발자국도 물러서지 않고, 같은 주장만 계속 되풀이했다.

"전 이미 마음을 먹었습니다. 그녀와 결혼할 거예요. 이 집을 떠나거나 제 이름까지 포기할 각오가 되어 있습니다. 그녀를 위해서 이 정도는 감수할 수 있습니다."

아버지는 뒷짐을 진 채 구식 벨벳 신발 차림으로 벽돌 마루 위를 쿵쿵거리며 왔다 갔다 하다가, 걸음을 멈추고 아들을 바라보았다.

"내가 아들 하나만 더 있었어도 네 뜻대로 하도록 했을 게다."

그가 말했다.

"하지만 이 아비가 복도 지지리 없어서, 아들이라고는 너 하나뿐이다!"

그는 다시금 걸음을 멈추고 마음을 가라앉혔다. 리앙은 아버지가 마음을 다스리기 위해 공자, 맹자 등 현인들의 말씀을 되뇌는 모습을 바라보았다. 그는 기다렸다.

다른 때 같으면 원하는 바를 얻었을 것이다. 하지만 이번에는 다 얻는 건 불가능했다. 아버지는 다음과 같이 말했다.

"이렇게 하자. 네 안사람한테는 아무 말도 말거라. 그리고 네가 말한 그 여자를 집으로 데려와라. 생판 모르는 여자와 한 집에 있을 생각을 하면 뱃속이 뒤집히는 것 같지만, 그렇게 하도록 하겠다. 더도 말고 덜도 말고, 딱 이십 일만 있게 하는 거다. 그런 다음에도 두 사람 생각이 변하지 않는다면, 그럼 나도 아쉽더라도 네 뜻을 따르도록 하마."

어머니는 다시금 울음을 터뜨리며 가장에게 비난을 퍼부었다.

"난 당신이 이 아이 마음을 돌려놓을 줄 알았어요. 자기 아들 하나 어쩌지 못하세요? 제발……."

하지만 가장은 손을 뻗어 아내의 말을 제지하며 말했다.

"조용. 난 항상 내가 할 수 있는 만큼은 다 하는 사람이야."

리앙은 무척 의기양양해져서는 조시 팽에게 돌아갔다. 오늘은 그녀가 더 예뻐 보였다. 그는 두 사람이 처한 곤경을 완전히 극복했다는 생각에 날아갈 것만 같은 기분이었다. 그는 자신이 해낸 일을 아무래도 좀 과시하고 싶었다. 그는 제복 차림으로 조시의 앞에 선 채 어깨를 으쓱하며 말했다.

"그래도 아버지 앞이라는 걸 명심하고 최대한 예의를 갖췄지만, 결심은 조금도 흔들리지 않았어. 내가 말씀드렸지……."

하지만 조시 팽은 그의 말을 귀담아 듣는 것 같지 않았다. 그녀는 유심히 리앙을 바라보다가 그의 말을 가로막았다.

"아버지께서 날더러 집으로 와서 이십 일 동안 살라고 하셨다고요?"

"응. 그런 다음엔 우리가 원하는 대로 해주시겠다고 했어."

"우리가 원하는 대로 해주시겠다……."

그녀의 목소리와 딱딱하게 굳은 표정이 왠지 불안하게 느껴졌다. 조시가 문득 "그럼 집에 있는 다른 여자는요?"라고 묻지나 않을까, 불현듯 걱정이 되기 시작했다.

그가 무척 빠른 속도로 말을 시작했다.

"그래, 이건 거의 동의를 받아낸 거나 마찬가지라고. 이십 일이 지나도 우린 변함이 없을 테니까."

그는 클라크 게이블 식으로 몸을 숙여 그녀에게 키스했다. 조시가 자기에게 뭔가 묻는 것을 원치 않았기 때문이다. 그는 어젯밤 자그마한 구식 아내가 자고 있던 자신을 깨워 비탄에 잠겨 구슬피 울며, "당신은 나를 사랑하지 않아요. 밤이 되어도 한 번도 안아주신 적이 없었죠."라고 말했다는 걸 그녀에게 얘기하고 싶지 않았다. 아마도 그는 조시를 조금은 두려워하고 있는지도 몰랐다.

하지만 그녀는 그가 입맞춤을 하게 놓아둘 뿐 아무것도 묻지 않았다. 그는 몸을 다시 세우며 조금은 절박한 표정을 지어 보였다. 이제 무얼 하면 좋을까?

"우리 영화나 보러 가지!"

그가 기운을 내며 말했다. 사기를 북돋는 데는 영화가 최고일 것 같았다.

"좋아요."

조시 팽이 말했다. 하지만 생기 없는 목소리였다. 최소한 그에겐 그렇게 느껴졌다.

만일 대장이 갑자기 전쟁을 구상하지 않았더라면 일이 어떻게 진행되었을지, 리앙도 가늠할 수 없었을 것이다. 봄이 되자 장군은 피가 들끓기 시작했고, 여자들에게도 무료함을 느꼈으며, 외국 여행을 하고 와서인지 집 안뜰에서 보내는 시간들이 따분하게 여겨졌다. 거기에 정부마저도 그의 이른 귀국을 못마땅해 하고 있는지라 늘 초조하고 안정을 못찾던 대장은, 결국 기분 전환도 하고 마음의 짐도 덜어내고 끓어오르는 피에게 출구를 마련해 주기 위해, 머릿속에 전쟁을 떠올렸다.

하지만 가진 것이 없었던 그는 새 도로을 닦는다는 구실로 외국 은행으로부터 자금을 빌렸고, 외국인과 협상을 벌이기 위해 리앙을 호출했다. 결국 리앙은 조시를 집으로 데려가자마자 대장에게 불려가야 했는데, 때로는 한 번에 이삼 일씩 집을 비울 때도 있었다. 외국인들은 협상에 무척 신중했고, 또한 대장을 신뢰하지 않았기 때문에 일정은 계속 늦춰졌다. 또 리앙은 대장이 그것 때문에 분을 삭이지 못하고 있을 때면 그를 위로하는 역할까지 맡아야 했다. 그는 일을 하면서도 내내 집중할 수가 없었다. 집에 있는 조시가 부모님과 별 문제 없이 잘 지내고 있는지 걱정됐기 때문이다.

그러나 장군이 성질을 잠시 죽이고 잠을 자거나 휴식을 취하는 사이 짬을 내어 집에 들러보면 언제나 집은 의외로 조용했다. 놀라운 일이었다. 조시는 안뜰에서 책을 읽고 있거나, 모란꽃을 키우는 테라스에서 서성거리거나, 때론 하인의 아이들과 놀아주고 있었다. 그녀는 조금도 변함이 없었다. 머리는 여전히 물결치듯 출렁였고, 미국식 옷을 입고 있었으며, 식구 누구도 광둥어를 할 줄 몰랐으므로 아무 말도 알아듣지 못하고 있었다. 물론 약간 달라지기도 했다. 그녀는 리앙이 자신의 몸에 손대는 것을 허락하지 않았다. 심지어 둘만 있을 때에도 리앙이 손을 뻗으면, 움츠리며 웃는 얼굴로 고개를 저었다.

"아니에요. 여기서는 왠지 안 이러는 게 좋을 것 같아요."

그러면 그는 강요하지 않고 잠잠해졌는데, 언제라도 하인이나 부모님이 들이닥칠 수 있고, 그렇게 되면 몹시 난처해질 게 뻔했기 때문이다.

하루하루 지날수록 그녀는 점점 더 손님처럼 지내게 되었지만 붙임성은 여전했다. 그의 어머니가 어떻게 물결 모양 머리칼을 만들었냐고 묻자, 조시는 리앙에게 모발 기구에 대해 설명을 해준 뒤 어머니한테 통역을 해달라고 부탁했다. 또 비록 말은 통하지 않았지만 그의 아버지에게 극도로 예의바르게 행동했다. 리앙은 두 사람이 서로 호의를 베푸는 모습을 보며 무척 희망적인 기분이었다. 그는 열성적으로 아버지에게 다음과 같이 말했다.

"제가 왜 조시를 사랑하는지 이제 아시겠죠."

아버지는 곧바로 답하지 않았다. 다만 물 담배를 두 차례 빨아들인 뒤 재를 털어냈고, 깨끗이 비워졌는지 담뱃대를 흘긋 내려다보았다. 그리고 신선한 담배를 한 줌 채워 넣으며 짧게 말했다.

"확실히 여자는 여자다. 그건 사실이다."

워낙에 아버지는 말 수가 적은 사람이었다.

무엇보다 가장 기이한 일은 조시가 그의 자그마한 구식 아내와 친구 사이가 된 것이었다. 이 사건은, 조시가 그의 아내에 대한 이야기를 꺼내면서 시작되었다. 어느 날 밤 그가 돌아오자 조시가 말했다.

"정말 너무 예쁜 것 같아요."

"누구?"

그가 물었다. 그의 눈에는 리넨 천으로 된 파란색 원피스를 입고 있는 조시 자신이 무척 예뻐 보였던 것이다.

"당신의 자그마한 아내요."

"아내라고 부르지 마."

그가 거칠게 말했다. 조시가 미소를 지어 보였다.

"꼭 자그마한 꽃송이 같아요. 그렇게 눈에 띄지 않고 색깔도 화려하지는 않지만, 향기는 무척 좋은 그런 꽃······. 난 그녀가 맘에 들어요."

"내가 사랑하는 건 당신뿐이야."

"그녀가 얼마나 지극정성으로 당신을 기다리는지 아세요?"

조시 팽이 차분하게 말했다.

"당신이 귀가하기 전에 차를 따뜻하게 준비하려고 동분서주하고, 내내 부엌에서 저녁 준비를 하고, 청소를 하고, 당신 제복을 개키거나 하면서 시간을 보내죠."

"그런 건 하인들도 할 수 있는 일이지."

그가 완고하게 말했다. 그녀는 고개를 저었지만, 여전히 미소는 잃지 않았다.

나중 일이지만, 그는 이런 생각이 들었다. 조금만 더 주의를 기울였더라면 알아챌 수도 있지 않았을까? 하지만 그때 그녀는 리앙만큼이나 그 이십 일이 빨리 지나가기를 고대하는 것처럼 보였다. 그는 안달이 날 지경이었다. 십이 일, 십오 일, 십팔 일, 십구 일.

"내일이야, 내일이라고!"

그가 조시에게 소리쳤다. 그동안 그는 아내를 철저히 피해왔다. 하긴 너무도 바빴기 때문에 신경쓸 틈도 없었다. 대장은 꽤 열성적으로 자신이 정복하려는 도시와 마을의 도로 건설과 개발을 약속하고 다니는 중이었다.

그러던 중 어느 틈에 이십 일째 밤이 다가왔다. 리앙은 장군을 찾아가 무척 단호하게 말했다.

"두 시간 정도 집에 다녀와야 합니다."

대장은 크게 노여워하며 그를 뚫어지게 바라보았지만, 그는 필사적으로 덧붙였다.

"허락하지 않으신다면 대장님을 모시는 일을 그만둘 수밖에 없습니다."

하지만 이제 대출금이 막 들어오는 시기였기 때문에 대장으로서는 리앙이 없으면 안 되는 상황이었다. 그래서 내키지 않아도 승낙을 할 수밖에 없었다.

"알았으니까 그만 하게. 대신 늦지 말고 제 시간에 돌아와야 해."

집으로 돌아가자, 아버지, 어머니, 그리고 조시까지 모두들 그를 기다리고 있었다. 아버지는 그 전에 자그마한 며느리에게 이렇게 일러두었다.

"오늘 밤엔 친구 집에 놀러 가거라. 얼굴이 너무 어둡고 창백하구나. 내 아들 녀석을 한두 시간 정도만 까맣게 잊어버리고, 네 또래 가정주부들하고 즐거운 시간을 보내도록 해라."

그녀는 그다지 내키지 않았지만, 결국 시아버지는 며느리를 구슬려 그의 두 번째로 근사한 자가용을 태워 떠나보냈다.

리앙이 몸을 돌려 대문으로 들어서는데 조시가 그를 바라보며 서 있었다. 그녀는 자기 옷들 가운데 가장 미국적인 옷을 입었고, 머리는 웨이브를 새로 만들었으며, 화장까지 하고 있었다. 그리고 리앙은 조시가 지금까지 본 어떤 여자보다 화려하게 꾸미고 있었음에도 그녀가 따뜻하게 미소를 지어 보이자, 듬성듬성 난 수염에 반쯤 가려진 작고 조용한 미소로 답했다. 그는 조시라는 여자는, 말하고 싶은 바가 있어도 굳이 그것을 입 밖으로 낼 필요가 없는 여자라는 걸 알았다. 그녀는 모든 걸 이해하고 있었다.

그는 아내에게 가서 말했다.

"남자 하인에게 한 시간 쯤 후에 제일 좋은 차를 문 앞에 대기시키라고 일러둬."

그러고는 아내가 뭘 물어볼 겨를도 주지 않은 채 바로 자리를 떴다.

이제 리앙은 가족들 모두가 기다리고 있는 가운데 방으로 들어왔다. 방안은 너무 조용해 집으로 오는 내내 쿵쿵대던 심장의 울림이 느껴질 정도였다. 하지만 자리에 앉자 그 역시 차분해졌다. 그는 깔끔한 흰색 제복 차림으로 부모님과 조시를 따뜻한 시선으로 바라보다가 다시 두려움이 솟기 전에 재빨리 입을 열고 큰 소리로 말했다.

"아버지, 이제 이십 일이 지났습니다."

"그래."

물 담뱃대와 담배주머니를 손에 쥐며 아버지가 말했다.

"약속하신 대로, 이제 우리가 원하는 대로 하겠습니다."

"그렇게 하려무나."

아버지는 무척 세심하게 담배 피울 준비를 하며 답했다.

"그럼, 이제……."

리앙이 힘을 실어 운을 뗐지만, 그의 아버지는 조시를 향해 고개를 끄덕이며 아들의 말을 끊었다.

"조시의 의견을 물어봐라. 먼저 들어봐야지."

리앙이 자신 있게 미소 지으며 말했다.

"저하고 같습니다."

"직접 물어보래도."

아버지가 말했다.

"조시는, 남자 맘대로 할 수 있는 여자가 아니야."

리앙은 아버지의 비위를 맞추기 위해 미소 띤 얼굴로 조시를 바라보았다. 이국적인 옷차림의 그녀는 상체를 곧게 펴고 오래된 붉은색 나무 의자 위에 앉아 있었다.

"아버지께서 당신 의견을 듣고 싶어 하셔."

리앙이 영어로 물었다.

"내가 모르고 있기라도 한 듯이 말이야!"

그는 조시에게 몸을 기울이며 그녀의 눈을 지그시 바라보았다. 부모님에게는 좀 예의 없어 보일지라도, 두 사람의 마음이 변함없다는 것을 보여주고 싶었다.

하지만 조시는 침착하게 그를 바라보았다. 그리곤 마치 어린아이를 대하는 듯한 명확하고, 쾌활하고, 다정한 음성으로 다음과 같이 말했다.

"당신 아버지는 내가 아는 한 가장 현명하신 분이세요. 말씀을 전하세요."

리앙이 깜짝 놀라며 통역을 하자, 아버지는 미소를 지으며 가볍게 목례를 했다.

"아버님께서 제 의견을 이미 알고 계시지 않느냐고 말씀드리세요. 제 의견은, 당신은 여기서 아내랑 사는 게 행복할 거라는 거예요."

"안 돼!"

그렇게 말하며 리앙은 자리에서 벌떡 일어나 그녀에게 달려갔지만, 그녀는 손을 뻗어 그를 제지했다.

"그래요, 리앙, 제 얘기를 들어보세요! 전 당신의 아내가 하듯이 할 수 없어요. 전 그녀가 요리를 하고, 바느질을 하고, 설거지를 하듯이, 그렇게 당신을 위해 봉사하지 못해요."

"내가 말했듯이 그건 어떤 하인들도……."

"예, 하지만, 그녀는 그걸 기꺼이 하죠. 그런데 난 아니에요! 그 차이를 모르겠어요?"

그를 제지하고 있는 그녀의 손은 쇳덩이처럼 단단했다.

"난 이곳에서 살 수 없어요. 답답하고 지루해질 거예요. 난 이곳에 어울리지 않아요. 당신을 불행하게 만들게 될 거라고요. 그래요, 이제 겨우 이십 일이 지났는데 전 벌써 지루해 하고 있죠. 아니, 우린 어디서도 같이 살 수 없어요. 어떤 노예도 그녀가 하듯이 당신에게 해줄 수는 없어요. 거기엔 사랑이 필요하죠!"

그는 몸을 움츠렸고, 조시는 더이상 그를 밀어낼 필요가 없었다. 그의 두 손이 아래로 축 늘어졌다. 그는 마음에 큰 상처를 입은 채 그녀를 지그시 바라보았다.

"결국, 당신은 나를 사랑하지 않는 거로군."

그가 뻣뻣하게 말했다. 그녀는 방안을 둘러보았고, 그의 부모를 바라보았고, 그리고 안뜰까지, 그의 친숙한 삶의 모습들을 살펴보았다.

"충분하지 않을 뿐이죠."

그녀가 말했다. 그 목소리는 맑고 부드러웠다. 하지만 그는 큰 상처를 입었고, 늘 그랬듯이 크게 화를 냈다.

"당신은 너무 곱게 자랐어."

"지나치게 곱게 자랐죠."

그녀가 동의했다.

"당신은 완전히 미국 여자군. 남자가 시중을 들어주고 즐겁게 해주고 돌봐주기를 바라면서, 자신은 아무것도 안 하려 들지."

"그래요, 전 완전히 미국 여자예요."

그녀가 작지만 밝은 미소를 지어 보였으나, 시선은 그를 바라보지 않았다. 그녀는 리앙의 아버지를 바라보고 있었다. 아버지는 연기가 물을 통해 콜콜 뿜어 나오기 시작하자 재를 털어내고 다시금 파이프를 채우는, 유서 깊은 동작들을 천천히 진행하고 있었다. 또 어머니는 차분하게 남편을 지켜보고 있었다. 그들은 무척 편안해 보였다.

리앙은 당황스런 눈빛으로 그들을 바라보았다. 만일 부모님과 조시가 말이 통했더라면, 셋이서 자기가 오기 전에 모든 걸 결정해 놓은 게 아니냐며 따져 물었을지도 몰랐다. 그는 예상치 못한 상황에 마음이 편치 않았다. 게다가 조시가 왠지 자신을 바보로 만들었다는 느낌마저 들었다.

"더이상 할 말이 없군요."

그가 퉁하게 말했다.

"다 됐어요."

조시 팽이 쾌활하게 말했다. 이어서 리앙이 위엄을 갖추며 말했다.

"그럼 전 다시 일을 보러 가겠습니다. 장군께서 기다리고 계시거든요."

그가 자리를 뜨려 하자 조시가 제지하며 말했다.

"한 가지만 더요. 제 마지막 말 잊지 마세요. 다른 누구도 당신의 아내만큼 당신을 사랑할 순 없을 거예요. 그녀는 가장……"

하지만 그가 말을 가로막았다.

"고맙군."

그는 몸을 뻣뻣하게, 곧게 세우고 말을 이었다.

"하지만 나도, 내 아내에게 얼마나 고마워해야 하는가쯤은 잘 알고 있지."

그리고는 그의 독일 교관이 가르쳐 준 대로 두 발꿈치를 탁 하고 맞부딪히며 뒤로 돌아서서는 늠름한 동작으로 방을 빠져나갔다.

그가 떠나고 나자, 아버지는 조시에게, 그녀가 알아듣지 못하는 북부 지역 중국말로 "역까지 바래다 줄 차를 대기시켜 놓았습니다. 내 차들 가운데 가장 좋은 차입니다."라고 말했다.

그러자 조시 팽이 활짝 웃는 얼굴로 답을 했다.

"얼른 가서 제 모자를 갖고 오겠습니다."

비록 그녀는 영어를 썼지만, 두 사람은 완벽하게 서로를 이해했다.

# 지휘관

TWELVE STORIES 06

지휘관은 티벳 산등성이의 한 굽이진 곳에 버티고 서서 그의 대대가 칼바람에 맞서 머리를 숙인 채 길고 가느다란 대형으로 좁은 바위 길을 힘겹게 오르는 모습을 지켜보았다. 천 명의 병사들이 손에 무기를 든 채 일렬종대로 산을 오르고 있었다. 자신의 부대야말로 천하무적, 세계 최강이라고 여기던 지휘관은 사기를 북돋우기 위해 큰소리로 외쳤다.

"오늘밤은 여기서 야영을 한다!"

병사들은 늘 그랬듯이 즉각 지휘관에게 반응을 보였다. 그 반응이란 고개를 들고 그를 향해 환하게 미소를 짓는 것이었는데, 그런 병사들의 모습을 볼 때마다 지휘관의 가슴은 자긍심으로 불타올랐다. 그는 자신의 모습이 잘 보이도록 커다란 바위 위로 훌쩍 뛰어올라가 뜨거운 티벳의 태양빛을 받으며, 팔짱을 끼고 다리를 넓게 벌린 채 서 있었다. 그의 등 뒤에는 눈 덮인 산봉우리들이 높이 솟아 있었다. 그는 흡족한 기분에 미소를 지을 뻔했지만, 이내 자제하고 아주 근엄한 표정을 유지했다. 미소는 병사들의 지도자, 그것도 제 3 대대 병사들의 지도자에게는 어울리지 않는 것이었다. 이 병사들은 그의 영웅, 전쟁터에서 한쪽 눈을 잃어 애꾸눈 드래곤이라는 별명을 얻게 된 한 지휘관이 지휘하는 그 유명한 제 2 야전 부대 소속 군인들이었다.

그에게 이번 임무는 지난 수년간의 헌신적 봉사에 대한 보상 차원에서 주어진 것이었다. 그는 지금으로부터 십오 년 전, 열일곱 살이었을 때, 친구 카오 리와 함께 공산당 군대에 붙잡혀 강제 징집당했다. 이때 그들과 함께 스물세 명의 다양한 나이대의 사람들도 함께 붙잡혔는데, 그 가운데 양 푸핑이라는 한 병약한 젊은이가 있었다. 그는 가냘프게 보이는 외모 때문에 징집에서 제외됐는데, 자신이 뽑히지 않은 걸 알게 된 그는 다음과 같이 간청했다.

"이 마을에서 읽고 쓸 줄 아는 사람은 저밖에 없습니다. 전 마르크스와 레닌, 그리고 우리의 위대한 지도자, 마오의 가르침을 공부했습니다. 충분히 쓸모가 있으실 겁니다."

신병들을 모집하는 것을 주 업무로 삼고 있던 군 관리들이 양에게 몇 가지 질문을 던졌다. 그리고 그가 그 질문에 훌륭하게 답변하자 그의 요청을 받아들였으며, 그를 당 위원으로 만들기 위해 정치 학교에 보냈다. 그는 영리했고, 배우는 속도도 빨랐다. 게다가 상관들에게는 상냥하고 순종적인 반면, 하급자들에게는 거만하고 폭군 기질을 보였다. 또 하급자 배정이 있을 때면 늘 자기 마을 출신의 다른 소년들, 특히나 현재 제 3 대대의 지휘관인 그를 일순위로 배정했다. 실제로 지휘관은 마을 소년들 가운데 가장 힘이 세고 잘생긴 외모를 지녔으며 모든 분야에서 특출난 재능을 보였기 때문에 심지어는 그 당 위원의 부모마저 이런 말을 한 적이 있었다.

"하느님은 어째서 저런 아들 대신 이렇게 약해빠진 아들을 우리에게 주신 걸까?"

그리고 부모의 그 불만스러운 탄식을 잊지 못한 당 위원은, 지휘관의 건강한 신체와 근사한 용모를 용서하려 들지 않았다. 그는 툭하면 다른 이들에게 이렇게 험담하곤 했다.

"나는 그 친구를 갓난아기 때부터 봐왔지. 몸뚱어리는 쓸 만할지 몰라도 멍청하기는 이를 데 없지. 늘 감시를 해야 하는 친구야. 그렇게 학습을 시켰는데도 아직도 마음이 여리고 감상적이지."

지휘관이 마음 여리고 사람들에게 쉽사리 정을 주는 건 사실이었다. 그는 처음 어머니의 품에서 떨어지게 된 날 목놓아 울기도 했다. 하지만 충격에서 벗어나 점차 시간이 지나자 자신의 삶에 만족하게 되었다. 더욱이 죽마고우 카오 리가 곁에서 큰 힘이 되어주었다. 두 사람은 몰래 마을과 부모님에 대한 이야기를 나눴는데, 비록 금지된 일탈적인 행동이었지만 두 사람은 비밀리에 그것을 계속했다. 또 지휘관은 부당한 대우를 받는 일이 없었고 워낙에 단순한 심성을 지닌 자였기에, 쉽게 새로운 삶을 받아들였다. 매일매일 전장에서 적들에게 맞서 공격과 후퇴를 반복하는 일을 흥미진진해 하기 시작한 것이다.

일이 년이 지나자 그는 가족들을 잊었다. 그러자 동료들이 그 빈 자리를 차지했고, 특히 카오 리가 형제처럼 충실한 조력자 역할을 해주었다. 지휘관은 강인한 이였으므로 군사 학교에 보내졌으며, 주위의 시샘에도 불구하고 빠르게 지위를 높여갔다. 언젠가 큰 성과를 올려 공적을 인정받았을 때는, 가족들에게까지 추가로 혜택이 주어지기도 했다.

그는 일 년에 한 번씩 새해 때마다 가족들에게 편지를 보냈다. 그리고 그때마다 가족들은, 편안하고 즐겁게 잘 지낸다는 내용과 함께 새로운 정권을 찬양하는 답장을 보내왔다. 그럴 때면 그는, 자기에게는 더 이상 가족들이 필요 없지만 아무튼 자신은 여전히 가족들을 돕고 있다는 느낌을 받았다.

바위 위에 서 있던 그는, 문득 가족들에게 이 임무에 대한 편지를 써야겠다고 생각했다. 새해가 올 때까지 기다릴 필요도 없이 임무가 끝나는 즉시……. 이 임무가 성공하리라는 데는 의심의 여지가 없었다. 이 소식은 그의 가족들뿐만 아니라 마을 전체에도 영광이 될 터였다.

그에게 내려진 임무는 명확했다. 대장은 이렇게 말했다.

"보급품과 은을 싣고 서쪽 제 1 주둔지로 이동하라. 엿새 동안의 행군이 될 것이다."

대장은 등 뒤쪽 벽에 있는 커다란 티벳 지도를 향했다.

"이 지점까지 이동한다."

그는 집게손가락으로 지도 위 한 지점을 짚었다.

"지휘관은 은궤 상자를 책임지고 운반해야 한다. 그 은궤들은 주둔지에 있는 병사들이 식량을 구입하고 노동력을 사는 데 쓰일 것이다."

대장은 여기까지 말한 뒤 몸을 돌리며 말을 이었다.

"아, 물론 당 위원이 자네와 동행할 것이다. 군사적 결정은 그가 맡을 테니 자네 부담도 줄겠지."

대장의 등 뒤에 당 위원인 양 푸핑이 서 있었다. 그는 지저분한 잿빛 면 소재 제복을 입고, 마르고 왜소한 체구에, 낯빛은 예전보다 검어졌지만, 지휘관은 당장 그를 알아보았다. 저 사내는 어린 시절 자신의 거만한 적수, 적의에 찬 눈매와 경멸하는 입매를 지닌 소년이었던 그 양 푸핑이 아닌가! 눈과 입 모양만큼은 그대로인 당 위원을 바라보고 있자니,

어린 시절 마을에서 그를 놀려대던 일이 떠올랐다. 아마도 그것들은 양푸핑에게 마음의 상처가 되었을 것이다.

"이 황소 녀석아, 길 비켜! 학자님 나가신다."

"이 거북이 알 같은 녀석. 네 아버지는 거북이야."

"이 멍청아, 너처럼 해골이 두꺼워서는 평생 글을 못배울 거다."

지휘관이 입을 열었다.

"당 위원께서 험한 산길과 매서운 바람, 그리고 부실한 식사를 견뎌낼 수 있겠습니까?"

"여기 있는 친구는 최고의 능력을 지닌, 가장 총명한 당 위원이다."

대장이 대답했다.

"위원에게 말을 제공하고 양지바른 곳에 텐트를 쳐주도록 하게. 야만적인 티벳인들을 맞닥뜨리면 당 위원의 도움이 꼭 필요할 거야. 위원은 자네가 못하는 티벳어를 할 줄 안다네."

두 사람은 서로를 오래 바라보았고, 이윽고 지휘관이 고개를 돌렸다.

"임무 수행 중에는 어떤 위험 요소가 있습니까?"

"산 곳곳에 티벳 산적들이 숨어 있을 것이다. 그리 많진 않겠지만."

대장이 가벼운 투로 말했다.

"무장이라고 해봤자 그저 활이나 들고 있는 정도야."

임무 수행을 떠나기 전 지휘관은 자신의 병사들에게 이 이야기를 전했다. 그런데 놀랍게도 '양쯔강의 방랑자들'이란 별명이 붙을 만큼 용맹하기로 유명한 그의 부대원들이 두려운 빛을 보이기 시작했다. 심지어 웅성거리는 소리까지 들려왔다.

"산 속에 얼마나 많은 산적들이 숨어 있을지 누가 알지?"

"총이 있는지 없는지 누가 알아?"

화가 치밀어 오른 당 위원이 말했다.

"그대들은 우리의 위대한 마오 수령님을 믿는가, 안 믿는가? 지난 수백 년간 노예로 살아온 티벳인들을 서양의 자본주의 짐승들로부터 해방시켜준 것이 바로 우리다. 그런데 그들이 우리를 미워하겠는가? 아니, 환영할 것이다! 지금 그들은 우리의 위대한 지도자 마오 수령님의 보호 아래 훌륭한 사회주의자가 되기 위해 불철주야 노력하고 있지."

당 위원에게 말대꾸는 금지였으므로 병사들은 침묵을 지켰다. 하지만 결국 지휘관이 참지 못하고 입을 열었다.

"내 병사들은 자신들이 해야 할 바를 잘 알고 있소. 만일 알지 못할 경우 내가 가르쳐 주리라."

그러자 당 위원은 흙바닥에 침을 뱉고 발바닥으로 짓눌렀다. 그 모습에 지휘관은 잊고 있었던 옛 기억을 상기했다. 이건 그가 어린 시절 마을 아이들로부터 허약하다고 놀림을 받을 때마다 응수하던 행동이었다. 네 녀석한테 침을 뱉고, 너를 짓밟겠다는 의미.

당 위원이 계속 말을 이었다.

"서양인들이 티벳 사람들을 돈으로 매수하려 들었지만 티벳인들은 그걸 거절했소. 물론 일부 무지한 자들은 빼고 말이오. 더욱이, 서양 사람들이 그들의 지도자 달라이 라마를 납치해 인도로 데려가 인질로 잡아두고 있는 것에 모든 티벳 사람들이 분노하고 있소. 그들은 어서 해방이 되기만을 기다리고 있소."

이러한 격려의 말에도 불구하고, 병사들은 여전히 불안을 감추지 못했다. 그들은 어린아이처럼 지휘관에게 몰래 찾아가서는, 산을 오르다가 티벳인들을 보았는데 무척 키가 크고 힘이 장사였으며, 사람이 아니라 야크(티벳 지역 산에 사는 들소-역주)처럼 벼랑을 올랐다고 떠들어댔다. 지휘관은 그들을 꾸짖었지만, 병사들은 여전히 자신들이 기어온 길 너머, 가파른 벼랑 쪽을 끊임없이 주시하고 있었다. 물론 지휘관은 바위틈에 숨어있는 일부 반역자들 따위는 두려워 할 게 못된다고 말한 뒤, 자신에게는 티벳 안내자들까지 있으니 더욱 걱정할 것이 없다고 말해두었다.

그런데 사실은 이 두 명의 안내자들마저 확실히 설명할 수는 없지만 지휘관에게는 골칫거리였다. 접경 지역에서 그 지역 주둔지를 책임지고 있는 한 중국 장교가 이렇게 말했기 때문이다.

"티벳 사람들을 경계해야 하오. 그들은 골짜기에 숨어 있는데, 피부색이 회색빛 바위와 꼭 같소. 티벳 사람은 누구든 보이는 대로 그 자리에서 사살하시오, 놈들은 영리하고 잔인하다오."

"나도 게릴라들의 전술을 알고 있소. 우리의 위대한 지도자 마오의 가르침을 받았을 뿐더러, 전쟁 기간 중 그분이 썼던 병법도 잘 알고 있소."

그는 선두에서 병사들을 진두지휘해 행군하면서, 매 걸음마다 경계를 늦추지 않았다. 그는 짐을 실은 말들 중에 하나를 택해 올라탈 자격이 있었지만, 그 특권을 누리려 하지 않았다. 그가 알고 있는 유일한 사랑이란, 자신을 따르는 병사들에 대한 사랑뿐이었다. 그는 단 한 번도 여자를 사랑해 본 적이 없었다. 아니, 그런 사랑 따위를 할 여유가 없었다. 여자라고 해봐야 그저 이따금씩 욕정을 못이겨 전투를 치른 지역의 이름 모를 여인네에게 욕구를 푸는 정도였다. 그러나 심신을 지치게 하는 전쟁은 그런 욕구마저 잠잠하게 만들었다. 그는 벌서 몇 개월째 여자 생각을 안 해왔던 차였고, 따라서 잠재되어 있던 모든 사랑의 에너지가 병사들에게로 향했다. 그들은 그의 자식들이었다. 그는 병사들이 기뻐하기를 바랐고, 그들을 기쁘게 해줄 수 있는 유일한 방법은 희망적인 약속을 해주는 일 뿐이라는 것을 잘 알았다.

"편하게들 쉬어라."

그가 이제 병사들에게 말했다.

"이제 밥을 먹고 잠을 푹 자는 거다. 힘을 내자, 아우들이여! 내일이면 관문에 닿을 것이다. 안내자들이 벌써 불을 지펴 놓았다."

하지만 그 스스로도 자신이 한 말이 그리 위안이 되지 않는 것을 느꼈다. 사실 안내자들은 그에게나 병사들에게 전혀 관심을 두지 않았다. 그들은 야크의 배설물을 이용해 자기들만의 불을 지폈고, 둥그렇게 화덕 모양으로 놓은 돌멩이들 위에 구리로 만든 작은 찻주전자를 올려놓았다. 구부러진 주둥이에서 폭폭 연기가 뿜어 나왔다. 잠시 뒤면 그들은 티벳 특유의 걸쭉한 차를 만들고, 거기에다 늘 지니고 다니는 고약한 냄새의 버터 덩어리를 넣을 터였다. 머릿속으로는 혐오스러운 음식이라고 생각했지만, 막상 입에서는 군침이 돌았다. 그는 새벽녘부터 아무것도 먹지 못한 상태였다. 병사들도 마찬가지였다.

"시골 마을에 닿으면 식사를 할 수 있을 걸세."

행군을 떠날 때 대장이 말했다. 지휘관은 고개를 끄덕였다.

"알겠습니다, 장군님."

그러나 문제는 이 티벳 산악 지역에서는 시골마을이나 부락, 도시 따위는 눈을 씻고도 찾아볼 수 없다는 점이었다. 오직 황량한 벼랑들과 눈 덮인 산봉우리들뿐이었다. 그가 안내자들을 향해 크게 소리쳤다.

"이 망할 티벳 놈들아! 너희들은 늘 배가 고픈 모양이군. 약해빠진 녀석들 같으니!"

안내자들은 아무 대답도 하지 않았다. 중국어 자체를 이해하지 못했을 수도 있었다. 비바람에 깊이 패인 주름살로 가득한 그들의 검붉은 얼굴에는 아무 변화도 일지 않았다. 그들은 뜨거운 차를 두 개의 구리 사발에 따라 부었다. 그런 다음, 시린 양손으로 사발을 감싸 쥐고 요란스러운 소리를 내며 차를 마셨다. 지휘관은 그들로부터 등을 돌렸다.

아, 나의 병사들!

바위 위에 올라선 지휘관은 비좁은 산길을 오르는 병사들을 바라보았다. 그들은 제각기 등에 무거운 짐을 지고 있었다. 지휘관은 그들이 가까워질수록 그 일그러진 얼굴 위 지친 기색을 역력하게 볼 수 있었다. 문득 미안한 기분이 들었다. 짐이 그렇게 무거워진 건, 어찌 보면 자신의 실수였다. 그는 접경 주둔지에서 행군을 준비하면서 짐을 실을 야크와 말을 빌리려 했다. 그러나 다 해봐야 야크 몇 마리뿐, 도대체 말은 구할 수가 없었다. 그가 말을 요구하자 티벳인들은 텅 빈 눈빛과 멍한 표정으로 그를 빤히 쳐다보기만 할 뿐이었다.

"이 망할 놈의 나라 전체에 말이 단 한 필도 없단 말인가?"

아무도 대답하지 않았다. 그때 당 위원이 그가 내뱉은 욕설을 들었다. 결국 그는 공책에 그걸 적어 놓더니 그날 밤 지휘관을 책망했다.

"프롤레타리아를 모독하는 건 금지되어 있소. 우리의 지도자 마오께서도 한漢민족의 위대함을 너무 내세우는 걸 원치 않으시오. 우리는 피지배 민중들을 친구처럼, 아우처럼 대해야 하오."

하지만 지휘관은 감히 당 위원에게 대답하려 들지 않았다. 대신 툴툴거리며, 근처에 얼쩡거리던 암탉 한 마리를 흙먼지를 일으키며 걷어찼다. 녀석은 새된 소리를 내며 날아가 버렸다. 그리고 나서 지휘관은 자신의 병사들을 향해 소리쳤다.

"우리에게 말 따위는 필요치 않다! 우리는 강하다! 이 짐은 우리가 지고 간다!"

하지만, 다음 날이 오기 전에 그들은 말 몇 필을 찾아냈고, 지휘관은 그 말들의 등에 짐을 실은 뒤 먼저 떠나보냈다. 그리고 남은 짐들을 분배하다 보니 모든 병사들이 짐을 지게 된 것이다.

모두가 행군 준비를 마치고 막 떠나려 할 즈음, 그 중국 장교가 그를 한 자그마한 방으로 데리고 들어갔다. 봄인데도 여전히 얼음처럼 차가운 텅 빈 방에서 장교는 탁자 위에 두루마리 지도 하나를 펼쳐보였다.

"이 길을 따라 행군해야 하오."

장교는 그렇게 말하며 지저분한 집게손가락으로 산등성이를 따라 구불구불 그어져 있는 붉은 선을 더듬었다.

"여기가 유일한 행로요. 길을 잃지 않도록 조심하시오."

행군을 시작하고 오 일째 되던 날, 지휘관은 곤경에 처했다. 이제 그의 격려에 반응을 보이는 병사들은 극히 일부에 불과했다. 병사들은 하나둘씩 지휘관이 있는 쪽으로 모여들어 짐을 끌러 힘없이 바닥에 내려놓았다. 그리고는 산소가 희박한 공기 때문에 숨을 가쁘게 몰아쉬며 흙바닥에 몸을 내던지거나, 바위 위에 누워 휴식을 취했다. 잠시 뒤 한기를 느낀 병사들이 다시금 몸을 일으켜서는 커다란 돌들을 주워 모았다. 요새를 만들어 밤을 보낼 준비를 하는 것이다. 지휘관은 병사들이 무척 피곤과 극도의 허기에 지쳐 있다는 것을 알면서도 요새를 만들라고 지시했는데, 이 돌담 안에 있어야만 매복해 있는 적들로부터 안전을 확보할 수 있었기 때문이다.

병사들이 작업을 하는 동안, 두 티벳 안내자들은 자신들이 피워놓은 모닥불 곁에 앉아 몸을 녹이고 있었다. 병사들을 바라보는 그들의 얼굴 위로 희희낙락하는 표정이 엿보였다. 그들의 모습이 눈에 들어오자, 지휘관은 외설스런 욕지거리를 해대며 호통을 쳤다.

"이 거북이 새끼 같은 놈들아! 토끼 자식 같은 놈들! 근친상간으로 태어난 동물 같은 놈들!"

그러나 티벳인들은 그의 말을 알아듣지 못하는 듯했고, 지휘관 역시 그들이 중국어를 이해하지 못하려니 그만두고 말았다. 사병들을 시켜 그들을 두들겨 패줄 수도 있었지만, 감히 그럴 엄두를 내지 못했다. 그들은 키가 백팔십 센티미터를 훌쩍 넘는 캄바스 족이었는데, 그가 이제껏 만나본 인간들 가운데 가장 사나운 종족이었다. 더욱이, 그들에게 의지하고 있는 상황이었으므로 그저 욕지거리만으로 만족해야 했다. 다만 병사들이 그 욕지거리가 우스운지 웃음을 터뜨렸는데, 그것이 지휘관에게는 큰 위안이 되었다. 몇 시간 후 병사들은 식사를 마친 뒤 잠자리에 들 준비를 했다. 지휘관 역시 은화가 든 상자를 베개 삼아 몸을 뉘였고, 모두들 다음날을 준비하며 잠이 들었다.

엿새째는 임무 마지막 날이었다. 지평선 위로 여명이 불타오르는 도시처럼 밝아왔고, 대열은 한 시간이 채 지나지 않아 다시 행군 길에 올랐다. 오후가 되어 잠시 걸음을 멈추고 모두가, 이 상황에서 맛볼 수 있는 유일한 음식인 말린 고기와 두부를 먹고 있을 무렵, 당 위원이 지휘관에게 다가왔다. 지휘관은 최대한 당 위원과 상대하지 않으려 했지만 이번에는 쉽사리 외면하기가 어려웠다. 자그마한 체구에 냉혹한 얼굴의 당 위원이 그의 앞에 섰다. 그리고는 거센 바람을 막기 위해 두 손으로 입 주위를 나팔처럼 감싼 뒤 그에게 말했다.

"동무, 내게 말이 필요하오!"

지휘관이 그를 빤히 노려보며 말했다.

"내줄 말이 없소이다."

"말 한 필에서 짐을 일부 내려놓으시오. 내가 나머지 짐 위에 앉아 가야겠소. 더이상은 못 걷겠소."

  지휘관은 "그럼 길바닥에 누워 죽어버려!"라고 내뱉고 싶었지만, 감히 그러지 못했다. 또 살인죄로 추궁을 당할 수도 있었으므로 그를 죽게 내버려둬서도 안 되었다. 결국 병사들에게 지시를 내려 내어줄 말을 준비시키는 수밖에 없었다. 그러나 지휘관은 당 위원에게 말을 마련해 주는 걸 본 두 티벳인들이 동일한 요구를 해올 거라고는 미처 생각지 못했다. 그러나 두 안내자들은 완강히 고집을 부리면서 거의 한 시간 동안이나 꿈쩍하지 않았다. 그렇게 태양이 천심에 걸렸을 무렵, 지휘관은 더이상 버티지 못하고 두 손을 들었다.

  결국 두 필의 말 등에서 짐을 내리고, 안내자들이 그 자리를 차지했다. 병사들이 마지막 험준한 산길을 오를 무렵, 티벳인들 뒤쪽에서 걷고 있던 지휘관의 꽁꽁 얼어붙은 몸뚱이에서 분노가 활활 타올랐다.

  그리고 산을 오르던 일행은 정오가 되기 한두 시간 전쯤 자그마한 평원에 도착했다. 산이 이 좁다란 평지로부터 날카롭게 경사진 절벽을 만들며 솟구쳐 있었다. 길은 마치 사다리처럼 가팔랐고, 게다가 발을 디딜 수 있는 바위들까지 밋밋하게 깎여 있어 오르기가 만만치 않아 보였다. 지휘관이 행군을 멈추라는 지시를 내리기도 전에 병사들이 그의 주위로 모여들었다. 그는 친숙하기 이를 데 없는, 말로 다할 수 없을 정도로 소중한 그 얼굴들을 바라보았다. 피로에 지친 병사들은 검은 얼굴 위로 주름이 깊게 패여 있고, 눈들도 움푹 꺼진 모습이었다. 이곳에서 휴식을 취하며 밤을 보내야 하나, 아니면 관문까지 마지막 행군을 재개해야 하나? 그는 사병들의 눈빛이 간절하게 휴식을 원하고 있다고 생각했지만, 정작 병사들은 아무 말도 하지 않았다. 그가 입을 열려고 하는 순간, 누군가 크게 외쳐대는 소리가 들려왔다. 두 안내자들이 다시 말에 올라타

길을 따라 평원을 질주하고 있었다. 자존심을 위해서라도 그는 병사들에게 휴식을 허락할 수 없었다.

"한족의 아들들이여!"

그가 소리쳤다.

"우린 저 티벳 들개들에게 뒤쳐질 수 없다! 밤이 되기 전에 관문에 닿을 것이다!"

그러자 병사들은 그 어느 때보다도 씩씩하게 대답했다. 그리고 말없이 행군이 재개됐고, 지휘관은 그들을 이끌었다. 그 역시 병사들만큼이나 피로했지만, 지친 병사들을 보면서 힘을 냈다. 지금 병사들은 그에게 의지하고, 그만을 바라보고, 그만을 사랑하고 있었다. 그는 관문을 통과하고 나면, 모두들 언덕길을 내려와 푹 쉬도록 해줄 터였다.

하지만 그는 바람을 염두에 두는 것을 잊어버렸다. 일전에 티벳 지역의 얼음장처럼 차가운 산바람, 그 혹독한 강풍에 대해 익히 들은 바는 있었다. 오후가 반쯤 지났을 무렵, 진로를 절반가량 통과했을 무렵, 문득 신음소리 비슷한 기이하게 울부짖는 소리가 들려왔다. 그리고 아침부터 맑았던 하늘이 갑자기 검게 어두워지더니, 용 모양으로 소용돌이치던 구름들 틈에서 일진광풍이 불어 닥치면서 바늘로 찌르는 듯한 차갑고 매서운 바람이 그와 병사들을 파도처럼 덮쳐오기 시작했다. 병사들은 무거운 짐을 힘겨워하며 바닥으로 쓰러졌고, 지휘관 자신도 바위를 바람막이 삼아 얼굴을 가리며 몸을 낮췄다. 안내자들을 놓칠까 고개를 들자 저만치 두 티벳인들이 앞쪽에서 말을 타고 가는 모습이 보였다. 그들은 숄로 얼굴을 가리고 털모자를 깊이 눌러쓰고 있었다. 지휘관은 병사들에게 소리쳤다.

"관문을 넘기 전까지 바람은 더욱 거세어질 것이다. 관문을 넘자!"

병사들은 그의 말을 소리 높여 되풀이하려 했다.

"관문을 넘자!"

하지만 그들의 외침은 바람에 밀려 산산이 부서졌다. 그럼에도 병사들은 안간힘을 다해 일어섰고, 마지막 산등성이를 오르기 시작했다. 지휘관 역시 그들을 이끄는 데 혼신을 다했다.

울부짖는 것처럼 들리던 바람소리가 이제는 더 극성을 부리며 날카로운 쇳소리로 변해 있었다. 마치 불길 속에 머리를 집어넣기라도 한 듯 얼굴이 타올랐다. 그는 오른손을 들어 코와 입을 막았다. 병사들이 잘 따라오고 있는지 고개를 돌려 바라볼 엄두조차 나지 않았다. 그는 그저 병사들이 잘 따라오리라 믿으며 자신은 앞서 가는 티벳산 조랑말들을 따랐는데, 녀석들의 작은 말발굽이 바위 사이사이 갈라진 틈 사이에 끼곤 했다. 그가 볼 수 있는 건 쉼 없이 움직이는 말발굽뿐이었다.

기이하게 사나운 바람 소리 속에서 사람의 목소리는 전혀 들리지 않았다. 강풍을 못이겨 얼음 봉우리가 날카롭게 부서지는 소리뿐이었다. 그는 아무 생각도 할 수 없었다. 그의 정신은, 그의 전 존재는, 오로지 한 걸음, 그리고 그 다음 걸음에만 집중되어 있었다. 숨을 쉴 때마다 타들어가듯 폐부를 찌르는 고통이 따랐지만 그는 있는 힘을 다해 앞으로 나아갔다.

마침내 그는 관문에 도달했다. 일단 바위에 몸을 누이고 병사들을 기다렸다. 수를 세어 볼 용기가 나지 않았다. 확실히 천 명이 밑돌아 보였다. 실종된 병사들은 절벽 아래로 떨어졌을까? 물어볼 수조차 없었다.

어쨌든 현재의 인원으로 계속 길을 재촉해야만 했다. 그의 적은 이제 바람이었다. 여기서 야영을 한다는 건 불가능했다. 저 바람을 피해야만 했다. 그는 다시 몸을 일으켜 안내자들을 따라 관문을 통과했다. 그래도 한 가지 위안이 있었다. 이젠 내리막길뿐이라 다시는 바위산을 오르지 않아도 되었다.

영원처럼 길게 느껴지던 한 시간 뒤, 안내자들이 일행을 가파른 언덕 아래로 이끌었다. 벼랑 사이로 난 협곡에 가까운 산길이라 폭은 여전히 좁았지만, 적어도 바람만은 사라졌다. 모두들 결국 산허리를 넘어 바람을 피하게 된 것이다.

불현듯 지휘관은 극도의 피로감과 함께 어지러움을 느꼈다. 그의 병사들 역시 그와 마찬가지로 현기증을 느끼며 비틀거리고, 쓰러지고, 구역질을 하며 피를 토했다. 지휘관은 몸을 일으켜 바닥에 뒹굴고 있는 사병들에게로 다가갔다.

그때 당 위원이 눈에 들어왔다. 그 역시 바닥에 몸을 누이고 가쁜 숨을 몰아쉬고 있었다. 지휘관이 멈춰 섰다.

"동무, 당신 말은 어디 있소?"

그가 다그쳐 물었다.

"안내자들…… 쪽으로…… 달아났소."

당 위원이 힘겹게 숨을 몰아쉬며 말했다.

"나를 떨어뜨리고 달아나 버렸소."

"더이상 지체하지 말고 안내자들을 따라가야 하오!"

지휘관이 성을 내며 말했다.

"불가능하오."

당 위원이 투덜대며 말했다.

"난 움직일 수가 없소. 이곳에서 야영을 해야겠소."

지휘관은 처음에는 병사들의 안전을 고려해야 한다고 반박하려 했다. 하지만 문득 당 위원이 행군을 멈추고 야영을 결정하면, 그로 인한 책임 역시 자신의 몫이 아니라는 사실을 깨달았다. 결국 지휘관은 어깨를 으쓱했다.

"나로서는 그냥 밀어붙여 주둔지까지 갔으면 하지만, 동무 뜻이 정 그렇다면……."

그때였다. 그가 말을 끝마치기도 전에 등 뒤 산 쪽에서 커다란 소음이 들려왔다. 여러 사람이 내지르는 고함 소리였다. 지휘관이 고개를 들어보니 저만치 말을 탄 티벳인들이 보였다. 열, 스물, 이십, 삼십…… 그들은 부서진 바위와 얼음 위로, 미끄러지듯 비탈진 언덕길을 달려 내려오고 있었다. 그들은 긴 칼을 가슴께에 세워들고 있었는데, 잘 다듬어진 칼날 위로 태양빛이 번뜩였다.

"적들이 몰려온다. 대비하라!"

지휘관이 병사들에게 소리쳤지만 때는 늦었다. 티벳인들은 벌써 그들을 덮칠 기세였다. 그들은 후위에서 따라오던 짐을 실은 야크들을 포획해 몰고 내려오면서 바람이 몰아치는 관문 지역을 통과하고 있었다. 지휘관은 할 말을 잃고 말았다. 덫에 걸려든 것이다. 안내자들은 사라지고 없었다. 혹시 녀석들도 저 도적떼들과 한편이었던 걸까?

그는 좁은 산길 양편에 우뚝 솟은 산들을 둘러보았다. 과연 그들이 있는 협곡은 무방비로 노출된 곳이었다. 매복을 간파하는 데 고도로 훈련된 눈으로 양편 가파른 경사지를 살펴보니, 이곳저곳 총신이 눈에 띄었고, 털모자를 쓴 머리들이 반쯤 가려진 채 숨어 있었다. 그렇게 매복을 하고 있다면 백 여 명에 불과한 숫자만으로도 그의 병사 전체를 괴멸시킬 수 있을 것이다.

"중대장 두 사람, 날 따라오게."

지휘관이 명령했다. 두 젊은 장교는 몇 걸음을 옮겨 그를 따랐다. 곧

이어 충실한 부관, 카오 리를 대동한 지휘관은 차갑고 축축한 벼랑 바위에 몸을 기대고 이들의 얼굴을 바라보았다.

"상황을 한번 따져보세. 지금까지 우리는 임무를 충실히 이행해왔네. 그리고 내일 밤이면 주둔지에 닿을 테고. 여기서 저 티벳 들개들한테 저지를 당할 수는 없어."

그는 잠시 기다렸지만, 그들은 아무 말도 하지 않았다. 오직 복종에만 익숙해져 있는 데다 추위와 피로에 지칠 대로 지쳐, 그저 흐릿한 눈빛으로 지휘관을 바라볼 뿐이었다.

"하고 싶은 말이 전혀 없나?"

그러자 카오 리가 대답했다.

"말씀만 하시면 저희는 그대로 따르겠습니다."

지휘관은 생각에 잠겼다. 부끄럽게도 울고만 싶은 심정이었다. 이렇게 두렵고 끔찍한 상황이 초래된 건 자신의 탓이 아니라고 항변이라도 하고 싶었다. 그는 이내 부질없는 갈망을 접고 두려움을 떨쳐냈다. 이들은 그의 자식과 다름없었다. 그는 마음을 가다듬고 생각을 하려고 애썼다.

만일 병사들을 다시 관문으로 퇴각을 시키면 어떨까? 그건 무리였다. 거센 바람이 대열을 흩뜨려 놓고 시야를 가려 말을 타고 있는 티벳인들에게 속수무책으로 당할 게 분명했다. 티벳인들은 그의 병사들을 학살하고, 또 다른 수천 명의 병사들이 기다리고 있는 귀중한 보급품들을 갈취할 것이다. 아니면 병사들을 둘로 나눠 각각 양편의 벼랑을 향해 진격해 매복한 티벳인들을 쫓아내는 건 어떨까? 그러나 그 역시 어리석은 짓일 뿐이다. 바위틈에 숨은 티벳인들이 총을 쏘아댈 것이 뻔했다.

그는 다시 벼랑을 바라보았다. 만일 돌을 충분히 그러모아 요새를 만든다면……. 하지만 주변에는 돌멩이 하나, 흙 한 줌 보이지 않았다. 끊임없이 불어오는 강풍이 흙먼지라고는 모조리 쓸어가 버렸다. 그렇다면 이제 단 한 가지, 박격포를 이용해 티벳인들의 매복 장소를 날려버리는 수밖에 없었다. 그러나 그 포가 과연 단단한 암석을 폭파할 수 있을까?

그는 잿빛 벼랑들을 지그시 바라보다가, 그 야무진 꿈 또한 포기했다. 비록 텅 비고 생기 없어 보이지만, 저 벼랑들은 품 안에 적을 숨기고 있었다.

적? 적이라고?! 그는 티벳인들이 중국인을 사랑하고, 그들은 환영하고 기다린다고 들어왔다. 그렇다면 누가 그런 거짓말을 했던가? 바로 당 위원이었다! 그는 당 위원을 바라보았다. 유년 시절의 적수였던 그 사내는 지금 몸에 담요를 둘둘 만 채 바닥에 누워 있었다.

지휘관이 두 장교를 바라보며 다시 입을 열었다.

"우리의 임무는 보급품을 안전하게 운반하고 모두 함께 무사히 주둔지에 도착하는 것이다. 우리가 임무를 완수하지 못하면, 그건 우리를 기다리고 있는 형제 전우들의 죽음을 의미한다. 지금 우리는 그들의 유일한 희망이다. 그러므로 우리는 반드시 병사들의 목숨과 보급품을 동시에 보전해야 한다. 하지만 지금 병사들을 전투에 임하게 한다면 그들은 힘이 소진되어 목숨만 잃게 될 것이다. 이 티벳 산적들은 돈을 위해서라며 무슨 짓이든 할 종족이다. 고로 협상만이 살 길이다. 비록 놈들은 큰 대가를 요구해오겠지만, 모든 것을 잃는 것보단 그 쪽이 낫다."

그때 당 위원이 간신히 정신을 차렸다. 그는 누워 있던 바위에서 몸을 일으켜서 혁대를 바짝 조이고는 아랫입술을 삐쭉 내밀었다. 그러고는 팔짱을 낀 채 지휘관이 있는 쪽으로 다가왔다.

"그럼 그렇게 큰 대가를 치른 다음 또 다른 산적들이 다시 공격을 해오면 어쩔 작정이오? 그래서 남은 모든 걸 다 가져가 버린다면 말이오."

지휘관이 완강한 목소리로 대답했다.

"난 그들의 무기를 살 생각이오."

"무엇으로?"

"은으로."

이에 당 위원은 예의 그의 익숙한 몸동작을 선보였다. 찌푸린 얼굴로 지휘관에게 시선을 던지며, 한쪽으로 다섯 걸음, 그리고 다시 반대 방향으로 다섯 걸음을 걸었다. 그러고는 지휘관의 콧구멍에 그 역겨운 입 냄새가 바로 전해질 정도로 가까이 다가와 멈춰 섰다.

"이 은이 자네 소유이기라도 한단 말인가? 우리나라 민중에게 속해 있는 은을 자네가 감히 마음대로 사용하려고 드는군?"

지휘관은 당 위원이 모든 병사들이 들을 수 있도록 소리를 높이고 있음을 잘 알았다. 그럼으로써 만일의 경우 작전 실패로 재판을 받을 때 자기는 면죄부를 얻어낼 요량이었다. 지휘관은 두툼한 제복 아래 땀이 비 오듯 흐르는 걸 느꼈다. 당 위원은 계급상 그의 상관이었다. 결국 그는 어디도 아닌 이 험준한 산속에서 스스로를 구원해야만 했다. 왜냐하면 법정에 서게 될 경우, 즉 몇몇 소수의 손에 운명이 좌우되는 그 상황에서는, 스스로를 구해낼 가능성이 희박해지기 때문이다. 그곳에선 당 위원이 절대적으로 유리할 테니.

그는 결국 논쟁을 시작했다.

"과연 그 민중들이, 우리 병사들이 보급품을 껴안고 그냥 목숨을 잃기를 바라겠소? 주둔지에서 우리를 기다리고 있는 병사들은 말할 것도 없고 말이오. 우리에게 필요한 건 시간이오. 남아 있는 모든 걸 가지고 탈출할 시간 말이오. 은으로 말하자면, 상자 안에 대부분을 빼고 자갈과 바꿔치기 한 뒤에 그 위에 은을 덮으면 될 거요."

당 위원이 흙바닥에 침을 뱉었다.

"애들 장난 같은 짓이야!"

그가 코웃음을 쳤다.

"그럼 더 좋은 생각이라도 있소?"

지휘관이 다그쳐 묻자 당 위원은 아무 말도 하지 못했다. 결국 지휘관이 카오 리에게 말했다.

"보급품들을 포장한 종이 일부를 좀 찢어서 가져오게. 산적들에게 전할 내용을 적을 테니, 자네가 말을 타고 놈들에게 갖다주는 걸세. 우리가 공격할 의사가 없음을 알 수 있도록 총은 두고 가고."

카오 리는 침묵 속에서 명령을 받아들였고, 지휘관은 종이 위에 다음과 같이 간단하고 명료하게 내용을 적었다.

**우리의 티벳 형제들이여! 우린 서로 전쟁을 벌일 필요가 없소.**
**서로 만나 상호 이해를 도모해 봅시다.**

그는 카오 리에게 종이를 건네줬고, 그는 종이를 마치 깃발처럼 높이 들고 무기 없이 적진을 향해 다가갔다.

지휘관은 그 모습을 지켜보았다. 하지만 카오 리가 벼랑 아래에 닿기도 전에 얼음 같은 대기를 뚫고 커다란 총성이 울렸다. 지휘관은 총소리를 듣자마자 그것이 러시아제 기관총임을 알아차렸다. 즉 그것은 저들이 예전에 중국군에게서 총을 빼앗은 적이 있다는 것을 의미했다! 그때 카오 리가 말에서 굴러 떨어졌다.

당 위원 역시 이 모든 것을 지켜보다가 무겁게 한마디를 던졌다.

"이 산적들은 제대로 무장을 하고 있소."

지휘관은 아무 말도 할 수 없었다.

'내가 무슨 짓을 한 거지? 어째서 카오 리에게 서한을 전달하게 했단 말인가!'

그는 해지는 쪽을 향해 눈을 가늘게 떴다. 말에 올라탄 한 티벳인이 칼을 높이 쳐들고 언덕을 질주하며 내려오고 있었다. 그는 카오 리의 곁에 멈춰 서더니 말에서 내려 그의 머리를 칼로 베어버렸다. 그러고는 서한을 챙긴 뒤, 카오 리의 말을 끌고 다시 산으로 향했.

지휘관은 지금 자신이 어디에 있는지조차 잊고 말았다. 오직 카오 리의 머리가 사라진 몸뚱이만 눈에 들어왔다. 그는 힘껏 달려가 비탈 아래로 굴러 떨어지고 있는 카오 리의 머리를 발로 멈춰 세웠다. 갑작스런 죽음에 깜짝 놀란 듯 카오 리의 머리는 눈을 휘둥그레 뜨고 있었다.

그 순간 지휘관은 마을에서 함께 뛰놀던 동네 아이, 카오 리를 떠올렸다. 함께 연을 날리던 그날부터 카오 리는 그의 충실한 심복이었다. 카오 리에게 그는 늘 영웅이었다. 그는 가슴이 찢어지는 듯한 고통을 느꼈고, 그 고통은 목을 타고 올라 곧이어 통곡으로 이어졌다.

하지만 친구를 위해 슬퍼할 시간조차 없었다. 또 다른 티벳인이 말을 타고 바위 사이에서 빠져나와 달려오고 있었다. 가만 보니 치켜 든 칼끝에 종이가 걸려 있었다. 그는 금방 가까이 다가와 지휘관이 종이를 집을 수 있도록 칼을 밑으로 내렸다. 그러고는 다시 말을 몰아 돌아갔다. 카오 리가 전달했던 바로 그 종이였는데, 뒤편에는 고전적인 중국어 필체로 다음과 같은 글귀가 적혀 있었다.

그쪽의 의견에 동의한다. 지금부터 한 시간 후, 서쪽 세 번째 봉우리 뒤편에서 만나자.

지휘관은 서둘러 병사들에게 향해 명령을 전했다. 결국 당 위원과 두 중대장도 회합 장소에 함께 가기로 했다. 지휘관은 마른 두부를 씹으며 티벳인들을 어떻게 상대할지 숙고했다. 한 시간은 금방 지났고, 그와 당위원, 그리고 두 중대장은 서쪽 세 번째 봉우리를 향하기 시작했다.

그곳에는 눈이 전혀 쌓여있지 않은 작은 골짜기 하나가 있었다. 그 중앙에는 작지만 깊은 샘이 있고, 산중턱에 걸린 달에서 쏟아지는 밋밋한 은빛이 수면 위를 비추고 있었다. 지휘관은 맞은편 길에서 제등 불빛들이 깜박거리는 것을 보자 걸음을 늦추었다. 너무 일찍 회합 장소에 도착하면 상대보다 하급으로 보일 수도 있기 때문이었다. 그리고 그들은 적절히 걸음을 조절해 티벳인들과 거의 동시에 호수에 도착했다.

그쪽은 세 명의 티벳인들이 나왔는데 모두 말을 타고 있었다. 그들 가운데 수장은 키가 크고 어깨가 떡 벌어진 사내였는데, 붉은 포도주색의 긴 의복을 입었고 뒤로 젖힌 옷깃 안쪽에 모피가 드러나 보였다. 또 모피 모자를 손에 든 채 머리는 박박 민 모습이었다. 지휘관은 그의 검은 눈썹과 잘생긴 얼굴을 바라보았다. 그의 얼굴은 잔인하거나 멍청해 보이기는커녕 오히려 지적이고 생기가 넘쳤다. 그 얼굴은 승려, 라마승의 그것일 뿐, 결코 군인의 얼굴이 아니었다.

지휘관은 티벳인들이 말에서 내리기를 기다렸지만, 그들은 계속해서 말 위에 앉아 있었다. 편안하게 앉은 모습이, 이번에는 반대로 그들이 무언가를 기다리고 있는 것 같았다. 상황을 깨달은 지휘관은 곁에 있던 중대장에게 총을 넘기고 몇 걸음 앞으로 다가가 팔짱을 긴 채 운을 뗐다.

"우리의 티벳 형제들이여, 만나서 반갑소! 우린 이곳에 전쟁을 하러 온 게 아니라 평화를 위해 왔소. 우리는 태곳적부터 이웃사촌이었고, 한 가족이나 다름없소."

지휘관은 이들이 중국어를 잘 모를지도 모른다는 생각에 단순한 어휘를 사용해 한 마디 한 마디를 명료하고 천천히 했다. 그런데 놀랍게도 라마승은 유창한 중국어로 대답을 했다. 그는 학식이 높은 자로 보였다.

"당신들은 우리의 형제가 아니오. 그저 침략자들이오. 당신들은 우리 마을을 파괴했고, 우리의 진짜 형제들을 죽였소."

지휘관은 주춤할 수밖에 없었는데, 말 내용뿐만 아니라 그 말투에도 힘이 느껴졌기 때문이었다. 그는 자신보다 더 배운 게 많은 듯했고, 중국어도 더욱 훌륭하게 구사했다. 그는 곁눈질로 당 위원을 흘긋 바라보았다. 그 야윈 얼굴 위로 경멸 섞인 분노가 차오르고 있었다. 결국 한발 앞으로 나선 당 위원은 손가락으로 그 티벳인을 가리키며 소리쳤다.

"우린 한 민족은 노예로 지내던 너희들을 서구 제국주의자들로부터 구해주었다! 그것을 부정한다면 죽음을 면치 못할 것이다!"

"아, 바보 같으니!"

지휘관이 낮게 외쳤지만, 당 위원은 듣지 못했다. 그는 다시 티벳인들에게 최대한 목청을 높여 말했다.

"너희 조상들은 우리 선조의 종들이었다! 너희 땅은 본래 우리의 땅이었다! 우리의 위대한 마오쩌둥의 자비로서 너희들을 그냥 여기 살게 해주겠다만, 서구 제국주의자들을 몰아내기 전까진 기다려야 한다! 이런 정황을 안다면 너희들은 감사해야 한다! 우리를 환영해야 한단 말이다!"

그러나 라마승은 분노를 담아 말을 받지 않았다. 대신 참을성 있게 차분한 어조로 입을 열었다.

"오십 년 전 일단의 서양인들이 우리 땅을 침범해 온 건 사실이오. 그들은 우리가 생전 본 적도 없는 무기를 지니고 있었기 때문에, 결국 우린 굴복할 수밖에 없었소. 그럼에도 그들이 원한 건 오직 교역뿐이었소. 그러나 그들은 주는 것보다 훨씬 더 많은 걸 가져갔기 때문에 우린 교역을 원치 않았소. 결국 그들은 우리를 예전 그대로의 모습으로 남겨둔 채 떠났소. 다시 돌아온 사람은 그리 많지 않소. 난 우리 조국 이곳저곳을 여행해왔지만 서양인은 단 한 명도 보지 못했소. 우린 결코 그들의 노예였던 적이 없소."

"거짓말이야!"

당 위원이 소리쳤다. 라마승은 당 위원의 말에 개의치 않고 말을 이었다.

"반면 당신네 사람들은 자기들의 방식을 우리에게 강요했소. 수십만 명이 넘는 대군이 우리 땅에 들어와 정부를 찬탈했소. 가장 비옥한 땅을 가로채 우리를 굶주리게 만들었소. 심지어 아이들을 강제로 끌고 가 거짓 교육을 시켜 당신네들, 당신네 정부를 두려워하게 만들었소. 우리 식량을 훔쳐 당신네 군인들을 먹였고, 우리 젊은이들을 죄수처럼 부렸소. 무엇보다도 용서할 수 없는 행위는 우리 선조들의 종교를 파괴하려 한 것이오. 심지어 달라이 라마는 유배지로 추방당하기까지 했소. 이게 노예가 아니고 무엇이오? 이게 죽음이 아니고 무엇이란 말이오?"

이 티벳인은 점차 다가오는 밤의 맑고 차가운 대기 속으로 청명한 중국어를 유려하게 쏟아내고 있었다. 지휘관은 자신의 의지와는 반대로 그의 말에 귀를 기울이지 않을 수 없었다.

그러자 당 위원이 성난 얼굴로 지휘관을 바라보았다.

"그렇게 잠자코 서 있기만 할 거요? 정신을 잃기라도 한 거요?"

지휘관이 마음을 다잡고 입을 열었다.

"모든 게 당신들을 위한 것이오. 우리의 영광스런 미래를 당신네들과 함께 나누려는 거요."

"당신들은 아무것도 나누어주지 않소. 오직 빼앗아 갈 뿐."

라마승이 말했다.

"고로 우린 당신들을 믿지 못하오. 그러나 당신들은 우리를 파멸시킬 수 없을 거요. 우리는 목숨 그 이상을 걸고 싸우고 있소. 우리의 삶의 방식을 지키기 위해서요. 비록 우리 모두를 죽여 없앤다 해도 당신네들은 실패하게 될 것이오."

그때 당 위원이 큰 소리로 말했다.

"아하! 그건 당신이 틀렸소! 우리의 위대한 지도자 마오께서 말씀하시길 모든 민족은 자신들의 종교를 추구할 권리가 있다고 하셨소. 그분의 말씀을 의심한단 말이오?"

"당신네 지도자가 정말 그런 생각을 가지고 있다면,"

라마승이 답했다.

"당신네들은 왜 여기에 와 있는 거요?"

"자아,"

지휘관이 말했다.

"이런 무용한 얘기는 이제 그만둡시다. 내가 왜 여기에 와 있는지 아시오? 당신들에게서 무기를 사려고 왔소. 그게 이유요. 사실 천 명 가까이 되는 우리 병사들은 이미 무장이 되어 있소. 무기가 더이상 필요하지 않지만, 당신들의 무기를 사주기 위해 이러는 거요. 알겠소? 그걸 빼앗는 대신 자비를 베풀어 구입을 해주려는 거요."

라마승은 갑자기 웃음을 터뜨렸다. 아주 재미난 얘기를 듣기라도 한 것 같은 유쾌한 웃음이었다.

"그 무기를 왜 팔겠소? 당신들을 우리 땅에서 쫓아내려면 무기가 필요한데 말이오."

"넌 오늘밤 목숨을 잃게 될 게다!"

당 위원이 고함을 쳤다.

"오늘밤은 무사할 거요."

라마승이 조용히 말했다.

"우린 당신네 병사가 몇인지 잘 알고 있소. 천 명이 채 못되지. 게다가 무척 지쳐 있소. 이렇게 공기가 희박한 지역에선 제대로 숨 쉬기조차 힘들 거요. 하지만 우리는 아무 문제없소. 우리야 늘 쉬는 공기니까 말이오."

그의 목소리가 갑자기 돌변했다. 낮고 사나운 목소리였다.

"우리는 어둠 속에서도 모든 걸 볼 수 있지. 게다가 이 산악 지역은 속속들이 말이오. 여긴 우리 산이니까 당신들이 어디에 숨든 우린 냄새를 맡아 찾아낼 수 있소. 오늘밤 목숨을 잃게 될 당사자는 우리가 아니라, 바로 당신들이오."

지휘관은 다시금 땀이 등줄기를 타고 흐르는 것을 느꼈다. 두렵지 않을 수가 없었다. 그런데 어째서 저 라마승은 조금도 두려움이 없는 걸까?

그때 당 위원이 상황을 제대로 파악하지 못하고 고함을 질러댔다.

"겨우 백 명의 군사를 가지고 우리 수백 명의……."

라마승이 말 아래로 몸을 숙이며 말했다.

"내 말을 제대로 알아들었다면, 목숨만은 보전할 수 있었을 텐데."

결국 그는 이 한마디를 남긴 채 말에 박차를 가해 산속으로 사라졌고, 곁에 있던 두 명의 부관도 그를 따라갔다. 당 위원이 지휘관 쪽으로 고개를 돌렸다.

"거기서 그렇게 한가하게 서 있기만 할 거요?!"

지휘관은 권총집에서 총을 꺼내 라마승을 겨눴다. 하지만 이내 손을 내렸다. 무익한 일이었다. 산 겹겹 그를 방어하는 총들이 숨어 있을 터였다.

지휘관은 발길을 돌려 자신을 기다리고 있는 병사들에게로 돌아왔다. 그들은 말없이 그를 맞이했다. 그는 이제 왜 라마승에게 두려움이 없었는지 알게 되었다. 그 역시 이런 전투를 벌인 적이 있었다. 자신의 땅에서, 자신들의 삶을 위해……. 외국에서 침략해온 적, 바로 일본군을 상대해서 싸웠을 때 말이다. 하지만 지금은, 그와 그의 병사들이 누군가의 적이 되어 있었다.

…… 갑자기 어둠 속에서 병사들이 통곡하는 기묘하게 낮은 소리가 들려왔다. 전쟁에서 패배한, 희망을 잃은 자들의 통곡, 밤이 왔지만 새벽을 약속할 수 없는 자들의 통곡이었다.

"아, 어머니…… 어머니…… 어머니……."

장성한 사내들이 사라져버린 어머니를 그리워하며 어린아이처럼 목 놓아 울고 있었다. 한 사람 한 사람씩 구슬픈 신음소리를 내더니, 결국 침묵을 지키는 사람은 오직 당 위원뿐이었다. 이때 당 위원이 고개를 들더니 다시 한 번 크게 고함을 쳤다.

"우리는 천 명이나 되는 막강한 민중 해방군이다! 어떻게 백 여 명에 불과한 티벳 산적들이 우릴 이길 수 있겠느냐?!"

참다못한 지휘관이 그의 목덜미를 부여잡고 흔들어댔다.

"입 다물어, 바보 자식!"

그가 목소리를 낮춰 꾸짖었다. 당 위원의 얼굴이 그의 두 주먹 사이로 드러났다.

"바보 같은 자식! 네 녀석이 입만 다물고 있었어도, 우리 모두를 살릴 수 있었단 말이다. 네 놈의 거짓말 때문에 이렇게 된 거다!"

그는 참을 수 없었다. 지금의 분노를 억누르자, 대신 유년 시절의 분노가 치밀어 올랐다. 당 위원의 앙상한 목을 잡은 그의 손에 힘이 들어갔다. 당 위원은 눈이 불룩해져서 발버둥을 쳤지만, 너무 약했던 나머지 얼마 지나지 않아 움직임을 멈추었다. 지휘관은 손에서 힘을 풀고 아직 살아있는 그의 몸뚱이를 절벽 아래로 던져버렸다. 그러고는 주변의 산들을 둘러보았다.

어느새 병사들은 통곡을 멈춘 뒤였다. 곧이어 그들은 지휘관을 피해 숨을 곳을 찾아 슬금슬금 떨어져나갔다. 그들은 두려움 때문에 지휘관을 저버렸다. 그는 병사들을 불러보려 했지만, 목소리가 제대로 나오질 않았다. 문득 그간 배웠던 멋진 어구들이 머릿속에 떠올랐다.

"붉은 깃발을 꽂고 모든 이들을 해방시켜라."

"생산은 사회주의의 심장, 노동은 사회주의의 숨결."

"부정적이기보다는 긍정적으로 되어라."

"인민에게 봉사하라, 그럼 그들도 네게 호감을 보일 것이다."

이 근사한 어구들 가운데 그 어느 것도 지금 상황에서는 쓸모가 없었다. 은빛 달이 산 너머로 가라앉고 있었다. 머지않아 칠흑 같은 어둠이 찾아들 것이다.

"아, 어머니!"

그가 울부짖듯 소리쳤다.

"어머니, 어머니!"

그러자 병사들이 각자의 은신처에서 메아리처럼 그에게 화답해왔다.

"어머니…… 어머니……."

그는 병사들을 향해 달려갔다. 그들은 모두 길을 잃었다. 집 떠나 낯선 적국의 황량한 산속에서 길을 잃은 것이다.

지휘관은 더이상 혼자가 아니었다.

# 삶을 시작하며

TWELVE STORIES 07


 기차가 굽이길을 흔들거리며 돌 무렵, 그는 창밖으로 마을을 내다보았다. 내내 매우 쾌활해보이던 그의 얼굴이 순간 얼어붙었다.
 "왜 그래, 팀?"
 밥이 물었다.
 그는 몸을 일으켜 선반에서 짐들을 내리며 큰소리로 말했다.
 "집에 다 왔어."
 모두들 자신을 바라보았기 때문에 그는 감정을 숨기기 위해 계속 미소를 짓고 있었다. 잠시 후 모두에게 작별을 고하고 나면, 어쩌면 영영 그들을 다시 볼 수 없게 될지도 몰랐다. 그는 이제야 그러한 생각이 떠올랐다. 그동안은 고향으로 돌아가 가족들을 만나는 생각만으로 머릿속이 가득했던 것이다. 혼잡한 열차 여행을 하면서 이러저런 자잘한 불만 사항들이 있었지만 그는 이미 지금의 순간을 생생하게 떠올리고 있었기에 모든 걸 참아냈다. 기차가 파이퍼스 힐의 굽은 길을 돌면, 강가에 자리하고 있는 마을을 대면하리라. 이젠 군 생활 동안의 그러한 불평거리들마저 소중하게 느껴졌다. 군대의 규율조차 두 손을 들게 만든 단정치 못한 밥의 습성, 그의 침대 위에는 늘 군화가 올라가 있었고 옷은 사방 천지에 나뒹굴었다. 또한 행크의 그 쉴 새 없이 낄낄대는 웃음소리와 몇몇 전우들의 지독한 욕설 등등. 그는 모든 게 곧 끝날 것이란 걸 알고 있었기 때문에 그것들을 견뎌냈다. 그러면서 그러한 끝없는 농담만이 극도의 긴장 상태에 있는 전우들의 유일한 배출구라는 사실을 깨닫게 되었다.

"팀, 가끔씩 편지도 쓰고 그래, 알았지?"

밥이 말했다.

"물론이지."

그는 대답했다. 그러고는 자신이 여전히 얼어붙은 얼굴로 어색한 미소를 짓고 있음을 깨닫고 이내 입가에서 미소를 거두었다. 그는 어머니가 자신을 보고 울음을 터뜨리지 않기를 바랐다. 그는 이미 한쪽 팔 없이 사는 데 익숙해져 있었고, 다른 부상 당한 전우들에 비하면 훨씬 운이 좋은 편이다. 팀은 자신의 임무를 끝마쳤고, 오십 차례의 출격을 완수했다. 이제 그가 해야 할 일은 이 년 전 중단한 지점에서 본래의 삶을 다시 시작하는 것이었다. 마지막 비행을 하면서 이미 그 삶은 다시 시작되었다.

그를 지켜보던 동료들은 환하게 웃어주기도 하고, 침묵을 지키기도 하면서 부러운 듯 그를 바라보았다. 그는 열차에서 내려 집으로 돌아가는 첫 번째 사람이었다. 동료들은 마치 앞으로의 자기 모습을 바라보기라도 하듯 그의 앞날이 어떻게 펼쳐질지 기대하는 눈치였다. 모두들 과연 집으로 돌아가는 일이 수월할 것인지 의구심에 가득 찬 눈빛이었다. 그는 지금껏 단 한 번도 동료들의 그런 모습을 본 적이 없었다. 그리고 그의 마음속에도 처음으로 그러한 의구심이 떠올랐다.

열차가 역으로 진입하자, 그는 가방들을 오른쪽 어깨에 짊어지고 몸을 벌떡 일으켰다. 동료들은 그에게 환호를 보내며 창가로 모여들었다. 그때 행크가 손가락을 입에 물고 휘파람을 불었다. 곧이어 동료들 사이에서 탄성이 터져나왔다.

"이야, 저 금발 여자 좀 봐!"

액자 속의 성모 마리아처럼 그의 가족들 틈에 둘러싸여 있는 그녀는, 바로 키트였다. 그는 키트를 발견하자 마자 승강장으로 뛰어 내려가 가방들을 바닥에 내려놓고 그녀를 꼭 껴안았다. 열차가 굉음을 울리며 떠난 후에도 그는 여전히 그녀의 목에 얼굴을 묻은 채, 그녀의 머리칼이 뺨에 닿는 감촉을 느꼈다. 그녀는 잠시 몸을 떨더니 이어서 웃음 띤 얼굴로 그를 살짝 밀어냈는데, 두 눈이 촉촉이 젖어 있었다.

"팀, 어머니, 아버지께도 인사 드려야지. 메리에게도……."

하지만 팀은 주체할 수 없는 감정에 몸을 제대로 추스를 수가 없었다. 그는 단지 키트 때문이 아니라 자신이 여전히 살아있다는 사실에 순간 정신이 아득해지는 것을 느꼈다. 이제야말로 모든 게 끝이 났다는 것을 실감할 수 있었다. 더 이상 폭격기에 몸을 싣고 어둠 속으로 나아가며 다시 돌아올 수 있을지 불안에 떨 필요가 없었다. 이제 고향으로 돌아온 것이다.

"팀, 내 아들……."

그의 어머니는 말을 채 잇지 못했다. 눈물에 젖은 어머니의 부드러운 뺨이 그의 입술 가에 와 닿았다.

"팀."

아버지는 아들의 이름을 부르고는 마른 기침을 하며 그의 손을 쥐었다.

메리가 그의 목에 팔을 둘렀다.

"그새 또 많이 컸구나?"

그는 불안정한 말투로 이야기했다.

"아, 팀 오빠. 내 약혼자를 소개시켜 줄게."

그러면서 메리는 큰 키에 호리호리한 한 청년을 팀 앞으로 내밀었다. 그러자 청년의 얼굴이 하얗게 변하더니 다시 붉게 물들었다.

"아직 꼬맹이가……."

메리를 놀려주려던 팀은 약혼자의 진지한 눈빛을 보고는 얼굴에서 웃음을 거두었다.

"저도 전투기를 타고 싶습니다."

청년은 아래위로 손을 오르내리며 말했다. 청년의 손은 뼈대가 굵고 강인해 보였다.

"근사한 생각이네!"

팀은 그렇게 말했지만, 그 청년이 어둠 속으로 날아가며 무사히 비행을 마치고 다시 돌아올 수 있을지 불안해하는 모습이 머릿속에 그려졌다. 어쩌면 그는 이렇게 말해주어야 했는지도 모른다. 뭐라고? 비행이 어땠는지 다른 살아있는 누군가에게 이야기해줄 수 없을지도 모르는데?

모든 사람들이 한꺼번에 그에게 모여들었다. 예상했던 대로 마을 사람들 가운데 절반 이상이 나와 있었다. 그가 떠날 때 배웅했던 마을 사람들이 이번에는 그를 환영하기 위해 마중을 나온 것이었다. 모든 것이 그가 상상했던 모습 그대로였다. 팀은 지난 이 년 동안의 세월을 잊고 싶었다. 자신의 삶에서 그 기억들을 통째로 들어내 활활 태워버린 뒤, 그 재를 공중에 산산이 흩뿌리고 싶었다.

일행은 판자로 된 승강장을 함께 걸어갔다. 구월의 어느 멋진 날이었다. 사방이 고요 속에 잠긴 채 금빛으로 물들어 있었고, 대기는 잘 익은 포도 향기를 가득 머금고 있었다. 태양빛은 영국의 에일 맥주만큼이나 맑았다.

"우리들 사는 게 좀 누추해졌단다."

그의 아버지가 말했다.

"전쟁 기간 동안은 페인트칠도 못하고 수리도 할 수 없었지."

"제가 보기엔 괜찮은데요, 뭐."

그는 대답했다.

사방이 너무나 고요해서 모든 움직임이 멈춘 것처럼 느껴졌다. 승강장 위를 걷고, 차에 오르면서도 그는 내내 고요함 속에 묻혀있었다.

'그동안 늘 어디로 가라, 뭘 해라 이렇게 정신없이 명령만 들으며 지내왔기 때문일 거야.'

그는 마음속으로 자기 자신에게 말했다. 그러고는 다시 소리 내어 말했다.

"제가 보기엔 아무 것도 변한 것 같지 않아요, 아버지."

"그래, 우린 변하지 않았단다."

아버지는 말을 마친 뒤 천천히 차를 몰기 시작했다.

"요즘은 타이어를 조심해서 써야 하지."

"예, 저도 들었어요."

팀이 말했다. 그는 뒷좌석의 어머니와 키트 사이에 앉아, 키트의 손을 꼭 쥐고 있었다.

집은 그가 기억했던 모습 그대로였다. 하지만 그는 마치 처음 보는 듯한 눈길로 집을 바라보았다. 기차를 타고 테네시, 조지아, 애리조나를 거쳐 왔고, 그동안 잉글랜드와 노르망디뿐만 아니라 폭격기 아래로 수많은 독일 집들을 보아왔지만 역시 그 느낌들과는 달랐다. 집은 친숙하면서도 동시에 낯설었고, 자신의 집이면서도 또한 자신과는 분리된 느낌이었다. 그는 집 안으로 들어가 이곳저곳을 둘러보았고, 가족들은 그런 그를 지켜보았다.

"역시 집에 오니까 좋네요."

팀은 말했다. 하지만 여전히 그 고요함에 적응하지 못한 채 어리둥절해하다가 벽난로 근처의 밤색 가죽 의자에 가 앉았다. 모두들 자리에 둘러앉아 그를 바라보았고, 팀도 그들을 바라보았다. 그는 뭔가 말을 하고 싶지만 이 정지된 느낌 때문에 입을 열 수가 없었다.

그가 웃으며 말했다.

"지금 기분이 꼭 언젠가 축제날에 롤러코스터를 타고 나서 막 내렸을 때 같아요."

가족들도 따라 웃었다. 지금이야말로 모두가 원하던 바로 그 순간이었지만, 이제부터 무엇을 어떻게 해야 할지를 아는 사람은 아무도 없었다.

어머니가 자리에서 일어났다.

"난 가서 저녁 준비를 할게. 얘기를 나눌 시간은 많으니까. 팀, 네가 좋아하는 음식들을 모두 만들었단다."

어머니는 그에게 다가가 어깨 위에 손을 얹으며 말씀하셨다.

"네가 정말 돌아왔구나. 넌 정말이지······."

그녀의 눈에 눈물이 차오르자, 팀은 어머니가 자신의 팔을 생각하고 있다는 것을 알 수 있었다. 살아남은 것만도 행운이라는 말이 목구멍까지 차올랐지만 차마 말할 수가 없었다.

"자, 여보."

아버지가 부드럽게 말했다.

"알아요. 하지만 아직 익숙하질 않아서……."

어머니는 한숨을 내쉬며 황급히 주방으로 향했고, 아버지는 창밖을 지그시 바라보았다. 과연 다른 가족들도 그의 새로운 모습에 익숙해질 수 있을까?

"전 이만 가보겠습니다."

키 큰 청년이 말했다.

"잘 있어, 메리."

"잘 가, 프랭크."

메리가 대답을 하며 자리에서 일어났다.

키 큰 청년이 그에게 다가와 손을 내밀었다.

"안녕히 계세요, 팀 형님. 형님이라고 부르는 걸 허락해주셨으면 좋겠네요. 충분히 쉬신 다음에 한 번 찾아뵙고 공군에 관한 얘기들을 좀 나누고 싶습니다, 다음 달에 입대를 하거든요. 열여덟 살이 되죠."

"언제든 환영이네. 내가 아는 건 다 얘기해줄 수 있지. 물론 입대해서도 잘 교육을 받겠지만 말이야."

"예."

청년은 말을 마친 뒤 메리와 손을 잡고 문가로 걸어갔다.

"정말 어린 나이죠."

팀은 그들을 바라보며 말했다.

"너무 어리지."

그의 아버지가 말했다.

"하지만 군대에 갈 정도의 나이라면, 무슨 일이든 할 수 있는 나이가 된 거라고 우린 판단을 했지. 물론 저 아이들이 당장 결혼을 하는 건 아니야. 일단 군에서 훈련을 받아야지. 사실, 네 엄마와 나도 지난번 전쟁 기간 동안에 그런 식으로 약혼을 했단다. 그때 부모님들이 반대를 하셨는데 지금까지도 잊혀지질 않는구나. 아마 메리와 프랭크가 우리를 찾아왔을 때도 그 당시를 잊지 못해 거절하지 못한 건지도 모르겠다……."

아버지의 목소리가 서서히 작아져 갔다. 문득 팀과 키트 두 사람만의 시간이 필요하다는 생각이 들었던 것이다. 그는 수줍게 미소를 지으며 몸을 일으켰다.

"난 엄마를 좀 도와줘야겠다."

그렇게 말하고 아버지는 조용히 방을 빠져나갔다.

잠시 후 키트는 팀에게 다가가 무릎을 굽히고 앉았다. 그러고는 팔을 그의 허리에 감고 자신의 사랑스러운 얼굴을 들어올렸다. 그는 가만히 의자에 앉은 채로 찬찬히 그녀의 얼굴을 바라보았다.

"피곤해 보여."

그녀가 말했다.

그는 그녀의 귓가에 드리워진 머리칼을 천천히 어루만졌다. 기분 좋은 느낌이었다. 그는 그 부드러운 느낌, 살아있는 느낌을 늘 꿈꿔왔다. 그는 키트의 작은 귀를 손바닥으로 감싸고, 그녀의 머리를 들어 달콤한 파란색 눈을 바라보았다.

"이럴 때면 내 손을 다시 찾아오고 싶어."

그가 불안정한 말투로 이야기했다.

"너한테 내 사랑을 전하기엔 한 손으론 충분치 않아."

"난 그저 감사할 따름이야."

그녀가 속삭였다.

"너무 감사해."

이제 그는 키트에게 모든 것을 이야기해주고 싶었다. 단 한마디로, 바로 그 순간에, 지난 모든 일을 말해준 다음 깨끗이 잊고 싶었다. 하지만 그가 겪어온 일을 그녀에게 어떻게 설명할 수 있을까? 어떻게 이야기를 시작해야 할지, 아니 어떻게 말로 옮겨야 할지조차 알 수 없었다. 그에게 남아있는 것은 오직 느낌뿐이었다. 그것은 꽤나 기묘했다. 그가 무슨 일을 했고, 그에게 어떤 일이 일어났는지는 중요하지 않았다. 지난 이 년 간 일어났던 일은 그에게는 그저 기계적이고 무의미한 일이었기 때문에 오직 느낌만이 중요하게 여겨졌다. 그러므로 중요한 것은 그 자신이 어떻게 느꼈느냐 하는 것이었다.

예를 들어 하늘에 있었던 때가 그랬다. 하늘에 떠 있다는 것은 무척이나 인간을 고독하게 만들었다. 아래로 둥글게 펼쳐져 있는 대지는 분리된 채 멀리 떨어져 있었다. 그는 세상을 떠나 우주로 접어들었다. 그때 갑자기 적이 발사한 총알이 그의 살을 뚫고 들어왔다. 그 예상치 못한 상황에 직면했을 때 그의 주위에는 아무것도, 아무도 없었고, 그저 죽음의 그림자만이 구름 속에 도사리고 있었다! 이러한 것들을 어떻게 한 순간에 키트에게 이야기해 줄 수 있겠는가? 그는 허리를 구부리고 그녀의 입술에 키스를 했다. 말을 하는 것보다는 그저 키스를 하는 편이 나았다!

"......저녁 준비 다 됐다."

어머니의 목소리가 들려왔다. 두 사람은 웃었고, 키트는 힘 있게 몸을 일으켰다.

"그새 거의 한 시간이나 지났어."

키트가 큰소리로 말했다.

"일 분밖에 지난 것 같지 않은데?"

그가 말했다.

음식 냄새로 가득한 식당으로 들어선 두 사람은 진수성찬이 차려진 식탁에 앉았다. 그의 어머니는 음식 솜씨가 훌륭했는데, 요리를 하는 동안만큼은 조금도 다른 생각을 하지 않았다.

"자, 다들 앉아요."

그녀가 명령하듯 말했다. 모든 음식들을 맛보이고 그 맛을 인정받기 전까지 어머니는 본격적인 대화를 용납하지 않았다.

"자, 당신은 음식을 돌리기 전에 으깬 감자 위에 육즙을 부어줘요. 팀, 너는 빵에 버터를 바르기 전에 좀 식히도록 하고, 메리는 올리브 오일……."

어머니는 능숙하게 샐러드를 버무리며 말했다.

"이태리를 제압하고 올리브 오일을 다시 손에 넣을 수 있게 돼서 얼마나 다행인지!"

이태리! 그의 가장 친한 친구가 앤지오 교두보에서 목숨을 잃었었다. 잠시 그 일을 생각한 그는 그 이야기를 꺼내지 않기로 했다. 앤지오 교두보는 햇빛이 가득한 식당과 맛있는 음식이 가득 차려져 있는 식탁과는 아무런 관련이 없었다.

"이 고기구이는 말이다."

어머니가 귀띔을 해주셨다.

"너 오는 날 준비하려고 몇 주 동안 배급 점수를 아껴서 마련한 거란다."

그의 아버지는 어머니가 가르쳐준 대로 솜씨 좋게 고기를 썰었다. 어머니는 그가 분홍빛 살점을 각각의 접시 올려놓는 모습을 지켜보고 있었다.

"팀은 살짝 익힌 걸 좋아한다고요."

그녀가 남편에게 다시 한 번 일러주었다.

팀은 입을 열려다가 그냥 다물었다. 그는 이제 바싹 익힌 고기를 좋아했다. 하지만 그 이유를 설명하려면 그 자신 생각조차 하기 싫은 일들을 입에 담아야 했다. 그는 전장에서 목격했던 폭탄에 맞은 붉은 살점들과 찢겨진 근육들, 그리고 부서진 뼈들을 잊어야만 했다.

"고마워요, 아버지."

팀은 그렇게 말하고 접시 위의 고기를 겨자로 덮었다.

그럼에도 저녁 식사는 매우 훌륭했는데, 그 가운데서도 호박 파이는 단연 으뜸이었다.

"군대에서 제대로 만들지 못하는 음식 하나가 바로 호박 파이에요."

팀이 말했다.

"이젠 다시 집에서 만드는 음식을 먹게 되었구나."

어머니의 말이 그의 마음을 따뜻하게 해주었다.

"네가 떠나 있는 동안 키트도 요리를 많이 배웠단다. 네가 좋아하는 음식 만드는 법을 내가 다 가르쳤지."

저녁 식사가 끝난 뒤에도 가족들은 그를 편안하게 대해주었다.

"오빠 졸린 가 봐."

메리가 말했다.

"정말, 많이 피곤해 보이네."

어머니가 옆에서 목소리를 높이셨다.

"우리가 식탁을 치울 동안 방에 올라가서 좀 쉬도록 해."

그가 미안해하는 얼굴로 바라보자 키트는 미소를 지으며 말했다.

"난 설거지를 좀 도운 다음에 집에 갈게."

그녀의 집은 바로 길 건너였다.

"일어나면 전화해."

"그래."

그가 중얼거리듯 말했다.

"오늘 아주 근사했어. 그런데 난 왜 이렇게 피곤할까?"

"원래 그런 거란다."

아버지가 다정하게 말했다.

"어떤 기분인지 잘 알지."

그는 순간 놀란 눈으로 아버지를 바라보았다. 아버지가 잘 아신다고?

"나도 예전에 전쟁터에서 돌아온 적이 있단다."

아버지가 조금 수줍은 듯이 말씀하셨다.

"그러셨죠."

팀이 말했다. 그는 또 다른 전쟁이 있었다는 사실을 잊고 지내왔던 것이다.

처음에 집에 도착했을 때 팀은 손을 씻으려고 이층에 올라갔다가 자신의 방문을 열고 안을 들여다보았다. 모든 게 예전 그대로였다. 이제 다시 방으로 되돌아오자 오직 침대만이 눈에 들어왔다. 커다란 더블 베드였는데, 그는 어린 시절 침대에서 자주 떨어지곤 했었다.

"팀이 떨어지지 않을 정도로 큰 침대를 마련해줘야겠네."

어머니는 그렇게 말씀하시더니, 여분의 방에 있던 침대를 그의 방으로 옮긴 다음, 그곳에는 일인용 침대 두 개를 나란히 놓았다. 이후로 그 방은 손님방으로 불렸다. 팀은 서랍장을 열고 오래된 파자마를 꺼내 입었다. 그러고는 침대에 올라가 매순간을 음미하며, 눈을 동그랗게 뜬 채 누워있었다. 마지막으로 이곳에서 잠을 잤을 때와 비교해 지금은 얼마나 변해있는지…… 그때만 해도 그는 소년이었다! 하지만 이제 그는 더 이상 소년이 아니었다. 그는 모든 것을 알게 되었다. 삶과 죽음, 특히나 죽음에 대해서. 팀은 어떻게 다시 삶을 시작해야 할지 도무지 알 수가 없었다. 키트와 어떻게 살아가야 할지, 하루 종일 키트와 사랑만 나누고 있을 수만은 없는 노릇이었다. 두 사람은 삶을 시작해야만 했다. 하지만 어떻게? 군대에서는 누군가 항상 지시를 내렸다. 그는 한숨을 내쉬었고, 곧 잠이 들었다.

……잠에서 깨자 웃음소리와 사람들의 목소리가 들려왔다. 집 안은 사람들로 가득했다. 그는 그대로 누운 채 귀를 기울였다. 그러고는 '아, 그냥 이대로 일어나고 싶지 않아.'라고 생각했다. 그러나 마침내 어머니가 부드럽게 문을 열고 얼굴을 내밀자 그는 입을 열었다.
"예, 일어났어요. 그런데 아래층엔 무슨 일이에요?"
"사람들이 좀 와 있단다."
어머니는 말했다.
"몸은 괜찮니? 내려 올 수 있겠어?"
"그럼요."
그는 거짓말을 했다.
"예, 바로 내려갈게요."
문이 닫히자 팀은 천천히 몸을 일으켰다. 자, 뭘 입어야 할까? 군복? 아니면, 예전에 입었던 정장? 옷장을 열자 그의 정장 세 벌이 세심하게 다림질된 채 걸려 있었다. 그는 옷걸이에서 짙은 청색 코트를 꺼내 입었다. 몸에 너무 꼭 끼었다.

"아이고, 내가 자라긴 자랐구나."

그는 중얼거렸다.

군복을 입자 기분이 좋아졌다. 그는 군복에 익숙해져 있었고, 이 푸른 제복을 입어야 보다 자기답다는 느낌이 들었다. 하지만 물론 그에게는 다른 옷도 필요했다. 내일 키트와 함께 시내에 나가보는 게 좋을 것 같았다.

그는 메달을 달고, 수건으로 구두를 닦은 뒤 거울을 보고 미소를 지어보였다. 이륙하기 전 바로 그의 모습이었다. 동료들은 그가 출동하기 전 맨 마지막에 머리를 빗는 것을 두고 때때로 놀려대곤 했다. 전투를 하러 가기 전에 머리를 빗으면 기분이 좋아졌다. 그런데 이젠 더 이상 전투가 기다리고 있지 않았다! 그는 입을 앙다물며 이전의 자신을 잊어버리려 했다. 이건 마치 경주를 위해 고되게 훈련을 하고 나서 참가할 시합이 없음을 알게 된 것과 같았다. 몸은 잔뜩 긴장하고 사기에 북돋워져 있는데 이제 와서 마음이 그에게 다른 이야기를 하는 것이었다. 하지만 대체 어떻게 하라는 것일까?

"내려오는 거니, 팀?"

어머니의 목소리가 이층으로 울려 퍼지자 그는 서둘러 아래로 내려갔다. 팀이 내려오자, 계단 아래쪽의 넓은 거실에 모여 있던 사람들이 모두 고개를 들어 그를 바라보았다. 사람들의 친근하고도 찬탄 어린 눈빛에 화답하기 위해 한 손을 머리 위로 들어 흔들어 보이는 순간, 그는 헐렁한 왼쪽 소매를 느꼈다.

"모두들, 안녕하셨어요."

팀은 그렇게 소리 높여 말하며 계속 발걸음을 옮겼다. 마치 급강하를 하는 기분이었다. 그래도 참을 만했다. 층계를 내려서자마자 사람들은 그를 에워쌌고, 등을 두드려 주는가 하면, 악수를 하기도 하고, 가까이 다가와 껴안기도 했다. 사람들이 무슨 말을 해야 할지 막막해 한다는 것을 그는 알고 있었다. 아무 것도 묻지 말라고 모두들 주의를 받았으리라는 것도 말이다.

그는 기차 안에서 읽은 잡지에서 고향으로 돌아오는 병사들을 어떻게 대해야 하는지에 대한 기사를 보았다. 그 내용에 따르면 어떠한 질문도 해서는 안 된다는 것이 사람들에게는 꽤나 큰 고역이라고 했다. 하지만 팀은 그들이 궁금해 한다는 것을 느낄 수 있었다. 물론 그들이 궁금해 하는 것은 당연하다. 팀은 그들을 대신해 임무를 수행했던 것이다. 그들은 열심히 일을 해 채권을 샀고, 교회에 가 기도를 하면서 그를 통해 전투를 치렀다. 그러니 자리에 앉아 그들에게 나지막이 다음과 같이 말할 수도 있었다.

"자, 전쟁이 어땠는지 그대로 이야기해드릴게요."

하지만 그는 차마 그럴 수 없었고, 그 정지된 느낌이 다시 엄습했다. 하지만 사람들이 소란스럽게 서로에게 목청을 높이고 있는 사이 그 느낌은 잠시 사라졌다. 그들은 예전과 같은 모습이었지만 그는 그렇지 않았다. 팀은 그것이 문제라는 사실을 이제 알게 되었다. 아무도 그에게 질문을 할 수 없었기 때문에, 대신 그가 밝게 웃어가며 사람들에게 많은 질문들을 했다. 하지만 팀은 자신이 다시는 이전으로 돌아갈 수는 없다는 것을 알았다. 그의 팔만이 아니었다. 모든 게 달라져 있었다. 좋았든 나빴든 그가 겪은 모든 경험이 그를 바꾸어 놓았다.

팀은 그날 밤 키트에게 그러한 이야기를 해볼까 하고 잠시 생각했다. 그녀에게 이야기를 한다면, 자신의 어떤 점이 변했고, 또 얼마만큼

변했는지 파악하는 데 아마도 그녀가 도움을 줄 수 있을 듯했고, 만일 그렇게 된다면 모든 게 분명해질 터였다. 저녁을 먹고 그녀를 만나러 집으로 찾아가자, 가족들이 두 사람을 단둘이 남겨주었다. 조용하고 편안한 방, 나무 난로, 고요함, 모든 게 완벽했다. 두 사람은 커다란 안락의자에 나란히 함께 앉았고, 그녀는 그의 가슴에 머리를 기대어왔다. 키트가 오랫동안 그 자세로 가만히 있자, 팀이 그녀의 얼굴을 들어올렸다.

"졸려?"

그가 물었다.

키트는 고개를 저었다. 두 눈에 눈물이 가득 고여 있었다.

"왜 그래?"

팀은 그렇게 묻다가 문득 두려워졌다. 그녀도 변한 그의 모습을 눈치 챈 걸까?

하지만 키트는 간단히 솔직하게 대답했다.

"그냥 기뻐서."

팀은 다시 그녀의 머리를 가슴에 안았다. 이제 그녀가 듣고 싶어 하는 이야기를 꺼내지 않을 이유가 없었다.

"당장 결혼하자, 키트. 우린 너무 오래 기다렸어."

두 사람은 팀이 처음 휴가를 나왔을 때 결혼을 할 계획이었지만, 휴가는 갑자기 취소되었고, 그는 영문도 제대로 모르는 채 긴급하게 출동을 하게 되었다. 이따금씩 그런 일이 일어나곤 했다. 하지만 자신을 위해, 그리고 그녀를 위해 자신이 현재 어떤 남자인지 파악하기 이전에 키트에게 그런 말을 한다는 것이 공정하게 느껴지지 않았다. 그는 일단 몇 가지 변화된 점을 이야기해줄 수 있었다. 예를 들어, 그는 예전보다 거친 사내가 되었고, 참을성도 줄어든 데다, 좀 더 퉁명스러워졌고, 성미도 까다로워졌다. 툭하면 욕을 내뱉고, 쉽게 흥분하게 되었다. 길들여진 폭력 습관을 없앨 수 있을까? 어쩌면 그는 아이들을 마구 때리고 심지어 아내에게까지 폭력을 행사하는 남편이 될지도 몰랐다. 그 자신도 알 수 없는 일이었다. 그 자신도 모르는 일이니, 키트는 어떻게 알 수 있겠는가?

그는 키트의 부드러운 머리칼에 지그시 입을 맞추었다.


"……일단 직업을 구하는 게 급선무인 것 같아요."

팀이 다음날 아침 식사를 하면서 아버지에게 말했다. 메리는 아직 이층에 있었고, 어머니는 전화를 받으러 거실에 가 있었기 때문에 잠시 아버지와 단둘이 있게 되었다.

"이전 직업을 다시 구할 생각인 게냐?"

아버지가 물었다.

"이젠 어떤 직업도 쉽게 구할 수 없을 것 같아요."

그가 대답했다.

그와 그의 아버지는 지금껏 특별히 가깝게 지낸 적이 없었다. 조용한 성품의 아버지는 동료와 함께 법률 회사를 운영하며 열심히 일을 하셨고, 집에서는 가족에게 헌신하는 편이셨다. 그는 아버지의 존재에 대해 깊이 생각해본 적이 없었다. 아버지의 동정 어린 눈빛에 팀은 당혹스러웠다.

"특별히 원하는 직업이 있진 않아요."

그가 말을 이었다.

"비행기 타는 일 쪽은 생각이 없니?"

아버지가 물었다.

"네, 전혀요!"

지금까지 한 번도 그 문제에 대해 생각해보지 않았음에도 팀은 강하게 거부감을 드러내며 대답했다. 그 숱한 죽음의 임무들을 떠올리지 않고 과연 비행기에 오를 수 있을까?

"지금 기분 같아서는 앞으로 다시는 비행기에 오르고 싶지 않을 것 같아요."

"그 기분 이해한다."

아버지는 대답했다.

"게드소 씨를 한 번 찾아가 보는 게 좋을 것 같구나."

팀은 아버지의 권유대로, 아침 식사를 마치고 예의 그 군복을 입은 채 게드소 씨를 찾았다. 여전히 제복을 입어야 자신감이 차오르는 듯했다.

게드소 씨는 매우 친절한 사람이었다. 그는 특별히 사람을 보내 팀을 회사로 안내했고, 조금도 지체 없이 그를 만나주었는데, 팀이 사무실로 들어서자 몸을 일으켜 그와 악수를 나누었다.

"기다리고 있었네."

그가 말했다.

"제일 먼저 직장 문제를 떠올릴 거라고 생각했지. 키트와 더불어 자네를 기다리고 있는 직장 말일세."

그러고는 특유의 칼칼한 웃음소리를 들려주었다.

"자네가 없는 사이 마을의 모든 총각들이 키트의 마음을 사려 애를 썼지만, 키트는 마치 오래된 아내처럼 자네와의 믿음을 져버리지 않았지. 웬만한 아내들보다 훨씬 더 믿음직스러웠어. 그것만큼은 내 보장하네."

"아직 제 자리가 남아 있습니까?"

팀이 물었다.

"다른 한 친구를 그 자리에 넣어두었는데, 판매 쪽으로 돌릴 생각이네. 자네가 판매 쪽을 원하지 않는다면 예전 일을 다시 할 수 있을 걸세. 난 고향으로 돌아온 친구들이 아무래도 불안해하는 걸 알고 있지. 자네는 여하튼 봉급을 올려주도록 하겠네."

이 회사는 '게드소와 빌링스'라는 전기제품 공장이었다.

"업무를 바꾸고 싶진 않습니다."

팀이 말했다.

"그렇다면. 언제든 내킬 때 일을 시작하도록 하게."

팀은 게드소 씨의 눈에서 호기심이 스쳐지나가는 것을 느꼈다. 게드소 씨는 애써 다른 쪽을 바라보며 그의 시선을 피했다.

"돌아와서 정말 기쁘다네."

그가 말했다.

"자네에게 해주고 싶은 얘기가 있는데, 난 늘 자네가 맡고 있는 업무를 더 높은 직위로 올라가는 과정의 일부로 여기고 지켜보아 왔다네. 자네는 나와 빌링스가 나이가 들면, 이제 이 회사의 미래를 떠맡을 사람 가운데 한 명일세."

"고맙습니다."

팀이 말했다. 하지만 그에게 과연 게드소 씨의 뒤를 이을 의향이 있는 것일까? 그 자신도 알 수 없었다. 무슨 이유에서인지 팀은 자신의 팔에 대해 언급을 하고 싶은 충동을 느꼈다.

"제 팔이 이렇기 때문에 말씀하신 일은 제가 감당할 수 없을 것 같습니다. 게드소 씨, 그래도 오른팔이 남아 있으니 다행이지요."

게드소 씨가 시선을 돌렸다.

"아니, 그렇지 않아."

그는 빠르게 말했다. 하지만 그 역시 그 점을 염두에 두고 있었다. 게드소 씨가 양심의 가책을 느끼고 있음이 표정에 드러났다.

'난 사람들의 마음을 느낄 수 있어.'

팀은 자신도 놀라워하며 머릿속으로 생각했다.

'사람들이 무슨 생각을 하는지 알 수 있어.'

하지만 새롭게 터득한 이 예민한 감성이 그에게는 꽤 낯설게 느껴졌다. 오히려 자신이 게드소 씨의 내면을 들여다 본 것이 부끄럽게 느껴져, 다소 의례적으로 인사를 하고 회사를 빠져나왔다. 햇살이 가득한 거리로 다시 나선 팀은 천천히 집을 향해 걸었다. 거의 몇 분에 한 번꼴로 누군가가 그를 불렀고, 그는 쾌활하게 답을 해주었다. 쾌활함, 군대에서 발견한 그 덕목은 이제 거의 습관이 된 듯했는데, 비록 무의미한 몸짓이기는 해도 뭔가를 감추는 데는 꽤나 유용했다.

삶을 다시 시작하지 않을 이유가 없다, 라고 그는 스스로에게 말했다. 키트는 그와의 믿음을 지켜왔고, 그의 직장은 온전히 보전되어 있었다. 군대에 있을 때 이따금씩 전우들끼리 진지하게 이야기를 나눌 때면, 그들이 한 결 같이 원했던 것은 여자 친구의 충절과 직장의 보전이었다. 하지만 여전히 그 정지된 느낌, 움직임이 사라져버린 그 느낌에서 벗어날 수가 없었다.

그는 불현듯 이런 생각이 들었다.

'어쩌면 이 망할 놈의 제복을 벗어버리면 이 난관에서 벗어날 수 있을지도 몰라.'

그때 누군가 뒤쪽에서 뛰어오는 소리가 들려 돌아보니, 프랭크가 숨을 가쁘게 몰아쉬며 껑충껑충 달려오는 것이 보였다.

"저희 집 앞을 막 지나가시더라고요."

프랭크는 헐떡이며 말했다.

"전 메리를 만나러 가는 길이에요. 가구를 좀 보러 가기로 했거든요."

"벌써 가구 준비를?"

팀이 미소를 지으며 말했다.

"물론 바로 결혼을 할 건 아니에요."

청년은 진지하게 대답했다.

"형님께 조언을 구하고 싶은 부분이기도 하죠. 저희 부모님은 좀 더 기다리라고 하세요, 어머니께서 말씀하시길……."

"내 조언을 듣고 싶다면,"

팀은 프랭크의 말을 잘라 이야기했다.

"내가 해줄 수 있는 얘기는 기다리지 말라는 거야. 떠나기 전에 결혼을 하도록 해."

청년의 열성적인 얼굴이 분홍빛으로 물들었다.

"형님께 그런 말씀을 들으니 무척 기쁩니다."

그는 더듬거리며 말을 이었다.

"신부한테는 만만치 않은 일이죠. 그런데 메리는 하는 편이, 그러니까 결혼을 하는 게 자신에게 아무래도 힘이 될 거라고 해요. 하지만 물론 저희 어머니는……."

"자네에게도 역시 그게 나을 거야. 다시 돌아왔을 때 말이야."

팀이 말했다.

"지속해나갈 무언가를 제공해주거든. 곧바로 뭔가를 해야만 하는 상황이 만들어지는 거지. 말하자면 바로 명령이 떨어지는 거라고나 할까.

모든 게 수월해지지."

그는 메리를 위해 이 젊은 친구에게 자신이 터득한 것들 가운데 몇 가지를 열심히 전수해주었다. 하지만 그가 터득한 것이란 과연 무엇일까? 폭탄으로 목표물을 명중시키는 것 말고 무엇을 터득했을까? 처음 출격을 했을 때나 열다섯 번째 출동을 했을 때나 어렵기는 마찬가지였다. 전쟁에서는 사실 아무 것도 배우지 못했다. 오히려 악화되기만 할 뿐 나아지는 것은 없었다. 그래서 그토록 많은 전우들이 반쯤 취한 채로 지낸 것이었다. 하지만 전투기 조종사는 술을 마실 수 없었다. 차갑게 깨어있는 머리로 죽음과 대면해야만 했다.

하지만 그가 직면해야했던 것 가운데 가장 힘들었던 것은 그 자신의 죽음이 아니었다. 다른 많은 동료들의 죽음을 그대로 보고만 있어야 하는 것이었다. 물론 일반인들은 상상하기 힘든 상황이었다. 몇몇 병사들에게는 상념에 젖어들지 않는 능력이 있었다. 하지만 팀에게는 그런 능력이 없었다. 그는 늘 상상력으로 인해 힘에 겨웠다. 출격을 마치고 돌아갈 때면 매번 자신이 한 일, 그 여파에 대해 상상을 했다. 하지만 다음에도 그는 같은 행동을 반복해야만 했다.

그의 매제가 될 그 청년 역시 상상력이 풍부했다. 이마 위의 주름살과 눈빛을 보면 알 수 있었다. 고향으로 돌아올 즈음이면 많이 변해있을 터였다.

두 사람은 나란히 걸었고, 청년은 주머니에 두 손을 찔러 넣고 있었다. 그는 마치 팀의 마음을 읽기라도 한 것처럼 잠시 후 다음과 같이 말했다.

"한 가지 여쭤보고 싶은 게 있는데요, 군대 생활이 예상했던 것만큼 그렇게 고되셨나요?"

아, 그는 벌써부터 상상력을 발휘하고 있었다!

"꽤나 고역이지."

팀이 엄숙하게 말했다.

"그래도 물론 주어진 일은 반드시 해내야 하지. 책임감이 필요해. 어느 정도는 말이야."

"저도 그럴 거라 생각합니다."

청년이 대답했다.

그가 할 수 있는 이야기는 결국 그게 전부였다. 두 사람은 문 앞에서 헤어졌고, 팀은 그의 방으로 올라가 조용히 문을 닫고 창가에 놓여있는 안락의자에 가 앉았다. 그는 키트에게 전화를 걸어야 했지만, 아무 것도 하고 싶지 않은 기분이었다. 하지만 잠시 후 그의 어머니가 문을 두드렸다.

"키트한테서 전화 왔다."

어머니가 말했다.

"예."

팀은 대답을 한 뒤 전화를 받으러 갔다.

"오는 거지?"

키트가 물었다.

"물론이지."

그는 말했다.

"바로 갈게. 시내에 가서 옷을 사는 것 좀 도와줄래?"

"그래, 재밌겠다."

키트가 말했다.

……물론 재미있고 즐거운 일이었지만, 새 옷이 그토록 낯설게 느껴질 수가 없었고, 서랍 속에 군복을 넣을 때에는 마치 무언가를 땅에 묻는 듯한 기분이었다. 두 사람은 오전 내내 즐거운 기분이었지만, 팀은 키트에게 게드소 씨가 예전의 일자리를 그대로 제공해준 이야기를 하지 않았는데, 자신이 왜 그 이야기를 하지 않았는지 도무지 알 수가 없다. 팀이 집에서 맞이하는 첫날이었기 때문에 그의 아버지도 점심 식사를 할 겸 집에 들렀는데, 가족들은 모두 그의 갈색 트위드 정장을 보고 칭찬을 아끼지 않았다.

"이전보다 몸이 많이 좋아졌구나."

어머니가 다정하게 말했다.

"그래도 전쟁에서 얻어온 게 있구나, 팀. 집에 무사히 돌아온 것도 다행이지만 말이야."

이제 그녀는 그의 팔을 보지 않고 아들을 바라보는 법을 터득했다.

팀은 웃어보였다. 대답을 하는 것보다는 미소를 짓는 것이 훨씬 더 수월했다. 그는 이미 그 점을 깨닫고 있었다. 고맙게도 잠시 후 아버지가 그가 해야 할 또 다른 대답 하나를 대신 해주었다.

"게드소 씨가 네가 하던 일을 계속 하게 해주신다든?"

그의 어머니가 이렇게 물었을 때였다.

아버지는 지체 없이 입을 열었다.

"물론 게드소 씨는 일자리를 보전해두었지. 하지만 팀은 다른 일을 염두에 두고 있을지도 몰라."

평소에는 어머니를 중심으로 움직이는 집이지만, 아버지가 목소리에 힘을 실어 말씀하실 때면 어머니도 침묵을 지키셨다. 아버지의 눈빛을 대하자 처음으로 그 정지된 느낌이 한결 가시는 듯했다. 아버지는 과연 그의 상황을 이해하고 계신 걸까?

"오후엔 뭘 할 거니?"

아버지가 물었다.

"네 시까진 아무 일도 없어요."

그가 대답했다. 네 시엔 키트와 함께 그녀의 친구들이 준비한 환영 파티에 갈 계획이었다.

"사무실에 한 번 들리겠니?"

아버지가 말했다.

"너하고 일 문제로 할 얘기가 좀 있어서 말이다."

"예, 그럴게요."

팀이 말했다.

하지만 팀은 아버지가 어떤 일에 대해 이야기하려는지 도무지 감이 잡히지 않았다. 오래 전, 아버지가 그에게 변호사가 되어 회사로 들어오라고 했을 때, 그는 강하게 반발을 했다. 그는 늘 기계에 애정을 품어왔고, 특히 전기 쪽에 관심이 많았다. 팀은 아직 미개발된 분야에 전기를 사용하는 측면에서 여러 아이디어를 가지고 있었다. 그건 전쟁이 일어나기 이전의 일이었다. 지난 삼 년간 자신의 그런 창작 습성을 유지하지 못한 것도 그 정지된 느낌을 유발시킨 한 요인이었다. 전쟁은 끊임없이 행동하기를 요구했다. 잠시 쉬고 있는 때조차 다음 행동을 위한 중간 단계에 불과했다. 팀은 오랫동안 깊이 생각에 잠기는 습성을 잃었던 것이었다.

아버지의 사무실은 여전했다. 책장은 회색빛 책들로 **빽빽**했고, 책상 위로는 서류 종이들이 가지런히 쌓여 있었다.

"들어 오거라."

아버지가 안경 너머로 그를 바라보며 말씀하셨다. 팀은 사무실로 들어가 책상 옆에 놓인 의자, 그러니까 아버지의 의뢰인들이 늘 자리를 잡고 앉아 그들의 고민을 토로하는 그 의자에 앉았다. 아버지는 소송 관련 서류들을 서랍 속에 넣었다.

"네가 게드소 씨에게 가기 전에 얘기를 좀 하고 싶었단다. 너 기억하니? 언젠가 내게 새로운 모양의 전기 타자기를 하나 만들고 싶다고 얘기한 적이 있었지. 아주 괜찮은 아이디어였지, 내가 제대로 기억하고 있다면 말이다."

"전 그때 이후로 생각해본 적이 없어요."

팀이 말했다.

"게드소 씨는 관심을 보였었지."

아버지가 말했다.

"난 네가 다시 시도하려 하지 않을까 생각했었단다. 네게 말해주고 싶은 건 게드소 씨가 제시하는 조건에 만족할 필요가 없다는 거야. 게드소 씨는 특허권과 소유권을 완전히 소유할 거야. 내 생각에는, 네가 직접 권리를 행사할 필요가 있을 것 같구나. 우리 회사의 블레어를 네 대리인으로 선임해주마, 네가 원한다면 말이다. 게드소 씨에게 전권을 넘겨줄 이유가 없지."

창밖으로 붉은 단풍나무 가지가 깃발처럼 흔들렸다. 지난 달 프랑스에서 행진을 할 때 한 소녀가 창밖으로 몸을 기울이고 미군을 향해 깃발을 흔들었다. 북을 치며 행진하는 병사들의 발소리가 울려 펴졌다. 그는 지프를 타고 대열을 이끌었고, 부대는 마을을 휩쓸며 지나갔다. 다음날 밤 그는 프랑스 기지에서 출격해 독일의 한 마을을 폭격했다.

"너 다른 생각을 하고 있구나."

아버지가 부드럽게 말했다.

팀이 얼굴을 붉히며 웅얼거리듯 말했다.

"어떻게 아셨어요?"

그는 책상 너머에서 자신을 응시하고 있는 아버지를 바라보았다.

"정지된 듯한 기분일 게다."

아버지가 말했다.

"아무 것도 현실적으로 느껴지지 않을 게야."

"그걸 어떻게 아시죠?"

그가 작은 소리로 말했다. 지금껏 살아오면서 아버지는 자신을 이해한 적이 한 번도 없었고, 사실 그 역시 아버지에 대해 이렇다 하게 신경을 써 본 적이 없었다. 그에게 아버지의 이미지는 그저 구부정한 큰 키에, 회색 정장을 입고, 회색 머리칼과 회색 눈을 가진, 상냥하고 항상 바쁜 그런 모습이었다.

"다시 이전에 하던 일을 계속 해야 할지 말아야 할지, 키트와 결혼을 해야 할지 말아야 할지 확실한 게 없을 거야. 그렇다고 후퇴할 수는 없지, 넌 거꾸로 가고 싶진 않아, 하지만 어떻게 다음 단계로 나아가야 할지 갈피를 잡을 수 없겠지."

아버지가 말을 이었다.

"바로 그거예요."

팀이 웅얼거렸다.

"그런데 어떻게 그걸 아세요?"

"전쟁이 남기는 가장 커다란 문제는 어떻게 현실을 되찾느냐 하는 거란다."

아버지가 깊이 생각에 잠긴 채 말했다.

"그건 전쟁이란 것이 비현실적이기 때문이지."

"제겐 끔찍할 정도로 현실적인 것 같은데요."

팀이 말했다.

"현실적인 건 오직 삶뿐이란다."

아버지가 말을 받았다.

"너도 삶으로 다시 돌아와야 하고."

"그런데 돌아가는 방법을 모르겠어요."

팀은 나지막이 말했다.

"무감각해진 것 같아요."

"전쟁을 하는 동안 다른 느낌들을 잊어버린 게지."

아버지가 말했다.

"전쟁을 치르면서 너무 많은 걸 느꼈기 때문에 다른 느낌들이 무기력해지는 것 같아요."

팀이 대답했다.

아버지는 미소를 지어보이며 말했다.

"내가 전쟁에서 돌아왔을 때 난 네 엄마와 결혼하고 싶지 않았단다."

팀은 말했다.

"전 아버지가 군인이셨던 걸 잊고 있었어요."

"1918년에 프랑스에서 전쟁을 치렀지."

아버지는 평온하게 말을 이었다.

"너처럼 폭격을 하는 그런 거창한 직무는 아니었고, 그저 육박전이었지. 필요할 땐 총검을 갖고 전투를 벌이기도 했지."

순간, 아버지의 얼굴에 고통스런 표정이 스쳤지만 이내 사라졌다.

"하지만 난 직접적이고 폭력적인 육체적 행동에 길들여지고 말았지. 전쟁을 치르는 모든 병사들이 그렇듯이 말이다."

아버지의 직접적이고, 폭력적이고, 육체적인 모습이 쉽게 머릿속에 그려지지 않았다. 이 조용한 사무실에 자리하고 있는 저 차분한 회색빛 신사가 설마!

"어머니에겐 어떻게 말씀하셨어요?"

팀이 갑자기 질문을 던졌다.

"전 아직 키트에게 얘기를 못했어요."

"잘했다."

아버지가 말했다.

"그걸 얘기해선 안 돼. 네가 여전히 그 아이와 결혼하고 싶다면 말이다."

"전 누구하고든 결혼하고 싶은 마음조차 없는 것 같아요."

팀이 말했다. 그는 지금 이 순간만큼은 마치 그가 자신의 아버지가 아닌 것처럼, 묘하게도 이 중년의 남자 앞에서 벌거벗은 느낌이 들었다.

"그건 간단히 말해 현실감을 잃었기 때문이란다."

아버지가 의자 뒤쪽으로 몸을 기울이며 말했다.

"나 역시 그 과정을 겪어야 했지. 그리고 당시 내 아버지의 사무실이었던 이곳에 들렸었는데, 이곳이 마치 세상에서 가장 조용한 곳처럼 여겨졌단다. 내 귀는 북소리와 행군하는 발걸음 소리로 가득했고, 명령에 익숙해져 있었지. 군에 있을 당시에는 매 순간 명령 속에서 살았으니까. 생각이란 걸 할 필요가 전혀 없었지. 생각하는 습관을 점차 잃게 된 거야. 누군가가 명령을 내리지, '이걸 해라'라고, 그러면 난 그걸 하면 되는 거야. 아주 쉬웠지. 난 총검을 쓰는 걸 싫어하는 것 외에는 별 문제가 없었지."

팀이 숨을 죽였다. 그는 폭탄을 투하하는 것을 싫어했다. 그 외에 다른 것들은 견딜 만했다.

"어떻게 다시 시작하실 수 있었어요?"

그가 물었다.

"난 그때 스물넷이었지."

아버지가 말했다.

"운 좋게도 이미 대학은 졸업을 한 상태였어. 너처럼 말이다. 네 할아버지가 내게 한 소송 사건의 서류를 건네주면서 잘 검토하게 한 뒤, 보고서를 써 내라고 했지. 한 사람의 목숨이 달린 문제였기 때문에 난 보고서를 써낼 수밖에 없었지. 하지만 그것조차 현실감이 없어 보였지. 내 자신에게 이렇게 물었던 게 생각이 나는구나. 아마도 숱한 생명을 사라지게 만들었을 내가 무엇 때문에 한 사람의 목숨을 구하기 위해 이렇게 많은 시간을 들여야 하나, 하고 말이야."

"……어머니에겐 아무 얘기도 하지 않으셨어요?"

팀이 물었다.

'어머니'란 말을 입에 담기가 쉽지 않았다. 여린 눈빛의 키트가 떠올랐기 때문이다.

아버지는 책상 위로 몸을 구부리며 단호하게 말했다.

"아무에게도 얘기하지 말거라. 내가 얻은 결론은 그거다. 누군가에게 얘기를 하려 할 때마다 소통이 단절이 되곤 했지. 오직 전쟁을 겪어본 사람만이 그걸 이해할 수 있단다. 그들은 그저 내가 상처를 입은 것뿐이라고 간단히 치부해버리지. 그러고는 다시는 나를 이전과 같이 대하지 못했지."

아버지의 이마 위로 살짝 땀방울이 배어나왔다.

"사람들에게 말하지 않는 게 좋을 거야, 팀."

아버지가 말했다.

"조용히 네 안에 담아두고 넌 그저 새로운 삶을 시작하면 된다."

"삶을 시작하라고요?"

팀이 아버지의 말을 되물었다.

"그래 일단 시작을 하는 거야."

아버지가 단호하게 말했다.

"일을 시작하고, 사랑을 시작하는 거다. 네 느낌이 어떤지는 상관하지 말거라. 일단은 그런 척 연기를 하는 거야. 그러다 보면, 어쩌면 꽤 오래 걸릴 수도 있겠지만, 느낌이 돌아올 게다. 그런 다음에는 주변이 다시 현실성을 띠게 되지."

두 사내는 책상 위로 몸을 기울인 채 서로를 응시하고 있었다.

아버지가 입을 열었다.

"처음으로 폭격을 해야 했던 때를 기억하니? 처음엔 도저히 할 수 없을 것 같았겠지."

팀은 물론 기억하고 있었다. 그의 첫 번째 임무는 독일 국경 근처의 군수 공장을 폭격하는 일이었다. 팀은 긴장한 탓에, 조준이, 이후의 그것들만큼, 정확하지 못했다. 공장 근처 집들에서 불꽃이 피어올랐고, 사람들이 마치 개미처럼 부리나케 도망쳤다. 그는 자신이 저지른 일에 욕지기가 났다.

"하지만 넌 해냈고, 또 계속해서 그 일을 반복했지."

아버지의 말에 팀은 고개를 끄덕였다.

"넌 지금 바로 그렇게 해야 하는 거야."

아버지가 말했다.

"처음에 넌 할 수 없을 것 같았지만 결국 해냈지. 그리고 계속해서 할 수 있었고. 그런 것처럼 머지않아 삶을 다시 시작할 수 있게 될 거야."

"아버지 말씀이 옳아요."

팀이 천천히 말했다.

"맞는 말씀이세요."

그러고는 몸을 일으키며 말을 이었다.

"그리고 그 일은 말씀하신 대로 추진해보도록 할게요."

"그래."

아버지는 만족스러운 듯 대답을 하며 몸을 뒤로 젖혔다. 사무실 안이 본래의 모습으로 되돌아왔다. 아버지는 그의 눈앞에서 다시 회색빛 신사가 되어 있었다.

"고마워요, 아버지."

그가 간신히 입을 열고 말했다.

아버지는 서랍을 열고 좀 전에 집어넣었던 서류를 다시 끄집어냈다.

"고맙기는."

이미 서류를 읽어 내려가던 아버지가 무심한 듯 말했다.

팀은 다시 햇살이 가득한 거리로 나선 뒤, 심호흡을 했다. 키트를 만나기에는 여전히 이른 시간이었지만 그는 개의치 않았다. 키트의 집으로 직접 찾아갈까? 그녀는 지금쯤 집에 있을 것이다. 그는 전차에 올라 여덟 개의 블록을 지나서 내린 다음, 모퉁이를 돌아 그녀의 집 앞으로 향했다. 과거에 늘 다니던 길이었다.

"키트!"

그가 소리쳤다.

그녀의 발소리가 들려오더니, 이어 계단 난간에서 아래를 내려다보는 키트의 모습이 보였다. 그녀의 노란색 머리칼이 두 뺨 옆으로 부드럽게 내려앉았다.

"집에 아무도 안 계셔?"

"응. 엄마는 모임에 가셨어."

"아래로 내려와, 키트."

그녀는 조금은 주저하며 아래층으로 내려왔다.

"아직 옷을 제대로 안 입었어. 보면 우스울 텐데. 엄마 일을 도와드리고 있었거든. 이제 갈아입으려던 참인데……."

키트는 파란색 바지에 오래된 스웨터를 입고 있었는데, 눈가가 얼룩져 있었다.

"너 울었구나."

팀이 말했다.

키트는 고개를 세차게 저었다.

"그냥 눈을 좀 비볐어. 먼지 때문에 그래. 다락방을 청소했거든."

하지만 팀은 키트가 울었다는 것을 알 수 있었다. 하지만 마음이 흔들리거나 하지는 않았다. 죽은 자식들을 보며, 또는 폐허로 변한 집 앞에서 통곡하는 여인네들을 그동안 수도 없이 보아왔기 때문이다. 명령이 뭐였더라?

"삶을 시작하라."

아버지는 그렇게 말씀하셨다.

"키트, 난 더 이상 기다리고 싶지 않아."

마른 입술로 이야기를 건네며 팀은 손으로 키트를 끌어당겼다.

"집으로 돌아오고 계속 정신이 없어서 아직 묻질 못했어. 키트, 우리

언제 결혼하지?"

"아……."

그녀의 가슴속으로부터 작은 외마디 소리가 새어나오며 힘없이 그에게 몸을 기대오는 게 느껴졌다.

"난 자기가 청혼을 하지 않을 줄 알았어. 이제 더 이상 나를 좋아하지 않는 게 아닌가 생각했어."

키트가 울었던 것은 바로 그 때문이었다.

"우리 당장 결혼하자, 키트……."

"언제?"

"오늘이든 내일이든. 네가 날짜와 시간을 정해. 난 그대로 따를 테니까."

키트가 고개를 들며 말했다.

"팀, 진심이야?"

"물론이지."

팀이 믿음직스럽게 말했다.

"일주일 뒤 오늘 하기로 해, 팀. 그 정도면 시간은 충분해. 웨딩드레스 외엔 모든 게 다 준비가 돼 있어. 우리만의 공간으로 이사를 하고 거기서 신혼을 보내는 거야. 나도 이제 제대로 삶을 시작하고 싶어. 그동안 너무 오래 기다렸어."

"일주일 후 오늘, 우린 함께 시작하는 거야."

팀이 말했다.

키트는 그의 어깨에 다시 머리를 기대고, 안도의 한숨을 내쉰 뒤 눈을 감았다.

그는 아무 말도 하지 않았다. 그저 그녀의 손을 쥔 채 자신의 **뺨**을 키트의 머리에 맞대었다. 고요함 속에서 그렇게 함께 서있는 사이, 팀은 무언가 그의 가슴께에서 희미하고도 아련하게 쿵쿵하고 뛰기 시작하는 것을 느낄 수 있었다. 그건 그의 심장이었을까?

# 약혼

TWELVE STORIES 08

"나도 왜 그런지 모르겠어요."

바클레이 씨가 갈라진 목소리로 말했다.

"이유는 알 수 없지만, 자꾸 눈물이 나오네요. 이 끔찍한 세상에서 행복한 무언가를 다시 볼 수 있다는 게 너무나 근사해요!"

바클레이 씨는 한 옷가게에서 가봉을 하는 여자였다. 그곳은 그리 특별할 것은 없었지만, 그래도 시내에서 가장 괜찮은 상점들 가운데 하나였다. 아무튼 그녀는 눈물이 많은 사람은 아니었는데, 흐느껴 울기 전에, 늘 그렇듯 입에 가득 물고 있던 핀들을 하나하나 꺼내어 바닥에 쭉 늘어놓았다.

이사벨은 그녀의 희끗희끗한 머리를 내려다보며 미소를 지었다.

'참 여리고 좋은 분이야.'

이사벨은 생각했다. 비록 버그돌프 백화점으로 향하고 싶은 마음이 없는 건 아니었지만, 이곳에서 웨딩드레스를 맞추지 않는다면, 왠지 모르게 자신이 몰인정한 사람이 되는 것 같았다. 그녀가 기억하는 한 바클레이 씨는 그녀의 옷을 늘 가봉해주었고, 그녀의 약혼일이 발표되자마자 전화를 걸어왔다.

"방금 기사를 읽었어요."

바클레이 씨가 떨리는 목소리로 말했다.

"아주 멋진 소식이에요! 내가 당사자도 아니면서 이렇게 호들갑을 떠는 게 좀 그렇지만 어찌나 기쁜지 이루 말로 표현할 수가 없어요. 아주 완벽하고, 모두들 그야말로 환상적인 커플이라고 생각하고 있어요."

마침 이사벨이 직접 전화를 받았는데, 혹시나 루일지도 모른다는 생각에 매번 벨이 울릴 때마다 수화기를 들던 참이었다.

"아, 고마워요!"

비록 바클레이 씨가 눈앞에 있는 것은 아니었지만, 이사벨은 미소를 지었다. 사람들에게 그런 말을 수없이 들어왔는데도, 이사벨은 들을 때마다 기분이 좋았다.

"이사벨과 루는 정말이지 천생연분이에요. 아주 환상적인 커플이에요. 내가 가봉을 할 수 있게 해줄 건가요?"

바클레이 씨가 부탁하듯이 물었다.

"물론이죠."

이사벨은 약속을 했다.

"너무 기다려지네요."

바클레이 씨가 수화기에 내뿜는 숨이 그녀의 귀에 전해졌다.

"결혼은 언제 하는 거예요?"

"유월에요."

"유월의 신부라니."

바클레이 씨가 감정을 실어 말했다.

"완벽해요. 행복이 가득하기를 바라요."

"고맙습니다."

이사벨이 다시 한 번 감사의 말을 전했다. 그녀 역시 더할 나위 없는 행복을 기대했고, 당연히 그럴 것이라고 생각했다. 늘 모든 것을 소유해 온 그녀였기에 모자람 없는 행복을 기대하지 않을 이유가 없었다.

루 역시 두 사람이 환상적인 커플이란 사실에 흡족해했다. 또한 그런 점을 익히 아는 상태에서 청혼을 했다. 두 사람의 가족은 늘 친구처럼 지내온 사이였는데, 비록 같은 동네에 살지는 않았지만, 어린 시절 방학을 할 때마다 으레 함께 시간을 보낼 만큼은 가까웠다. 십대가 되고 얼마 지나지 않아 루는 더 이상 아이들만의 우정에 만족하지 않았다. 그는 크리스마스 댄스파티에 다른 여자 아이를 데려가곤 했는데, 지난여름 갑자기 이사벨에게 사랑의 감정을 느꼈다. 그로부터 일 년 뒤 루가 청혼을 하자, 두 사람은 오는 6월 21일 결혼식을 올리게 되었다. 유년시절과 청혼 사이의 기간은 매우 길었다. 활기차고 건강한 어린이로 서로를 기억하는 두 사람은 이제 어릴 때와는 꽤나 다른 모습으로 자라난 자신들의 모습에 무척 감회가 새로웠다. 두 사람 모두 훤칠한 키에, 금발이었고, 사용하는 언어 또한 같았다.

"너와 결혼을 하고 싶어지리라곤 상상도 못했지."

루는 이렇게 반쯤 농담 삼아 청혼을 했다.

"그런데 말이야, 그렇게 됐어."

"왜 하고 싶은 생각이 없었어?"

루의 숨 막힐 듯한 파란 눈을 피하며 이사벨이 물었다.

"부모님이 예전부터 늘 암시를 해오셨거든. 네가 '누구'하고 결혼하면 참 좋을 텐데…… 이런 식으로 말이야. 그 사람이 누구인지는 얘기할 필요 없겠지?"

"정말 너무하셔. 내가 엄마한테 늘 하던 얘기를 네가 네 부모님께 전해드렸어야 하는데."

"그게 뭔데?"

그가 다그쳐 물었다.

"넌 내 결혼 상대로서 맨 마지막 후보였다는 거."

루는 살짝 충격을 받은 듯했다.

"아무튼."

마침내 그가 입을 열었다.

"우린 같은 생각이었네. 자, 우리 사랑스런 부모님들의 짜증스러울 정도로 집요한 바람에도 불구하고 나와 결혼해주겠어?"

이사벨은 여러 충동들로 인해 마음이 흔들렸고, 또 실제로 흔들린 것이 사실이었다. 유월에 날을 잡은 것도 거의 구름 속에서 엉겁결에 이루어진 결정이었다. 부드러운 파란 하늘과 그 위로 노니는 하얀 구름. 두 사람은 언덕 위에 세워놓은 루의 작은 오픈카에 편안한 자세로 나란히 앉아 있었다.

하지만 이런 평화로움은 그저 주위의 상황일 뿐이었다. 그녀의 내면에는 여러 가지 충동과 동경하는 욕망들이 있었으며, 종종 아름다운 사랑의 가능성을 꿈꾸면서도 아직까지 한 번도 그것을 이뤄본 적이 없었다. 여자로서의 삶을 시작하고픈 욕망, 바람이 이사벨의 심장을 향해 긴박하게 흘러들었다. 마침 루는 누구나 쉽게 사랑에 빠져들 만한 남자였다. 너무도 잘 생긴데다가 그만큼 착했으며, 매우 영리했다. 둘은 아주 잘 어울렸다. 양쪽 다 부유한 집안이어서 특별히 한쪽이 득을 보는 일이 없으므로, 서로의 사랑을 신뢰할 수 있었으며, 조금의 치우침도 없이 서로 어깨를 나란히 하고 마주 설 수 있었다. 부모님들의 말씀에도 불구하고, 좋은 가문에서 잘 자란 그들에게 돈은 그다지 중요하지 않았다. 물론 이사벨은 오래 전에 이미 가난한 남자와는 결혼을 하지 않으리라 다짐을 한 바 있었다. 가난한 남자는 결코 신뢰할 수 없을 것 같았기 때문이었다. 바로 그러한 이유로 그녀는 루를 마음 깊이 신뢰할 수 있었다.

"생각을 해봐, 생각을."

루가 부드럽게 그녀를 꾸짖었다.

"그래서 나를 사랑하는 거야, 아니야?"

루는 여느 때와 다름없는 장난기로 감추고 있었지만, 이사벨은 그가 평소답지 않게 초조해 하는 것을 눈치 챘다. 또한 그로 인해 그녀 역시 자신의 심장이 떨리고 있는 이유가 무엇인지를 깨닫게 되었다.

"나도 널 사랑해."

그녀가 말했다.

"다만, 우리가 너무 서로에 대해 잘 알게 되면 좀 위험하지 않을까? 더 이상 서로 아무 얘기도 할 게 없어질지도 몰라."

"그렇지 않아."

루는 이사벨에게 다가가 그녀를 가까이 끌어당겼다.

"작은 이야기들은 아마 모두 나눴을지도 몰라. 하지만 더 큰 이야기들이 아직도 많이 남아있어. 사랑에 대한 이야기들은 아직 하나도 나누지 않았지."

그런 뒤 두 사람은 마치 처음 키스를 하듯이 열정적으로 입을 맞추었다. 유년 시절을 벗어난 뒤 두 사람은 서로 많은 키스를 나누었다. 장난스레 하는 키스, 함께 춤을 춘 뒤 헤어지며 나누는 작별 키스, 그리고 상대방을 애타게 만드는 키스까지. 하지만 어느 순간부터인가 두 사람은 갑자기 서로 키스하고 싶은 마음이 사라지고 말았다. 그런데 지금 둘은 다시금 그 어느 때보다도 절실히 서로에게 키스하기를 원했다.

"이사벨."

마침내 루가 입을 열었다.

"정말 머리끝에서 발끝까지 날 사랑하는 거야?"

"그래!"

그녀가 속삭였다.

"정말이야."

시간이 언제 흘렀는지 모르게 눈 깜짝할 사이에 함께 하루를 보낸 뒤였지만, 그녀는 여전히 루에게 바싹 다가앉아 그의 어깨에 머리를 기댄 채였고, 루는 너무 기쁜 나머지 분별력을 잃기라도 한 것처럼 쏜살같이 시골길을 달려서 마침내 그녀의 집 앞에 닿았다.

"이사벨, 우리의 이런 관계가 무엇보다도 근사한 이유는, 물론 그게 전부는 아니지만, 우리의 멋쟁이 부모님들이 무척이나 기뻐하시리라는 거야. 그저 부모님을 기쁘게 해드리기 위해서 결혼을 하는 건 아니지만, 어쨌든 난 너와 결혼을 할 테고, 우리가 부모님들에게 이 이야기를 해드리면 마치 갑자기 크리스마스라도 된 것처럼 기뻐하실 테니 말이야."

확실히 그 점은 처음부터 지금까지 변함없이 훌륭했다. 울음을 그친 바클레이 씨가 다시 입에 핀을 하나 가득 물고 중얼거리는 동안, 이사벨은 참을성 있게 가봉실에 선 채, 이런 생각을 했다. 물론 그럴 일은 없겠지만 지금의 솔직한 심정을 루에게는 털어놓는다 하더라도, 그의 가족이나 자신의 가족에게는 말하지 않는 것이 좋겠다고 말이다. 그렇게 성급하게 가족들에게 결혼을 약속한 사실을 알리지 말았어야 했음을 그녀는 이제야 깨달았다. 그녀와 루는 우선 두 사람만이, 모두에게는 비밀로 한 채, 그 새로운 관계에 익숙해졌어야 했다. 한 달이나 두 달 정도, 확신이 들 때까지 약혼 기간을 유지하며 철저히 시험을 해보았어야 했다. 그랬다면 어렵잖게 루에게 다음과 같이 말할 수 있었으리라.

"루, 아무래도 내가 뭔가에 홀려 있었던 것 같아. 난 진짜로 결혼을 하고 싶었던 건 아닌 것 같아, 적어도 너하고는 말이야. 정말 미안해, 하지만 이게 내 솔직한 심정이야. 하루 빨리 다른 누군가를 만나기를 바랄게. 그리고 우린 예전 관계로 다시 돌아갔으면 좋겠어."

모든 게 그녀의 과실이었다. 이러한 상황이 벌어지는 것은 항상 여자의 과실 탓이라고 이사벨의 어머니는 그녀에게 오랜 전부터 가르쳤었다. 어머니는 모든 결정이 여자에게 달려있다고 말했다.

"그 점을 명심하거라. 그러면 비난을 할 사람은 오직 한 사람, 바로 너 자신뿐이게 되지. 그게 훨씬 수월하단다."

그녀의 어머니는 그렇게 말했다.

만일 지금 그녀가 약혼을 파기한다면 그건 가족들에게 너무도 비참한 일이 될 터였다. 그녀와 루는 둘 다 형제가 없었고, 그녀의 부모는 루를 좋아했다. 항상 친분을 유지해오던 두 집안은 약혼 이후로 거의 한 가족이 되다시피 했다. 어머니들은 이미 손자 이야기까지 나눈 상태였다. 어느 날인가 이사벨은 두 부인이 손자들의 이름을 짓는 문제에 대해 이야기 나누는 광경을 목격했다.

"첫 아들은 물론 루의 아버지 이름을 물려줘야겠고, 첫 딸은……."

"당연히 사부인의 이름인 엘리자베스로 해야죠."

그녀의 어머니가 루의 어머니에게 상냥하게 말했다.

"정말 기다려지네요. 아이들을 넷은 낳았으면 좋겠어요."

"저도 늘 넷을 원했죠."

루의 어머니가 말했다.

이사벨이 부인들의 백일몽에 끼어들었다.

"지금 무슨 비밀 모임을 갖고 계시는 거죠?"

그러자 죄를 지은 듯한 표정으로 그녀를 바라보는 두 부인의 모습에 이사벨은 소리 내어 웃었다.

사실상, 그녀와 루는 아이들에 대해 한 번도 이야기를 나눠본 일이 없었다. 그녀는 형제가 없는 것을 무척 싫어했기 때문에, 네 명 정도가 아니라, 그보다 더 많은 자녀를 둘 생각을 오래 전부터 하고 있었지만, 왠지 루와 있을 때는 그런 이야기를 하고 싶지 않았다. 단둘이 있을 때 두 사람은 매우 말수가 적었다. 그는 그저 그녀를 품에 안아주고 싶어 했고, 그녀 역시 그걸 원했다. 그녀는 그를 신뢰하며 항상 그가 선을 넘지 않으리라고 생각했다. 루 역시 가정교육을 잘 받은 청년이었으므로, 두 사람은 어느 정도가 선을 넘어서는 것인지에 대해 암묵적으로 동의하고 있었다. 두 사람은 서로에 대해서 뿐만 아니라 자기 자신들에 대해서도 잘 알고 있었다. 두 사람은 육체와 정신을 혼동하기에는 너무나 깨어 있었다.

때로 그녀는 만일 두 사람이 서로에 대해 잘 알지 못했다면, 그러니까 그녀가 루의 대대로 이어져 온 훌륭한 가문, 기품 있고 멋진 그의 부모를 알지 못했다면, 벌써 오래 전에 마음이 떠나지나 않았을까 궁금했다. 루 역시, 그 점에 대해 한 번도 언급한 적은 없지만 그녀가 자신의 가문을 염두에 두고 있을 것이라고 생각했다. 그는 덜 인습적이었다. 아니 어쩌면 그저 그녀보다는 마음이 조금 덜 여린 것인지도 몰랐다. 만일 루가 약혼을 없던 일로 할 마음이 있었다면 아마 분명하게 그녀에게 말했으리라.

'아니, 루는 나를 사랑해.'

이사벨에게 그 점은 의심의 여지가 없었다.

"다됐어요."

무릎 관절염으로 고생하고 있는 바클레이 씨가 힘겹게 일어서며 말했다.

"옷자락을 이제 제대로 마무리했어요. 아주 아름답게 늘어지죠. 노란색 대신 핑크빛 아이보리 공단을 택한 건 정말 잘한 거예요. 분홍색이 아가씨 피부에 잘 어울리거든요. 제가 잘 해드릴게요."

이사벨은 손목시계를 내려다보며 말했다.

"루가 이리로 온다고 했는데."

바클레이 씨는 깜짝 놀라는 표정을 지어보였다. "결혼식 전에 드레스를 보면 상서롭지 못해요."

이사벨이 미소를 짓자 양 볼에 두 보조개가 드러났다.

"루는 결혼식장에서 당황하고 싶지 않대요. 미리 익숙해지고 싶다네요."

바클레이 씨 역시 미소를 지었다.

"그분도 참 독특해요! 아무튼, 앉지 말아요, 핀을 뽑아줄 테니."

두 사람은 오래 기다리지 않았다. 일이 분쯤 지났을까, 확실히 오 분은 넘지 않았다. 루의 발소리와 함께, 스타 양을 찾는 그의 크고 활기찬 목소리가 들려왔고, 여종업원들의 부러움 섞인 수군거림이 그 뒤를 이었다. 저 남자, 루 아놀드야. 이사벨 스타와 결혼을 한다지. 신문에서 못 봤어?

이사벨이 문을 열고 머리를 내밀었다.

"루, 나 여기 있어. 늦었네. 난 안 오는 줄 알았지."

"많이 늦지도 않았는데 뭘. 세상에, 굉장한데!"

"이쪽은 바클레이 씨야."

"바클레이 씨, 안녕하세요. 꼬마 말괄량이 아가씨를 이렇게 꿈속의 여인으로 만들어주셔서 감사합니다."

바클레이 씨가 얼굴을 붉혔다.

"워낙 몸매가 예쁘셔서요."

그녀는 떨리는 목소리로 말을 이었다.

"완벽한 14사이즈예요. 뭘 입혀도 아름답게 소화해내죠. 스타일이 아주 좋으세요."

그녀의 두 눈이 다시금 젖어들었다. 너무도 아름다운 커플이었다.

그녀는 이 젊은 청년 역시 스타일이 매우 좋다고 생각했다.

'저 어깨를 좀 봐, 저 정도면 패딩이 따로 필요 없지. 게다가 저 옷도 훌륭한 재단사가 만든 것이 분명해. 외모도 마치 조각처럼 잘생겼네. 신부 역시 더할 나위 없이 아름다우니 망정이지, 그렇지 못했다간 남편을 간수하느라 무척이나 고생을 하게 될 거야. 암, 요즘 여자들 정말 무섭지.'

그녀의 말은 설득력이 있었다. 왜냐하면 25년 전 그녀는 남자친구를 좀 더 예쁜 여자이자, 동시에 자신의 죽마고우인 친구에게 빼앗긴 일이 있었기 때문이다. 그는 어느 날 그녀에게 다가와 그저 다음과 같은 한마디만을 남겼다.

"베시, 참 안 된 얘기지만, 난 루이스에게 **빠져버렸어**."

그저 며칠 동안 펑펑 우는 수밖에는 어쩔 도리가 없었다. 그 이후로 그녀는 쉽게 눈물을 보이곤 했다.

"한 번 돌아봐."

루가 말했다. 이사벨은 천사처럼 미소 지으며 천천히 돌았다. 바클레이 씨의 눈에 눈물이 고였다. 루는 아름다운 이사벨을 집어삼킬 듯 강렬한 눈빛으로 바라보았다. 비록 다른 이들의 것이라 해도 사랑은 근사한 것이었다. 바클레이 씨는 왼쪽 손목에 묶어 놓은 핀 꽂이 쿠션 위로 눈물을 닦았다.

"만족해?"

이사벨이 루를 향해 기다란 금빛 속눈썹을 들어 올리며 말했다.

"어떻게 만족하지 않을 수 있겠어?"

그가 확신 어린 어조로 말했다.

이사벨은 여전히 미소 띤 얼굴로 말을 이었다.

"그럼 나도 좋아. 바클레이 씨, 드레스를 벗겨주세요. 루, 엄마 아빠하고 티파니에서 만나기로 했어. 엄마가 갖고 있는 진주를 다시 세공해 주시겠대."

'참 행운아야.'

부드러운 공단에서 핀을 떼어내며 바클레이 씨는 생각했다. 미친 듯이 사랑에 **빠져있는** 이 젊은 남자에다 진주까지!

"밖에서 조금만 기다려줄래?"

그녀가 루에게 말했다.

루는 문 쪽으로 성큼 다가서며 큰 소리로 말했다.

"그럼, 실례하겠습니다."

이사벨이 활짝 웃었다. 그는 참 상냥한 사람이다. 그러고 보면 이사벨은 참 바보였다. 그저 결혼식만 어떻게 견뎌내면 되는 것이었다. 단단하고 견고하게 결혼만 해놓으면…… 다만 오늘날 결혼이라는 것이 그렇게 단단하고 견고한가 하는 것이 문제였다.

"고마워요, 바클레이 씨. 정말 아름다워요."

　그녀는 무릎을 굽히며 얼굴을 붉히는 바클레이 씨의 뺨에 입을 맞추었다.

"고마워요."

　바클레이 씨가 잠긴 목소리로 말했다.

"나도 정말 마음에 들어요."


　루는 손을 뻗어 그녀의 장갑 낀 손가락을 쥐었다.

"웨딩드레스를 보게 해줘서 참 좋았어."

　조금 낯선, 약간 긴장된 듯한 진중한 목소리라고 이사벨은 그를 올려다보며 생각했다. 루는 사람들로 붐비는 거리를 바라보고 있었다. 오후 시간이었고, 사람들은 점심 식사를 하러 나와 태양빛을 즐기고 있었다.

"왜?"

　그녀가 물었다.

"이제 내가 정말 결혼을 하는구나 하고 실감이 나거든."

　그가 여전히 진중한 목소리로 말했다.

"믿어지질 않았어?"

"응, 조금."

　그가 고백했다.

"긴가민가했지. 하지만 이젠 확실히 느껴져. 초대장을 보내고, 결혼

반지를 만들고 웨딩드레스가 완성되고 하니 말이야."

그녀가 말을 받았다.

"꽃도 주문이 들어갔고, 케이크도 디자인이 끝났지, 아직 구워지진 않았지만 말이야. 그리고 장관님도 주례를 맡아주기로 약속하셨고."

"이젠 초읽기지."

그가 단호하게 말했다.

두 사람은 티파니 출입문 앞에서 멈춰 섰다.

"정말 나랑 점심은 같이 못 먹어?"

그가 물었다.

"응."

그녀가 밝게 말했다.

"오늘은 안 돼."

"오늘밤에 찾아갈까?"

그녀가 대답했다.

"세삼스럽게 왜 묻는 거야? 항상 왔잖아"

"하지만 너도 내가 오길 바라는 거야?"

"물론이지, 바보 같긴."

"정말?"

"정말 바보구나!"

루는 그녀의 손을 들어 입을 맞추었고, 모자를 살짝 들어올렸다. 커다란 출입문 안으로 들어서며 그녀는 마음이 흔들리고 있는 자신이야말로 정말 바보라고 생각했다. 그녀가 아는 다른 젊은 남자들 중에 루만큼 자연스럽게 그녀의 손에 입을 맞추는, 또는 맞출 수 있는 남자는 없었다. 정말이지 루와 견줄만한 남자는 없었다. 부모님이나 바클레이 씨의 판단은 전적으로 옳은 것이었다. 두 사람은 하늘이 내린 환상적인 젊은 연인이었다.

이세를 생각해서라도 올바른 판단이라고 그녀는 생각했다. 생물학을 가르치시던 대학 은사를 생각하며 이사벨은 속으로 자신을 비웃었다. 이윽고 보석들로 가득한 카운터에서 자신을 참을성 있게 기다리고 있는 부모님의 모습이 눈에 들어왔다.

루는 늘 그렇듯 고개를 당당히 들고, 흘깃흘깃 그를 훔쳐보며 지나가는 여자들에는 아랑곳하지 않은 채 거리를 걸었다. 루는 자기 자신이 혐오스러웠다. 아니, 그 정도 단어로는 너무 부족했다. 그는 본인에게 너무나 화가 나 있었다. 그는 이사벨에게 청혼을 했고, 그건 그의 과실이었다. 어쨌든 뚫고 나아가야만 했다. 만일 그녀가 다른 부류의 여자였다면, 두 사람의 가족이 그렇게 가깝지 않았다면, 그리고 두 사람이 주변에서 침이 마르도록 칭찬하는 그토록 잘 어울리는 커플이 아니었더라면, 그는 그저 그녀에게 다음과 같이 말했으리라.

"이사벨, 정말 미안해. 아무래도 내가 큰 실수를 한 것 같아. 이전의 내가 나를 배반해버렸어. 더 이상은 무리인 것 같아. 아니, 다른 여자가 있는 건 아니야. 문제는 내 자신이야. 내 과실이야."

하지만 이런 말을 이사벨에게 하는 것은 불가능했다. 그녀의 뒤로는 보석 카운터에서 기다리는 그녀의 부모뿐만 아니라 그 자신의 부모도 있었다. 특히나 어머니는 이사벨이 그의 아내가 되는 것을 무척 흡족해했다.

"애야, 난 늘 그 애를 좋아했단다. 그리고 늘 너와 잘 됐으면 했지……."

또한 그의 아버지는 그의 손을 꼭 쥐며 부친이 전할 수 있는 최상의 찬사를 선사했다. "우리 집안의 일부가 될 사람으로서 다른 여자는 상상할 수가 없구나."

'일부가 된다.'라는 말이 핵심이었다. 그와 이사벨은 그들의 삶 모든 길목에서 서로 일부를 이루며 지내왔다. 그가 다른 여자와 사랑에 빠진 것은 아니었다. 사실 그는 자신이 알고 있는 어떤 여자도 이사벨의 아름다움에는 절반만큼도 따라오지 못한다고 생각했다. 하지만 갑자기 그는 그녀의 비길 데 없는 근사한 금발과 맑은 파란 눈, 그리고 사랑스러운 몸매를, 더 이상 키스하고픈 마음 없이 음미할 수 있게 된 것이었다.

딱 꼬집어 더 이상 그녀에게 키스할 마음이 사라진 것이 언제인지는, 샴 왕이 브로드웨이에서 말했듯, 수수께끼였다. 그는 이 단어에 감사했다. 살아오면서 수많은 수수께끼를 경험했지만 이번처럼 당황스런 경우도 없었다. 어떻게 더 이상 이사벨에게 키스하고 싶지 않게 되었을까? 연애 초기에만 해도 이사벨은 사랑스럽기 그지없었다. 그날, 언덕 위에서 그는 마치 그 이전까지 누구에게도 그런 적이 없었던 것처럼 이사벨에게 키스를 하고 싶었다. 그녀는 너무도 아름다운 아가씨가 되어 있었다. 누르께한 얼굴빛, 긴 다리에 삐쩍 마른 아이였던 그녀는 너무도 우아하게 활짝 피어난 것이었다. 피부는 투명하리만치 깨끗했고, 이목구비가 너무도 완벽했기 때문에, 대학을 졸업하고 고향으로 돌아온 루는 그녀의 모습에 놀라서 할 말을 잃을 정도였다. 곧바로, 맹목적으로 사랑에 빠진 그는 끊임없이 머릿속으로 그녀와의 미래를 꿈꾸었다. 모든 이를 기쁘게 해주는 누군가를 사랑한다는 것은 즐거운 일이었다. 청혼을 한 바로 그날 그는 약혼 사실을 공표하고 싶었다. 그는 부모님이 즐거워하는 모습을 보고 싶었다. 이 역시 완벽한 결혼의 일부였으므로 비밀로 할 이유가 전혀 없었다.

몇 달 동안 그는 이사벨과의 키스를 즐겼다. 서로의 삶에 대해 너무나 잘 알고 있었기 때문에 별달리 할 이야기는 없었다. 두 사람은 여름이면 늘 같은 장소에 함께 갔고, 같은 파티, 같은 나이트클럽에 가곤 했다. 하지만 루는 그녀가 나이트클럽에 자주 가는 것을 원치 않았고, 그녀의 부모 역시 같은 생각이었다. 그래서 그녀는 집에 있는 음악실에서 루와 시간을 보냈는데, 이사벨 자신 역시 그것이 꽤 만족스러웠다. 음악에 조예가 깊은 두 사람은 일단 음악을 들으며 시간을 보내기 시작했지만, 언제나 그렇듯 이사벨이 조용히 그의 팔에 안겨 있는 자세로 마무리를 하곤 했다.

보금자리에 대해 이야기를 나눌 필요도 없었다. 루는 아버지의 회사에서 일을 했기 때문에 두 사람은 시내에서 살아야 했는데, 그의 부모가 이스트 리버에 쾌적한 아파트 한 채를 마련해주었다. 가구들은 결혼 선물로 이미 준비가 다 되어 있었으므로, 루와 이사벨은 그저 카펫이나 커튼 정도만 이걸 할까 저걸 할까 의견을 나누면 그만이었다. 집은 보수적이면서도 현대적인 공간으로 꾸밀 계획이었다. 그는 현대적인 전통을 따르면서도 본질적으로 보수적이었기 때문이다. 그의 친한 친구들 역시 모두 보수적이었다. 보수적이지 않으면 대책 없는 구식으로 간주되는 시절이었다. 자유주의 사상은 오직 중년들에게서만 찾아볼 수 있었고, 좌파 의식은 지나치게 터무니없게 느껴졌다.

그는 그저 관습적인 게 아니라, 신념을 가진 보수주의자였기 때문에 이제 와서 이사벨과의 결혼을 원치 않는 자신에게 더욱 화가 났다. 이러한 행동은 그 망할 놈의 좌파들이나 하는 변덕스런 짓거리였다. 청혼을 해놓고선 변심해버리는…….

대체 언제부터 그녀에게 더 이상 키스를 하고 싶지 않게 된 것일까? 그 자신도 알 수 없었다. 딱히 어느 순간부터 그랬던 것도 아니고 번쩍하고 갑자기 반감이 든 것도 아니었다. 사실, 반감이란 것이 있지도 않았다. 이사벨은 여전히 감각적으로 매력이 있었고, 워낙 립스틱을 세련되게 칠했기 때문에 혹시 입술에 묻지나 않을까 하는 걱정을 할 필요가 없을 정도였다. 그런 것은 아주 사소한 부분이었지만, 그 이유 때문에 루는 두세 명의 여자를 멀리한 일이 있었다.

너무나 훌륭한 교육을 받고 자라난 이사벨은 자신이 해야 할 일을 제대로 알고 있었다. 그녀는 솜씨 좋은 아내, 훌륭한 아내, 누구보다도 세련된 아내가 될 것이다. 행복한 결혼 생활이 되리라는 건 누가 보더라도 분명했다. 오직 루 자신만이 바보짓을 할 뿐이었다. 이제 그녀에게 키스를 하는 건 유쾌한 일이기는 하지만 절실한 건 아니었다. 바로 그거였다, 유쾌하지만, 절실하지는 않은. 그러한 현상은 오랜 결혼 생활 뒤에나 오는 것이지, 지금 시기에는 적절치 않게 느껴졌다. 그때가 되면 이미 너무 늦은 뒤지만, 지금은 그렇지 않았다.

오 분 정도 자신을 경멸하던 그는 아침 식사 후에 아무 것도 먹지 않았음을 깨닫고, 몹시 허기를 느꼈다. 근처에 있는 단골 레스토랑에 들어가 자리에 앉았을 때 그는 누군가 자신의 이름을 부르는 소리를 들었.

"잘 지냈니, 루."

고개를 들자 옆자리 조그만 테이블에 그의 삼촌이 앉아 있었다. 나이가 지긋함에도 불구하고 미혼인 삼촌은 아무 일도 하지 않아도 될 만큼의 재산을 가지고 있었고, 그 때문에 실제로 아무 일도 하지 않았다. 그저 이따금씩 그의 유일한 취미인 연극에 자금을 투자하곤 했다.

"안녕하세요, 필립."

언젠가 그는 루에게 삼촌이란 호칭은 빼고 부르라고 일러두었다.

"오늘 청어 알이 아주 좋구나."

삼촌이 말했다.

"고마워요. 필립. 그런데 오늘은 왠지 비프스테이크가 먹고 싶은데요."

루는 주문을 하고 편안한 자세를 취했다.

"요즘 어떠세요?"

그가 물었다.

"잘 지내지? 조만간 파리에 갈 것 같아. 그런데 네 엄마가 좀 기다렸다가 결혼식 후에 가라고 하는구나."

"그러실 필요 없어요."

루의 말에 삼촌이 놀라며 물었다.

"결혼식을 안 하니?"

"아니, 그런 뜻이 아니고요."

루는 황급히 덧붙였다.

"제 결혼식 때문에 번거롭게 계획을 바꾸실 필요는 없다고요."

"난 계획 같은 건 없단다."

삼촌이 차분하게 말했다. 큰 키에 삐쩍 마른 그의 삼촌은 루의 아버지보다 나이가 많았다. 그는 몇 년간 보이지 않다 갑자기 나타나곤 했는데, 그럴 때면 몇 주 동안은 종종 만나볼 수 있었다. 그는 서재에서 책을 읽거나, 깊은 생각에 잠긴 채 또는 아무 생각 없이 가만히 거실에 앉아 있기도 했다.

"보고 싶은 연극이 있는데 지금 파리에서 하고 있단다."

삼촌이 말했다.

"뭐 2주 정도는 늦어도 상관없지. 히트작이거든. 뮤지컬 코미디인데 이번 가을에 내가 들여올지도 모르겠다."

"결혼식에 참석 못하셔도 이사벨과 저는 충분히 이해할 수 있어요."

루가 말했다.

"내게는 가족에 대한 유대감이 별로 없지만 유일한 조카가 행복하게 결혼하는 모습은 보고 싶구나."

그의 삼촌이 반쯤 먹은 갈색 청어 알을 바라보며 말했다. 그는 포크로 섬세하게 알을 집으며 말을 이었다.

"천생연분 결혼은 흔치 않지. 꼭 직접 보고 싶단다."

루는 불현듯 조언을 구하고 싶어졌다. 물론 다 털어놓거나 너무 많이 드러내고 싶지는 않았다. 그는 삼촌을 사랑하지는 않았지만 신뢰하고 있었다. 누구도 이 맞춤옷만을 고집하는 깐깐한 삼촌을 사랑하기란 불가능했다. 비록 가슴은 시들고, 어쩌면 이미 죽어버렸을지도 모르지만, 삼촌의 정신만큼은 여전히 냉철하고 분명했다. 지금 루가 원하는 것은 가슴이 아니었다.

"좀 이상해요."

그가 운을 뗐다.

"뭐가?"

그가 말을 멈추자 삼촌이 물었다.

"결혼 날짜가 점점 다가오니까…… 이사벨이 드레스를 입은 모습을 봤는데 정말 두려울 정도로 아름다웠죠. 아무튼 날짜가 다가올수록 이상하게도 다 피하고만 싶어요."

그는 삼촌이 자신의 속마음을 알아채지 못하길 바라며 눈길을 돌린 채 대답을 기다렸다.

"이상할 것도 없지."

삼촌이 웅얼거렸다.

"일을 그르치고 싶진 않아요."

루는 재빨리 말했다.

"제가 머릿속에 그려오던 결혼의 모습이거든요. 게다가, 가족들이 어떻게 그걸 견뎌내겠어요? 자기 생각만 할 순 없죠."

"이사벨도 좀 주저한다는 느낌은 전혀 없니?"

삼촌이 예의 차분한 목소리로 물었다. 그러고는 수석 웨이터를 몸짓으로 불렀다.

"와인 리스트를 가져다줘요."

그가 웨이터에게 말했다.

"청어 알이 영 시원찮아서 좋은 와인이 필요해요."

웨이터가 관심을 보이며 말했다.

"뭐 다른 요리를 주문하시겠습니까?"

"됐소."

필립은 말했다.

"와인이면 돼요."

루의 비프스테이크가 접시에 담겨져 나왔다. 분홍빛 육즙과 버터가 흐르는 김이 모락모락 나는 갈색의 스테이크였다. 무척 배가 고팠던 루는 큼지막한 고기 덩어리를 입에 넣고 먹기 시작했다.

"청어가 괜찮다고 하지 않으셨어요?"

입안 가득 고기를 문 채 루가 말했다.

"그랬지."

삼촌이 말했다.

"그런데 너와 얘기를 하는 사이에 맛이 없어졌지. 너와 이사벨의 문제로만 본다면, 네가 보기에 이사벨은 주저하지 않는 것처럼 보이니?"

"그런 것 같아요."

루가 말했다.

그는 삼촌에게 이사벨의 눈, 웨딩드레스 위로 빛나던 그 두 눈을 설명할 수가 없었다. 그에겐 그것이 애처로운 기억으로 남아 있었다. 만일 그가 이사벨에게 모질게 사실을 털어놓게 된다면 그 두 눈망울이 늘 떠오를 것 같았다.

와인이 나왔다. 웨이터가 부드러운 프랑스 산 백포도주를 천천히 잔에 따르자 삼촌이 맛을 보았다.

"아무래도 내 얘길 해주어야겠구나."

그가 말했다.

"네 부모님은 아마 얘기해주지 않을 게다. 그 당시엔 크게 물의를 일으켰었지. 난 약혼녀를 제단 앞에서 저버렸단다. 그 여자는 아그네스 반 펠터였지."

"설마요!"

루가 소리쳤다.

반 펠터 씨를 모르는 사람은 없었다. 그녀는 월 스트리트 갑부의 여동생이었는데, 몇 년 전 죽은 오빠로부터 전 재산을 물려받았다. 그녀는 미혼이었고, 손꼽히는 자선단체를 두 군데나 운영하고 있었다. 제1차 세계대전 당시에는 유럽에 고아원과 병원을 설립하기도 했다. 그녀는 여전히 큰 키에 아름다운 외모를 지니고 있었으며 눈처럼 하얀 머리칼 아래로 멋진 검은 눈동자가 아주 매력적인 여장부였다.

"마음이 변한 걸 미리 얘기해보려 했었지."

그의 삼촌이 중간 중간 와인을 마시며 예의 냉정하고 차분한 목소리로 말했다.

"그 여자가 싫어지셨어요?"

루가 물었다.

"그게 제가 고민하는 부분이에요. 전 조금도 이사벨이 싫어지지 않았거든요. 여전히 예전처럼 이사벨을 좋아하죠."

"아그네스는 이사벨과는 무척 다르지. 굳이 말하자면, 스페인의 피가 흐르고 있었어. 마치 나를 산 채로 잡아먹을 수도 있을 것 같았단다. 난 내 자신을 구하기 위해서라도 빠져나와야 했지."

그는 머리를 가로저으며 말을 이었다.

"결국 탈출은 했지만, 회복이 되었다고 말하기는 어렵지. 그 이후론 누구하고도 결혼하고 싶은 마음이 생기지 않았으니까."

"그녀도 결혼을 하지 않았죠."

루가 말했다.

"그랬지."

삼촌이 고개를 끄덕였다.

"이런, 맛있는 음식을 또 망가뜨리고 있구나."

두 사람은 다시 식사를 시작했다. 루는 생각에 잠긴 듯한 표정이었다. 필립 삼촌은 다시 말을 잇기 전에 프랑스 과자빵 하나를 주문했다.

그가 크림이 둥글게 장식된 복숭아 파이를 고르며 말했다.

"내가 해 줄 수 있는 조언은 나와 같은 실수를 저지르지 말라는 거다. 할 수 있다면 정면으로 헤치고 나아가라. 그동안 꽤 많은 젊은 친구들이 결혼을 앞두고 그런 고민을 내게 털어놓았지. 그것만 지나면 다들 괜찮아진다고 하더구나. 나야 잘 모르지만 말이야. 내가 아는 건, 난 내가 한 일에 후회하지는 않는다는 거야. 물론 그 일로 사회에서 살짝 벗어나게 되긴 했지만 말이지. 지금은 그런 일들이 우리 때만큼 중요하진 않게 됐어. 요즘 사람들은 쉽게 잊어버리거든. 내겐 다행스런 일이지."

"좀 더 구체적으로 얘기해주세요." 루가 말했다.

"식을 올리기 전까지 기다리지 마라." 필립 삼촌이 불현듯 힘을 주며 말했다. "지금 실행을 해, 그렇지 않으면 영원히 마음이 편치 않을 거야."

오후 동안은 삼촌의 조언이 그리 명확하게 와 닿지 않았다. 그는 아버지와 함께 흥미로운 소송 사건 하나를 검토 중이었다. 한 남자가 자기 아내의 마음을 빼앗은 다른 남자를 고소한 사건이었다. 처음에 아버지는 이 사건을 맡지 않으려 했다. 이렇게 사적으로 모욕적인 일을 공공연하게 드러낸다는 게 불쾌하다는 이유였다.

아버지는 자신 있게 말했다.

"냉정한 사실은 이 친구는 다른 남자가 나타나기 전에 이미 아내를 잃었다는 거야. 자신의 남편을 사랑하는 여자라면 다른 남자와 사랑에 빠지지 않는 법이거든."

루는 요즘은 더 이상 사적인 영역이 존재하지 않는데다 수수료도 무시하기 힘들다며 아버지를 설득했다. 하지만 그 역시 오늘 오후는 이 사건이 왠지 불쾌하게 다가왔다. 이미 아버지는 사건에 몰두하고 계셨다. 법적으로 다른 남자에게 속해있는 한 여자에게 접근할 권리가 있는 걸까? 그렇지 않다면 그는 법적으로 처벌을 받아야 마땅한 걸까?

루는 서류를 살펴보며 의견을 발전시켰다.

"여자는 자신의 남편을 결코 사랑한 적이 없다고 고백했어요. 어찌됐거나 그녀의 부모가 결혼을 강요했다는 거죠. 남편의 돈과 지위, 그러한 것들을 고려해 집안에서 결정을 했다는 거예요."

"말도 안 돼."

그의 아버지가 열정적으로 응수했다.

"요즘 같은 시대에 어떤 여자가 억지로 결혼을 하겠니? 남자도 마찬가지고 말이다."

오후가 저물고 있었다. 창으로 스며든 햇살이 두 사람 사이에 놓인 마호가니 책상 위를 가로질러, 아버지의 주름진 상냥한 얼굴을 비추었다.

'만일 지금 아버지에게 이야기를 꺼낸다면.'

루는 생각했다.

물론 시대가 많이 변했다는 건 사실이었다. 인습적으로 결혼을 강요하던 옛 방식은 더 이상 효력이 없었고, 친구들도 이내 잊어버릴 것이며, 매력이 넘치는 이사벨에게는 곧 다른 남자가 생기리라. 그럼에도, 그는 아버지를 바라보며 생각했다. 이건 인습의 문제가 아니었다. 오래된 인간의 인습 아래에는 뭔가가 있었다. 바로 인간의 경험이 축적된 건전한 열매가 도사리고 있는 것이다. 개체는 다수를 위해 자신을 희생해야 했다. 한 사람이 불행해짐으로써 다른 여러 사람이 행복해지는 것이다. 그럼으로써 삶의 기반을 계속 이어나갈 수 있다.

루는 차마 아버지에게 그 이야기를 꺼낼 수가 없었다. 그러면 어머니도 알게 될 테고, 이사벨의 어머니와 아버지도 알게 될 것이다. 게다가 당사자인 이사벨이 알게 된다면? 그녀의 부모는 희생시킨다 하더라도 이사벨까지 희생을 감수하게 해야 할까? 그녀는 루를 사랑하고 있었다.

마침내 완성된 웨딩드레스가 커다란 상자에 담겨 도착했다. 이사벨이 상자를 열자 부드러운 종이에 싸인 드레스의 가슴 부근에 장식된 레이스에서 향기가 피어올랐다. 바클레이 씨가 레이스의 안쪽에 장미향이 가득한 파란색 공단 향분을 넣어두었던 것이다. 작지만, 감성과 따뜻함을 담아 전해주는 그녀다운 선물이었다. 사람들은 늘 이사벨을 대할 때면 그렇게 감상적이 되곤 했다. 그들은 그녀와 모든 걸 함께 나누고 싶어 했다.

문이 열리고 어머니가 방 안으로 들어왔다. 그녀의 부드러운 분홍빛 얼굴이 화사하게 달아올랐다.

"얘야, 방금 막 루의 할머니로부터 결혼 선물이 도착했단다. 은으로 된 차 세트 같은데 대대로 전해 내려온 영국산 도자기란다. 어머, 웨딩드레스구나! 왜 나한테 얘길 안 했니? 같이 풀어보았으면 좋았을 걸."

"생각을 못 했어요."

이사벨이 솔직하게 말했다.

어머니는 향이 나는 옷가지를 들어올렸다.

"이 좋은 향은 뭐니? 바클레이 씨가 보냈으니 어련하겠어. 이걸 어디에 걸어두지? 그래 손님방 옷장에 걸어두자, 비닐에 포장해서. 아니, 그냥 상자에 넣어둬야 하나?"

"걸어두세요."

이사벨이 말했다. 한편 그녀의 어머니는 자신의 결혼식을 떠올리고 있었다.

"너도 느낌이 오는지 모르겠지만,"

어머니가 말했다.

"물론 아직은 너무 이르겠지."

"뭔데요?"

이사벨이 물었다.

"난 네가 행복한 결혼 생활을 할 거란 예감이 든단다. 그건 내게 아주 의미가 있지. 네가 태어난 이후로 난 늘 걱정을 해왔거든. 여자는 남자를 잘못 만나면 정말 불행해진단다. 그래서 천생연분을 만나 결혼을 하는 것만큼 근사한 일도 없는 거지."

'바로 지금이야.' 라고 이사벨은 생각했다.

'그래, 지금 얘기를 해야 해, 겉으로 보기엔 완벽해 보여도 루와 내가 천생연분이 아니라는 걸 깨달았다고 얘기를 해야 해.'

"얘야."

어머니가 속삭였다.

"난 정말 기쁘단다."

어떻게 이 상황에서 그 말을 꺼낼 수가 있겠는가? 게다가 어머니의 눈가는 이미 젖어있었다.


놀랍도록 가증스러운 사실은 그녀가 루를 점차 싫어하기 시작했다는 것이었다. 그건 누구에게도 자신이 그를 더 이상 사랑하지 않는다는 사실을 말할 수 없었기 때문이었다. 이건 품위도 없고, 정당하지도 않은 처사였다. 그가 과연 이전의 모습에서 달라진 것이 있을까? 그렇지 않았다. 그는 그녀가 사랑해 마지않던 이전의 바로 그 남자라고 이사벨은 생각했다. 불과 몇 주 전만 하더라도 그가 키스를 하면 기분이 좋았다. 하지만 이젠 역겨울 정도였다. 아니, 루가 늘 그렇듯 그토록 깔끔하지만 않았더라면 아마 그런 기분이었을 것이다.

이사벨은 어느 날 밤 그를 만나기 위해 아래층으로 내려갔다. 사실상 결혼식을 치르기 전 마지막으로 허심탄회하게 서로 대면할 수 있는 기회였다. 지난 며칠 동안 파티와 저녁만찬이 계속 이어졌다. 그녀는 그저 시간을 메운다는 심정으로 모든 일정을 소화했다. 파티에 함께 있으면 루와 약혼 상태에 있다는 것을 견뎌내는 게 수월했다. 여자들은 부러움과 경탄의 시선을 보냈고, 이사벨은 두 사람이 어떤 모습으로 비춰지는지 알고 있었다. 둘 다 큰 키에, 빛나는 금발을 가진, 두 사람은 겉으로는 너무나 잘 어울리는 커플이었다.

하지만 반란을 일으키는 건 그 외적인 것, 바로 몸이었다. 그것은 참으로 이해하기 힘든 기묘한 현상이었다. 한때 두 사람의 마음은 서로 조화를 이루었다. 그녀와 루는 늘 서로의 마음을 이해해왔으며 늘 중요한 문제에 대해 의견이 일치했었다. 심지어 종교나 정치 문제에서조차 마찬가지였다. 둘은 같은 스타일의 옷을 좋아했고, 같은 색깔을 좋아했다. 사소한 일로 다투는 일도 없었다. 그녀는 진심으로 루를 사랑했다. 그런데 왜 갑자기 몸이 루를 거부하는 것일까? 아마도 이사벨은 정신과 의사를 찾아가 이유를 물어야 할런지도 몰랐다. 하지만 시간이 없었다. 어쩌면 이유를 아는 사람이 아무도 없을지도 몰랐다.

문이 열리고 루가 들어왔다. 언제나 그렇듯 깔끔하게 목욕을 하고 면도를 하고 옷을 잘 차려입은 모습이었다.

"내가 늦은 거야?"

"아니, 내가 좀 빨리 준비했어."

그가 평소와 다름없이 그녀가 루를 기다리며 앉아있던 소파에 앉자, 갑자기 이사벨은 안정을 찾지 못하고 몸을 일으켰다.

"루, 우리 드라이브 가는 게 어때? 오늘밤은 왠지 좀 마음이 편치를 않아서."

"무서워서 그러는 건 아니지?"

"네가 무서울까봐?"

"그럼 왜?"

루가 자신을 이상한 눈빛으로 바라보고 있다고 그녀는 생각했다. 마치 자신의 마음을 꿰뚫어 보는 듯했다.

"나도 모르겠어. 그냥 피곤해서 그럴지도 몰라. 줄곧 선 채로 가봉만 계속한 것 같은 기분이야."

루가 불쑥 일어섰다.

"가자."

그녀는 루가 어느 정도 추측을 했으리라 확신했다. 그는 키스조차 해주지 않았다. 이사벨은 잠시 자신이 먼저 키스를 해야 할까 망설였지만 그만두었다. 그 대신 밤공기가 포근한데도 불구하고 핑계 삼아 외투를 가져오겠다고 하며 이층으로 올라갔다. 그러고는 얇은 붉은색 울 코트를 손에 쥐고 내려오려다가 거울 앞에 다가섰다. 유령처럼 창백한 얼굴!

무거운 표정으로 문 앞에 서서 기다리고 있는 루를 보자, 이사벨은 그가 눈치를 챘음을 더욱 확신했다. 그녀는 슬프기도 하고 동시에 기쁘기도 했다. 보다 일이 수월해질 것이기에 기뻤고, 그에게 이미 고통을 주었기에 슬펐다. 하지만 그녀는 달빛이 사라진 밤, 어딘가 한적한 도로에 닿을 때까지 기다리기로 했다. 그런 다음 이야기를 할 요량이었다. 이렇게 쉽사리 사랑이 떠나버릴 거라고는 상상도 하지 못했노라고. 사랑을 잃자 그녀는 춥고 공허한 기분이었다. 그리고 다시금 사랑이 돌아오길 절실히 원했다. 자신이 할 수만 있다면, 방법만 안다면 직접 사랑을 되찾아오고 싶었다. 다른 모든 점에서 그녀는 여전히 루와 결혼하고 싶었다. 일단 털어놓으면 다시금 그를 좋아할 수 있을 것 같았다. 그녀는 다시 루를 좋아하게 되기를 바랐다. 늘 서로에게 가졌던 오래된 그 편안한 애정을 되찾고 싶었다. 아마도 그것만으로도 충분하리라.

"어디 특별히 가고 싶은 데라도 있어?"

루가 시동을 걸며 말했다.

"아니, 시내만 벗어나면 돼."

두 사람은 달리는 차 안에서 침묵을 지키고 있었다. 누구도 상대방의 손을 잡으려 하지 않았다. 별이 반짝이는 칠흑 같은 하늘 아래 그는 북쪽을 향해 달렸고, 따뜻한 밤바람이 부드럽게 그들의 얼굴을 때렸다. 바람은 그녀의 굵게 웨이브 진 머리칼을 들어 올렸고, 몸에 걸친 외투의 얇은 흰색 실크를 펄럭이게 했다. 바람은 오픈카에 타고 있던 두 사람에게 대화를 나누지 않는 구실을 주기에는 충분했지만, 루가 팔을 뻗어 그녀를 가까이 다가오게 하지 않은 데 대한 구실은 될 수 없었다. 그녀는 그것을 느꼈고, 이제 털어놓을 시기만을 저울질하게 되었다. 입이 바싹 타들어갔고, 심장은 거세게 뛰기 시작했다. 그녀는 때가 왔다고 생각하면서도 자꾸만 시기를 미루었다. 하지만 어서 용기를 내어 이렇게 말해야 했다.

"루, 차를 잠시 세워줘. 할 얘기가 있어."

그녀가 망설이는 사이, 놀랍게도 그가 먼저 입을 열었다. 그런데 바로 자신이 하려던 이야기를 그대로 하는 것이 아닌가.

"이사벨, 잠깐 차를 좀 세울게. 너무 늦기 전에 꼭 해야 할 이야기가 있어."

루는 커다란 나무 곁 도로변에 차를 세웠다. 머리 위로는 별들이 쏟아지고, 주위에는 도시 주변의 작은 마을과 교외 주택가의 불빛들이 반짝이고 있었다.

"무슨 얘기?"

이사벨은 너무나 어리둥절했다.

"어떻게 얘기를 해야 할지 모르겠어."

루는 허둥지둥 담배를 찾았다.

"하나 줄까?"

"아니."

"하나 피워, 이사벨. 그게 나를 조금은 편하게 해줄 거야."

그녀가 담배를 건네받자, 루가 불을 붙여주었다. 그의 커다란 손이 떨고 있었다.

"몇 주 전에 얘기를 했어야 했어."

루의 목소리가 급격히 가라앉았다.

"아무튼 못했으니까 이제라도 얘기를 해야겠어. 그게 우리 모두를 위해 좋을 거라고 생각해. 나 더 이상은 안 되겠어, 이사벨."

칼을 뽑은 사람은 그녀가 아니라 그였고, 타격을 가한 것도 그였다. 고통이 전해졌다. 그녀 자신 역시 똑같은 생각을 하고 있었지만, 묘하게도 그건 심한 고통이었다. 그녀는 아무 말 없이 놀란 채 그대로 앉아 있었다. 왜 곧바로 다음과 같이 외치지 않았을까?

"아, 루, 너도 역시 그러니? 나도 방금 막 용기를 내서……."

하지만 그녀는 한마디도 외치지 않았다. 아무 말도 할 수 없었다. 루에게 화가 치밀어 올랐다. 자신이 고통을 받는 것처럼 루도 고통을 겪게 하고 싶었다.

"그저 당황스러울 뿐이야."

여전히 비탄에 잠긴 목소리로 그가 말했다.

약혼 261

"내 자신이 싫어. 물론 알아. 그리고 실제로 느껴, 네가 진정 내가 아내로 맞고 싶은 그 달콤하고 사랑스러운 여자라는 걸 말이야. 난 너의 모든 것을 좋아해. 네가 자랑스러워. 너 같이 아름다운 여자를 아내로 삼는다는 건 정말 멋진 일이지. 지적이고, 매력적인 성격은 빼 놓고라도 말이야. 하지만 내겐 더 이상 열정이 남아 있질 않아. 나도 내 자신을 모르겠어."

그녀가 입을 열었다.

"처음 그런 감정이 생겼을 때 내게 얘기를 해줬어야 했어. 이건 너무 가혹해."

"나도 절실히 느끼고 있어."

그가 중얼거렸다.

"하지만 난 다르게 생각하려 했어. 극복해낼 수 있을 거라 여겼어. 다른 남자들도 결혼 전에 그런 기분이 든다고들 했으니까. 그냥 지나갈 거라고 생각했어. 고작 일주일 전쯤부터 그런 기분이 들기 시작했거든."

"내 웨딩드레스를 본 그날이구나."

이사벨이 말했다.

그가 주저하며 말했다.

"세상에, 바로 그랬어! 바로 그 순간이었어."

"신부로서의 나를 보니까 그랬던 거야."

그녀가 의견을 내놓았다.

"내 자신이 싫어."

그가 의기소침하게 말했다.

"내가 모든 비난을 받겠어. 내가 사람들에게 공표를 할게."

"아니, 그러지 마."

그녀가 재빨리 말했다.

물론 그러한 결정은 그녀의 몫이었다. 그 역시 최소한 그녀에게 우선권을 주어야 한다는 것을 깨달았다. 그는 그녀가 약혼을 파기하는 역할을 하게 해주어야 했다. 하지만 과연 그녀가 그렇게 할 수 있을까?

"난 네가 하자는 대로 할게."

그가 그녀에게 말했다.

"집에 데려다 줘."

그녀가 말했다.

그는 차를 돌려 조용한 도로 위를 빠르게 질주했다. 그는 슬픔에, 그녀는 숨겨진 분노에 휩싸인 채 침묵 속에 나란히 앉아 있었다. 왜 그녀는 루의 발언에 재빨리 대응해 그 타격을 피하지 않았을까? 어쨌든 상황이 이렇게 되었으니 사랑을 잃은 쪽, 타격을 입는 쪽은 그녀 자신이 되며, 평생 잊지 못할 상처로 남을 노릇이기 때문이었다. 그리고 또 다른 사랑이 찾아온다 해도 그녀는 늘 마음이 편치 않을 것이고, 루가 사랑을 거둬들였기 때문에 자신감을 잃게 될 것이 분명했다.

물론 그녀 역시 그를 사랑하지 않았지만, 그건 같은 문제가 아니었다. 여자가 남자를 밀어내는 것과는 전혀 다른 상황인 것이다. 장기적으로 볼 때 루에게는 상처가 되지 않을 것이다. 하지만 여자는 살아가는 내내 잊지 못할 것이 분명하다. 루와 그녀 사이에는 더 이상 우정이 존속될 수 없을 것이다. 그녀는 그를 볼 때마다 그 일을 기억할 테고, 그 상처는 항상 피를 거꾸로 흐르게 만들 것이기 때문이었다. 사랑의 상처라기보다는 자긍심을 다치게 한 상처로써 말이다.

"난 언제까지나 내 자신을 혐오하게 될 거야."

그가 어둠 속에서 중얼거렸다.

그녀는 여전히 아무 대답이 없었다. 혐오하게 내버려두자. 자신이 혐오스러운 행동을 했음을 늘 기억하게끔 놔두자. 아, 물론 그에게는 그렇게 행동할 권리가 있었고, 그들은 더 이상 옛 시대에 살고 있지 않았다. 하지만 옛 관습이 지지하고 있는 가치들은 눈여겨 볼 필요가 있었다. 남자는 절대 약혼을 파기하지 못한다는 사고에는 자비뿐만 아니라 정의의 가치도 담겨 있었다. 남자는 신사도를 발휘해 여자에게 행동의 기회를 제공해야만 했다. 여자에게는 사랑과 자긍심 외에는 달리 사회적으로 주어진 것이 없었기 때문이다. 남자는 여자에게 그 점을 배려해야 하는 것이다. 나머지 모든 세상은 남자의 것이었고, 여전히 남자의 것이라고 그녀는 생각했다. 비록 세상이 아무리 달라졌다고 해도 말이다.

한 시간 가량 달려 두 사람은 집에 도착했다. 이층 창문들은 여전히 어두웠다. 그녀의 부모는 극장에서 돌아와 이미 잠들어 있었다. 불쾌한 소식은 잠시 미뤄두고, 그녀는 이층으로 올라가 잠자리에 들면 그만이었다.

"같이 들어가 줄까?"

루가 측은한 목소리로 말했다.

"아니, 괜찮아."

그녀가 말했다.

"왠지 그냥 보낼 수가 없어."

루가 목소리를 높였다.

"날 이미 떠나보냈잖아, 그렇지 않아? 단지 그냥 집에 들어가는 것뿐이야. 잘 자, 루."

"이사벨!"

"루, 이해하려고 노력해볼게. 가게 해줘."

하지만 그는 문을 열어주지 않았다. 문을 잡은 채 홀로 집에 들어가는 것을 막아섰다.

"뭔가 내가 할 수 있는 일이 있었으면 좋겠어. 난 정말 널 좋아해, 이사벨. 정말이야. 세상에서 너보다 좋아하는 사람은 없어. 네가 날 미워하지 않았으면 좋겠어. 네가 그러는 걸 견딜 수가 없어. 우린 대화를 해야 해. 난 너와 평생 친구로 지냈어. 널 잃을 순 없어. 너무 큰 상처가 될 거야. 더구나 우리가 더 이상 친구 사이가 아니라면 어떻게 우리 가족들이 계속 친분을 유지할 수 있겠어? 모든 사람들에게 피해를 줄 순 없어, 그렇지 않니?"

너무도 진지하고, 너무도 간절하고, 너무도 옳은 행동을 취하고자 하는 그의 모습에, 그녀는 루에게 거의 사랑에 가까운 감정이 느껴지는 듯했다. 하지만 그건 사실, 사랑이라고 확신하기에는 어려웠다.

그녀는 눈앞에 불이 밝혀진 거리를 바라보면서 자기 내면의 분노를 자제하며 미동도 없이 앉아 있었다. 루가 옳았다. 모든 사람들에게 피해를 줄 수는 없었다. 만일 모든 게 그의 잘못이라는 생각을 머릿속에 품고 루를 돌려보낸다면, 그녀는 남은 평생을 거짓된 채로 살아가야만 했다. 한편 그녀가 그를 다정하게 용서한 뒤, 모든 것이 두 사람이 태어난 이래로 그래왔던 것처럼 그대로 유지되어야 하며, 약혼이 파기되었다고 해서 달라질 것은 아무것도 없다고 선언한다 해도, 모든 사람이, 그리고 모든 것이 변하게 될 터였다. 그녀의 부모는 루와 그의 가족을 더 이상 보고 싶어 하지 않을 것이고, 그건 그녀가 원하는 바가 아니었다. 그녀는 모든 게 약혼 이전의 상황과 같아지길 바랐다. 그러기 위해서는 루에게 모든 것을 솔직하게 고백하는 수밖에 없었다. 그저 자긍심 때문에 루를 응징하는 것은 옳지 않았다. 그건 옛 시대의 자궁심이었고, 이미 죽고 사라진 옛날 여자들의 자긍심, 그녀와는 아무런 관련이 없는 가치였다. 이사벨은 자신이 원치 않는 유산을 가차 없이 던져버렸다.

"루."

그녀가 불현듯 입을 열었다.

"나도 사실 내가 미워. 나도 네가 말한 것과 같은 얘기를 하려고 했었어. 나도 모든 걸 포기하고 싶었어."

그는 천천히 상황을 파악했다.

"세상에!"

그가 갑자기 소리쳤다.

"왜 내가 말하기 전에 얘기하지 않았어? 내가 얼마나 가슴을 졸였었는데."

"나도 내가 정말 싫었어."

그녀가 말했다.

"하지만 네가 날 놀라게 했지. 난 너도 그럴 거라곤 꿈에도……."

"그만."

그가 강하게 말했다.

"사랑에 관해선 아무 말도 하지 마. 난 널 좋아해. 진심이야! 난 내가 그토록 좋아하는 누군가를 잃고 싶지 않아."

"나도 널 잃고 싶지 않아."

그녀가 말했다.

"우리가 함께 결정을 했다는 걸 부모님께 말씀 드려야 해, 그리고 루……."

"응?"

"우린 이전과 다름없이 지내야 해. 약혼하기 전처럼 말이야. 가족들도 전과 같이 지내도록 해야 하고. 그리고 우리가 정말 결혼을 하게 되면, 그러니까 네가 다른 여자랑 말이야……."

"그건 아주 나중의 일이 될 것 같아."

그는 그렇게 말하고 손수건을 꺼내 이마를 닦았다.

"바보."

그녀가 말했다. 그러고는 정말이지 며칠 만에 처음으로 웃음을 지어 보인 뒤, 말을 이었다.

"그리고 나는 다른 남자와 결혼을 하고, 그런 다음에도 우린 또 다음 세대까지 계속 친구로 지내는 거야. 아, 루, 난 정말 널 좋아해!"

그녀는 루에게 몸을 기울였고, 두 사람은 유쾌하게 입을 맞추었다. 이윽고 그는 문을 열어주었고, 함께 계단을 올랐다. 그가 벨을 누르자 육중한 대문이 바로 열렸다. 그에게는 익숙한 광경이었다. 그는 이사벨의 생일 파티에 올 때면 늘 이렇게 문 앞에서 기다리곤 했다. 문은 마치 요새의 출입문처럼 언제나 굳게 닫혀있었지만, 그가 찾아오면 곧바로 열렸고 늘 환영이었다.

"들어와."

이사벨이 말했다.

"우리가 결혼하지 않게 되었다고 해서 서둘러 돌아갈 필요는 없어."

"쉿."

그가 부드럽게 말했다.

"누가 듣겠어."

"누가?"

그녀가 다그쳐 물었다.

"너희 가족이 말야."

"글쎄."

그녀가 말했다.

"어차피 알아야 하는 건데 뭐. 그렇지 않아?"

"그런가?"

그가 확신 없이 물었다.

그가 크리스털 샹들리에 아래에 서자, 이사벨은 놀라며 그를 응시했다.

"표정이 왜 그래, 루?"

"모르겠어. 기분이 좀 이상해서 말야."

"뭐가?"

그는 묘한 표정을 짓더니 갑자기 얼굴색이 새하얗게 변했다.

"우리가 오늘밤 무슨 얘기를 나눈 거지, 이사벨?"

"결혼하지 않기로 한 것에 대해 이야기했지."

그녀가 즉각 대답했다.

"알아. 그런데 우린 처음에 왜 결혼을 하려고 했던 거지?"

"그건 네가 알고 있어야지. 청혼을 한 사람은 너였잖아."

"거기엔 여러 이유가 있었지."

그는 잠시 말을 멈추더니 갑자기, 알 수 없는 힘에 이끌려 다시 말을 이었다.

"내 말을 잘 들어 봐, 이사벨. 거기엔 합당한 이유들이 있었고, 그건 지금도 마찬가지야. 우리의 가족들이나 우리는 서로에 대해 너무나 잘 알고 있어…… 아, 이사벨, 난 다른 낯선 여자와 결혼하고 싶지 않아. 난 내가 잘 아는 누군가와 결혼하고 싶어. 난 세상 누구보다도 널 잘 안단 말이야!"

그녀가 고개를 돌렸다.

"낯선 사람들과 낯선 집…… 그런 건 싫어."

"나도 낯선 사람과 결혼하고 싶진 않아."

그녀가 말했다.

"생각해볼 게 많아."

루는 마치 그녀와 논쟁이라도 벌이듯이 말을 이었다.

"우리가 결혼한다면, 좋은 점이있어. 남자는 이전에 알고 지내지 않던 여자와 결혼을 하면 식을 올린 이후에 그 여자에 대해 이런저런 것들을 알아야 해. 그 전엔 그걸 진정한 결혼 생활이라고 부를 수 없지. 난 너에 대해 많은 걸 알고 있는 거지?"

"그건 네가 잘 알겠지."

그녀가 딱딱하게 말했다.

"잘 알지."

루가 힘주어 말했다.

"수없이 많이 너희 집 문 앞엘 찾아왔고, 그럴 때면 나를 위해 문을 활짝 열어주었지. 그건 꽤나 의미 있는 일이야. 이 현관, 이 오래된 샹들리에, 그리고 여기 서있는 너! 우린 다른 커플들보다 몇 년은 더 앞서 시작한 거야, 그렇지 않니?"

마음을 울리는 말이라고 그녀는 생각했다. 아니, 루의 커다란 체구, 지나친 열정, 늘 그렇듯한 결 같은 자세, 도깨비처럼 잔뜩 찌푸린 얼굴만 아니었어도 충분히 감화가 될 만한 상황이었다. 이사벨은 그를 바라보았다. 단번에 고개를 돌리는 것이 아니라 천천히, 처음엔 옆모습, 그러고 나서 전체 얼굴을 바라보았다. 그러자 그녀의 얼굴에 아주 작은 미소가 떠오르더니 이어서 마치 빛처럼 두 눈 가득 반짝이며 얼굴 전체에 활짝 웃음꽃이 피어났다. 이윽고 그녀는 크게 소리를 내며 웃었다. 도저히 참을 수가 없었다.

"아, 루."

그녀가 소리를 높였다.

"내가 바보인 거야? 자기가 그런 거야?"

루 역시 그녀를 향해 씩 웃어보였다.

"둘 다겠지."

그렇게 말하고 난 뒤, 루는 문득 그녀에게 키스를 하고픈 욕구가 다시금 솟아나는 것을 느꼈다. 그건 이전의 그런 느낌이 아니었다. 바로 세상에서 누구보다 잘 아는 여자에게 키스를 하고픈 남자의 욕구였다. 그것은 두 사람에게 같은 세상이었다. 같은 세상, 같은 세계를 공유하는 것이 사랑이 아니고 무엇이겠는가?

"이사벨."

그가 말했다. 하지만 굳이 설명할 필요가 없었다. 그저 키스를 통해 그녀 스스로 느끼게 하는 수밖에는……

얼마 뒤, 계단 가까이 어딘가에서 발소리가 들려왔다. 레이스가 늘어진 가운을 입은 그녀의 어머니가 모습을 드러냈다.

"그 샹들리에 아래에 있으니까 정말 아름답구나."

눈물을 머금었지만 밝은 음성이었다.

"근사한 순간을 방해하고 싶진 않지만, 이제 시간이 너무 늦어서……"

"물론입니다, 어머님."

루가 말했다.

"이제 막 작별 인사를 하려고 했어요."

"아, 그래."
어머니가 말했다.
"앞으로도 수많은 밤이 있을 테니, 최소한 수천 번은 되겠지!"
"잘 가, 루."
이사벨이 말했다.
"잘 있어, 이사벨."
그가 말했다.
"아침에 들릴게, 늘 그렇듯이."
"늘 그렇듯이."

# 웃음 선물

TWELVE STORIES 09

크리스마스 날 새벽이 밝았다. 바튼 부인이 두려워하던 바로 그날이었다. 잠에서 깬 그녀는 방안을 둘러보았다. 이른 아침의 어스레한 빛 속에서 익숙한 방의 모습이 눈에 들어왔다. 그녀는 재빨리 눈을 감았고, 거의 꼼짝도 않고 침대에 누워있었다. 그녀가 최대한 머릿속에 그리지 않으려 애썼던 바로 그날이었다. 불행히도 크리스마스는 연기하거나 미룰 수가 없었다. 마치 죽음의 순간이 찾아오듯 그렇게 피할 수 없이, 틀림없이 다가오는 것이었다.

바튼 부인이 크리스마스에 두려움을 느끼기 시작한 것은 아들 레니에게 보낼 크리스마스 선물 상자 안에 넣을 선물을 사러 나간 날부터였다. 적십자 본부에서 말하기를, 어디에 있을지 모르는 레니에게 선물이 제때에 닿기 위해서는 늦어도 11월 전에는 소포를 부쳐야 한다고 했다. 그녀는 레니가 어디에 있는지는 알지 못했지만, 그가 소속된 연대를 알고 있었기 때문에, 적십자 직원의 도움으로 크리스마스 선물을 보낼 수 있었다.

선물을 사러 나갔던 그날, 그녀는 다른 사람에게 자신이 크리스마스를 두려워하는 사실을 들키고 싶지 않았다. 그래서 그녀는 단 하나뿐인 소중한 아들을 위해 선물을 고르는 중이라고 상냥한 여점원들에게 일일이 이야기하며 쇼핑을 했다. 그녀는 은근히 자부심을 느끼며

"아들은 전방 어딘가에 가 있죠."라고 말했다.

이번 전쟁이 지난번 전쟁보다 훨씬 더 어려운 까닭은 최전선이 너무 많기 때문이었다. 레니의 아버지가 최전선으로 나갔던 지난번 전쟁에서는, 최전선이란 으레 유럽의 어느 지역을 뜻하는 것이었다. 그녀는 소녀 시절 자주 유럽에 오가곤 했기 때문에 당시 서재 벽에 걸려 있는 지도를 보며 라날드가 지금 어디쯤에 있는지 쉽게 짐작할 수 있었다. 심지어 솜므 지역에서 그가 쓰러졌을 때조차 그녀는 그가 어디에 있는지 이미 알고 있었다. 하지만 이번 전쟁은 정말이지 애간장을 태우게 했다! 듣도 보도 못한 곳에서 전투를 치르고 있는 아들만 생각하면 그녀의 근사한 잿빛 눈이 종종 흐릿해지곤 했다. 만일 아들도 아버지처럼 전사한다면, 그녀는 무덤에조차 가보지 못할 수도 있었다!

예쁘장하게 생긴 여점원이 눈물이 가득 고인 부인의 눈을 보고 그녀에게 힘을 불어넣어주며 밝게 미소 지어 보였다.

"아드님 눈이 무슨 색깔이세요?"

그녀의 물음에 바튼 부인의 얼굴이 환해졌다.

"파란색이죠. 아주 짙은 파란색이에요."

"그럼 이 스웨터가 아주 잘 어울리실 거예요."

여점원은 그렇게 말한 뒤 덧붙였다.

"전 파란 눈을 가진 남자를 늘 좋아했죠."

"저도 마찬가지예요."

바튼 부인이 말했다.

"그 애 아버지 눈도 파란색이었죠."

물론 그녀는 무척 분주하게 상점들을 오가며 쇼핑을 했다. 아직 가게에는 크리스마스실도 없었고, 포장 재료도 없었다. 하지만 그녀는 지난해에 쓰다 남은 상자 하나를 구할 수 있었다. 선물들을 한데 모아놓으니 꽤나 근사해 보였다. 그녀는 양철 깡통에 담긴 사탕과 땅콩도 샀는데, 아무리 더운 날씨에도 끄떡없다고 점원이 귀띔해주었다. 하지만 레니가 있는 곳은 더운 곳이 아니지 않은가! 그녀는 과일케이크도 빠트리지 않았다. 마무리를 다 해놓고 보니 꾸러미의 크기가 은근히 걱정이 되었다. 너무 크다고 퇴짜를 놓으면 어쩌나 싶었던 것이다. 아니, 그들은 그런 사실을 알려주지도 않을 것 같았다. 어쩌면 소포를 그냥 보내지 않을지도 몰랐다. 그러한 생각에까지 이르자 가슴이 덜컥 내려앉은 그녀는 서둘러 소포를 나누어서 세 개의 꾸러미로 포장했다. 결국 집안에 있는 모든 사람들의 도움을 받아야 했다. 늙은 집사 헨리와 그의 아내 앤, 그리고 운전기사인 딕킨까지. 한창 젊은 나이인 딕킨은 징병 통보를 받아 크리스마스가 오기 전에 떠날 터였다.

"딕킨 씨에게도 선물 상자를 보내줄게요."

그녀의 말에 딕킨은 모자에 손을 올리며 말했다.

"고맙습니다, 부인."

딕킨이 떠나자 그녀는 레니가 집으로 돌아올 때까지 차들을 차고에 넣어두기로 했다. 나이든 부인이 기름과 고무를 아끼는 모습은 흔치않은 일이었다. 크리스마스가 오기 보름 전, 부인은 전장으로 떠나는 그에게 일러두었다.

"돌아와도 일자리는 그대로 남아있다는 거 잊지 말아요."

딕킨은 다시 모자에 손을 올리며 말했다.

"고맙습니다, 부인."

마음이 조금 아파왔다. 딕킨은 꾸밈이 없어 보이는 젊은이였다. 문득 그녀는 이 젊은 친구에 대해 아는 것이 전혀 없다는 사실을 깨닫게 되었다.

"결혼은 했나요?"

그녀가 물었다.

"아니요."

딕킨은 갑자기 새빨개진 얼굴로 대답했다.

"부모님은 계시고요?"

그녀가 상냥하게 물었다.

"예."

그가 다시 대답했다.

침묵이 둘 사이를 벽처럼 가로막았고, 수줍음이 많은 두 사람 모두 그 벽을 넘어서려 하지 않았다.

"아무튼 잘 가요, 딕킨."

그녀가 말하며 손을 내밀었다.

"행운을 빌어요."

"고맙습니다, 부인."

딕킨은 그렇게 말하고 황급히 손을 뻗어 악수를 했다.

그녀의 기다랗고 가느다란 손 안에서 딕킨의 손은 크고, 젊고, 무겁게 느껴졌다.

웃음 선물

이번 크리스마스 아침에는 사실상 헨리와 앤, 두 노부부만이 집에 남게 되었다.

"그리고 역시 늙은이인 나까지."

그녀는 슬프고 고독한 유머를 담아 덧붙였다. 그러고는 눈을 지그시 감은 채 구슬프게 미소를 지었다.

이제 그녀는 자신이 이번 크리스마스를 두려워한다는 사실을 인정했다. 만일 이 두려움에 맞서 어떤 명확한 계획들을 세우지 않는다면, 그녀에게 크리스마스가 너무도 버거운 짐이 될지도 몰랐다. 그녀는 비밀스럽고 예민한 영혼 속에 늘 한 가지 생각을 품고 있었다. 그건 어느 날엔가 자신의 삶을 차분히 돌아보며, '그래, 이제 삶이 더 이상 아무 의미도 없구나.' 라고 느끼는 순간이 찾아오리라는 예감이었다. 삶에 집착하지 않는 그녀의 습성은 유전으로 물려받은 것일까? 아니면 그저 라날드의 죽음 이후로 그렇게 된 것일까? 그녀의 아버지는 예순 살을 눈 앞에 둔 어느날 누구도 알 수 없는 이유로 갑작스레 스스로 생을 마감했다. 당시 그녀는 어린 나이였기에 아버지를 도저히 이해할 수 없을 것만 같았지만, 시간이 흐를수록 왜 아버지가 그런 행동을 했는지 차츰 이해할 수 있게 되었다. 삶이 아무 가치 없이 느껴지는 데에 꼭 어마어마한 불행이 있어야만 하는 것은 아니었다. 여러 가지 실망들이 차곡차곡 쌓이다 보면 삶이 너무 힘겹게 느껴질 수도 있는 것이다. 그러다 어느 시점에서 균형이 한쪽으로 와락 무너져 버리고 만다. 그녀의 삶을 가치 있게 해주는 유일한 요소는 레니였다. 레니가 태어난 이래로 그녀의 삶은 온통 그에게 집중되어 있었는데, 그런 아들이 지금은 멀리 떠나있었다. 아, 전쟁이란 그녀와 같이 외동아들을 둔 어머니들에게는 그 무엇보다도 잔혹한 것이었다!

그녀는 크리스마스를 함께 보낼만 한 친구들을 하나하나 떠올려 보다가 이내 고개를 저었다. 물론 자신과 비슷한 처지의 친구들이 서너 명 있기는 했다.

'내가 좀 더 다정한 사람이었다면, 크리스마스에 마니 루이스와 그 외의 친구들을 초대를 할 텐데.'

하지만 그녀는 자신이 그렇게 하지 않을 것임을 알고 있었다. 자신의 고독에 굳이 다른 이들의 또 다른 고독을 더할 이유가 뭐가 있는가. 그저 혼자서 이겨내는 편이 수월해보였다. 느지막이 일어나 교회를 다녀온 뒤, 레니에게 편지를 써 자신이 얼마나 외로운지를 이야기할 계획이었다.

이제 그녀의 두려움은 한 가지로 좁혀졌다. 교회에서 돌아와 저녁을 먹은 뒤, 레니에게 편지를 쓰고 난 다음에는 무엇을 할 것인지에 대한 것이었다. 과연 실제로 그녀는 무엇을 하게 될까? 그녀는 눈물이 따끔하게 눈꺼풀 아래 고여 드는 것을 느끼며 몸을 떨었다. 그러고는 천천히 몸을 일으켜 가운을 입고 슬리퍼를 신은 뒤 욕실로 가 세수를 하고 머리를 빗었다 그녀는 침대로 돌아오던 도중에 창가에 멈춰 서서 창밖을 내다보았다. 공기가 맑고 차가웠지만 눈은 내리지 않았다. 레니는 어린 시절, 크리스마스에 눈이 오기를 늘 기도했다. 심지어는 다 자라서까지 기도를 하는 눈치였는데, 정식으로 한 것은 아니고, 그저 눈이 왔으면 좋겠다고 바라는 정도였다. 하지만 크리스마스 아침에 눈을 볼 수 없으면 큰소리로 불만을 드러내곤 했다. 그녀는 미소를 지었다. 잠시 후, 앤이 아침 식사가 담긴 쟁반을 들고 방안으로 들어오다가 부인이 과거를 회상하며 미소 짓는 모습을 보고는, 역시 미소를 지어보였다.

"메리 크리스마스."

앤이 말했다. 쟁반 위에는 크리스마스 장식용으로 쓰이는 호랑가시나무 잎 몇 장이 놓여 있었다. 대문 앞에 심은 커다란 호랑가시나무 두 그루는 올해 열매도 맺고 아주 잘 자랐다. 그것은 27년 전 레니가 태어나던 해에 심은 나무였다.

"아침에 일어나 눈이 없는 걸 보면 레니가 얼마나 노여워할까 상상하고 있었어요."

바튼 부인이 부드럽게 말했다.

"정말 그랬을 거예요."

앤이 맞장구를 쳤다.

그녀는 커다란 침대 위에 공단으로 된 엷은 노란색 커버를 펼쳐놓고, 그 위에 쟁반을 내려놓았다.

"가시나무가 너무 곱네요."

바튼 부인이 말했다.

"기분을 즐겁게 해주죠."

앤은 말했다.

"정말 그래요."

바튼 부인이 말했다.

앤이 유쾌한 기분으로 방을 나서자, 바튼 부인은 아침 식사를 시작했다. 입맛이 별로 없는데도 개의치 않고, 의무적으로 음식을 입에 넣었다. 그러고는 꼭꼭 씹으며 아주 천천히 식사를 했다. 물론 레니가 오늘 전갈을 보내올 가능성은 거의 없었다. 하지만 마지막 편지에서 레니는 오랫동안 연락이 없어도 걱정하지 말라고 어머니에게 당부한 바 있었다. 아들은 안전히 잘 있었다. 그저 오랫동안 연락이 없다고 해서 걱정할 필요는 없었다.

"어쩌면 오랫동안 소식을 듣지 못할 거예요, 어머니."

마지막으로 카드를 받은 것이 2주 전이기 때문에 오늘 뭔가를 바라는 건 확실히 무리한 기대였다. 그녀는 반쯤 비운 쟁반을 앞에 두고 —결국 많이 먹지 못했다— 레니가 크리스마스 때마다 늘 친구들을 우르르 집에 초대했던 일을 떠올렸다. 그녀는 늘 레니에게 모든 것을 바쳤다. 그런데 레니는 왜 결혼을 하지 않은 것일까? 물론 그녀는 레니가 결혼을 하지 않아 기뻤다. "아무리 봐도 어머니만한 여자가 없어요." 레니는 늘 그렇게 말했다. 그냥 하는 소리 같기도 했지만, 어느 정도는 사실이 아니었을까? 두 사람은 늘 무척 사이가 좋았고, 아버지가 프랑스에서 전사한 이후로 아들은 어머니에겐 자기밖에 없다는 사실을 잘 알고 있었다. 그녀는 레니가 열세 살이던 무렵, 남편의 친구이자 사업 파트너였던 탑햄 스톡스란 사내로부터 청혼을 받고 무척 노여워하며 거절한 적이 있었다. 그녀는 레니에게 모든 걸 다 이야기해주었다. 그런데 놀라우면서도 서운하게도 레니는 아쉬움을 드러내며 말했다.

"엄마, 난 타피 아저씨가 좋은데요."

그녀는 냉정하게 말했다.

"난 결혼 할 수 없단다. 넌 이해하지 못할 거야. 그리고 내겐 네가 있잖니. 엄만 네 아버지 자리에 다른 사람을 들이는 건 널 모욕하는 거라고 생각한단다."

"꼭 아빠의 자리나 아빠를 대신하는 건 아니에요."

레니가 말했다.

"타피 아저씨는 그저 타피 아저씨일 뿐이에요."

"그러니, 그 얘긴 이제 그만하자."

그녀는 말했다.

분명 레니가 결혼하지 않은 것에 대해 그녀가 자신을 책망할 필요는 없었다. 그녀는 늘 자기 자신에게 말했다. 젊은 남자는 결혼을 해야만 하고, 때가 오면 담대히 상황을 받아들여야 한다고 말이다. 또한 이기적인 모습을 자제하고, 레니에게 그녀 자신을 위한 시간과 헌신적 사랑을 과도하게 요구하지 않으려 했다. 그리고 특히 레니가 스물다섯이 넘은 후부터는 줄곧 이렇게 말해주곤 했다. 엄마는 충분히 이해할 수 있어, 만일 네가 결혼한다 해도……

"정말이야, 예쁜 며느리를 환영할 준비가 되어 있어."

그녀는 웃으며 말했다.

"말하자면, 뭐 앨리샤처럼 말이야."

앨리샤는 그녀의 오랜 친구의 딸이었는데, 매우 아름다운 처녀였.

레니는 금발 머리를 흔들며 웃으면서 말했다.

"죄송한데요, 앨리샤와는 사랑에 빠질 수가 없어요."

당시 레니는 사업을 운영하는 데 매우 뛰어난 솜씨를 발휘하고 있었다. 탑햄 스톡스는 말하기를, 레니가 법적인 분야에 있어서 아버지의 총명함을 그대로 물려받았다고 했다. 게다가 레니는 여자들에게 매우 인기 있는 청년이었다. 하지만 누구와도 사랑에 빠지지는 않은 것처럼 보였다.

그녀는 시계에 눈길을 던졌다. 지금 일어나 느긋하게 옷을 갈아입으면 딱 교회 시간에 맞을 듯했다. 그녀는 몸을 일으켜 뒤 호랑가시나무의 잔가지를 하나 집어서 화장대 위에 있는 레니의 사진 앞에 올려놓았다. 모자 아래 드러난 잘생긴 얼굴에, 착하고 밝은 표정의 레니가 그녀를 마주보고 있었다. '참 착한 아이였지.'라고 그녀는 생각했다. 늘 한결 같은, 그래서 어디에 있든 믿음이 가는 그런 친구였다. 그녀는 입술을 깨

물었다. 남편 역시 마찬가지였다. 그런 남편이었는데 결국 돌아오지 않았다. 착하다고해서 구원 받는 것은 아니었다! 만일 레니가 영영 돌아오지 않는다면 누가 그녀를 돌봐줄까? 그저 돈만 있는 것이 전부는 아니었다. 그녀는 매우 여성스러운 여자였다. 남편은 자신에게 의지하는 아내의 그런 습성을 사랑했다. 그리고 레니는 어느 정도 아버지의 자리를 대신한 셈이었다. 만일 그런 레니가 영영 돌아오지 않는다면, 그녀가 어떻게 삶을 계속해 나갈 수 있을까?

그녀는 잠시 화장대에 기댄 채 온 마음을 기울여 아들의 얼굴을 응시하다가, 이내 몸과 마음을 추슬렀다. 아니, 그녀는 레니가 죽었을 거란 느낌이 전혀 없었다. 만일 그가 전사를 한다면 아마도 그의 죽음을 바로 느낄 수 있을 것 같았다. 음, 정말 그렇게 될까?

"하지만 난 느껴, 네가 살아있음을."

그녀는 속삭였다. 그녀는 레니의 두 눈이 생기로 반짝이는 모습을 그려보았다. 하지만 그건 어디까지나 상상일 뿐이었다.

"날 도와주렴."

그녀는 속삭였다.

"이따가 집에 혼자 돌아오면 그때 날 좀 도와주렴."

하지만 결국 사진 한 장일 뿐이었다. 그녀는 부질없는 행동임을 깨달으며 돌아섰다.


……교회를 다녀와 집으로 들어서려는 순간, 그녀는 뭔가 평소와 다른 느낌을 받았다. 다시 말해, 낯선 누군가가 집안에 있는 것 같은 느낌이었다. 헨리가 당황스런 표정으로 문을 열어주었다.

"무슨 일이에요, 헨리?"

그녀가 물었다.

"서재에 한 젊은 친구가 와 있습니다, 부인."

"젊은 친구요?"

그녀가 그의 말을 되물었다.

"보시면 압니다."

그가 말했다.

"그런데 왜 들여보내셨어요?"

그녀가 다그쳐 물었다.

그는 손에 쥐고 있던 작은 종이 하나를 내밀었다. 종이 위에는 레니의 글씨가 적혀 있었다.

헨리 아저씨, 이 사람을 들여보내주세요, 타이거 드림.

"타이거!"

그녀가 조그맣게 탄성을 질렀다. 타이거(영어 원문은 Tigger-역주)는 레니가 어렸을 때 자신에게 붙인 애칭이었다. 막 읽기를 배우던 시절 타이거(Tiger-역주)를 잘못 발음한 것이었다. 어느 날인가 레니는 층계 위쪽에서 헨리를 향해 별안간 달려들며 외쳤다.

"나는 타이거다!"

그와 동시에 헨리 위로 뛰어내린 레니는 거의 바닥에 쓰러지다시피 하며 멈추었다. 그 이후로 몇 년간 이 놀이를 즐겨 했는데, 헨리는 짐짓 타이거가 끔찍이도 무서운 척했다. 하지만 집밖에서는 누구도 이 놀이를 알지 못했던 것이다.

"그렇습니다, 부인."

이제 헨리가 무겁게 운을 뗐다. 그러고는 부인의 잿빛과 파란빛이 감도는 눈동자를 바라보며 말했다.

"제가 옆에 함께 있을까요? 그 여자 분을 만나시는 동안 말입니다."

"아니에요."

그녀는 말했다.

"아니, 나…… 나 혼자도 괜찮아요. 그런데 어떤 여자예요?"

"그저 뭐, 그리 특별한 건 없습니다. 무슨 말인지 아시죠? 요즘 흔히 볼 수 있는 그런 젊은 처녀에요."

"알겠어요."

그녀는 천천히 말을 마쳤다. 그런 다음, 모피 목도리와 코트를 헨리에게 건네주었는데, 모자는 그냥 쓴 채로였다. 엷은 파란색의 토크 모자는 toque(챙 없는 둥글고 작은 모자-역주) 그녀의 하얀 머리색과 무척 잘 어울렸지만, 조금 엄해 보이는 효과가 있었다.

서재의 문을 열고 들어가자, 그 여자가 등받이가 높은 오크나무 의자에 앉아있는 모습이 보였다.

"그래요."

명확하고 똑 떨어지는 목소리로 그녀가 말했다.

"내게 하고 싶은 얘기가 있다고요?"

젊은 여자는 재빠르게 자리에서 일어나 작은 가방을 움켜쥐었다.

"타이거의 어머님이세요?"

그녀가 들릴 듯 말듯하게 말했다.

"타이거?"

바튼 부인이 되물었다.

"바튼 부인이세요?"

젊은 여자는 물었다.

"그래요."

그녀는 여전히 선 채로 대답했다. 그녀는 그 젊은 여자보다 훨씬 더 키가 컸다. 여자는 몹시도 어려 보였는데, 확실히 스무 살도 채 안 되어 보였다. 아주 작은 체구에 가무잡잡한 부드러운 피부를 지니고 있었는데, 떨고 있는 게 분명했다. 그다지 예쁘다고는 할 수 없는 외모였다. 작은 체구는 어린 아이를 연상시켰고, 그나마 커다랗고 검은 두 눈만이 도드라질 뿐이었다.

"타이거, 그러니까 레니가 절 보냈어요."

여자가 말했다.

"내 아들이?"

바튼 부인은 물었다. 갑자기 몸이 싸늘해지는 듯했다.

"앉아요."

그녀가 여자에게 말했다.

"내 아들이 보냈다니? 그 아이는 지금 멀리 떠나 있는데."

여자의 얼굴이 섬세한 분홍빛으로 물들었다. 그러고는 용기를 내어 몸을 추슬렀다. 바튼 부인은 그녀가 고개를 들어 입술을 깨무는 모습을 바라보았다.

"레니는 떠나기 전에 제가 해야 할 일이 무엇인지 정확하게 일러주었어요. 크리스마스에 어머니를 찾아뵈라고 했죠."

바튼 부인은 몸을 꼿꼿이 세운 채 이야기를 듣고 나서 차갑게 말했다.

"내가 그 말을 믿어야 하는 건가요?"

여자는 대답 대신 자신의 아담하고 둥근 가슴께에서 두툼한 편지봉투 하나를 꺼내 들었다.

"레니가 보낸 마지막 편지에요."

여자는 말을 마친 뒤 맨 앞의 편지지를 바튼 부인에게 건네주었다.

"자그마한 타이거 양에게"

편지는 그렇게 시작되었다.

"난 지금 뜨거운 물속에 발을 담근 채 편지를 쓰고 있어. 편지지에 묻은 물은 눈물이 아니야. 물론 자기를 생각을 하면서 충분히 눈물을 쏟아낼 수는 있지만 말이야. 네 편지를 읽고 난⋯⋯."

바튼 부인은 편지를 다시 여자에게 건네주었다. 그녀는 자신의 혼란스러워지는 마음을 외면하며 여자를 응시했다. 레니⋯⋯ 레니하고 이 여자는 무슨 사이일까? 그동안 레니는 아무 이야기도 하지 않았다. 레니가 자기 것이라고 자신만만해 할 때마다 실은 전혀 그렇지 않았던 것이다. 어쩐 일인지 그녀는 늘 혼자서 외로웠는데, 크리스마스가 되어서야 이제 그 이유를 알게 된 것이다! 그러나 순간 자긍심이 솟아나면서 그녀는 입을 굳게 다물었다. 그녀는 아들이 자신에게 말하려 하지 않았던 것들을 이 여자에게 굳이 묻지 않기로 했다. 그저 자기들끼리 비밀로 하라지! 그녀는 가슴속이 갈가리 찢기는 듯했다. 이제 그녀는 정말 혼자였다.

여자는 입고 있던 갈색 울 드레스의 자그마한 흰색 공단 조끼 안에 편지를 다시 집어 넣었다.

"제가 누군지 묻지 않으세요?"

그녀가 물었다.

"네. 묻지 않겠어요."

바튼 부인은 대답했다.

"하지만 레니가 오늘, 그러니까 크리스마스에 이곳으로 가라고 했어요."

여자가 잠시 말을 멈추었다.

"그리고 저더러……."
"왜지?"
바튼 부인이 빠르게 물었다.
"왜 그 많은 날 가운데서 하필이면 크리스마스지?"
부인은 잠시 말을 멈추더니 분명히 못을 박았다.
"크리스마스는 안 그래도 견디기 힘든 날인데."
여자는 몸을 앞으로 기울이며 어린아이 같은 자신의 두 손을 꼭 맞잡았다. 그녀의 갈색 눈에 아기처럼 맑디맑은 눈물이 가득 고여 들었다.
"크리스마스는 정말 끔찍해요, 그렇죠?"
그녀가 속삭였다.
바튼 부인은 대답하지 않았다. 이 젊은 여자에게 아무리 끔찍하다 해도 지금 자신이 처해 있는 상황보다 끔찍할 것 같지는 않았다. 두 사람 사이에는 공통분모가 없었다. 여자는 바튼 부인이 앉아있는 의자 곁으로 다가와 무릎을 꿇으며 앉았다.
바튼 부인이 몸을 움츠리며 말했다.
"아니, 처녀에 대해서 아무 것도 알고 싶지 않아요."
여자는 천천히 몸을 일으켰다.
"정말 제가 그냥 돌아가기를 바라세요?"
"제발 그래줘요."
바튼 부인이 간곡하게 말했다.
"제발 그냥 가줘요."
"하지만 타이거가 말하길……."
"제발."
바튼 부인이 소리쳤다.

"제발, 제발!"

그녀는 두 손에 얼굴을 묻고 몸 전체를 들썩이며 소리 내어 울기 시작했다.

여자는 그녀 곁에 그저 조용히 서 있었다. 이윽고 바튼 부인의 어깨에 그녀의 손길이 느껴졌다.

"울지 마세요."

여자는 말했다.

"제가 갈 테니 울지 마세요. 레니가 꼭 가야 한다고 하지 않았다면 전 오지 않았을 거예요. '열두 시까지 꼭 가야 해. 그때쯤 교회에서 돌아오실 테니까'라며 신신당부를 했죠. 그러곤 종이에 뭘 적어서 제게 건네주었어요. 문을 지키고 있는 노인에게 보여주라고 했죠. 그럼 저는 부인이 오실 때까지 기다리다가, 부인이 방안으로 들어오셔서 제게 누구냐고 물으실 때까지 또 기다리는 거였죠. 그리고 이제 조금 서먹서먹한 게 풀리면 레니가 준비한 크리스마스 선물을 제가 대신 전해드리는 거였어요."

그러자 바튼 부인이 얼굴에서 손을 거두었다.

"나한테 크리스마스 선물을?"

그녀가 소리를 높였다.

"레니가 떠난 이후로 줄곧 제가 갖고 있었어요."

여자가 설명을 했다.

"떠나기 전 토요일 오후에 샀죠. 저도 같이 있었어요. 아주 오래 걸렸죠. 어머니를 만족시켜 드릴만한 선물을 찾기가 쉽지 않았어요. '어머니한테 딱 알맞은 선물을 골라야 해, 타이거 양.'이라고 레니는 말했죠. 저를 그렇게 불렀어요."

"레니와 결혼을 했나요?"

바튼 부인은 한숨을 삼키며 말했다.

"물론 안 했죠."

여자가 재빨리 말했다.

"그렇다면,"

바튼 부인은 위엄을 갖추며 말했다.

"한 가지만 묻고 싶네요, 아가씨는 왜 여기에 온 거죠?"

"말씀드렸잖아요. 타이거가 제게 이리로 와서 선물을 전해드리라고 부탁했다고요."

여자는 조용히 말했다.

"자, 여기요. 선물 드리고 전 돌아갈게요."

그러고는 작은 갈색 가방을 열어 조그만 꾸러미 하나를 꺼냈다.

"열어보세요."

그녀가 말했다.

"마음에 들어 하시는지 레니에게 얘기해주고 싶어요."

바튼 부인은 잠시 주저하다가 이내 상자를 열어보았다. 안에는 공단으로 덮인 조그만 상자 하나가 있었는데, 그건 진주와 함께 금으로 장식된, 선線 세공을 한 옛날 스타일의 로켓(사진 따위를 넣어 목걸이 줄에 매다는 소형 케이스-역주)이었다. 아이보리 색깔의 로켓 안에는 레니의 한 살 때 얼굴이 그려져 있었다.

"그래서 레니의 아기 사진 하나가 사라진 거였구나!"

바튼 부인이 소리쳤다.

"사진첩을 보면서 이 사진이 없어진 걸 어찌나 아쉬워했는지."

여자는 가방에서 봉투 하나를 꺼냈다.

"여기요."

그녀가 말했다.

"꼭 전해드리라고 했어요."

바튼 부인은 시선을 두지 않은 채 사진을 받아들었다. 그녀는 로켓에 있는 아기의 얼굴을 뚫어지게 바라보고 있었다.

"정말 귀여운 아이였지!"

그녀가 중얼거렸다.

"머리끝에 금빛 머리털이 살짝 자라난 것 좀 봐. 아, 다시 갖게 돼서 너무 다행이야. 다시 집에 돌아온 것만 같아. 우리 아기……."

"레니도 그렇게 얘기했어요."

여자가 차분하게 말했다. 바튼 부인의 눈을 바라보는 그녀의 눈이 너무도 크고 차분해서, 바튼 부인은 그 얼굴에 어딘지 모르게 화가 날 정도였다.

"귀엽지 않아요?"

부인이 사진을 들어 보이며 물었다.

"예, 그래요."

여자는 차분한 어조로 말했다.

"아기를 좋아하지 않나보죠?"

바튼 부인이 말했다.

"제가요?"

여자는 간결하게 대답했다.

"전 늘 아기를 열 명이나 낳겠다고 하는 걸요."

"내게는 단 한 명뿐이지."

바튼 부인이 말했다.

"레니의 아버지는 1차 세계 대전 때 돌아가셨죠."

"타이거에게 모두 들었어요."

여자는 말했다.

"재혼을 하셔서 레니에게 형제나 누이를 만들어주셨으면 좋았을 텐데요."

"그런 생각을 해본 적은 단 한 번도 없어요."

바튼 부인은 강하게 소리쳤다.

"타이거가 그 얘기도 해줬죠."

여자가 조용히 말했다.

"하지만 그랬다면 레니에겐 더 좋았을 거예요."

그녀의 갈색 뺨에서 보조개 두 개가 사라졌다.

"전 아마도 레니와 결혼을 했을 거고요. 레니도 아마 자유로워졌겠죠."

바튼 부인이 딸깍 소리를 내며 로켓을 닫았다.

"그게 무슨 의미죠? 레니는 늘 자유로웠는데."

그녀가 다그쳐 묻자 여자는 웨이브 진 짙은 머리칼을 흔들었다.

"아뇨, 레니는 자유롭지 않아요."

그녀의 말투는 우울하다기보다는, 마치, 어린아이처럼 으쓱대는 듯한 어조였다.

"레니는 부인께 속박되어 있어요. 그는 어떤 일을 하기 전에 항상 어머니가 어떻게 생각할지를 먼저 생각해요. 그리고 결국 대부분은, 그만두고 말죠."

"그건 좀 이상하네요."

바튼 부인은 날카롭게 말했다.

"왜 그랬을까. 지금 말하는 건 그러니까, 레니가…… 레니가 청혼을 했었다는 얘기잖아요."

"네, 하지만 만일 결혼을 했다고 해도, 어머니가 절 좋아하지 않으시면 레니는 후회했을 거예요."

"그게 아가씨가 레니와 결혼하지 않은 이유예요?"

바튼 부인이 물었다.

"전 누군가에게 속해 있는 남자와는 결혼하고 싶지 않아요."

여자가 조용히 말했다. 이번 역시 그녀의 목소리에는 고통도 책망도 묻어있지 않았다.

바튼 부인은 몸을 곧게 펴며 의자 위에 고쳐 앉았다.

"아들에게 내가 영향을 미칠 수는 있지만……."

그녀가 말했다.

"전 영향 같은 건 개의치 않아요."

여자가 쾌활하게 말했다.

"하지만 아시다시피 부인은 이기적이세요. 어머님이 외롭거나 하면 그게 레니의 책임인 것처럼 느끼게 만드셨죠."

바튼 부인은 뜨거운 피가 목에서 두 뺨을 향해 천천히 올라오는 것을 느꼈다.

"레니가 나에 대해서도 얘기했어요?"

그녀가 노여움이 담긴 음성으로 물었다.

"아뇨."

여자가 말했다.

"그저 상황을 설명하면서 필요한 정도만큼요. 제가 오늘 여기에 오고 싶지 않다고 하니까, 레니는 그런 말까지 했어요. 자기가 살아서 돌아오지 못할 거라고 생각되면 만에 하나 어머니가 자살을 하실지도 모른다고요. 레니에게 이런 말을 하셨다고 들었어요. 어머님의 아버지께서 자살을 했기 때문에 두렵다고요. 레니는 그게 늘 걱정스럽다고 했어요."

"내 아들이 아가씨한테 내 사적인 일들을 다 털어놓은 것 같군요."

바튼 부인이 말했다.

"아뇨, 그건 부인께서 그것들을 아들의 일로 만드셨기 때문이에요."

여자는 말했다.

그녀는 가방을 다시 의자 위에 올려놓았다. 그러고는 다시 그 갈색의 작은 두 손을 포개며 말했다. "물론 전 레니에게 진실을 말했죠." 그녀가 덧붙였다.

"진실?"

바튼 부인이 되물었다.

"전 레니에게 이렇게 얘기해줬어요. 부인이 지금과 같이 된 건 레니를 너무도 사랑해서가 아니라고요. 그건 부인이 두려워하기 때문이에요, 레니가 없는 삶을 말이에요."

바튼 부인이 몸을 일으켰다. 갑자기 무릎이 떨리기 시작했다.

"그만 가보는 게 좋겠어요."

그녀가 말했다.

"결국, 아가씨는 말이죠…… 내 아들이, 모든 남자들이 그러는 것처럼, 그저 데이트 상대로 고른 특별할 것 없는 여자일 뿐이에요."

하지만 여자는 지지 않고 무겁게 입을 열었다.

"전 그런 여자가 아니에요. 일 때문에 레니에게 파견됐죠. 살인 사건과 관련해서 인터뷰를 했어요. 전 신문 기자예요. 레니는 제게 아무 것도 이야기하려 들지 않았죠. 전 그 점이 마음에 들었어요. 그래서 레니가 점심 식사를 제의했을 때 승낙을 하고 좀 더 캐물었죠. 레니는 여전히 입을 열지 않았어요. 그래서 더 좋아지게 되었고요."

"그게 무슨 사건이었죠?"

바튼 부인이 물었다.

"프랫 살인 사건이요."

여자가 대답했다.

"하지만 그건 삼 년 전 일인데."

바튼 부인이 소리를 높였다. 레니는 이 여자를 지난 삼 년 동안 비밀리에 만나왔던 것이다! 결국 레니가 결혼하지 않은 이유는 엄마 때문이 아니라 이 여자 때문이었다!

여자는 벌떡 일어나 야무진 작은 두 손을 바튼 부인의 어깨에 올리고, 아래로 지그시 누르며 그녀를 다시 의자에 앉게 했다.

"앉으세요."

그녀가 말했다.

"그리고 그런 어리석은 얘기들은 하지 마세요."

바튼 부인은 엄한 얼굴로 그녀를 바라보았다.

"레니가 오래 전부터 아가씨와 결혼하고 싶어 했나요?"

"저를 처음 봤을 때부터 그랬대요. 삼 년 전이죠."

"삼 년 전?"

바튼 부인은 되물었다.

"그건 말도 안 돼요, 아가씨는 지금도 무척 어려 보이는데."

"스물두 살이에요."

"레니가 맨 처음 진지하게 청혼을 한 게 언제였죠?"

바튼 부인이 물었다.

이것이 바로 레니가 앨리샤를 사랑할 수 없다고 한 이유였다!

여자는 부끄러워 고개를 숙이며 말했다.

"꼭 말씀드려야 하나요?"

"말하고 싶지 않으면 하지 않아도 돼요."

바튼 부인이 말했다.

"난 그저 나한테 이런저런 얘기를 다 하는 것 같아서……."

여자는 다시 웃어 보이며, 불현듯 바튼 부인이 앉아있는 의자의 팔걸이에 걸터앉았다.

"부끄럽지 않으세요?"

그녀가 소리를 높였다.

"아까는 저보고 아무 얘기도 하지 말라고 하셨잖아요!"

바튼 부인은 주저했다. 그러다 갑자기 부인도 웃음을 터뜨렸다. 이 젊은 여자가 자신에게 이렇게 거침없이 말하는 상황이 왠지 우스꽝스럽게 느껴졌다!

"아가씨는 그래도 내게 할 얘기는 다 하는 것 같군요."

부인이 말했다.

문이 열리면서 헨리의 모습이 보였다. 그는 눈앞에 펼쳐진 광경에 의외라는 듯한 표정으로 눈을 껌벅이고 있었다. 바튼 부인은 순간 이 젊은 여자가 자신의 의자 팔걸이에 다정하게 앉아있다는 것이 부끄럽게 느껴졌다. 그녀는 날카롭게 집사를 바라보며 물었다.

"무슨 일이죠?"

"저녁 식사 시간이……."

그가 대답했다.

"칠면조 요리가 식어가고 있습니다."

젊은 여자가 벌떡 몸을 일으켰다.

"전 그만 가봐야겠어요."

"잠깐만."

바튼 부인이 명령하듯 말했다.

"크리스마스 저녁 식사는 어디서 할 건가요?"

"아, 차일즈 식당에 갈까 해요."

여자가 씩씩하게 말했다.

"1달러면 근사한 크리스마스 정식을 내주거든요. 제게 딱 1달러가 있어요. 아껴둔 거죠!"

"가족은 없어요?"

바튼 부인이 물었다.

여자는 고개를 저었다.

"고아예요."

그녀가 밝게 말했다.

"전 고아원에서 자랐어요. 아마도 그래서 나중에 결혼하면 아이를 열 명이나 낳겠다고 하는 걸 거예요. 가족이 많지 않으면 집 같지가 않거든요."

"물론 아직도 고아원에 있는 건 아니죠?"

바튼 부인이 물었다.

"그럼요, 아니에요."

여자가 말했다.

"열일곱 살이 되면 나와야 해요. 그리고 일자리를 찾죠. 저도 취직을 했는데, 마음에 안 들어서 다른 곳으로 옮겼어요. 아무튼 다들 열심히 살아가죠."

"헨리."

바튼 부인이 똑 부러지게 말했다.

"식탁에 한 자리를 더 마련해주세요. 아가씨…… 이름이 뭐죠?"

"제니예요. 제니 홀트."

"홀트 양도 함께 저녁 식사를 할 거예요."

바튼 부인이 집사에게 말했다.

"알겠습니다, 부인."

헨리는 놀라움이 묻어나는 짧은 탄식과 함께 조용히 문을 닫고 방을 빠져 나갔다.

"홀트는 진짜 가족 이름인가요?"

바튼 부인이 물었다.

제니는 고개를 저었다.

"그냥 H로 시작하는 이름들 가운데 하나예요."

그녀가 말했다.

"해리슨, 홈즈, 홀트, 허튼, 등등."

"부모님에 대해선 아무 것도 아는 게 없어요?"

바튼 부인이 물었다.

제니는 웃는 얼굴로 다시 한 번 고개를 저었다.

"그저 문 앞에 놓아두고 간 아이죠." 제니가 쾌활하게 말했다.

바튼 부인은 잠시 생각에 잠겼다.

"그렇군요."

그녀가 한숨을 내쉬며 말했다.

"아무튼 제니 양은 대단해요, 대단해!"

부인은 몸을 일으켜 제니를 데리고 이층으로 올라갔다. 이층에 올라

가자 자기 자신도 이해하기 힘든 충동이 일어났다. 원래는 제니를 곧바로 손님방으로 안내할 계획이었지만, 그 대신 부인은 레니의 방을 가리켰다.

"여기가 레니의 방이에요."

그녀가 말했다. "들어가서 손도 씻고, 원하면 모자를 벗어 놓아도 돼요."

"고맙습니다."

제니가 말했다.

부인은 자신의 방으로 들어가 문을 닫은 뒤 자리에 앉았다. 테이블 위 호랑가시나무 너머로 레니의 두 눈이 자신을 부드럽게 바라보고 있었다.

'이기적이라……'

그녀는 생각했다.

'그래, 난 이기적이었어. 너 없는 삶을 두려워했지.'

갑자기 레니의 젊은 두 눈이 생기로 가득해 보였고, 자신의 두 눈엔 눈물이 차올랐다.

"내가 어떻게 해야 그걸 다 갚을 수 있겠니?"

그녀가 조그맣게 혼잣말을 했다. 파란 두 눈이 오랫동안 그녀를 미소와 함께 응시했다.

"물론 할 수 있지."

그녀는 두 눈을 바라보며 말했다.

"물론 할 수 있어."

……헨리 집사 앞에서 바튼 부인은 편하게 이야기를 할 수가 없었다.

그러나 딱딱하고 격식을 갖춘 식사 분위기는 오히려 제니를 쾌활하고 명랑하게 만들었다. 이 갈색 눈을 가진 처녀의 맑은 성격과 아이 같은 천진난만함을 누가 외면할 수 있을까? 바튼 부인은 웃음을 참지 못하며 이따금씩 제니의 말에 맞장구를 치곤 했는데, 그럴 때마다 헨리의 얼굴에 당혹스런 기색이 떠올랐다. 그렇게 어쩔 줄 몰라 하는 헨리의 표정이 오히려 바튼 부인에게는 재미있을 뿐이었다. 헨리가 식당을 나가자 제니는 자신의 작고 부드러운 갈색 손으로 바튼 부인의 다이아몬드 반지가 끼워져 있는 손가락을 가볍게 어루만졌다.

"타이거는 부인을 공정하게 평가하지 못했어요."

그녀가 상냥하게 말했다.

"레니는 모르고 있었던 거예요. 부인과 제가 레니에게 얘기를 해줘야 해요."

바튼 부인은 잠시 무거운 표정을 지어 보였다.

"무슨 뜻이죠?"

그녀가 물었다.

"타이거는 늘 말했어요. 부인께선 예민하시고, 또 엄한 편이라고요."

제니가 설명했다.

"레니는 어머니를 두려워해요. 정말로요."

"날 두려워한다고?"

바튼 부인이 되물었다.

"예, 정말 그래요."

제니는 진지하게 말했다.

"하지만 어머니는 너무나 재미있는 분이세요. 유머감각이 아주 뛰어나세요. 전 어머니가 하나도 두렵지 않은 걸요."

바튼 부인은 포크를 내려놓고 잠시 가만히 앉아있었다. 그러고는 몸을 기울여 손으로 제니의 뺨을 매만졌다.

"레니에게 전해줘요. 날 두려워할 필요는 전혀 없다고 말이죠."

그녀가 말했다.

이때 헨리가 자두 푸딩을 가지고 다시 돌아왔다. 푸딩은 너무 뜨겁게 달구어져 맨 윗부분에 놓인 호랑나무 가지에 불이 붙을 정도였다. 모든 열매가 활활 타올랐다.

"오!"

제니가 황홀감에 빠져 탄성을 질렀다.

"전 자두 푸딩을 통째로 보는 건 태어나서 처음이에요!"

그녀는 커다란 접시에 담긴 푸딩을 두 사람 분이나 먹었다. 진한 향취의 소스가 크림처럼 부드러웠다.


벽난로가 지펴진 서재에서 커피를 앞에 두고 앉아 있자니 바튼 부인은 문득 편안하고 느긋한 기분이 되었다. 그것은 실로 오랜만에 접해보는 느낌이었다. 훌륭한 저녁식사를 마음껏, 평소보다도 훨씬 더 배부르게 먹었지만, 웬일인지 무리 없이 모두 잘 소화시킬 수 있을 것 같았다.

"그거 알아요?"

그녀가 제니에게 말했다.

"난 레니가 떠난 후로 한 번도 웃어본 일이 없었던 것 같아요. 생각해 본 적도 없지만 아마 없었을 거예요. 웃을 만한 일이 없었죠."

그녀는 금방이라도 웃음이 터질 것만 같은 제니의 갈색 눈을 바라보다, 갑자기 다시금 웃음을 터뜨렸다. 그러고는 레이스가 달린 손수건으로 눈가를 훔쳤다.

"나도 모르겠어요, 내가 왜 웃는지."

그녀가 말했다.

"하지만 웃는 건 좋은 것 같아요. 어쨌든, 레니는 살아있으니까."

부인은 손수건을 내려놓으며 말을 이었다.

"제니 양도 그렇게 느껴요?"

"전 레니가 무사하다는 걸 알아요."

제니가 단호하게 말했다.

"그걸 어떻게 알죠?"

바튼 부인이 속삭이듯 물었다.

"만일 레니가 죽는다면 전 단번에 알 수 있을 거예요. 그렇게 되자마자."

제니가 말했다.

비튼 부인이 몸을 기울이며 말했다.

"레니를 사랑하는군요."

제니가 고개를 끄덕였다.

"진심으로요."

그녀의 말에는 꾸밈이 없었다.

바튼 부인은 제니의 포개진 두 손 위에 자신의 손을 올려놓았다.

"그런데 왜 레니와 결혼을 하지 않으려는 거예요?"

그녀가 묻자 제니의 눈에 눈물이 고였다.

"전 그냥 평범한 사람이니까요. 너무 두렵기도 하고요."

그녀가 말했다.

"제니 양, 부탁이에요!"

바튼 부인이 말했다.

"레니가 제니 양을 진심으로 사랑한다고 해도요? 그리고 나 역시 레니가 그래주길 진심으로 바란다 해도요?"

두 사람은 무척이나 진지하게 서로의 눈을 바라보았다.

"내 아들과 결혼해줬으면 좋겠어요."

바튼 부인이 부드럽게 말했다.

"어머님은 레니만큼 좋으신 분이에요."

제니가 말했다.

두 사람은 갑자기 웃음을 터뜨렸고, 제니가 벌떡 일어나 바튼 부인을 껴안았다.

"확실히 어머님한테 넘어간 것 같아요. 정말 대단하세요!"

그녀가 소리 높여 말했다.

"레니에겐 쉽사리 아니라고 말할 수 있었는데, 어머니에겐 훨씬 더 힘이 드네요. 저도 어머님이 제 어머님이 된다면 좋겠어요. 제가 얼마나 엄마를 갖고 싶었는데요! 물론 고아원에서도 잘들 대해주셨지만 그것과는 아무래도 다르죠."

"그렇다면,"

바튼 부인이 제니를 팔로 감싸 안으며 말했다.

"날 아가씨 엄마로 삼아주겠어요?"

제니는 바튼 부인의 눈을 바라볼 수 있을 정도만큼 뒤로 물러섰다.

"진심이세요?"

그녀가 힘주어 물었다.

"진심이고말고요."

바튼 부인은 대답했다.

"레니와 내가 함께 바라는 바예요. 나하고 같이 살아요. 레니가 돌아올 걸 대비해서 준비도 하고요."

제니는 그녀의 뺨에 키스를 했다. 그러고는 몸을 일으켜 두 손을 뺨에 갖다 댄 채 테이블 곁에 서있었다. 제니의 두 뺨은 이제 장밋빛으로 물들어 있었고, 두 눈은 밝게 빛나고 있었다.

"하지만 일은 계속 하고 싶어요. 레니가 돌아올 때까지는요."

"그렇게 해요."

바튼 부인이 말했다.

제니가 몸을 추스르며 말했다.

"방값과 식사비는 내고 싶어요."

"원한다면 그렇게 해요."

바튼 부인은 정중하게 대답했다.

이어서 제니는 비틀비틀 뒷걸음질을 치더니 커다란 테이블에 기대며 말했다.

"바튼 부인, 그럼 이제 제가 타이거와 약혼을 한 거라고 말할 수 있나요?"

"그렇다고 생각해요."

바튼 부인이 상냥하게 말했다.

그러자 방안의 분위기가 달라졌다. 그건 나이든 여자가 먼저 느낄 수 있었다. 물론 그것이 젊은 여자에게서 뿜어져 나오는 것이기 때문이었다. 그것은 눈부신 빛과도 같았다. 제니의 두 눈에서 뿜어져 나오는 빛. 그리고 음악도 있었다. 물론 지루하게 들은 크리스마스 캐럴 대신 옆집에서 들려오는 종소리였지만, 여전히 이 세상 것 같지 않은 음악이었다.

"레니에게 전보를 보내야겠어요."

바튼 부인이 부드럽게 말했다.

"전쟁 부서에 보내면 되든데, 보내기 전에 내용을 확인할 거예요. 뭐라고 쓰죠, 제니?"

"그대로 말씀하세요."

제니가 작은 소리로 말했다.

"그러니까……."

제니는 고개를 저었고, 목소리는 차츰 희미해졌다.

바튼 부인이 미소를 지었다.

"이렇게 보낼 거예요, '네 크리스마스 선물은 잘 받았단다.' 그러고 나서 이렇게 덧붙이는 거죠, '승인 완료.'"

제니가 고개를 끄덕였다.

"그 다음에는?"

바튼 부인이 물었다.

제니가 곰곰이 생각하더니 입을 열었다.

"약혼이 성사됐다고 말하세요. 그리고 어머니와 제가 서명을 하는 거예요. 그럼 레니가 알아볼 수 있을 거예요."

바튼 부인이 다시 웃음을 지어 보였다. 그녀는 앞으로의 자신의 삶이 웃음으로 가득할 것 같은 예감이 들었다. 그녀는 이제 레니에게 진 빚을 모두 다 갚은 셈이었다.

# 죽음과 새벽

TWELVE STORIES 10

"자리가 없어요, 선생님."

간호사가 말했다.

"병실이 가득 찼어요."

"그럼 1인실로 옮겨."

흰색 가운을 벗으며 외과의가 말했다.

"1인실도 꽉 찼어요. 맥리오드 씨가 있는 2인실은 침대 하나가 비어 있지만 산소 텐트에 의지하고 있고, 오늘밤을 못 넘길 것 같아서요. 가족들이 대기 중이세요."

"이 친구는 조용히 있을 거야. 오늘밤엔 깨어나기 힘들어."

외과의가 말했다.

그는 코트를 걸치고, 모자도 썼다. 자정이 넘은 시간이었고, 피곤에 지쳐 있었다. 그는 문을 쿵 소리가 나도록 세차게 닫으며 밖으로 나갔다.

간호사는 소년을 바라보며 그가 과연 깨어날 수 있을까 하고 생각했다. 그는 앞뒤를 가리지 않는, 무모해 보이는 소년이었다. 길게 늘어뜨린 금발, 날카롭고 가냘픈 얼굴, 길쭉하고 비쩍 마른 몸매, 늘 자동차 사고로 실려 오곤 하는 그런 소년들 가운데 하나였다. 두껍게 감긴 하얀 붕대 아래로 소년의 얼굴은 수심이 가득해 보였다. 그를 아는 사람은 아무도 없었다. 소지품을 살펴보아도 그가 누구인지 말해줄만한 물건은 찾아볼 수 없었다. 자동차는 도난차량이었다. 적어도 차주는 아직까지 확인되지 않은 상태였다. 확실한 건 그것이 이 열여덟 살 난 소년의 차는 아니라는 사실이었다.

열여덟이나 열일곱, 어쩌면 고작 열여섯 정도일까, 정확히 몇 살인지 알 길이 없었다. 그는 병원에 실려 올 때부터 의식을 잃은 상태였고 피를 흘리고 있었다. 마을에 병원이 있다는 건 그에게 다행스러운 일이었다. 모든 작은 마을에 병원이 있는 건 아니니 말이다.

"23호실로 옮기세요."

간호사가 잡역부들에게 말했다.

그들이 침대를 밀며 이동하자, 간호사가 그 뒤를 따랐다. 이 시간이면 병원은 너무나 조용해서 아기 울음소리조차 들리지 않았다. 앞으로 한두 시간쯤 지나면 동이 터 오를 것이다. 그러면 전화벨이 울리기 시작할 테고, 아픈 사람들은 한숨과 신음소리를 내뱉고, 아기들은 울어대며 서로를 깨워댈 터였다. 23호실 역시 조용했다. 단지 산소 텐트의 쉿쉿거리는 기계음만이 들릴 뿐이었다. 작은 꼬마전구가 병실을 밝히고 있었기 때문에 간호사는 침대 위에 누워있는 맥리오드 씨의 모습을 볼 수 있었다. 그녀는 방을 나가기 전 환자를 점검할 생각이었다.

"환자 머리를 조심하세요."

그녀가 잡역부들에게 말했다.

"알고 있어요."

나이가 지긋한 잡역부가 말했다.

"실려 올 때 봤거든요."

"차가 남아나질 않았었죠."

다른 잡역부가 말했다.

두 사람은 커다란 손으로 부드럽게 환자를 들어 침대에 올린 뒤, 팔과 다리를 가지런하게 했다.

"더 필요한 게 있으세요, 마틴 양?"

나이든 잡역부가 물었다.

"됐어요, 수고하셨어요."

그녀가 말했다.

두 사람은 병실을 빠져나갔고, 그녀는 소년에게 시트와 얇은 면 담요를 덮어주었다. 소년은 숨이 붙어있기는 했지만 정상은 아니었다. 그녀는 소년의 맥박을 쟀다. 불규칙적으로 빠르게 고동치는 것이 예상했던 대로였다. 의사가 마지막 주사제를 처방하면서 진정제는 쓰지 말라고 지시한 상태였다.

복도에서 전화벨이 울리자 그녀는 전화를 받기 위해 밖으로 나갔다. 층마다 간호사 한 명으로는 밤 시간을 버티기에 충분치 않았지만 간호사의 수가 적기 때문에 어쩔 도리가 없었다. 맥리오드 씨에게는 간호사가 필요했다. 그리고 이제 이 소년에게도 마찬가지였다…….

"여보세요?"

그녀가 부드럽게 말했다.

"마틴 양이세요?"

분명하면서도 조심스럽게 가라앉은 귀에 익은 음성이었다.

"예, 맥리오드 부인."

"잠을 잘 수가 없어요. 당연한 일이죠. 가족들 모두 잠을 못 이루고 있어요. 병실에 좀 가봐 주실 수 있으세요?"

"그럼요."

그녀는 수화기를 내려놓고 병실로 돌아갔다. 소년의 숨소리는 조금 나아졌지만, 그녀는 소년 쪽은 바라보지 않았다. 맥리오드 씨는 아무런 미동도 없이 누워있었다. 그녀는 확신이 서질 않았다.

'지금 숨을 쉬고 계신 것일까?'

그녀는 노인의 맥박을 재보려 했지만 혈관을 찾을 수가 없었다. 그녀는 전화를 향해 다시 달려갔다.

"맥리오드 부인?"

"네?"

"오시는 게 좋겠어요."

"바로 갈게요."

그녀는 이어서 근무 중인 인턴에게 내선 전화로 연락을 했다.

"선생님, 맥리오드 가족을 오시라고 했어요."

"아, 시간이 됐군요?"

"그런 것 같아요."

"바로 갈게요. 피하 주사를 준비해주세요."

"예, 선생님."

그녀는 작은 쟁반에 이런저런 도구들을 담았고, 하얀 무균천 위에 주사기들을 올려놓았다. 이렇게 준비를 해도 별 소용이 없었다. 아마도, 작별 인사를 할 수 있도록 노인을 잠시 정신이 들게 하는 정도일 것이다. 하지만 이건 규칙이었고, 오직 의사만이 그 규칙을 깰 수 있었다.

그녀는 쟁반을 들고 병실로 들어가 소리 없이 내려놓았다. 노인은 움직이지 않았다. 소년도 마찬가지였다. 하지만 소년은 호흡이 이전보다 나아졌다.

그녀는 산소 텐트를 조절했고, 산소의 양을 조금 늘렸다. 그리고 측면 등을 켠 뒤, 의자 두 개를 더 가져왔다. 어제 진찰실에서 남편이 다음날까지 버티기가 힘들 것 같다는 이야기를 들었을 때, 맥리오드 부인의 얼굴은 그녀의 머리칼처럼 하얗게 변해 있었다. 잠시 후, 부인이 말했다.

"한 가지만 부탁드릴게요. 임종이 가까워지면 제게 전화를 주세요. 집에 계속 있을 테니까요."

의사는 간호사에게 지시를 내렸다.

"임종이 가까웠다고 판단되면 맥리오드 부인에게 연락을 취하세요."

인턴이 왔다. 작고 뚱뚱한 체구에 둥근 얼굴을 한 젊은 남자였다.

"준비됐습니다."

마틴 양이 말했다.

"좋아요. 진찰을 할게요. 텐트를 걷어주세요."

간호사가 텐트를 걷자, 의사는 재빨리 진찰을 했다.

"거의 힘든 상황이에요. 가족들이 오는 대로 피하 주사를 놓을 거예요."

"여기 준비해놓았습니다."

마틴 양이 말했다.

"오래 깨어 있지는 못할 거예요."

의사가 말을 이었다.

"삼십 분이나 한 시간 정도. 이 환자는 누구죠?"

"교통사고 환자예요."

"흠…… 요즘은 사고 환자가 참 많네요."

"네."

젊은이의 죽음, 노인의 죽음, 그 죽음들을 드러내지 않으며 나누는 그들만의 일상적인 대화였다.

"들어가도 되겠어요?"

맥리오드 부인이 문가에 서있었다.

"들어오세요."

인턴이 말했다.

"지금 막 기운을 차리게 해주는 주사제를 처방하려고 했어요. 말씀을 나누실 수 있도록요."

"고맙습니다, 선생님."

나이가 지긋한 그녀는 침착했고, 키는 작았지만 강인해보였으며, 얼굴 표정도 차분하게 가다듬고 있었다. 오직 마틴 양만이 모자를 벗을 때 그녀의 작고 단단한 두 손이 떨리고 있음을 눈치 챘다.

"앉으세요."

"모두 같이 왔어요."

맥리오드 부인이 말했다.

"들어오세요, 들어오세요. 환자분께 전혀 폐가 되는 게 아니니까요."

인턴이 말했다.

한 사람씩 병실로 들어오기 시작했다. 우선, 키가 큰 젊은 아들이 들어왔다. 그의 평범한 얼굴은 번민으로 가득했다. 이어 손수건으로 눈물을 훔치며 날씬한 금발의 아내가 따라 들어왔다. 그리고 예쁘장하고 역시 젊은 딸이 모습을 보였다. 그녀는 아버지를 닮아서 피부가 가무잡잡

했다. 마틴 양은 그들, 그러니까 조지, 루스, 그리고 메리를 모두 알고 있었다. 누가 봐도 화목한 가족이었다. 자녀들이 매일같이 아버지를 찾아왔고, 수술도 함께 의논해 결정했다. 수술은 성공적이었다. 그래서 비록 좁은 병실에서나마 그의 삶은 세 달 정도 더 연장될 수 있었다.

"환자분이 계시네요?"

조지가 고갯짓으로 다른 쪽 침대를 가리키며 물었다.

"의식이 없으세요."

마틴 양이 말했다.

"다른 비어있는 병실이 없어서요. 신경 쓰지 않으셔도 돼요."

그녀는 맥리오드 씨의 뼈가 앙상한 팔을 알코올로 문지르고 있었다. 인턴은 느슨한 피부에 바늘을 찔러 넣었다.

"최대한 한 시간 정도는 말씀을 나누실 수 있을 거예요. 전 밖에서 기다리고 있겠습니다."

"고맙습니다, 선생님."

맥리오드 부인이 말했다.

의사와 간호사가 병실을 나서자, 조지와 루스가 침대 곁으로 다가와 의자에 앉았고, 메리가 맥리오드 부인 옆으로 와 무릎을 굽히고 아버지를 바라보았다.

"우리 모두 같이 왔어요, 할."

맥리오드 부인이 명료한 목소리로 말했다.

"조지하고 루스가 집에 와서 같이 저녁을 먹었어요. 당신이 좋아하는 양고기 스튜를 먹었죠. 채소밭이 이제 풍성해지고 있어요. 스튜에 넣을 당근을 좀 캐기도 했죠. 맛이 좋더라고요."

"후식으로는 레몬 파이를 먹었어요, 아버지."

조지가 말했다.

"루스가 이제 파이를 엄마처럼 만드는 법을 배워가고 있어요. 제가 시킨 것도 아닌데 말이에요, 안 시킨 거 맞지?"

"그래, 맞아."

루스가 말했다. 울음은 멈췄지만, 입술은 파르르 떨리고 있었다.

"루스는 요리를 꽤 잘해요."

조지가 말을 이었다.

"내가 루스 나이일 때보다 훨씬 낫죠."

맥리오드 부인이 말했다.

"내가 처음 파이를 만들었을 때 기억해요? 위쪽은 까맣게 탔고, 아래는 덜 익었었죠! 당신이 제일 좋아하는 체리 파이였는데, 난 거의 울 뻔했죠. 하지만 당신은 밝게 웃으며 그렇게 말했어요, 난 당신하고 결혼한 거지, 파이 만드는 사람하고 결혼한 게 아니라고요."

"올해도 체리 나무엔 열매가 가득할 것 같아요, 아빠."

메리가 말했다.

그녀는 침대 위에 팔꿈치를 괴고 아버지의 얼굴에서 눈을 떼지 않았다.

"다 무르익으면 조지 오빠가 아빠를 위해서 그물을 칠 거예요. 벌써 찌르레기들이 덤벼들 준비를 하고 있거든요."

조지가 웃었다.

"아버지, 이 찌르레기들은 말이죠, 영 배울 줄을 몰라요. 매년 그물 위에 앉아서 안에 있는 체리를 바라보기만 하잖아요? 아버지는 그러셨죠, 녀석들이 악담을 퍼붓는 소리가 들리는 것 같다고요. 올해도 여느 때와 다르지 않을 거예요."

메리가 무척 부드러운 목소리로 입을 열었다.

"체리와 소풍은 제게 여름이 시작되는 걸 의미해요."

"나도 소풍을 좋아하지."

맥리오드 부인이 말했다.

"나처럼 나이 든 사람들에겐 소풍이 또 남다르게 다가오거든. 네 아버지와 난 일요일에 학교 소풍을 가서 결혼을 약속했지."

"아빠, 독립기념일에 파슨스 호수로 소풍 갔던 것 기억하세요?"

조지가 말했다.

"제게 낚시 하는 법을 가르쳐 주셨는데, 그때 처음 농어를 낚았죠. 다들 와서 구경을 하라고 제가 고래고래 소리를 질렀었잖아요."

"전 여름이 너무 좋아요."

메리가 꿈을 꾸는 듯한 목소리로 말했다.

"가을도 물론 좋아요. 아빠, 히코리 호두나무 기억하세요? 개학이 되는 것도 좋았죠. 정말이에요. 오빠, 그런 표정 짓지 마. 오빠는 아니었어도 난 학교가 좋았어!"

그러자 맥리오드 부인이 미소를 지으며 말했다.

"너희 둘은 언제까지 그렇게 티격태격할 거니?"

다른 편 침대에 누워있던 소년의 눈꺼풀이 파르르 떨렸지만, 아무도 눈치 채지 못했다. 그의 머릿속 저 깊은 어딘가에서 사람들의 웅얼거리는 목소리가 들려왔다.

"어렸을 때를 돌이켜보면 참 즐거웠던 것 같아요."

메리가 말했다.

"때로는 그 시절로 다시 돌아가고 싶어요. 엄마, 아빠하고 같이요."

"쉿."

맥리오드 부인이 말했다.

"뭔가 말씀을 하시려나 봐."

가족들은 몸을 앞으로 기울여 노인의 수심에 찬 얼굴을 들여다 보았다. 노인은 입술을 움직이며, 한차례 한숨을 내쉬더니, 눈을 떠 가족들 한 사람 한 사람을 차례로 바라보았다.

"여보."

맥리오드 부인이 말했다.

"당신이 집에 없어서 너무 적적해요. 설거지를 끝내고 나서, 다들 병원에 가고 싶어 하길래 함께 왔어요."

남편의 이야기를 듣기 위해 그녀가 말을 멈추었다. 그가 아내 쪽으로 고개를 돌렸다.

"마사……."

그의 목소리였다. 그 소리는 마치 한숨 같기도 하고, 속삭임 같기도 했다.

"그래요, 저 여기 있어요. 모두들 다 있어요. 아이들도 이야기를 나누고 싶어 해서 같이 왔어요."

부인이 자녀들을 향해 고개를 끄덕였다.

"아이들이 할아버지한테 안부를 전해달라고 했어요."

루스가 재빠르게 말했다.

"다들 잠자리에 들었죠. 루 베이커라는 옆집 여학생이 아이들을 봐주고 있어요, 아주 착한 학생이죠. 꼬마 할이 할아버지가 집에 돌아오시면 세발자전거를 보여주고 싶다고 했어요. 할아버지가 할의 생일 선물로 사주라고 하셨던 그 세발자전거요."

"할은 벌써 크리스마스를 생각하고 있어요."

조지가 말했다.

"어제 제게 그러더라고요, 할아버지가 자전거에 부착할 경적을 사주셨으면 좋겠다고요."

"전 크리스마스가 너무 좋아요."

메리가 다시 꿈을 꾸는 듯한 목소리로 말했다.

"매번 크리스마스가 되면 전 지난 크리스마스들을 떠올려요. 우린 벽난로 선반에 긴 양말들을 쭉 걸어놓았었죠. 언니 것과 엄마 양말이 양쪽에 있고, 아빠, 조지 오빠, 그리고 내 양말이 그 사이에. 그리고 밤이 되면 들려오는 캐럴 소리. 아, 따뜻하게 이불 속에 누워 있으면 창밖에서 들려오던 노랫소리가 어찌나 아름답던지!"

그녀는 부드럽게 노래를 불렀다.

"여기 누워 휴식을 취하고 있는 아이는 누구인가⋯⋯."

다른 쪽 침대에 누워있던 소년의 눈이 반쯤 떠졌다. 그는 고개를 돌렸지만 뭔가를 볼 수는 없었고, 이제 목소리들만 또렷하게 들렸다. 노랫소리도 들었다.

"나도 기억해⋯⋯ 전부 다."

맥리오드 부인이 말했다.

"크리스마스."

남편을 바라보는 그녀의 눈은 그리움으로 가득했다.

"언제나 기쁨으로 가득했지. 한 번도 다른 사람들을 초대할 필요가 없었어. 우리 가족이 함께 모이는 것만으로도 충분히 즐거웠거든. 게다가 이젠 새로운 가족, 꼬마 할과 조지까지 생겼고."

"메리도 얼마 안 있으면 결혼을 할 테고,"

조지가 말했다.

"그러면 가족이 더 늘어나겠죠."

"하지만 우리는 변하지 않을 거야."

메리가 말했다.

"아빠와 엄마는 우리의 부모님이야, 언제까지나 영원히. 우린 아빠의 가족이에요. 우리가 자란다 해도 그건 변하지 않아요."

"저도 아버지처럼 좋은 아버지가 되고 싶어요."

조지가 말했다.

이제 소년의 시력이 돌아왔다. 눈도 제대로 뜰 수 있었다. 그는 다른 쪽 침대를 바라보았다. 몹시 나이 들어 보이는 노인이 그곳에 누워있었고, 그의 주위를 사람들이 둘러싸고 있었다.

"착한 녀석들."

노인이 졸음에 겨운 목소리로 말했다. 그는 반쯤 잠이 들어있는 듯했다.

"두 분은 어떻게 우리가 원하는 걸 늘 그렇게 정확히 알고 계셨어요?"

메리가 나긋한 목소리로 말했다.

"전 제가 아홉 살 때 선물로 받았던 인형을 지금도 기억해요. 열다섯 살 때 받은 반지도 기억하고요. 크리스마스트리에 올려져있었죠. 제 첫 번째 반지였어요. 제가 에메랄드를 갖고 싶어 한 걸 대체 어떻게 아셨어요?"

"아주 조그만 반지였지."

어머니가 말했다.

"양쪽에 다이아몬드가 있었죠. 아직도 가지고 있어요. 지금 봐도 너무 좋아요."

"난 열두 살이었을 때 스키를 받았지."

조지가 말했다.

"하지만 아직도 내가 스키를 갖고 싶어 한 걸 어떻게 아셨는지 궁금해요, 아버지. 저는 한 번도 얘기한 적이 없거든요. 너무 비싸서 얘기를 꺼내기가 어려웠죠. 그해에는 제가 맹장 수술을 받았었죠."

"아버지는 너희들이 하는 얘기를 주의 깊게 들으시거든. 특히나 크리스마스 즈음에는 말이다."

맥리오드 부인이 말했다.

"그렇다 해도 제가 졸업 선물로 충격보호 손목시계를 갖고 싶어 한다는 건 어떻게 아셨어요? 거의 졸업장보다 더 갖고 싶어 했었죠."

조지가 말했다.

"제가 캘리포니아로 여행을 가고 싶어 했던 것도요."

메리가 말했다.

"우리는…… 알았단다."

맥리오드 씨가 말했다. 목소리는 희미했고, 눈꺼풀이 파르르 떨렸다.

침대에 누워있던 소년은 사람들을 더 잘 보기 위해 몸을 돌렸다. 몸을 틀자 심한 통증이 밀려왔다. 트럭을 들이받았을 때 그는 어디로 가고 있던 것일까? 아무 데도, 아무런 목적지도 없었다. 그저 더 이상 견딜 수가 없었다. 도저히 버텨낼 수가 없었다. 누구로부터 도망친 것도 아니었고, 어디에서 도망친 것도, 어디로 도망친 것도 아니었다. 그저 그저 거리를 배회하고 있었다. 아무도 그에게 관심을 두지 않았다. 여태껏 자신에게 관심을 보인 사람을 단 한 명도 떠올릴 수 없었다. 크리스마스에 대해서도 아무런 기억이 없었다.

"다음 일요일은 부활절이에요."

맥리오드 부인이 말했다.

"수선화하고 부활절 백합이 아주 만발했어요. 올해는 정원에 꽃이 여섯 가지나 피었어요. 지금까지 가장 많이 피었던 게 세 가지였던 것 같은데, 맞아요?"

맥리오드 씨가 간신히 입을 열어 또렷이 말했다.

"다섯 가지였지."

그러자 맥리오드 부인이 자랑스럽게 말했다.

"이것 좀 보렴. 아버지가 나보다 더 잘 기억하시는구나. 어느 해인가 다섯 가지 꽃이 핀 적이 있었지."

다른 침대에 누워있던 소년은 귀를 기울이고 있었다. 그 역시 부활절이란 단어는 알고 있었다. 사람들이 잘 차려입고 교회에 가는 날. 하지만 왜 가는 거지?

맥리오드 씨의 눈꺼풀이 내려앉았다. 맥리오드 부인이 조지에게 고갯짓을 하자 그가 의사에게로 갔다.

"들어오세요, 선생님."

인턴은 조심스레 병실로 들어와서 맥리오드 씨를 향해 몸을 굽혀 맥박을 짚어보았다. 움직임이 없었다. 잠시 후 그의 손목에서 가느다란 떨림이 느껴졌다. 그가 고개를 흔들었다.

맥리오드 부인의 얼굴이 하얗게 변했지만, 목소리는 여전히 명료했다.

"너희들은 이제 집에 돌아가 자거라."

그녀가 말했다.

"젊은 사람들은 노인들보다 잠이 더 많은 법이니까. 난 아버지하고 좀 더 있다 갈 테니."

자녀들은 서로를 바라보며 그 뜻을 헤아렸다. 루스가 울음을 참으려고 노력했다.

"병실 나갈 때까지 좀 참도록 해, 힘들더라도."

조지가 그녀에게 부드럽게 말했다.

"그만 가볼게요, 아버지."

조지가 말했다.

"내일 아침에 찾아뵐게요."

"아침에 뵈어요, 아빠."

메리가 말했다. 그리고 더할 나위 없이 정겨운 표정으로 아버지를 향해 몸을 굽히며 덧붙였다.

"날이 환하게 밝으면 찾아올게요."

아버지는 눈을 떴지만, 아무 말도 하지 않았다.

이윽고 세 자녀가 병실을 떠났다. 멈칫하던 인턴도 그들을 따라 나갔다.

다른 쪽 침대의 소년은 두 노인을 바라보았다. 세상에, 두 사람은 정말 늙어보였다. 이제 무슨 일이 벌어질까? 그는 울고 싶은 기분이었지만, 두 사람 때문은 아니었다. 그것은 자기 자신을 향한 눈물이었다. 그에게는 아버지가 있던 적이 한 번도 없었고, 어머니는 그가 어릴 때 돌아가셨기 때문에 가족이 없었다. 그런 자신이 처량해 울고 싶었다. 태어난 뒤 고아원에서 여러 다른 아이들과 함께 자라는 것도 그럭저럭 괜찮지 않을까 생각할지 모르지만 실상은 그와 달랐다. 나이 든 여인이 나이 든 남자에게 말을 건네고 있었다.

"여보, 지금까지 나는 얘기 외에도 우린 아이들이 모르는 추억들을 많이 가지고 있죠. 당신은 참 좋은 남편이었어요. 좋은 남편이 아내를 행복하게 만들죠. 그저 경제적으로 윤택한 것만을 의미하는 건 아니에요. 당신은 물론 그 부분도 만점이지만요. 당신은 나를 정말 행복한 여자로 만들어 주었어요. 우리 두 사람의 행복 속에서 아이들도 행복하게 자라났죠."

그녀는 잠시 말을 멈추고 감정을 가다듬은 뒤 다시 입을 열었다.

"난 당신이 내게 청혼을 한 그 작은 숲을 한 번도 그냥 지나친 적이 없어요. 지날 때마다 항상 그곳에 서 있는 우리 두 사람을 떠올려요. 기억 속에서 당신은 늘 내 손을 꼭 잡고 있죠."

그의 손이 그녀의 손을 찾자, 부인이 두 손으로 맞잡았다.

"나 여기 있어요, 여보……"

마침내 그녀의 목소리가 흐트러졌고, 그녀는 입술을 깨물었다.

"오, 하느님, 도와주세요."

이내 그녀의 목소리는 다시 강인해졌다.

"난 언제나 숲에 함께 서 있는 우리 두 사람을 볼 거예요. 절대 그냥 지나치지 않을 거예요……"

"마사."

아주 희미하게 그녀의 이름이 울렸지만, 그녀는 알아들었다.

"네, 여보. 나 여기 있어요. 어디 가지 않아요."

그는 갑자기 눈을 떴고, 아내를 바라보더니 미소를 지었다.

"좋은…… 삶이었어……"

그의 목소리는 침묵 속으로 잠겼고, 그녀에게 맡긴 손은 축 늘어졌다. 눈도 감겼다.

이제 노인의 생명이 명백히 꺼져가고 있었다. 소년은 울고 싶었다. 그가 마지막으로 울었던 것은 어릴 때 덩치 큰 소년에게 머리를 한 대 맞았을 때였다. 맞는 데 익숙해 있던 그에게 한두 대 얻어맞는 건 문제가 아니었다. 그가 울었던 이유는 그가 그 소년을 친형처럼 생각했었기 때문이었다.

맥리오드 부인 역시 울고 있었다. 눈물이 두 뺨 위로 흘러내렸다. 몇

초가 지난 뒤 그녀는 남편의 손을 내려놓았다. 그녀는 가방을 열고 가죽 커버가 되어 있는 책 한 권을 꺼낸 뒤, 작은 목소리로 소리 내어 읽기 시작했다. 눈물은 계속 뺨 위로 흘러내렸다.

"주님은 나의 목동, 나는……."

소년은 그녀가 읽는 소리를 들었다. 성경의 구절이었다. 고아원에서 지낼 때 일요일마다 학교에서 듣곤 했었다. 하지만 그에게는 아무런 의미가 없었다. 그건 그저 단어들의 나열일 뿐이었다. 하지만 이제 불현듯 그 의미를 깨달을 수 있었다. 그건 노인이 두려워할 필요가 없다는 것이었다. 비록 죽음이 다가오고 있다 해도 말이다.

"내 비록 죽음의 어두운 계곡을 지나야 한다 해도, 난 악마를 두려워하지 않으리."

당신은 두려워 할 필요가 없어요, 그게 나이 든 여인이 남편에게 말하고자 하는 바였다. 당신에겐 가족이 있어요, 그녀가 말하고 있었다, 우리는 당신을 사랑해요. 난 늘 그 숲을 기억할 거예요, 라고 그녀는 말했다. 그리고 우리가 함께 서 있던 모습, 그가 청혼을 했던 일, 그리고 서로 사랑하고 가정을 갖게 된 일, 그와 그녀, 두 사람, 그리고 아이들, 그리고 조지의 아이들, 그리고 장차 메리의 아이들까지……

소년은 베개에 머리를 누이고 반듯이 누웠다. 머리에 통증이 있었지만, 그렇게 심하지는 않았다. 그는 더 이상 울고 싶지 않았다.

"난 영원히 주님의 집에 살리라."

맥리오드 부인이 말하고 있었다.

그녀는 책을 덮고 오랫동안 가만히 앉아 있었다. 그러고는 몸을 일으켜 남편을 향해 몸을 기울이고 입술에 키스를 했다.

"안녕, 내 사랑."

그녀가 말했다.

"다시 만날 때까지."

그녀는 문가로 걸어갔다.

"이제 돌아갈게요, 선생님."

그녀가 인턴에게 말했다.

그가 병실로 들어왔다.

"이제 다 끝났습니다. 사모님은 참 강한 분이세요."

"전 강하지 않아요."

그녀가 말했다.

"그리고 끝난 게 아니에요. 우리가 함께 시작한 삶은 계속 이어질 거예요. 영원한 삶 속에서요."

"예, 그렇습니다."

그녀의 말을 제대로 듣지도 않은 채 인턴이 말했다.

그녀는 병실을 나갔다. 하지만 소년은 그녀가 한 말의 의미를 알았다. 그는 침대에 누운 채 천장을 바라보았다. 그는 이전까지 삶이란 걸 왜 사는지, 그리고 삶이란 게 무엇인지 모르고 지내왔지만 이젠 알 것 같았다. 그건 그저 누군가를 너무도 사랑해서, 상대방과 함께 살고 싶은 생각이 들고, 그래서 가정을 갖는 것이었다. 지금까지 누구도 사랑해본 적이 없고, 자신을 사랑했던 사람 또한 없었다는 사실은 더 이상 아무 상관이 없었다. 앞으로 가정을 꾸리면 그만이었다.

"젊은 친구!"

인턴이 소년을 향했다.

"언제 깨어난 거지?"

"얼마 안 됐어요."

소년이 말했다.

"한 삼십 분 전쯤."

그는 활짝 웃어보였지만, 인턴은 마음이 편치 않았다.

"참 유감이구먼. 그걸 다 지켜봤을 테니."

그가 벨을 누르자, 곧 간호사가 들어왔다.

"칸막이를 가져오세요!"

"예, 선생님."

칸막이가 쳐졌고, 이어 두 사내가 들것을 가지고 들어와 노인을 싣고 나갔다. 소년은 아무 말도 하지 않았다. 그는 이제 노인의 가족이 어떻게 지내게 될지 알 수 있을 것 같았다. 지금쯤 집에 함께 모여 있을 그 노인의 가족들은 이제 날이 밝으면 다 같이 아침 식사를 할 테고, 조지는 아마도 어머니에게 비록 아버지는 먼저 가셨어도 아직 어머니에겐 우리들이 있지 않느냐며 위로를 하리라. 그럼에도 그녀는 남편을 결코 잊지 못할 것이다. 절대, 절대로. 그건 확실했다. 왜냐하면 두 사람은 서로 사랑했고, 언제까지나 그럴 테니까.

소년의 마음에 평화가 찾아들었다. 이제 그는 자신이 태어난 이유를 알게 되었다. 그리고 그는 죽어 가는 것이 아니었다…… 단지 잠이 든 것일 뿐……


그는 느지막이 일어났다. 병실은 깨끗이 정돈되어 있었고, 칸막이는 거둬졌다. 다른 침대는 텅 빈 채, 새 시트가 깔려있었다. 햇살이 창을 통해 스며들었다. 그는 혼자였지만, 평생 처음으로 외롭지 않았다. 그는 이제부터 결코 혼자 살 이유가 없었다. 참된 가족을 목격한 지금, 그는 가정을 이룰 생각이었다. 직업을 구하고, 괜찮은 여자를 만날 것이다.

괜찮은 여자. 그 나이 든 부인은 젊었을 때 틀림없이 괜찮은 여자였으리라. 소년은 그 노인도 미뤄 짐작할 수 있었다. 한창인 시절, 키가 크고 날씬한 몸매의 그 사내는 숲에서 달콤하게 애인에게 청혼을 했으리라. 그리고 여자는 바로 승낙을 했으리라.

그도 그런 여자를 만나고 싶었다. 아이들한테 잘해 줄 여자, 요리를 잘 하는 여자, 크리스마스트리를 다듬을 줄 아는 여자. 세발자전거! 그는 어렸을 때 몹시도 세발자전거를 갖고 싶어 했다. 고아원을 떠올리면 가장 먼저 생각나는 것이 바로, 결코 가질 수 없었던 세발자전거였다. 그런 걸 갖기 위해서는 부모가 있어야 했다. 그리고 내 아이들, 자식들도 낳을 것이다. 그 축복 받은 노인은 자녀들의 배웅을 받으며 편안하게 생을 마칠 수 있었다. 삶을 만족스럽게 살아왔다면 죽는 것에 마음 쓸 필요가 없는 것이다.

말끔한 모습의 간호사가 병실로 들어왔다.

"아침 식사 하시겠어요?"

그녀가 밝은 목소리로 말했다.

그는 미소를 지으며 기지개를 켰다.

"기분이 아주 좋네요."

그는 말했다.

"제대로 된 식사를 주실 수 있으세요? 엄청 배가 고프거든요!"

# 은 나비

TWELVE STORIES 11

　남자는 말하기 시작했다.
　"제 어머니에 대해서 얘길 할게요……."
　홍콩의 어느 여름 밤, 어둠 속에서 나는 눈을 감았다. 나는 임무를 띠고 그곳에 파견되어 있었다. 중국 본토에서 국경을 넘어온 사람들의 이야기를 듣기 위해서였다. 이 남자는 방을 어둡게 하지 않으면 들어오지 않겠다고 했다. 그는 내가 자신의 얼굴을 보는 걸 원치 않았다. 그저 목소리, 그의 이야기만을 듣기를 원했다.
　그러나 말은 그저 한 남자의 입에서 나오는 말이 아니었고, 목소리는 그저 한 남자의 목소리가 아니었다. 그들은 기구들이었다. 요즘의 무자비한 세태 속에서, 기억에 잘 보관된 한 장면을 내게 거침없이 드러내 보여주는 기구들이었다. 내 상상력은, 기구들을 통해, 과거를 재현했다. 양쯔강 유역의 한 마을, 나는 얼마나 자주 그 마을들을 보아왔던가! 벽돌로 벽을 쌓고, 타일로 지붕을 올린 중국 중부 지역의 촌락들! 초라한 집들이 늘어서 있는 거리 한쪽에 대문이 하나 나있고, 그 안으로 들어서면 벽으로 둘러싸인 한 공간이 나오는데, 그 안쪽에는 지주의 안마당이 있었다. 그는 그래도 마을 기준으로는 부자였는데, 아마도 마을의 평범한 주민보다 스무 배 정도는 많은 재산을 가졌을 것이다. 그가 바로 이 남자의 아버지였다. 그는 땅뿐만 아니라 첩까지 두고 있을 정도로 부자였다. 적어도 첩이 한 명 이상은 되었을 것이다.

"그 여자가 제 어머니였습니다."

어둠 속에서 그 목소리가 말했다.

사연은 이러했다. 그녀는 그의 어머니였다. 옛날 중국에서는 어머니와 아들 사이가 매우 돈독했다. 어린 군인들, 즉 인적 드문 흙길에서 목덜미를 채여 군대에 징집된 마을 소년들은 어머니를 그리워하며 "워우-티 마! 워우-티 마!"라고 울부짖었다. 혁명전쟁이 치러지는 전장에서 죽어가면서 소년들은 소리 높여 어머니를 외쳤던 것이다. 한 번은 베이징 거리에서 한 무리의 학생들이 그 지역의 군사 지도자에게 반기를 들었다가 총살을 당한 일이 있었다는데, 그들 모두가 한 결 같이 어머니를 외쳤다는 것이었다.

"제게는 형제가 한 명 있었어요."

어둠 속의 목소리가 말했다.

"형은 내가 태어나기 전, 다섯 살 때 세상을 떠났죠. 어머니는 늘 저보다 형을 더 사랑했어요. 그건 어머니가 그 나이 또래의 아이, 특히 남자 아이를 보면 늘 귀여워하며 달콤한 간식을 주곤 하는 모습을 보고 알 수 있었죠. 그리고 전 꽤 늦게 태어났어요. 어머니는 마흔을 넘기고 저를 낳으셨는데, 그렇게 나이를 먹고 아이를 낳는다는 게 당시엔 수치스러운 일이었죠. 그럼에도 어머니는 제 편에 서서 싸우셨어요. 어머니는 아버지가 본처의 자식들에게 하는 것만큼 제게 잘 대해주게끔 만들었어요. 어머니의 처지가 어찌됐든, 아버지로 하여금 제가 아버지의 자식이라는 점을 잊지 않도록 만드셨죠. 어머니는 제게 잘 해주셨어요. 살아있는 동안 전 늘 어머니께 빚을 지고 있는 셈이죠."

목소리는 침묵 속으로 잦아들었다. 꽤나 긴 침묵처럼 느껴졌지만, 일 분이 지나도록 이어지지는 않았다.

"그리고 이제 새로운 사람들이 들이닥쳤죠. 아버지는 지주라는 이유로 소작인들로부터 죄를 추궁 당했어요. 하지만 그들은 아버지가 자신들을 위해 해주었던 일들을 잊지 못했죠. 흉년이 들었을 땐 공납을 면제해주었고, 분란이 있을 땐 중재를 해주었으니까. 하지만 마을을 장악한 당원들의 임무는 사람들에게 증오를 가르치는 것이었어요. 소작인들이 지주를 처형할 것을 요구하지 않으면, 오히려 그들이 벌을 받게 되었죠. 그러니 선하든 악하든 지주는 죽어야 했어요. 새로운 질서가 확립되어야만 한다고 그들은 떠들어댔죠. 아버지는 우리 집의 가장 넓은 안마당에 심어져있던 높다란 용혈수에 매달려 몰매를 맞고 돌아가셨어요. 우리, 그러니까 아버지의 가족들은 강제로 그 광경을 지켜봐야 했어요. 그리고 우린 뿔뿔이 흩여졌죠. 배다른 형들과 그의 가족들과 헤어져야 했어요. 아내와 나, 그리고 어머니는 진흙으로 벽을 바른, 고작 조그만 단칸방 하나뿐인 집으로 이사를 가야 했죠. 그곳은 예전에 우리 집의 문지기가 살던 집이었어요. 저는 그래도 교육을 좀 받았기 때문에 조합에서 장부 계원으로 일하게 되었어요. 인민 공사란 말이 생기기 전, 처음엔 조합이라고 불렀죠. 그것 외에도 강둑을 파내는 곳에 가서 많은 시간을 보냈죠. 거대한 다리를 올려놓을 기둥들의 터를 파는 기초공사였어요. 우난 지역에 두 도시가 마주보고 있던 거 기억하세요?"

"예, 기억합니다."

내가 말했다.

"그 시절에도 두 도시를 연결하는 다리를 만들겠다는 꿈이 있었던 거죠. 그 꿈에 대한 동경은 여전하고요. 그곳의 강은 넓고 물살이 빠르더군요."

"넓고 빠르죠."

목소리가 동의했다.

"강둑의 땅은 찰흙이어서 건조한 계절에는 거의 바위처럼 되어버리죠. 그런 노동은 생전 처음이었어요. 밤이 되면 너무 피곤해서 대화조차 거의 나눠질 않았죠. 어머니는 하루 종일 집에 혼자 계셨어요. 어머니는 무슨 일이 일어난 건지 이해하지 못하셨어요. 아버지가 돌아가시는 걸 목격하신 이후로 어머니는 완전히 달라지셨어요. 이해하실 수 있을 거예요. 머리가 좀 흐릿해지셨죠. 맑은 물에 진흙이 들어간 것처럼요."

"이해해요."

내가 말했다. 그 어둠 속의 목소리가 사용한 단어들은 "후엔, 투 후엔 리아오."였다. 흐릿한 기억, 혼란스런 사고.

목소리는 조용히, 부드럽게, 그리고 느긋하게 이어졌다.

"우리의 문제는 음식이었어요. 먹을 게 충분치 않았죠. 어머니가 일을 하지 않았기 때문에 배급을 받질 못하셨어요. 그래서 아내와 제가 음식을 어머니께 나눠드릴 수밖에 없었죠. 음식은 충분치 않았어요. 우린 늘 배가 고팠고, 어머니는 당신이 왜 배가 고파야 하는지 이해를 못하셨죠. 우리에게 이렇게 말씀하시곤 했어요. '나 돼지고기 좀 사주지 않겠니?'라고요. 어머니는 좋은 음식에 길들여진 상태였죠. 돼지고기, 생선

등을 매일같이 드셨고, 밥도 원하는 만큼 드셨으니까요. 이제 이런 음식들은 맛보기 힘들었고, 돼지고기는 한 달에 한 번 정도나 맛볼 수 있었는데, 너무나 적은 양이었죠. 우리는 그걸 어머니께 드렸지만, 어머닌 여전히 배고파 하셨고, 그 책임이 우리에게 있다고 생각하셨어요. 우린 그저 음식을 배급받을 뿐이라는 사실을 설명해드리기가 힘들었어요. '왜 작은 돼지 새끼 한 마리를 살 수 없는 거지?' 어머니가 물으셨죠. '우리가 키워서 나중에 살이 토실토실 찌면 잡아먹으면 될 텐데.' 옛 시절에는 흔한 일이었죠."

나는 말했다.

"저도 알고 있어요. 당시 모든 농부들이 자신들의 돼지를 키웠죠. 닭도 키웠고, 심지어는 물소나 황소를 키우는 사람들도 있었죠."

"하지만 다 내놓아야 했어요."

목소리가 말했다.

"우리는 공유를 하죠, 아시다시피 말이에요. 하지만 이 말은 우린 아무 것도 가진 게 없다는 걸 의미해요. 임금이 전액 지급이 되질 않아요. 임금의 일부가 예치가 된다고 얘기하지만, 우린 그게 어디에 있는지 몰라요. 심지어 농노들, 그러니까 우리가 부리던 그 소작인들조차, 지주들이 죽은 뒤 크게 기대를 했지만, 아무 것도 얻지 못했죠. 인민 공사는 그들이 가진 얼마 되지 않는 재산마저 다 빼앗고선 아무 것도 돌려주지 않았어요."

목소리는 갑작스레 멈추더니 기침 소리로 변했다.

"제가 불평을 하고 있는 게 아니라는 건 아실 겁니다."

"알고 있습니다."

목소리가 말을 이었다.

"불평을 해봤자 무슨 소용이 있겠어요? 바람이 세게 불면 갈대가 고개를 숙이듯이 우리도 그렇게 고개를 숙이는 거죠. 그저 바람이 멈추길 기다릴 뿐이에요. 그 이후에 다시 똑바로 설 수 있을 테죠."

"바람은 잦아들 겁니다."

나는 말했다.

"이야기를 더 해주세요. 여기서 멈추시면 섭섭합니다."

그러자 목소리가 말했다.

"마침내 올 것이 오고야 말았죠. 집마저 빼앗기게 된 거예요."

다시 긴 침묵이 지난 뒤 더 낮고, 더 착잡한 목소리가 이어졌다.

"솔직하게 말씀드리죠. 만일 집을 빼앗기지 않았다면, 어떤 일이 일어났을지 장담할 수 없어요. 전 무척 조심했어야 했죠. 저는 지주의 아들이었기 때문에 요주의 인물이었어요. 농노와 소작인의 아들들이 인민공사에서 훈련을 받고, 지휘 임무를 부여받았죠. 그들이 아는 건 공산주의뿐이었어요. 다른 건 배우지 않았죠. 이 점에 대해선 그들을 비난하지 않아요. 그들 역시 무력한 존재들일뿐이었으니까요. 하지만 아무튼 전 한 번만 실수를 해도 목이 날아갈 상황이었어요. 그러면 아내와 어머니도 함께 당하는 거죠. 그래서 전 낮이고 밤이고 실수하지 않도록 조심해야만 했어요. 아무 것도 이해하지 못했던 제 늙은 어머니는 저를 계속해서 위험에 빠뜨렸죠. 우리가 집에 없을 때면 젊은 관리들이 집으로 찾아와 우리를 염탐하곤 했는데, 어머니는 그들을 손님처럼 맞아주셨던 거예요. 예전에 하시던 대로 한 거죠. 어머니는 우리가 보관해둔 찻잎으로 차를 끓여주는가 하면, 아내가 한 끼 식사로 비축해뒀던 쌀로 오트밀 죽을 끓여 대접을 하기도 했죠. 전 축적을 한 게 아닌가하는 의심을 받게 되었고요. 아내와 난 자포자기하는 심정이었어요. 계속 그대로 갔다면,

우린 아마 이성을 잃고 어머니를 죽음에 이르게 할 수도 있었을 거예요. 매정하기 때문이 아니라 우리 자신의 목숨을 구하기 위해서 말이죠. 정말 그럴 수도 있었어요. 하지만 결국은 다른 사람의 손에 그렇게 되고 말았죠."

나는 말했다.

"그 상황은 충분히 이해가 갑니다. 하지만 옛날 같았으면 어림도 없는 일이죠. 그런 아들은 극악무도한 괴물 취급을 받으며 마을 사람이 던지는 돌에 맞아 죽고 말았을 거예요."

그러자 목소리가 물었다.

"그런 시절이 있었습니까? 전 다 잊어버렸어요. 이제 우리에겐 인민 공사가 있죠. 그들은 새 인민 공사 건물이 지어지기 전에 우리를 작은 집에 살게 했어요. 하지만 요리 도구를 전부 빼앗아 갔죠. 우리는 중앙 공공 식당에서 식사를 해야 했는데, 마침 아내는 공사의 주방에 있는 요리사 여섯 명 중의 한 명으로 일을 하게 되었어요. 제 일은 이전보다 훨씬 더 힘들어졌죠. 오전에는 사무실에서 업무를 봤고, 오후에는 땅을 팠죠. 밤이 되면 열한 시까지 인민 공사 회합에 참석해야 했어요. 전 늘 음식에 대해서만 발언을 했죠. 아내와 난 식권을 받았지만, 어머니는 일을 할 수 없었기 때문에 받지 못했어요. 전 지휘관을 찾아갔습니다. 스물한 살 먹은 젊은 친구였는데, 우리 마을 이발사의 아들이었죠. 그는 당에 가입해 있었고, 우리의 목숨은 그의 손에 달려있었죠. 모든 지휘관들은 젊었고, 농노들의 가족들이었어요. 그들은 자신들이 두려워하는 상사들을 기쁘게 하는 데 지나치게 열심이었죠. 우린 모두 누군가를 두려워했어요. "당신 어머니도 일을 해야만 하네." 지휘관은 큰 목소리로 말했습니다.

전 어머니의 정신이 좀 희미하다고 했어요. 그랬더니 그는 그런 사람도 쓸모가 있는 법이라고 했어요. 어머니는 아이들이 있는 탁아소에서 일을 하게 되었어요. 그래서 전 나이 든 어머니를 그리로 모시고 갔죠. 아무튼 이제 어머니께도 식권을 드릴 수 있게 된 거죠. 우린 이전보다 나아졌어요. 최소한 음식만 놓고 보면요. 아내는 요리사였기 때문에 여기저기서 한 입씩 입에 음식들을 집어넣을 수 있었죠, 모든 요리사들이 다 그렇듯이 말이죠. 연꽃잎에 주먹밥을 싸서 주머니에 감춰둔 뒤 나중에 제게 주기도 했죠.

만일 그 탁아소가 우리가 예전에 살던 그 커다란 집, 어머니가 여자로서의 삶을 보낸 그 집이 아니었더라면, 우린 아마 그럭저럭 괜찮게 살아갈 수 있었을지도 모릅니다. 어머니는 워낙 정신이 희미하셔서 이 사실을 깨닫진 못하셨지만, 반쯤 깨어있는 직관으로, 이 집을 거니시던 예전의 기억을 되살릴 수 있으셨어요. 물론, 집은 많이 변해있었죠. 나무들은 베어버렸고, 정원이 엉망이 돼있었죠. 집은 그동안 여러모로 활용이 되어왔어요. 처음엔 당의 본부로, 이후엔 바구니 공장, 그 다음엔 군인들 막사로 사용되기도 했죠. 이제 탁아소로까지 사용되고 있으니, 예전의 그 편안하면서도 시골 고유의 멋스러움이 살아있던 아름다운 집의 모습은 기억해내기 어렵더군요. 그런 집들을 보셨겠죠."

나는 말했다.

"많이 봤습니다. 말씀 하신 대로 특유의 아름다움이 있더군요. 집들이 자신들을 지탱해주고 있는 땅과 일체를 이루고 있고, 대대로 같은 가족에 의해 형태가 만들어진 모습이 말이죠."

목소리가 희미하게 떨렸다.

"우리 집도 그랬죠. 말씀드렸다시피 어머니는 기억은 못하셨지만 잊어버리신 건 아니었어요. 정신이 희미한 어머니는 당신이 이 집의 가장 비천한 노예로 몰락했다고 여기셨어요. 그리고 집에 가득한 아이들은 우리 가족의 그 많던 아이들이라고 여기신 거죠. 어머니는 탁아소의 여자 주임을 이 방에서 저 방으로 따라다니면서 옛날에 당신이 이 으리으리한 집의 안주인이었다, 그러니 이렇게 종노릇을 할 수는 없다는 말씀을 하신 거예요. 어머니는 존중을 받아야 했고, 햇볕 잘 드는 문가에 앉아 있으면 누군가 당신의 차 시중을 들어주어야 했죠.

주임은 젊은 여자였습니다. 역시 농노의 딸이었던 주임은 조바심이 나고 두렵기도 했는데, 그 이유는 어머니가 지주 계급이었다는 사실 외에도, 이 노파가 일을 제대로 하지 않을 경우 자신에게 돌아올 징벌이 걱정이 되었기 때문이죠. 그녀는 이런 멍청하기 이를 데 없는 노파가 자신을 돕게 되었다는 사실에 몹시 화를 냈어요. 하지만 아직도 저는 이 여자를 무정하다고 말할 수 없습니다. 그저 성급했고 두려움에 떨었던 거죠. 요즘은 모든 젊은 친구들이 그런 식이죠. 엄청나게 빨리 나아가도록 강요를 받죠. 하지만 실행된 모든 것들은 민중의 대가를 요구하죠."

다시 한 번 긴 침묵이 이어졌다.

"저기,"

내가 말했다.

"시간이 많이 늦었습니다."

목소리가 바로 말을 다시 이었다.

"하지만, 우린 잘 지낼 수도 있었습니다. 어느 날, 그 다섯 살쯤 먹은 작은 소년이 탁아소로 울면서 들어오지만 않았다면 말이죠. 그는 허약하고, 병약한 아이였죠. 어머니는 그 아이를 보자마자 어려서 세상을 떠난 당신의 아들을 떠올리신 겁니다. 어머니는 이 아이를 사랑하게 되었고, 이건 엄청난 죄악이었습니다. 어머니는 아이에 대한 사랑을 감추지 못해, 중대한 위험에 처하고 말았어요. 우리에게 사랑은 금지되어 있었으니까요. 사랑이란 부르주아적 나약함이며, 탁아소의 대의명분을 파괴한다고 가르쳤어요. 아이들은 오직 단체만을 생각하며 자라나야지, 어떤 개인이나 심지어 자기 자신을 생각해서도 안 된다고 가르쳤습니다. 탁아소에서 지낸 지 사 년쯤 되면 아이들은 공동체의 삶이라 불리는 것에 대해 배웁니다. 아이들은 이 교육을 쉽게 받아들이지만, 여전히 어린 아이들은 때때로 한밤중에 엄마를 찾으며 울어댑니다. 이 문제는 아직도 해결하지 못하고 있죠. 만일 어리지 않은 아이가 우는 경우엔 처벌을 받게 되죠. 아쉬운 대로, 유일한 해결책은 일, 노동입니다. 세 살짜리 아이들은 잡초를 뽑고, 좀 더 큰 아이들은 돌을 옮기죠. 아이들은 생각하는 기술을 익히게 해주는 영창을 배웁니다. 말을 듣지 않으면, 추가로 일을 해야 했죠.

　어머니가 사랑한 소년은 물론 말을 안 듣는 아이들 가운데 한 명이었어요. 아이는 한 번도 일을 하지 않았고, 늘 울어댔죠. 어머니는 아이가 돌을 옮기는 일을 도와주려 했다가, 계속 그러면 추방당할 수도 있다는 위협을 받기도 했는데, 그러한 행동은 금지되어 있기 때문이었어요. 어머니는 아이를 너무도 사랑했기 때문에 이러한 상황이 꽤 두려웠죠. 어머니는 낮엔 아이로부터 떨어져 있었지만, 밤이 되면 아이에게 다가가 품에 안아 주곤 했죠. 어머니는 연료 창고 구석으로 아이를 데려가 잠이 들 때까지 안아주었어요. 이런 행동은 아이에게 무척 안 좋은 영향을 미치고 말았죠. 비록 어머니가 아이를 편안하게 해주고, 기분 좋게 해주긴 하지만 그건 결국 아이를 나약하게 만드는 거니까요. 아이는 이전보다 더욱 일을 하려들지 않았고, 어머니는 혼돈의 꿈속으로 빠져드셨어요.

다시금 어린 아들과 함께 자신이 첩이 되었다고, 모든 집안 식구들이 당신을 미워하고, 그래서 친구가 하나도 없다고 상상을 하시게 된 거죠.

그러던 어느 날, 주어진 일 가운데 하나인 연료 가옥의 마당을 쓸고 있을 때, 갑자기 흐릿하던 어머니의 정신이 순간적으로 맑아지면서, 예전에 첩이었던 시절 보석을 조금 지니고 계셨던 일, 그리고 폭동이 일어났을 때 두려움에 떨며 황급하게 이 헛간 뒤쪽 벽의 한 벽돌 뒤에 숨겨두었던 일, 그리고 이후 쭉 잊어버리고 있었던 일을 기억해내셨죠. 마치 잠결에 걸어가듯 어머니는 그 장소로 가 바로 놓아둔 그 자리에서 보석을 찾으셨어요. 물론 먼지로 뒤덮여 있었죠. 세 부분으로 된 보석이었다고 해요. 전 다른 두 부분에 대해서는 아는 게 없어요. 아무런 값어치가 없었겠죠, 그렇지 않았다면 제가 이렇게 모르고 있진 않을 테니까요. 세 번째 부분은 꽤 값어치가 있었어요. 좋은 품질의 자그마한 진주들이 박혀있고, 선조 세공이 되어있는, 은으로 만들어진 나비였어요. 아주 세밀하게 다듬어진 보석이었죠. 전 그걸 재판정에서 봤어요. 어머닌 그 보석을 가슴께에 감추고 계셨죠. 지금 한 얘기는 전부 재판정에서 들은 거예요.

그 다음날 소년은 손을 베였어요. 아주 심하게 베였죠. 저도 재판정에서 봤죠. 손바닥에 상처가 났어요. 잡초를 베는 데 쓰는 날카로운 도구에 베였던 거죠. 비가 오랫동안 내리지 않았기 때문에 땅이 쇳덩어리 같았죠. 손잡이를 잡은 손에 힘을 주다가 미끄러진 거였어요. 물론 진료소로 옮겨 상처를 소독 받았죠. 진료소엔 아픈 아이들이 많은 반면, 돌봐주는 사람들은 이리저리 시달리고, 또 분주했기 때문에 아무도 아이를 돌봐줄 겨를이 없었죠. 그때 어머니가 슬그머니 들어가 아이를 데리고 나오셨어요. 워낙 아이들로 그득한 곳이라 아무도 신경을 쓰지 않았죠. 어머니는 아이를 연료 창고로 데리고 간 뒤, 잡초 더미 뒤에서 은 나비를 보여주며 아이를 달래주었죠. '너무 예쁘지?' 어머니가 속삭이셨죠. '이건 네 나비란다. 아무도 빼앗아가지 못하게 내가 보관해줄게. 매일 밤 나와 함께 꺼내 보자꾸나. 자, 네 손으로 들어 보렴.'

아이는 그렇게 아름다운 걸 본 일이 없었어요. 울음을 멈춘 채 나비를 들어 올려 바라보며 미소를 지었죠. 어머니는 재판정에서 이 이야기를 담담히 말씀하셨어요. 그렇게 세세히 기억하시는 걸 보고 우린 깜짝 놀랐죠. 매일 밤 두 사람은 나비를 함께 보았답니다. 어머니는 물론 아이에게 아무에게도 얘기하지 말라고 당부했지만, 어쩔 수 없는 어린아이인지라 다른 꼬마에게 말을 하지 않을 수 없었겠죠. 결국 나비는 발각이 되고 말았어요. 아이가 어머니를 졸라서 딱 하루만 자기가 갖고 있겠다고 했는데, 아니나 다를까 다른 꼬마에게 몰래 나비를 보여준 거죠. 그 꼬마는 주임에게 얘길 했고요. 그런 일탈 행위를 고발한 아이는 약간의 설탕을 상으로 받았죠. 그러자 당국에서 개입을 했어요. 아이는 사실을 그대로 털어놓아야 했죠. 그리고 심하게 매를 맞았어요. 아이의 죄는 다른 사람이 갖지 않은 것, 가질 수 없는 것을 탐한 점이었어요. 아이는 이른바 이탈자로 낙인이 찍히게 되었죠. 아직 여섯 살도 안 된 나이였는데 말이죠.

당국은 이제 어머니를 심문했어요. 그들은 사실을 있는 그대로 말하라고 어머니를 다그쳤고, 어머니는 그저 순순히 모든 걸 얘기해주었죠. 하지만 아무도 믿지를 않았어요. 오 년 전만 해도 그러한 일탈 행위를 하면 목숨을 잃을 수도 있었어요. 어머니는 그저 다음 인민재판 때 탄핵을 받는 것으로 선고가 내려졌죠. 그럼에도, 탄핵을 받는다는 건 무척이나 견디기 힘든 일이었죠."

목소리가 끊어지고 울음을 참는 소리가 들렸다. 난 기다렸다. 그를 어떤 말로 위로 할 수 있겠는가? 목소리는 다시 말을 이었다.

"회합이 있던 날 난 군중 틈에 몸을 숨겼습니다. 거기에 서서 기다렸죠. 무슨 일이 벌어질지는 알고 있었습니다. 그 이전에도 봤던 광경이었으니까요. 하지만 이번엔 주인공이 제 나이 드신 어머니였습니다. 어머니는 안쪽 방에서 이끌려 나와 군중들 앞에 자리하셨어요. 두 손은 허리 뒤로 묶인 채였죠. 한 젊은 지휘관이 어머니의 죄를 큰소리로 사람들에게 알렸어요. 그리고 그녀를 마주대하고 서 있는 우리는 그녀를 향해 역시 큰소리로 죄를 묻고, 주먹을 휘두르며 그녀를 탄핵하도록 명령받았죠. 이렇게 하다 결국 군중들은 어머니의 목숨을 요구하는 단계에까지 이르게 되는 거죠. 저는 누구보다도 크게 소리를 질렀어요. 다들 저를 지켜봤거든요. 이 친구의 목소리에 조금이라도 어머니에 대한 애정이 묻어있지나 않나 하면서요. 그래서 전 어느 누구보다도 크게 소리를 질러야 했죠. 어머니는 연신 미소를 짓고 계셨어요. 아무 것도 이해하지 못하시는 것 같았죠. 이리저리 두리번거리고 계셨어요. 저를 보지는 못하셨죠. 전 최대한 어머니로부터 떨어져 있었거든요.

가장 힘들었던 순간은, 누구나 탄핵을 받을 때 그러듯이, 어머니가 연단에서 내려와 군중들 사이로 걸어 나오실 때였어요. 군중들은 반드시 피고를 가격하고, 뺨을 후려치고, 발로 걷어차야만 하죠. 어머니는 손을 뒤로 묶인 채 군중들 사이로 걸어 나오셨고, 사람들은 어머니의 뺨을 후려치고, 어깨를 주먹으로 내리쳤어요. 무척이나 야위신 어머니는 쓰러지셨죠. 어머니는 어렸을 때 부모님이 발을 꽁꽁 묶어두었기 때문에 건강하셨을 때에도 잘 걷지를 못하셨어요. 그때는 건강도 좋지 않으셨어요. 어머님이 넘어지자 이젠 발로 걷어찰 때가 됐어요. 모두가 저를 바라보고 있었고, 전 두려웠습니다. 전 앞으로 나아가서 제가 해야 할 행동을 취했어요. 순간 어머니는 고개를 들고 저를 쳐다보았죠. 저를 알아보셨어요. 어머니가 절 알아본 걸 알고, 전 화난 표정을 지으려 노력했죠. 어머니는 잠시 당황하시는 기색이셨지만, 이내 미소를 지어보이셨죠. 절 이해하고 계신 거였어요."

목소리가 파르르 떨리면서 잦아들었다.

"그게 끝입니까?"

내가 물었다.

"아뇨."

목소리가 말했다.

"하지만 곧 끝날 겁니다. 어머니는 풀려나시자, 아이에게로 가셨어요. 밤이었죠. 아이는 홀로 침대에 누워있었죠. 다른 아이들은 식당에서 저녁 식사를 하고 있었어요. 아이 역시 구타를 당했고, 또래 아이들로부터 탄핵을 받았죠. 아이들은 교육을 받은 대로 행동한 거였죠. 어머니는 아이를 품에 꼭 안아주셨어요. 그러고는 아이를 구슬려 헛간으로 데려갔죠. 제가 이걸 어떻게 알까 궁금해 하실 수도 있을 텐데, 제 아내한테 전해들은 겁니다. 아내는 집회가 있었을 때 주방에 남아 있었죠. 저녁 식사를 준비해야 한다는 구실로요. 인민 공사 사람들이 저녁을 먹는 동안 아내는 몰래 탁아소로 갔던 겁니다. 거기서 어머니가 아이를 품에 안는 모습을 본 거죠. 어머니는 아이에게 부드럽게 이런 말을 건네셨대요.

'아이야, 이제 난 내 아들에게 짐이 될 뿐이란다. 그 아인 날 때릴 수밖에 없었단다. 내가 살아 있으면 아들에게 피해만 된단다. 자, 나랑 같이 가자꾸나. 더 좋은 곳으로 같이 가자꾸나.'

입술은 부풀어 오르고 진홍색으로 변해 있었지만, 아이는 꽤 분명하

게 말했답니다. '은 나비는 어디 있어요?'

'나랑 같이 가자.' 어머니가 말씀하셨죠. '강으로 가는 거다. 그곳에 가면 나비들이 많이 있단다. 물을 마시러 강에 모이지. 살아있는 나비들, 진짜 나비들 말이야.'

"아내는 어머니가 아이를 데리고 나가는 걸 지켜보았죠. 그리고 으스름한 길을 따라 강가까지 두 사람을 따라갔죠. 어머니는 아이를 팔에 안았고, 아이는 어머니의 목에 팔을 두르고 머리를 어깨에 뉘였답니다. 어머니는 아이를 데리고 잔잔한 강가로 걸어 들어가셨죠. 그날 밤은 바람도 없었고, 물결도 치지 않았답니다. 아내는 버드나무 수풀 뒤에서 지켜봤어요. 어머니는 물이 당신의 머리, 그리고 아이의 머리를 덮을 때까지 강 속으로 들어가셨죠. 한 발도 뒤로 물러서지 않으셨어요. 그게 끝입니다."

"아내는요?"

내가 말했다.

"아무 것도 안한 겁니까?"

목소리가 대답을 했다.

"아내는 사려 깊은 사람입니다. 아무 것도 하지 않았죠."

이번에는 침묵이 길게 이어졌다. 누가 무슨 말을 할 수 있겠는가?

그럼에도 침묵은 결국 끝이 날 수밖에 없다. 그렇지 않으면 시작도 있을 수 없으니까.

"다리는 어떻게 됐습니까?"

내가 물었다.

목소리는 다시 이어졌는데, 같은 사람임에도 불구하고 놀랍게도 전혀 다른 목소리가 되어 있었다. 목소리는 갑자기 차분해졌다.

"다리는 공사가 끝났습니다. 당신네 미국의 다리들처럼 튼튼하고 아주 넓습니다. 사차선으로 되어 있죠. 둘은 북쪽에서 남쪽으로, 둘은 남쪽에서 북쪽으로 나 있어서 차들이나 사람들이 동시에 어느 쪽으로도 이동할 수가 있죠."

"미국의 몇몇 다리들은 육차선이죠."

내 말에 목소리가 빠르게 대답을 했다.

"우리 다리에도 두 개의 차선이 추가로 건설된다고 들었습니다."

"굉장하군요. 더구나 강의 폭이 그렇게 넓은데 말이죠. 우리나라엔 그렇게 물살이 빠르고 넓은 강이 없습니다. 다리를 보면 상당히 자랑스러우시겠어요."

힘찬 대답이 이어졌다.

"예, 그렇습니다. 다들 자랑스러워하고 있습니다. 하지만……"

목소리가 잦아들었다. 다시 한 번 침묵이 우리 둘 사이에 내려앉았다. 이번엔 무너질 필요가 없는 장벽이었다. 그가 방을 떠났기 때문이다. 어느 비밀스런 은신처로 몸을 숨기러 간 것일까, 아니면, 자신이 도망쳐온 그곳으로 다시 돌아가기 위해 간 것일까?

그 누가 알겠는가?

# 프란체스카

TWELVE STORIES 12

맥스웰 쿰스는 안락한 자기 집 서재에 앉아, 아내인 프란체스카를 기다리고 있었다. 서재는 자그마했지만, 커다란 유리창 밖으로 잔디밭이 내다보였고, 그 아래쪽으로는 시내가 흘렀다. 정원의 삼면으로는 이웃들이 접하고 있었으나, 관목들이 세심하게 배치가 된 덕에 솜씨 좋게 시야가 가려졌다. 그와 프란체스카 두 사람 모두 이웃 없는 삶은 생각하고 싶지 않았지만, 매번 창밖을 내다볼 때마다 이웃들을 목격하는 것은 원치 않았다.

사실 이것은 어디까지나 프란체스카도 자신과 같은 생각이겠지, 하는 그의 상상일 뿐이었다. 그런 그녀의 생각이 늘 한결 같으리라고 확신할 수는 없었다. 지난 2년간, 그러니까 브로드웨이 히트작인 〈역대 최고〉의 주인공이었을 당시만 해도 그녀의 기질은 꽤 일정한 편이었다. 그 기간 동안 그는 프란체스카 오맬리, 아니 이제 그의 법적인 아내가 된 프란체스카 쿰스와 사는 데 익숙해지긴 했지만, 아내는 더 이상 자신이 결혼했던 당시의 그 프란체스카가 아니었다. 다시 말하자면, 사실 그녀는 그가 사랑에 빠졌던 그 프란체스카가 아니었다.

그가 그 프란체스카를 처음 본 건 〈황금 종〉에서 그녀가 천진난만한 소녀 역할로 나왔을 때였다. 그녀는 그의 눈에 확 들어왔는데, 그건 졸렬하기 짝이 없었던 그 연극에서 프란체스카만이 참아줄 만한 존재였기 때문이었다.

그는 자정이 조금 지날 무렵, 자신의 연극 평에 그녀를 자연스레 언급한 뒤, 특유의 옹골지고 통렬한 스타일로 연극이 얼마나 형편없었는지를 써내려갔다. 집필을 끝내고 원고를 넘긴 그는 늘 그렇듯 정오에 일어나서 아침을 먹을 생각을 하며 잠자리에 들었다.

하지만 그는 열 시가 되기도 전에 아래층 현관에서 큰소리로 자신의 이름을 부르는 소리에 잠에서 깨어났다. 가정부는 선생님께선 얼굴을 내비치지 않을 거라며 웅얼거렸지만, 그건 강풍 앞에서 휘파람을 부는 정도의 효과만을 발휘할 뿐이었다.

"당장 일어나라고 하세요."

젊은 목소리가 우렁차게 울렸다.

"이렇게 양심도 없는 사람은 잠을 잘 자격도 없어요!"

그는 잠시 그대로 침대에 누워 있었다. 그러고는, 늘 잠에서 깰 때와 마찬가지로, '끄응' 하는 소리를 한 번 내고는 침대에서 일어나 가운을 걸친 뒤 방문을 열고 계단통으로 나왔다.

"베일리 부인, 저 사람은 누구죠?"

그가 물었다.

그러자 젊은 여자가 직접 말을 받았다.

"전 프란체스카 오맬리예요. 그리고 전 '저 사람'이 아니에요!"

그녀가 층계 위를 향해 소리쳤다.

그는 난간 너머로 앵초처럼 신선한 그녀의 얼굴을 바라보았다. 그러고는 툴툴거리며 말했다.

"아무튼, 뭣 때문에 그러죠?"

"연극 평을 쓰신 분이죠?"

그녀가 강한 어조로 물었다.

"그런데요."

그는 당당하게 대답했다.

"당신 같은 사람은 총을 맞아야 해요!"

그녀가 계단 위에 있는 그를 향해 쏘아붙였다.

"그런 연극을 올린 사람들은 클로로포름(무색, 휘발성의 액체, 마취용-역주)을 뒤집어 써야 하죠."

그가 받아쳤다. 그리고 잠이 덜 깬 그의 머리는 이제야 그녀가 누구라는 것을 깨달았다.

"당신이군요."

그가 소리쳤다.

"무엇 때문에 그러는 거죠? 난 당신을 혹평하지는 않았어요. 사실……."

"어떻게 그럴 수가 있죠?"

그녀가 열정적으로 소리를 높였다.

"당신이 무슨 짓을 한 줄 알아요? 다들 나를 미워하게 만들었다고요. 다들 나의 절친한 친구들이었는데 말이에요."

"정말 절친한 친구들이라면……."

그가 입을 열었지만, 그녀는 그가 말을 마치도록 허락하지 않았다.

"나까지 혹평을 했다면 이러지 않았을 거예요!"

그녀는 울부짖듯 말했다.

"그랬다면 연극은 다들 서로 좋은 관계를 유지하면서 막을 내렸겠죠. 당신은 우리가 어떻게 연극을 준비했는지 몰라요. 요즘 우린 작가가 수면제를 과다복용하지나 않을까 노심초사하고 있어요. 이번이 그의 첫 작품이었단 말이에요."

"나 역시 이게 생업이죠."

그가 조금은 엄중하게 말했다.

"그리고 난 되도록 솔직하게 얘기하는 걸 좋아해요. 당신 연기는 좋았어요. 알겠어요? 나머지는 쓰레기였지만."

그녀는 힘겹게 분을 삭인 뒤, 맨 아래쪽 계단 위에 앉았다. 그러고는 그가 보고 있는 사이, 핸드백을 열고 그러지 않아도 화사하기 이를 데 없는 얼굴을 점검했다. 베일리 부인은 미덥지 않은 표정으로 침묵을 지키고 있었다.

"베일리 부인!"

그가 큰소리로 불렀다.

"예?"

목이 뻣뻣한 베일리 부인이 힘겹게 고개를 들며 맥스웰을 바라보았다.

"두 사람 분 식사를 준비하세요."

그가 말했다.

"고맙습니다만, 전 됐어요."

프란체스카 오맬리는 특유의 큰 목소리로 차갑게 말했다. 그러고는 몸을 벌떡 일으켰다.

"제가 설명을 좀 해드릴게요, 부탁입니다!"

그의 말에 그녀는 머뭇거렸다.

"제가 이렇게 배가 고프지만 않았어도……."

모호한 표현이었다.

"당신이 제 입에서 빵을 빼앗아 가셨다는 거 아시죠? 전 지난 여섯 달 동안 그 연극에 매달렸어요."

그녀는 가방을 열고 손수건을 꺼낸 뒤 코를 풀었다.

"제가 근사한 아침식사를 대접할게요."

그가 간청했다.

"베일리 부인은 베이컨과 계란 요리를 아주 잘하죠. 잠깐, 그 작은 소시지 아직도 좀 남아있나요?"

"예, 있습니다. 하지만 오늘 아침 메뉴는 아닌데요."

베일리 부인이 조금은 불쾌한 듯한 심기를 드러내며 말했다.

"그러니까 더 먹고 싶네요."

그가 말했다.

"자, 오맬리 양, 부탁이에요. 제발 편안하게 자리에 앉아주세요. 바로 내려가겠습니다."

결국 그는 태어나서 가장 유쾌한 아침 식사를 경험했다. 그는 연극 비평가들이란 벌레들에 다름 아니다, 라는 프란체스카의 논지에 동의를 했고, 그녀에게 좋은 연극 배역을 소개해줄 것을 약속했다. 그는 그녀의 빛나는 커다란 갈색 눈을 보며 세상에 이런 눈을 가진 사람이 또 있을까 하는 생각을 했는데, 사실 눈만이 아니었다. 그녀의 얼굴, 그리고 갈색 빛 도는 금발까지 찬탄의 눈으로 바라보았다. 그녀는 무대에 서기에는 살짝 큰 키였지만, 다행히 그 역시 키가 훤칠했다.

그는 모든 약속을 지켰다. 〈연인을 찾아서〉란 연극을 발굴했고, 연극이 무대에 오르는 동시에 자신의 칼럼에 그 연극에 대한 칭찬의 글을 올릴 즈음, 두 사람은 약혼을 했다. 결혼식은 크리스마스에 치르기로 했다. 날은 프란체스카가 정했는데, 아무리 연극을 하느라 바빠도 기념일을 잊지 않기 위한 의도였다. 당시에는 그녀의 말을 그저 흘려들었지만, 지난 사 년간의 결혼 생활 동안 그 뜻은 날로 의미심장해졌다. 크리스마스가 다가올 무렵, 그녀는 세 달째 클레멘스라는 배역을 연기하고 있었다. 그러자 그는 자신이 프란체스카와 결혼했다는 사실을 거의 잊게 되었고, 그 대신 메인 지역에서 온 수줍고 말수가 적은 처녀, 너무나 정직하고 직설적인데다 거의 유머가 없는, 클레멘스 패트리지와 결혼한 것처럼 느껴졌다.

그는 이 점에 대해 불평을 늘어놓기까지 했다.

"이봐, 프랜."

삼 일간의 짧은 신혼여행 중에 그가 운을 뗐다.

"연기는 잠시 좀 접어 두고, 그냥 자기로 돌아가 줘."

그녀는 이제 젊음의 빛이 사라진 듯한 그 짙은 빛깔의 커다란 눈으로 그를 바라보며 말했다.

"하지만 이게 나야, 맥스."

그녀가 주장했다.

그는 자신이 전하려는 의미를 제대로 설명할 수 없었고, 좀 더 노력을 하다 이내 포기한 뒤, 순순히 클레멘스와의 신혼여행을 받아들였다. 이후로 그녀는 〈체너리 부인〉에 출연을 했는데, 그가 예상대로 연극은 실패로 끝났고, 그녀는 곧 바로 〈역대 최고〉에 출연하면서 잘 나가는 스타가 되었다. 이 연극은 프란체스카의 내면에 있는 무언가를 자극하고 계발시켰는데, 그건 클레멘스의 모습과는 정반대의 것이었고, 그는 그 급격한 변화에 미처 대처하지 못했다. 이런 상태가 계속 지속되는지는 확신할 수 없었지만, 신경이 쓰이게 하는 상황들은 여러 번 맞이해야 했다. 만일 그녀가 앞서 말한 그 무언가를 오직 자신만을 위해 품고 있었다면, 그는 전적으로 만족했을 것이다. 하지만 그녀는 다른 남자들에게도 그 당돌한 친밀도를 유감없이 발휘했으니, 그럴 때마다 그는 남자들에게 실례를 끼쳐 미안한 감정이 들면서도, 동시에 녀석들을 때려눕히고 싶은 충동도 느꼈다. 그녀가 체너리 부인이었을 당시, 그가 이 점을 도마 위에 올리고 문제 삼으려 하면, 그녀는 반쯤 감긴 눈꺼풀 아래로 알쏭달쏭한 미소를 그에게 흘려보냈다.

"하지만 이게 나야, 맥스."

그것이 바로 그녀의 주장이었다.

어느 날 밤, 그는 이제 아기를 가질 때가 되지 않았느냐는 이야기까지 꺼낸 적이 있었다. 이에 대해 그녀는 한 차례 하품을 한 뒤, 자신의 어여쁜 입을 톡톡 두드리며 이렇게 말했다.

"난 아무래도 아이를 갖고 싶은 마음이 생길 것 같지 않아."

솔직한 심정이었다. 그는 그녀의 말에 충격을 받았고, 몹시 당황스러워했다. 아이들은 늘 그의 인생 계획에서 빠질 수 없는 존재였다. 그는 그녀가 클레멘스를 연기할 때를 상기시켰다. 당시 그녀는 아이가 없다면 도저히 만족스런 삶을 살 수 없을 거라고 말하지 않았는가.

하지만 그녀는 어깨를 으쓱하며 기억들을 걷어냈다.

"그때는 그때고 지금은 지금이야."

그녀는 그렇게 말했다.

하늘이 도왔는지, 다행히도 〈체너리 부인〉은 오래 가지 못했다. 그는 아무래도 지금의 배역인 〈역대 최고〉의 린다를 좋아했다. 활기차고, 유능하고, 패셔너블한 젊은 현대 여성이었다. 그나마 그에게는 그것이 익숙한 스타일이었다.

현관문이 열리고 닫히는 소리, 이어 빠르고 날카롭게 이층으로 향하는 아내의 발소리가 들렸다. 그는 서재 문을 열어 두었는데, 그녀가 방 안으로 들어와, 이제 그가 충분히 익숙해진 린다 스타일로 간결하면서도 따뜻한 키스를 해주기를 내심 기대하고 있었다. 이건 그가 도저히 적응할 수 없었던 그 관능적이고 뜨끈뜨끈한 체너리 부인으로부터의 변화였다. 하지만 그녀는 멈추지 않고, 곧바로 이층에 있는 자신의 방으로 향했는데, 이는 그녀가 맥스를 전혀 생각하고 있지 않음을 의미했다. 그가 애써 자신이 이해심이 풍부한 남편이라고 스스로 자위하지 않았다면, 아마 이러한 아내의 망각에 심히 자주 상처를 입었으리라. 한 번은 어리석게도 그것에 불평을 한 일이 있었는데, 그녀는 그를 돌아보며 이렇게 말했다.

"그래 만일 내가 당신 생각을 하지 않는다면, 어떻게 할 건데, 날 때리기라도 할 거야?"

"아니."

그가 대답했다.

"하지만 난 그저 당신이 내가 곁에 있다는 걸 기억해줬으면 하는 거야."

"대부분의 시간, 난 당신 생각을 해. 아닌 것 같아?"

그녀가 물었다.

"대부분의 시간, 당신은 매력적이야."

그가 대답했다.

프란체스카 347

"그렇다면, 그 시간들을 기억해줘."

그녀는 '린다'다운 퉁명스러움을 담아 말했다.

잠시 후, 진정으로 그를 사랑하기에 그녀는 이렇게 말했다.

"당신은 내가 정말 미울지도 몰라. 하지만 아마 당신도 알거야. 지금부터 우리가 죽기 전까지 내가 당신을 생각하고 있지 않을 시간이 수없이 많을 거라는 사실."

그녀의 양 입가로 보조개가 생겨났다.

"휴, 어쩌면 나이 들어 죽어가면서도, 난 어떻게 하면 완벽한 모습으로 죽을 수 있을까 하는 생각을 할지도 몰라!"

그는 말을 하고 있는 그녀의 두 눈에서 공상의 날개가 펼쳐지고 있는 것을 보고, 바로 끼어들었다.

"제발, 프란체스카, 미리 그런 걸 걱정하진 마!"

그녀는 웃었고, 이어서 두 사람은 손으로 꼽을 정도로 모처럼 만족스러운 휴식을 취했다.

집안은 완전한 침묵에 잠겨 있었다. 그는 한숨을 내쉰 뒤 천천히 몸을 일으켰고, 조금은 힘없이 이층으로 올라갔다. 그러고는 프란체스카의 방으로 향했다. 두 사람은 한 번도 방을 함께 쓴 적이 없었는데, 그건 아내가 여배우와 평론가가 함께 잠을 자는 걸 썩 내키지 않아 했기 때문이다. 그녀는 확신을 갖고 다음과 같은 말을 하기도 했다. 때로 당신은 솔직하게 내 연기에 대해 얘기를 해주고 싶을 때가 있을 테고, 난 그럴 때면 당신을 맘껏 미워할 거야. 당신이 내 남편이란 사실을 고려하지 않은 채.

문은 잠겨 있었다. 그는 다시 한 번 한숨을 내쉰 뒤, 문짝에 귀를 갖다 댔다. 그녀가 중얼거리는 소리는 들렸지만, 무슨 말을 하는지는 알아들을 수 없었다. 하지만 그녀의 목소리가 높아지면서 명확하게 들리기 시작했다.

"나는 여자가 아닌가요? 살이 찔려도 피가 안 나오나요? 멸시를 당해도 눈물을 흘리지 않나요?"

"오, 세상에!"

그가 중얼거렸다.

그녀의 목소리가 다시 가라앉자, 잠시 후 그가 문을 두드렸다.

"여보?"

그는 쾌활하게 불렀다.

잠시 침묵이 흐른 뒤 그녀가 대답했다

"응, 맥스?"

"들어가도 돼?"

그녀가 문을 활짝 열며 말했다.

"맥스, 나 정말 근사한 배역을 발견했어!"

그는 문지방에 선 채 그녀를 응시했다. 그녀는 서랍에서 레이스가 달린 스카프를 꺼내 머리를 감쌌다. 크림색 스카프 아래로 그녀의 짙은 두 눈이 비극적으로 보였고, 동시에 이해할 수 없게 느껴졌다.

"하지만 린다……"

그는 말을 채 잇지 못했다.

"아, 린다는 지루해."

프란체스카가 딱 잘라 말했다.

"그런 영리한 젊은 여자들은 사실 너무 깊이가 없어, 맥스."

"하지만 극장 측에선……"

그가 깜짝 놀라며 말했다.

"아, 연극은 계속 할 수 있어."

그녀가 대답했다.

"베르나는 호시탐탐 날 쫓아낼 기회만 노리고 있으니까."

베르나 리는 그녀의 대역 배우였다.

그는 방으로 들어가 분홍색 호박단(옷감의 일종-역주)으로 된 의자에 앉자, 그녀가 급히 그를 일으켰다.

"거기 앉으면 안 돼."

그녀가 소리를 높였다.

"천이 점점 찢어져서 그대로 뒀다가 인테리어 디자이너한테 보여주려고. 생각해 보면 얼마 되지도 않았어. 내가 린다 역 맡았을 때 들여놨잖아. 방을 꾸미는 데 첫 주 주급을 다 썼는데 말이야. 기억해?"

그러고는 그를 조각으로 장식된 영국 오크 의자에 앉게 했다.

"좀 더 찢어지는 게 도움이 되지 않나?"

그가 이의를 제기했다.

"아니, 디자이너가 내게 어떻게 된 건지 물어보면, 난 솔직하게 얘기하고 싶어."

그녀가 열정적으로 말했다.

그러자 그의 얼굴에 조금 놀란 표정이 떠올랐다.

"정말?"

그가 말했다.

그의 표정을 본 그녀가 화를 내며 소리쳤다.

"몰라서 물어, 맥스 쿰스 씨? 난 항상 느낌대로 행동한다고."

"알아."

그가 동의했다.

"대본은 어디 있어?"

그녀는 타이프로 작성된 원고를 침대에서 집어 들어 두 손으로 그에게 건네주었다. 맥스는 겉장에 있는 작가의 이름을 보고 못마땅한 듯 투덜댔다.

"그 늙은 멍청이로구먼."

그가 중얼댔다.

"늙기는?"

그녀가 받아쳤다.

"이제 마흔다섯 살인데. 아직 오십도 안 됐다고."

"멍청한 작자야."

그가 단호하게 말했다.

"이 친구 마지막 작품은 사탕발림일 뿐이었어."

"이번 건 굉장해."

그녀가 단언했다.

그는 평론가답게 신속하고 예리하게 희곡을 읽어 내려갔다. 세 번째 페이지에서 그녀를 발견했다. 그의 미래의 아내가 여기 있었다! 그녀의 대사들을 따라 내려가던 그는 점차 그녀에게 반감이 생겨났다. 그 여인은 극적이고, 열정적이며, 자기 연민에 가득 차 있는 데다, 자신이 남자로 태어나지 않았다는 사실 때문에 세상을 적대시하며, 여자들을 자세히 분석해 문제가 무엇인지를 연구한다. 마치 그 문제들이 오직 여성들만의 책임인 양! 그는 대본을 내던지고 싶은 충동을 억눌렀다. 대신 그가 말할 수 있는 가장 냉정한 목소리로 평론가답게 말했다.

"이 희곡에 대해 뭔가를 얘기해야 한다는 것 자체가 불쾌해."

그녀의 뺨이 붉게 물들더니 이내 창백해졌다.

"맥스웰 쿰스, 다른 사람들이 우리를 보고 뭐라고 하는지 알아?"

그녀가 다그치며 물었다.

"알지도 못하고, 관심도 없어."

그가 대답했다.

"당신이 내 성공을 시기해서, 내가 무대에 서는 연극은 모조리 혹평을 한다는 거야."

그는 억지로 온화한 미소를 지어보였지만, 그녀는 웃지 않았다.

"이러면 이제 어떻게 되는 줄 알아?"

그녀가 다시 다그쳐 물었다.

"이제 어떻게 될지는 전혀 알 수 없지."

그가 조금은 힘없이 말했다.

아내는 익숙한 린다 스타일로 방안을 이리저리 걷고 있었다.

"조만간 제작자들이 날 여주인공으로 기용하는 걸 두려워할 거라고."

그녀가 사납게 말했다.

"여보, 당신이 날 좋게 봐주는 건 좋은데, 난 그렇게 영향력이 있지 않아."

그가 짐짓 겸손한 말투로 대답했다.

불현듯 그녀에게서 린다의 모습이 희미해졌다.

"당신은 정말 너무해!"

그녀가 울부짖었다.

그러고는 몸을 던져 그의 무릎을 두 손으로 움켜쥐었고, 고개를 들어 프란체스카 자신의 눈으로 그를 올려다보며 말했다.

"제발, 맥스…… 이 희곡을 미워하지 마! 제발 기회를 줘!"

그녀의 두 눈을 보고 있자니, 문득 굴뚝 위에 내려앉는 새처럼 그의 머릿속에 아이디어 하나가 퍼덕이며 내려앉았고, 그는 곧바로 그것을 움켜쥐었다.

"여보."

그가 천천히 말했다. 희망적인 어조였다.

"응?"

그녀가 유순하게 물었다.

그는 아내에게 키스를 하지 않을 수 없었다. 그리고 이어서 계속 키스를 퍼부은 뒤, 오후 햇살에 비친 아내의 아름다운 머릿결을 칭찬해 주었다. 그러나 한시도 그 새에 대한 생각을 멈추지는 않았다.

그녀는 이 막간극에서 자신의 역할에 진심으로 충실했고, 남편을 만족스럽게 해주었다. 그녀가 입을 열었다.

"무슨 말 하려던 것 아니었어?"

"사랑한다는 얘긴 늘 하지 않았나?"

그가 힘주어 물었다.

"아, 그건 그렇지만."

그녀가 보조개를 만들며 말했다.

"내 말은……."

"뭔가 실질적인 거?"

그가 따지듯이 물었다.

"사실, 내 사랑은 그 무엇보다도 실질적이야. 가장 실제적이고, 가장……."

그는 거기서 멈추었다. 한 순간이 끝나면 그대로 막이 내린다는 걸 알기 때문이었다. 그렇게 되면 결국 또 다른 순간이 오기를 고대하며 기다려야 했다. 적어도 지금 그녀는 팔을 그의 목에 감은 채, 그의 무릎 위에서 아직 편안하게 있었다.

그는 다시 새에게로 돌아가 찬찬히 생각을 해보았다.

"괜찮은 아이디어가 하나 떠올랐어."

그녀가 맥스에게 키스를 하며 물었다.

"제시해 보세요."

"일단은 그저 생각일 뿐인데."

그가 말했다.

"내가 당신을 주인공으로 한 희곡을 쓰는 거야. 우리 둘이서 함께 만드는 거지. 꽤 멋진 연극이 될 거야!"

아내가 아무 말이 없자, 맥스는 자신의 어깨에 기대어 있는 그녀의 얼굴을 바라보았다.

"어이."

그가 말했다.

"거기 머리 수풀 아래쪽, 왜 반응이 없어?"

그녀는 몸을 일으켜 앉은 뒤, 능숙한 손놀림으로 머리를 매만졌다.

"근데 자기, 희곡을 쓸 줄 알아?"

"지난 숱한 세월 동안 사람들한테 희곡 쓰는 법을 말해 온 게 나잖아."

그가 자신의 직업을 상기시켰다.

"아."

그녀가 염려 섞인 말투로 이야기했다.

그는 자신의 무릎에서 아내를 밀어내며 말했다.

"내 얘길 들어봐. 난 당신을 위한, 그리고 당신에게 적격인 희곡을 쓸 거야. 그리고 아주 성공적인 연극으로 만들어서 당신이 남은 평생 다른 연극은 하고 싶은 마음이 들지 않게 만들어주겠어."
"약속?"
"약속!"
"하지만 그 전까진?"
"이젠 뭐 린다에 익숙해져 있어."

그가 말했다. 하지만 머릿속에서는 이미 어떻게 린다의 장례식을 치를까를 궁리하고 있었다.

……도저히 희곡을 쓰지 않을 수가 없었다. 영감이 너무나 강력해서 그것을 모른 척할 수는 없었다. 그는 사정사정해서 거의 훔쳐내다시피 시간을 마련했다. 자신이 쓰던 연극평은 베니 웨일스에게 넘겼는데, 날마다 베니의 녹녹함에 이를 갈아야 했다. 그가 걸러내질 않았기 때문에 온갖 종류의 쓰레기가 브로드웨이로 기어들어갔다. 하지만 그는 그냥 그것을 내버려두었다. 자신의 칼럼을 피하는 쪽을 택했고, 이어 신문 자체도 읽지 않게 되었다. 결국 그는 하루 내내 작업에만 매달리며 간간히 쉬고 싶을 때 입 속에 음식물을 집어넣었고, 뇌가 더 이상의 작업을 거부하면 침대 위로 쓰러졌다.

자신이 원하는 바를 깨닫기 전까지는 그야말로 생애 가장 힘든 작업이었다. 하지만 이젠 가장 쉬운 작업이 되었다. 그가 원했던 것은 자신이 가장 사랑하는 모습의 프란체스카를 발견하고, 자신이 꿈꿔온 이상적인 아내의 모습을 한 여자로 발전시킨 뒤, 그 상태 그대로 그녀를 유지하는 것이었다. 피그말리온! 그랬다, 그는 피그말리온이었고, 그녀는 조각가의 손길을 기다리는 대리석이었다. 그의 장비는 날카롭고 번쩍이는 언어들이었다.

그는 상상 속의 그녀를 만들어가며 알찬 몇 주를 보냈다. 그럴 수 있었던 데는 살아있는 프란체스카의 공이 컸다. 그녀는 언제 집필을 시작할 건지 묻지 않았고, 글을 쓰기 시작했을 때에도 내용에 대해서 꼬치꼬치 캐묻지 않았다. 그녀는 남편이 자신을 변화시켜줄 날을 기다리며, 묘하게 온순한 그 린다 역을 묵묵히 연기했다.

그가 상상 속의 그녀를 머릿속에 그렸을 때, 말하자면 그의 사랑, 그의 아내를 분명하게 형상화했을 때, 맥스는 어느 날 아내에게 다음과 같이 물었다.

"작품 속의 여자를 프란체스카라고 불러도 되겠어?"

"도움이 된다면."

그녀가 말했다.

"도움이 되지."

그가 말했다.

"그녀가 너무도 근사해서 계속 프란체스카라고 부르게 되더라고."

그녀는 맥스의 말에 달콤하게 미소를 지었고, 그는 그 미소를 희곡 속에 집어넣었다. 그는 물론 많은 부분을 남겨 두었지만, 그래도 꽤 많이 집어넣었다. 클레멘스와 체너리 부인, 그리고 린다를 넣었고, 본인 역시 자신의 아내를 찾고 있는, 커다란 체구에 변하지 않는 완고한 사내 캐릭터로 작품 속에 넣었다. 또한 그는 그녀를 여태껏 발견되지 않았던 프란체스카의 모습으로 형상화시켰다. 때때로 자신을 바라보던 프란체스카의 두 눈에서 발견했던 그 여인, 하지만 한 번도 품에 안고, 곁에 둘 수 없었던 그 여인이었다. 희곡 속에서 맥스는 그녀를 품에 안고, 곁에 둘 수 있었다. 그리고 그녀는 아이를 낳아주었다.

희곡이 완성되자, 그는 프란체스카에게 원고를 건네주었다.

"같이 읽을까?"

그녀가 물었다.

그가 고개를 저었다.

"자신 없어."

맥스가 속내를 털어놓았다.

"당신이 마음에 들어 하지 않으면 못 견딜 것 같아."

그녀가 무겁게 말했다.

"난 안 그런 척 못해."

"알아."

그가 말했다.

그녀는 그날 밤 맥스가 서재에서 손톱을 물어뜯고 있는 사이, 혼자 희곡을 읽어내려 갔다. 그는 베니가 쓴 지난 신문의 칼럼들을 읽으며 분노로 반쯤 취해 있었다. 내일부터는 쓰레기 연극들에 다시 유익하고 신랄한 비평을 가할 터였다. 그는 잠시 자신의 희곡에 대해 생각해보았다. 모든 작가들이 자신처럼 이렇게 작품에 애정을 갖고 있는 것일까? 그는 자신의 인생행로에서 자그마하게 새로운 발걸음을 내디딘 또 다른 자신에 연민을 느끼며 잠시 멍한 상태에 있었다. 이윽고 다시 정신을 차렸다. 아니, 만일 희곡이 자신의 가장 엄격한 기준, 그리고 프란체스카의 기준에 비추어 그리 괜찮은 작품이 아니라면, 브로드웨이에 결코 올릴 생각이 없었다. 그는 확신 있게 다음과 같이 말할 수 있었다. 희곡이란 모름지기 그걸 무대에 올리는 사람들의 목숨과도 견줄 수 있는 가치가 있어야 한다고. 자신뿐만 아니라 다른 모든 사람들도 그렇게 생각해야 한다고 믿었다. 그럼에도 희곡이 신통치 못하다면 그의 마음은 부서질 터였다. 그는 자신이 만든 프란체스카와 사랑에 빠졌고, 그녀가 영원히 살기를 바랐기 때문이다. 그는 방바닥에 신문을 내던진 뒤, 그냥 무심히 의자에 앉아 나머지 시간을 보냈다.

그녀가 자정 무렵 문을 열었을 때 그는 단번에 알아차렸다. 린다는 사라지고 없었다. 그녀의 자리에는 부드러운 여인이 있었다. 그 여인은 젊은 여자가 아니었다. 그는 젊은 여자들한테 신물이 나있었다. 파티 걸, 그는 그들을 그렇게 불렀다. 그는 자신만의 프란체스카를 만들었다. 팔다리가 둥근 원숙한 여인, 성징을 지나치게 부각시키지 않은 여성, 다정다감하며 꾸밈없고, 이성적이며 감성적이고, 온화하면서 관대하고, 아이를 사랑하는, 자기 자식만이 아닌 모든 아이들을 사랑하는 그런 여인이었다.

방에 들어온 그녀는 원고를 가슴에 꼭 껴안은 채 그대로 서 있었다. 그는 아내에게 다가가 원고를 건네받은 뒤 의자 위에 놓아두었다.

"울었구나, 프란체스카."

그가 부드럽게 말했다.

그녀는 고개를 끄덕였고, 다시금 눈물이 차올랐다.

"자꾸만 눈물이 나."

그녀가 말했다.

"자기 때문이야. 정확히 내가 되고 싶은 모습으로 나를 만들어줬어. 아, 맥스, 정말 훌륭한 희곡이야! 고마워. 연기를 하고 싶어, 영원히."

그는 그녀를 품에 안고, 아무 말 없이 그대로 있었다. 영원히? 그녀의 입에서 영구적인 단어가 나온 것이다! 하지만 그쪽으로는 그가 전문가였다. 그런 말은 사실 존재하지 않았다. 영원이란 말은 꿈속의 단어였다. 아주 오랜 시간이란 의미를 가질 수는 있을지 몰라도, 영원은 아니었다. 아내의 마음을 산 것에 득의양양해 하며 그녀를 품에 꼭 안고 있던 그는 이제 어떻게 하면 그녀를 계속 곁에 둘 수 있을까에 대해 구상하기 시작했다.

……이제 리허설을 시작했다. 그녀는 마치 몸이 자라나 맞지 않게 된 옷을 벗어 던지듯, 기꺼이 린다로부터 빠져나왔다.
"그 여자로부터 벗어나서 기뻐."
그녀가 단언했다.
그녀는 조금도 쉬지 않고 바로 프란체스카 역할에 몰입했다. 희곡과 함께 생활했고, 희곡에 대해 이야기했고, 심지어 베개 밑에 원고를 두고 자기도 했는데, 그렇게 하면 희곡이 머릿속으로 들어갈지도 모른다고 말했다. 그녀의 열의는 뉴스와 가십 기사에도 소개가 되었고, 다른 사람들의 관심이 다시금 그녀의 열의를 증대시켰다. 이쯤 되자 맥스는 자신이 한 일에 대해 두려움이 느껴지기 시작했다.
"만일 희곡이 그렇게 훌륭한 작품이 아니라면……"
그가 어느 날 밤 걱정스럽게 말했다.
"사실, 당신과 나, 우리 두 사람의 평가가 전적으로 공정한 건 아니니까."
두 사람은 늦게 잠자리에 들었다. 아주 늦은 시간이었다. 열네 시간 동안 열심히 리허설을 마친 뒤였다.
그녀가 입을 열었다.
"역시 당신은 평론가야."
그녀는 단언했다.
"무대에 오르기도 전에 벌써…… 그러다가 당신 칼럼에다 혹평을 써대는 거 아냐?"

"그날은 베니가 내 대신 쓰기로 했어."

그가 말했다.

"베니는 워낙 관대해서 그 걱정은 안 해도 돼. 난 그저 당신 생각을 할 뿐이야. 당신이 상처를 받는 걸 보고 싶지 않아."

그녀는 눈물을 터뜨렸고, 그는 아내를 위로해주려 했다. 하지만 그녀는 위로 받기를 거절했다.

"이미 너무 늦었어."

그녀가 강하게 말했다.

"난 이미 모든 걸 걸었어. 이미 당신의 프란체스카가 되어버렸다고, 확실하게."

그녀는 갑자기 울음을 멈추더니, 그를 바라보았다. 그녀의 아름다운 두 눈 속에는 새로운 무언가가 들어 있었다.

"왜?"

약간 놀란 듯한 목소리였다

"맞아!"

그녀가 말했다.

"난 당신의 아내야, 맥스……"

그녀의 목소리가 속삭임으로 잦아들었다.

"응?"

"나 당신의 아이를 갖고 싶어."

……그는 두려웠다. 그는 어리석기 이를 데 없는 행동을 저질렀음을 스스로에게 시인했다. 그녀가 자신이 맡았던 어떤 역할보다 비중이 있는 캐릭터를 무대에 올릴 무렵, 그녀는 아이를 뱃속에 품게 된 것이다.

자신이 그토록 원했던 아기였지만, 그렇게까지 서두를 필요는 없었다. 하지만 그녀는 거침이 없었다. 그녀는 건강하게 하루하루를 보냈고, 연극이 무대에 오르는 바로 그날 병원을 찾아가 의사에게서 뱃속 아이의 존재를 확인받았다. 그날 의사를 찾아가는 그녀의 모습에서는 거의 종교적인 색채까지 묻어날 정도였다. 병원을 다녀온 뒤 그녀는 자신감으로 충만했다. 막이 오르자, 흠잡을 데 없이 완벽했고 더할 나위 없이 깊이 있는 연기를 선보였다. 이건 베니의 말이었다. 그는 다음날 칼럼에서 흥분을 감추지 못하며, 그녀의 연기는 최소한 지난 30년간의 연극 역사상 가장 완벽하고, 깊이 있는 연기였다고 극찬을 아끼지 않았다.

극장 안 어둑한 구석에 앉아있던 맥스는 공연 중에는 대화를 나누지 않겠노라고 언질을 주었었다. 아내가 각 장마다 훌륭하게 연기를 해내자 두려움이 더욱 커졌다. 내가 무슨 일을 한 걸까? 그는 자신의 꿈의 기대치에 맞춰 프란체스카를 만들었는데, 그녀는 그의 꿈을 그 기대치 이상으로 끌어올렸던 것이다. 그는 웃다가, 침묵을 지키다, 눈물을 흘렸다. 그는 아직 태어나지 않은 아들에게 말했다.

"애야."

그는 이제 형체를 만들어가기 시작한 그 작은 영혼에게 중얼거렸다.

"날 좀 도와주렴!"

……하지만 여름에 아들이 태어났을 때, 그는 이렇게 작은 녀석이 과연 뭔가 도움이 되어줄 수 있을지 회의가 들었다. 물론 하루가 다르게 자라나겠지만, 이 손바닥만 한 녀석이 스스로 뭔가를 확실하게 표현을 하려면 적어도 몇 년은 지나야 할 터였다. 그는 책망의 눈빛으로 맥스웰 쿰스, 주니어를 바라보았다.

"난 아기들이 이렇게 조그맣게 나오는 줄 몰랐어."

그가 마땅찮은 듯이 말했다.

프란체스카가 그의 말에 눈을 떴다. 피곤한 눈빛이었다.

"앤 작은 아기가 아니야."

그녀가 반박했다.

"체중이 8.5 파운드야. 아기를 이리 줘보세요."

간호사가 아기를 건네주자, 그녀는 아들을 왼쪽 팔에 안고 오른손 손가락으로 맥스를 지칭했다.

"보이니?"

그녀가 잠들어 있는 신생아에게 물었다.

"평론가님이셔. 절대 관심을 두지 마! 널 보자마자 비평을 하잖니!"

연극은 잠시 휴식에 들어갔다. 누구도 프란체스카를 대체한다는 생각은 하지 않았다. 6주 뒤 다시 무대에 올랐을 때 그녀는 그 어느 때보다도 아름다웠고, 평론가들은 전체적으로 이전보다 연기가 나아졌다는 말을 하지 않을 수 없다고 하나 같이 말했다. 그날 맥스는 자신의 칼럼에서 〈숙녀와 난초〉라는 보잘 것 없는 연극에 회초리를 들었고, 같은 날 밤 그 연극은 나락으로 떨어져 내렸다.

집에서 아기는 엄마의 보호 아래 무럭무럭 잘 자라났다. 맥스 주니어가 천성적으로 일찍 일어나는 아이였기 때문에 프란체스카는 새벽잠을 설치지 않기 위해 보모를 고용했다. 하지만 나머지 시간에는, 그러니까 아기가 밤에 잠자리에 들기 전, 그녀가 극장에 가기 전에는 늘 엄마의 따뜻한 손길에 보듬어졌다. 아이에 대한 이런 헌신적 애정은 맥스마저 충분히 놀라게 할 만한 것이었다. 하지만 그는 그렇게 놀라기 이전에, 아내의 그런 모습이 연극 속 프란체스카에서 옮겨온 것이라는 사실을 간파했다. 하지만 그는 이러한 발견을 아무에게도 말하지 않았고, 도리어 이것 역시 자신의 그 탐탁지 않은 비평가 습성의 반증이라는 생각에 자신을 꾸짖기까지 했다. 그는 느긋하게 그 어느 때보다 만족스러운 자신의 삶을 즐기기로 마음을 먹었다. 원래 그 이전에도 충분히 괜찮은 삶이었지만, 지금은 더욱 좋아졌다. 프란체스카는 확실히 예전보다 더욱 아름다웠고, 그 어느 때보다 사랑스러웠다. 그는 그녀가 바로 그가 꿈에 그리던 그 프란체스카라고 거의 믿기에 이르렀다. 어쩌면 그는 상상할 수도 없는 일을 해낸 건지도 몰랐다. 어쩌면 그녀 안에 있는 진짜 그녀를 밖으로 끌어내준 것인지도 몰랐다.

하지만 그는 결코 확신할 수 없었다. 연극은 굉장한 성공을 거두었고, 두 사람 역시 무척 만족스러워했다. 기쁨과 만족감으로 충만한 부모가 만들어내는 윤택한 환경 속에서 아이는 역시 나무랄 데 없이 자라나면서, 기어가고, 걷고, 말을 하기 시작했다. 아이는 엄마를 무척 따랐으며, 아빠보다 엄마를 더 좋아한다는 걸 누구나 알 수 있었고, 프란체스카 역시 아이가 따르는 것 못지않게 사랑을 듬뿍 돌려주었다. 맥스는 삼각관계에서 의연하게 자신의 자리를 지켰지만, 아들이 자신의 가치 없는 경쟁자란 사실을 인정했다.

때때로 잠 못 드는 밤이면 이 모든 게 너무도 행복해서 오히려 오래가지 못할 것 같은 기분이 들곤 했다. 언젠가 그날은 올 것이다. 조만간, 어느 틈에 다가올 터였다. 프란체스카가…… 이쯤에서 그는 잠이 들었다.

결국 그날은 3월의 어느 아침에 찾아왔다. 연극이 상연된 지 거의 삼년이 되어가고, 아기가 태어난 지 거의 이 년이 되어가던 무렵이었다. 프란체스카는 잠에서 깨어나 하품을 했다. 그런데 맥스는 그녀의 하품

소리에서 새로운 뭔가를 들었다. 그는 최대한 조용히 면도를 하고 있었다. 그녀가 자는 모습을 거울로 보기 위해 침실 문을 살짝 열어두었기 때문이었다. 아내는 이제 막 침대에서 몸을 일으켰고, 머리를 뒤로 쓸어넘긴 뒤 한쪽 발을 침대에서 빼냈고, 이어 다른 쪽 발도 빼냈다.

"잘 잤어?"

그가 조심스럽게 물었다.

"기분 괜찮아?"

그녀는 다시 하품을 했다.

"응, 그런 거 같아."

그는 면도칼을 내려놓고, 턱에 묻은 비누를 닦아낸 다음 방으로 들어왔다.

"나 때문에 깼구나."

"아니야."

그녀가 무심하게 말했다.

"거의 깨어 있었어. 생각을 좀 하고 있었지."

그의 등골이 오싹해졌다.

"생각?"

그가 그녀의 말을 되물었다.

그녀는 천사가 구름 위에 앉아있듯이 얇은 잠옷을 입고, 머리를 어깨 위로 늘어뜨린 채 침대 위에 앉아있었다.

"맥스, 할 얘기가 있는데……."

그리고 그녀는 잠시 말을 멈추었다.

"당신, 마음 아파하지 않았으면 좋겠어."

그가 고개를 저었다.

"그렇다 해도 알고 싶어."

"당신을 아프게 하고 싶진 않아."

"바보 같긴. 난 플라스틱 재질이라 괜찮아."

그녀는 웃으며 다시 머리를 뒤로 넘겼다.

"맥스, 나 지금 하는 연극에 조금씩 싫증이 나기 시작해. 아니, 희곡 때문이 아니라, 같은 걸 계속 반복하는 것 때문이야."

드디어 올 것이 오고 말았다. 그는 한 호흡에 사태를 파악하고 받아들였다.

"당신을 비난할 생각 없어."

그가 점잖게 말했다.

"꽤 오래되긴 했지. 뭐 염두에 둔 새 희곡이라도 있어?"

그녀는 속눈썹 아래로 그를 바라보았다.

"당신이 한 편 쓰는 건 어때?"

그녀가 제안했다.

"어떤 걸 원해?"

그가 말을 받았다.

그녀는 잠시 생각에 잠겼다.

"음, 뭔가 완전히 새로운 거. 예를 들면, 신문 기자나 회사 간부 같은 거. 물론 매력 넘치는 캐릭터로 말이야."

그는 그런 여자들을 떠올리자 심하게 반감이 들었다.

"난 또 다른 희곡은 쓸 수 없을 것 같아."

그는 말했다.

"말도 안 돼."

그녀가 달콤하게 말했다.

"당연히 쓸 수 있지. 많은 평론가들이 당신을 타고난 작가라고 했잖아."

하지만 그는 단호하게 고개를 저었다.

"그건 평론가들이 다 내 라이벌들이라서 그런 거야."

그가 말했다.

"아니, 정말, 프란체스카, 난 쓸 수가 없어. 그 작품에 모든 걸 쏟아부었어. 앞으로의 희곡들은 영 변변치 못할 거야."

그녀가 조금은 노여워하며, 그럼 할리우드로 갈지도 모른다고 엄포를 놓았을 때에도 그는 여전히 뜻을 굽히지 않았다.

"그럼 함께 가지 뭐. 맥시하고 나하고 다 같이."

그가 세상을 달관한 사람처럼 말했다.

하지만 그게 끝이 아니었다. 유니스 프레임이 프란체스카 역할을 맡는다고 발표가 나가자, 수많은 희곡들이 그녀에게 쏟아져 들어왔고, 그녀는 꽤 신속하게 〈레이디 수잔〉이란 작품을 택했다. 이미 영국에서 흥행을 일으킨 연극이었다.

희곡을 읽은 맥스는 내키지는 않았지만, 좋은 작품이라는 사실을 인정하지 않을 수 없었다. 레이디 수잔이란 배역이 속물이란 생각이 들긴 했지만, 그녀는 확실히 안목이 있었다. 마음속 깊숙이, 그는 한 시즌 정도는 그녀를 견뎌낼 수 있으리라 여겼고, 임박할 그녀의 변화에 대비했다.

그러나 리허설은 부드럽게 진행되지 못했다.

"프란체스카를 너무 오래 했던 거야."

레이디 수잔이 불평을 했다.

"지금 역할에 좀처럼 빠져들 수가 없어."

며칠 사이에 그녀는 까다로워졌고, 민감하게 반응하곤 했다. 맥시가 우는 날이 많아지면서 맥스는 그와 많은 시간을 보냈는데, 여배우의 삶이란 게 어떤 것이라는 점을 설명해주며 아이를 달래보려 했다.

하지만 그는 아들에게 제대로 내용을 전달했는지 확신할 수가 없다. 어쨌든, 맥시의 어휘력은 아직 백 단어 정도도 채 안 되는 수준이었고, 거기에는 기질이란 단어가 포함되어 있지 않았다. 그 역시 비슷한 성질을 물려받고 있었지만 말이다.

"저기 잠깐만."

몇 주가 지난 어느 날 밤, 맥스가 레이디 수잔에게 말했다.

"맥시가 왠지 좀 가라앉은 것 같아."

그는 서재에 있었고, 그녀는 드레스 리허설을 끝내고 막 돌아온 길이었다. 이층으로 발걸음을 옮기던 그녀가 잠시 멈춰 섰다.

"아, 왜 하필 지금…… 이제 막 역할에 제대로 감이 잡힌다 싶은 시점인데."

"그건 좋은 소식이네."

그가 말했다.

"같이 가서 맥시를 한 번 보자고."

두 사람은 함께 이층으로 갔다.

그녀가 확실히 레이디 수잔 배역에 익숙해졌다는 것이 느껴졌다. 목소리가 변했고, 말도 짧게 끊어 발음하는데다, 들떠 있는 암말처럼 고개를 바짝 들고 있었고, 어깨도 살짝 굽어 있었다. 그래도 여전히 그녀의 트위드 정장은 멋졌다. 그는 한숨을 내쉬며 문을 열었다. 보모는 떠나고 없었지만, 밤 전등에는 불이 밝혀 있었다. 그는 조금 더 환하게 불을 밝힌 뒤 아이의 침대 위로 몸을 굽혔다. 맥시는 눈을 떴고 그를 응시했다.

"안녕, 친구."

맥스가 기분 좋게 말했다.

그는 아버지에게 살짝 미소를 지어보인 뒤 엄마를 바라보았다. 그의 눈이 커지면서, 입술이 떨리기 시작했다.

"왜 그러니, 맥시."

그녀가 말했다.

"왜 그러는 거야?"

레이디 수잔의 목소리였다. 맥시는 강렬한 증오의 눈초리로 그녀를 보더니, 이내 고함을 질러댔다. 맥스는 아이를 손으로 들어 올려 침대에서 꺼낸 뒤 어깨에 기대게 했다.

"자, 자."

그가 웅얼거렸다.

"왜 나를 무서워하지?"

"아니."

맥스가 말했다.

"그저 레이디 수잔을 무서워하는 것뿐이야."

그는 울고 있는 작은 소년을 품으로 당겨 안았다.

"하지만 그건 좀 이해가 안 돼."

그녀가 힘없이 말하며 침대에 걸터앉았다.

"그렇지 않아."

맥스가 차분하게 말했다.

"우리 둘 다, 프란체스카 없이 사는 데 익숙해지는 게 쉽지가 않아."

그녀는 앉아서 두 사람을 바라보았다.

그녀의 얼굴 위로 묘한 표정이 떠올랐다.

"우리에게 신경 쓰지 마."

그가 조금은 가볍게 말했다.

"얘도 나이를 먹으면서 점점 익숙해질 테니까."

"하지만 당신은?"

그녀가 말했다.

"나야 늘 같지 뭐."

맥스가 간단히 대답했다.

"내 책임이라는 얘기구나."

그녀가 소리를 높였다.

"아니야."

그가 말했다.

아이는 그의 품에 안긴 채 이제 조용해졌고, 그는 아내로부터 시선을 거두었다.

맥스는 아내가 측은한 마음이 들었다.

"아이들은 부모가 어떤 사람들이라는 걸 자신 있게 확신하고 싶어 하는 법이야."

"하지만 난 늘 같았어, 맥시한테."

그녀가 주장했다.

"맥시도 그렇게 생각을 해야 해."

맥스가 참을성 있게 설명을 했다.

"맥시에겐 당신 모습이 늘 같아야 하고, 목소리도 같아야 해. 하지만 물론, 당신은 그렇지 않지."

이어서 긴 침묵이 이어졌다. 맥스는 몸을 일으켜 아이를 다시 침대에 눕혔고, 불을 끈 뒤 아내와 함께 방을 나왔다. 복도를 걷던 그녀가 불쑥 말을 건넸다.

"나 잠깐만 혼자 있을게."

"그래, 난 서재에 가 있을게."

그가 대답했다.

그는 책도 읽지 않으면서 서재에 앉아, 이런저런 생각을 하며 아내를 기다렸다. 잠시 후, 아니 조금 시간이 흘러 정확히 반시간 뒤, 아내가 문을 열었다. 프란체스카가 오래된 파란색 시폰 잠옷을 입고 서있었다. 머리도 풀어 내린 상태였고, 잠자리에 들 준비를 끝낸 것 같았다.

그녀는 맥스에게 다가와 조금 전 아이가 안겼던 그의 품에 몸을 맡겼다.

"나 목욕했어. 너무 개운해."

그녀가 졸린 듯한 목소리로 말했다. 이전 프란체스카의 말투였다.

"정말 피곤했었나봐. 목욕을 하니까 알겠어."

"여보, 내가 당신에게서, 당신 자신이 원하지 않는 모습을 바란다고는 생각하지 마."

그가 놀란 듯한 목소리로 말했다.

"나나 맥시를 위해서 억지로 뭘 하려고 하진 마. 우린 그걸 금방 알 수 있거든. 그리고 당신은 솔직해서 그런 거 잘 못하잖아."

그녀가 홀로 있던 30분 동안 무슨 일이 일어난 걸까? 과연 그녀가 맥스에게 그걸 이야기해 해줄까?

"일부러 그러는 척하는 거 아냐."

그녀가 상냥하게 대답했다.

"난 그저 내 아기가 쳐다보고 울음을 터뜨리는 그런 여자가 되고 싶지 않을 뿐이야. 난 다시 나로 돌아갈 거야. 막이 내려가면, 다 같이 내려가는 거야. 난 집으로 돌아오고 말이야 핫상 내 모습 ㄱ대로."

"하지만 이건……"

그가 아내의 얇은 잠옷 소매를 들어 올리며 말했다.

"프란체스카 잠옷인데."

그녀가 웃으며 말했다.

"그건 당신이 나랑 너무 닮은 프란체스카를 만들었기 때문이야."

아무튼 그는 아내가 내놓은 현명한 해결책에 내심 놀라지 않을 수 없었다. 아내에게 해줄 칭찬의 말로 적합한 단어를 찾고 있는 사이, 그녀가 입술에 손가락을 갖다 댔다.

"들리지?"

그녀가 부드럽게 외쳤다.

아이가 다시 울기 시작했다. 그가 일어서려 하자 아내가 그를 다시 앉혔다.

"아니, 내가 갈게!"

열린 문 사이로 그녀가 보드라운 파란색 구름을 타고 계단을 날아가는 모습이 보였고, 잠시 후 울음소리가 그쳤다. 중얼거리는 소리가 들리더니, 이윽고 아내가 아래층으로 내려와 문가로 다가왔다. 맥시를 품에 안은 채였고, 아들은 그녀의 목을 꼭 껴안고 있었다.

"이젠 더 이상 무서워하지 않아."

그녀가 부드럽게 말했다.

맥스는 따스한 눈길로 두 사람을 바라보았다.

"이제야 왜 옛날 화가들이 그렇게 끊임없이 엄마와 아기 그림을 그렸는지 알 것 같아."

그가 말했다.

그는 잠시 동안 두 사람을 감탄의 눈으로 바라보았다.

"멋진 구도야."

맥스는 그렇게 말한 뒤, 아내와 아들에게로 다가가 두 사람을 꼭 안아주었다.

## 나폴레옹 전기

666 인간 '나폴레옹'
그는 알면 알수록 점점 커져만 간다(괴테)

역사상 그 누가 모스크바를 점령하여 아침 햇살에 빛나는 모스크바의 둥근 지붕들을 바라보았던가? 이 책은 너무나 잘 알려진 이름임에도 그동안 감추어져 있었던 영웅 나폴레옹의 진면목을 강렬하고 빈틈없이 요약했다. - 동아일보

**펠릭스 마크햄 지음** / 값 13,000원

## 성서 이야기

기쁨과 슬픔을 집대성한 인류역사 소설
왜 인간은 에덴의 동쪽으로 돌아갈 수 없는가

노벨문학상 수상 작가 펄벅 여사의 '성서 이야기'는 경건한 종교세계는 물론 인류역사의 시작과 그 과정을 특유의 유려한 필치로 흥미롭게 풀어낸다. - 조선일보

**펄 S. 벅 지음** / 값 18,000원

## 베토벤 평전

진실한 삶 속에서 울리는 풍요로운 음악 소리
베토벤, 자신을 버린 세상을 끊임없이 사랑하다

악성 베토벤의 인간적 삶에 초점을 맞춘 전기. 알콜중독자 아버지에게 혹독한 훈련을 받던 어린시절부터, 청각을 상실하는 말년에 이르기까지 베토벤의 삶과 예술을 풍성하게 되짚는다.
- 조선일보

**앤 핌로트 베이커 지음** / 값 8,000원

## 상형문자의 비밀

고대 이집트의 눈부신 현장이 펼쳐진다

고대 이집트의 멸망과 함께 영원히 비밀 속으로 사라질 뻔했던 상형문자. 어느 날 회색빛 돌 하나를 로제타라는 작은 마을에서 발견하고, 돌 위에 씌어진 상형문자의 해독을 위해 모든 것을 바쳤던 사람들, 바로 그 정열적인 사람들의 신비로운 이야기.

**캐롤 도나휴 지음** / 값 12,000원

## 두개의 한국

한국 현대사를 정평한 제3의 객관적 시각
한반도 현대사는 진정한 핵의 현대사다

전 워싱턴포스트지 기자 돈 오버더퍼의 눈을 통해 한반도 문제의 핵심인 청와대, 평양, 백악관 사이에서 비밀스럽게 진행됐던 수많은 사건들과 핵 협상의 숨막히는 담판 승부를 생생히 목도할 수 있다.

**돈 오버더퍼 지음 / 값 22,000원**

---

## 절대권력(전2권)

'돈 對 사상' 현대 중국의 고민

경제 발전에 따른 중국의 부패상을 담아낸 장편소설로 '사회주의적 인간의 건전성'을 찬미하는 데 목적을 두고 있다. 그러나 현대 중국의 갈등과 고민을 당성黨性과 자본주의적 배금주의와의 충돌로 이해하는 데 도움을 준다. - 중앙일보

**저우메이선 지음**

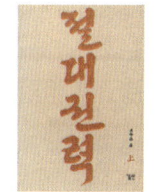

---

## 연인 서태후

꽃과 칼날의 여인, 서태후!

지금껏 수없이 오르내렸던 서태후란 이름은 각각의 입장에 따라 다른 해석이 나오게 마련이다. 환란의 청조 말기, 그녀의 이름은 어떤 사람에게는 시대를 밝히는 등불이었으며, 또 어떤 사람에게는 무시무시한 녹재자의 이름이기도 했나. 중국에 대해 남다른 애정을 보였던 저자에게 '서태후'란 이름은 특히 매력적이었을 것이다. 이미 대작 『대지』로 친숙한 저자의 필치를 통해 '서태후'의 또 다른 모습을 볼 수 있다. 희대의 악녀로 불렸던 그녀를 순수하고 열정적인 여인으로 재탄생시키고 있는 것이다.

**펄 S. 벅 지음 / 값 22,000원**

---

## 매독

매독, 그리고 어둠 속의 신사들

콜럼버스가 신대륙 학살 끝에 얻어온 '창백한 범죄자' 매독은 근 5백년간 천재들의 영혼을 지배하며 복수의 칼날을 휘둘러왔다. 링컨의 알 수 없는 광증, 베토벤의 청력 상실, 히틀러의 유대인 학살, 니체의 폭발적인 사유, 이 모두가 만일 매독이 불러일으킨 불가해한 현상이라면, 과연 유럽의 역사는 어떻게 달라져야 하는가?

**데버러 헤이든 지음 / 값 20,000원**

## 해외 부동산투자 20국+영주권

해외투자는 새로운 미래다!

이 책은 투자 천국인 미국, EU 영주권을 제공하는 몰타, 최저비용으로 고품격 삶을 누릴 수 있는 멕시코 등 20국가를 선별해, 금전적 이익과 생활의 자유를 한꺼번에 잡을 수 있는 새로운 차원의 투자 방법을 제시하고 있다. 새로운 경제 돌파구를 마련하고자 하는 소규모 투자자, 세계를 익히고자 하는 의욕적인 사업가, 새로운 문화 속에서 제2의 인생을 꿈꾸는 퇴직자라면, 이 책에서 해외투자에 대한 많은 정보를 얻을 수 있을 것이다.

**헨리 G. 리브먼 지음 / 값 15,000원**

## 누구를 위한 통일인가

전직 주한미군 그린벨의 장교가 바라본 한국의 분단과 통일관

한국 격변기 때 중요한 역사의 현장을 온몸으로 체험한 주한 미군 장교가 수기 형식으로 써내려간 이 책에서 우리는 흔히 접할 수 있는 딱딱한 이론이나 주관주의에 매몰된 자기 주장 따위는 찾아볼 수 없다. 마치 한 편의 소설을 읽는 듯한 착각에 빠지게 만드는 저자 특유의 생동감 넘치는 대화체 등의 현장 묘사와 그 동안 배후에 가려져 왔던 숨겨진 일화들을 공개함으로써 읽는 재미를 배가시키며, 나무와 더불어 숲을 아우르는 객관적이고 심도 있는 분석을 통해 남북 분단의 근거와 실체, 주요 리더들의 특징과 그 역학적 관계에 대한 정확한 이해, 그에 따른 통일의 함정과 지향점 등을 설득력 있게 제시한 역작이다.

**고든 쿠굴루 지음 / 값 17,000원**

## 톨스토이 공원의 시인

톨스토이, 그리고 영혼의 집 짓기

1년밖에 살지 못한다는 시한부 인생을 선고받고 숲으로 들어와 20여 년을 더 살아낸 20세기 마지막 시인 헨리 스튜어트. 이 책은 삶과 죽음 사이를 흔들흔들 오가며 둥근 지붕의 집을 지은 헨리의 특별한 이야기이자, 세월 속에서 잃어버린 우리 영혼에 대한 기록이다. 마치 눈으로 보듯 세밀하게 그려진 집 짓기 과정은 부나 명예와 같은 껍데기가 아닌, 내면의 뼈대를 구축하는 일이 얼마나 중요한가를 역설하고 있으며, 곳곳에 녹아 있는 레오 톨스토이의 사상은 매순간 삶에 대한 뜨거운 애정으로 되살아난다.

**소니 브루어 지음 / 값 15,000원**

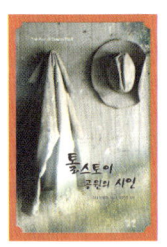

## Dear Leader Mr. 김정일

**김정일은 악마인가? 체제의 희생양인가?**

2005년 타임지 선정 '세계에서 가장 영향력 있는 100인(지도자&혁명가 부문)' 중 한 사람. 세계 최초로 핵확산금지조약을 탈퇴한 지도자. 예술적 면모와 열정을 지닌 북한 최대의 영화 제작자. 개인 최대 코냑 수입자. 주민의 10%가 굶어 죽어가는 나라의 지도자. 이 책에서는 이처럼 아이러니 그 자체인 김정일을 정확하고 심도 있게 분석하고 있다.
김정일을 둘러싼 분분한 소문보다는 그의 행동과 북한 체제, 과거부터 현재까지 북한의 역사와 한국과의 관계를 정확히 분석하여 가정을 세우고, 그 가정을 증명한 이 책은 그간 어디서도 찾아볼 수 없던 북한 정밀 보고서이며, 김정일 정신분석 보고서다. 북한의 핵문제가 전 세계적으로 파급되고 있는 이때, 북한과 김정일을 정확하게 파악하지 못한다면 세계의 미래 역시 예측 불가능할 것이다. 저자는 이 책을 통해, 김정일을 사악한 미치광이로 매도하는 것은 지나친 단순화의 오류로, 김정일 또한 냉전이라는 덫에 사로잡힌 역사의 제물이고, 북한 공산주의라는 체제의 피해자임을 지적한다.

**마이클 브린 지음 / 값 14,000원**

## 통제하의 북한예술

**'북한 예술'을 발가벗긴 책**

우리의 관심을 벗어날 수 없는 북한예술은 이 책을 통해 북한의 정치, 사회사를 통합적으로 관통한 저자의 서술에서 그 희미한 실체가 윤곽을 드러내게 된다. 또한 풍부한 자료를 통해 생생하게 전달되는 북한의 미술 세계에서 우리는 이제껏 품어온 궁금증을 하나씩 벗어버리며 저자의 훌륭한 안내를 받게 될 것이다

**세인 보틸 지음 / 값 18,000원**

## 독재자의 최후

**한 권으로 읽는 지상 최고 악당들의 세계사**

역사의 굵직굵직한 사건 뒤에는 늘 독재자들이 그 모습을 감추고 있었다. 그리고 사건이 표면화되면 그들은 서서히 모습을 드러내고 자신의 나라와 국민들을 피의 전쟁으로 몰아넣었다. 예수 그리스도의 탄생 후 자행되었던 헤롯의 유아 대학살, 칭기스칸의 공포적인 영토 확장, 전 세계를 전쟁의 소용돌이로 몰아넣은 히틀러, 그리고 최근 비참한 말로를 맞은 후세인에 이르기까지…. 이 책은 역사상 가장 잔혹하고 무자비한 독재 정권을 통해 피의 향연을 펼치고, 아울러 역사를 바꾸기까지 독재자들에 대해 조명하고 있다. 어떻게 해서 그들이 독재적인 성격을 띠게 되었는지, 그리고 어떤 최후를 맞게 되었는지를 알아보고, 국가와 국민들에게 행한 잔인한 실상들을 낱낱이 파헤치고 있다.

**셸리 클라인 지음 / 값 18,000원**

## 사요나라 BAR

일본 신사이바시 골목 어딘가에 '사요나라 바'를 무대로 펼쳐지는 이 소설은 사랑과 폭력, 그리고 상처와 연민을 젊음과 중년세대를 아우르며 매우 실감나게 묘사하고 있다.
(야쿠자 조직원과 눈먼 사랑에 빠진) 영국인 호스티스 메리, (소설 '황금비늘' 과 '캐리'의 주인공을 연상케하는) 영험한 정신적 능력을 지닌 4차원적 인물 와타나베, (죽은 아내의 환상 속에서 살아가는) 외로운 일벌레 사토, 이들의 이야기가 탄탄한 구성과 함께 저자 특유의 현란한 문제에 힘입어 독자들은 어느새 '사요나라 바'에 앉아 삶의 진한 페이소스로 혼합한 위스키 한 잔을 맛보는 듯한 착각에 빠질 것이다.

**수잔 바커 지음 / 값 14,800원**

---

## 북경의 세딸

### 소리 없이 찾아드는 대반점의 밤

이 소설은 거대한 중국 본토에 피의 강을 범람케 했던 '문화대혁명'의 물결 속에서 영혼의 갈등을 겪는 한 가족의 이야기다. 상하이 최고 대반점의 여주인으로 언제 무너질지 모르는 아슬아슬한 삶을 사는 어머니와, 조국의 부름과 자유 사이에서 번뇌하는 세 딸들… 온갖 영화의 시기를 구름처럼 흘려보내고 대혁명의 습격으로 인해 문을 닫게 되는 대반점과 양 마담의 비참한 최후는, 인간이 역사에게가 아니라, 역사가 인간에게 가져야 할 도의적 책임은 무엇인가라는 엄중한 물음을 던지고 있다.

**펄 S. 벅 지음 / 값 14,000원**

---

## 사탄은 잠들지 않는다

장개석과 모택동의 내전으로 넓은 중국 대륙이 온통 피로 물들던 시대. 두 명의 아일랜드인 신부가 중국 광동성의 시골 마을에 갇히고 만다.
강인한 신의 사자이자 인간적 위트로 넘치는 피치본 대신부와, 무한한 애정 속에서 영혼의 치료사로 거듭나는 젊은 신부 오배논, 그리고 오배논에 대한 금지된 사랑으로 가슴 아파하는 아름다운 소녀 수란과 부모에게 버림받았다는 상처 속에서 삐뚤어진 공산당원이 되는 호산…….
이 네 사람 사이에 벌어지는 사랑에 대한 숭고하고도 슬픈 이 대서사시는, 수많은 극적인 사건이 숨겨진 한 편의 연극처럼, 읽는 이를 거대한 감정의 파도 속으로 몰고 간다.

**펄 S. 벅 지음 / 값 9,800원**

## 골든혼의 여인

**황금빛 물결 속에 피어난 인연의 꽃**

이스탄불에 석양이 질 무렵 황금빛 물결을 출렁이는 골든혼. 그곳에서 운명 지어진 아시아데와 존 롤랜드, 그리고 망명지에서의 새로운 연인 하싸. 어디로 흐를지 알 수 없는 세 남녀의 조국, 미래, 사랑의 물결을 따라 새 희망을 꿈꾸며 떠나는 인생 항로의 여정……

**쿠르반 사이드 지음 / 값 12,900원**

---

열 두 가지 이야기 / 펄 S. 벅 ; 이지오 옮김. 고양 : 길산, 2006

380P. ; 125×187mm

영어서명 : Fourteen stories
원저자명 : Buck, Pearl Sydenstricker
ISBN 89-91291-11-2 03840 : \12900

843-KDC4   813.54-DDC21   CIP2006002534

펄벅 시리즈

# 노벨문학수상작가
# 펄 벅이 돌아온다!

따뜻한 사랑과 화해를 향한 갈구, 역사와 인간에 대한 깊이 있는 시선으로
20세기의 고전을 빚어낸 "꿈의 스토리텔러 펄벅"

**기쁨과 슬픔을 집대성한 인류역사 소설**
### 성서 이야기
704쪽 | 값 18,000원

**꽃과 칼날의 여인, 서태후!**
### 연인 서태후
732쪽 | 값 22,000원

**소리 없이 찾아드는 대반전의 밤**
### 북경의 세딸
380쪽 | 값 14,000원

**여자의 눈물은 사탄이 소유한 최고의 무기**
### 사탄은 잠들지 않는다
252쪽 | 값 9,800원

**삶을 어루만지는 모성적 따뜻함의 정수(精髓)**
### 열 두 가지 이야기
380쪽 | 값 12,900원

2008년까지 펄벅의 전집 총 25권이 도서출판 길산에서 출간됩니다.